深覆典雅：北宋敷衍故實傳奇析論

趙修霈　著

臺灣學生書局印行

深覆典雅：北宋敷衍故實傳奇析論

目　次

第一章　緒　論⋯⋯⋯⋯⋯⋯⋯⋯⋯⋯⋯⋯⋯⋯⋯　1

　一、緣起⋯⋯⋯⋯⋯⋯⋯⋯⋯⋯⋯⋯⋯⋯⋯⋯　1

　二、研究範圍⋯⋯⋯⋯⋯⋯⋯⋯⋯⋯⋯⋯⋯　5

　三、本書架構⋯⋯⋯⋯⋯⋯⋯⋯⋯⋯⋯⋯⋯　16

第二章　「楊貴妃」主題一：
　　　　　從「亂階」到「禍階」、「禍首」⋯⋯⋯⋯　21

　一、前言⋯⋯⋯⋯⋯⋯⋯⋯⋯⋯⋯⋯⋯⋯⋯　21

　二、編排「楊貴妃」材料之手法⋯⋯⋯⋯⋯⋯　23

　三、演繹一條致「禍」之「階」⋯⋯⋯⋯⋯⋯　36

　四、暗示一位致「禍」之「首」⋯⋯⋯⋯⋯⋯　46

　五、結語⋯⋯⋯⋯⋯⋯⋯⋯⋯⋯⋯⋯⋯⋯⋯　54

第三章　「楊貴妃」主題二：
　　　　　從「尤物」到「玩物」⋯⋯⋯⋯⋯⋯⋯　57

一、前言 …………………………………………… 57

二、由秦醇的情色想像出發 ……………………… 59

三、以唐玄宗為主的〈玄宗遺錄〉 …………… 70

四、「玩物」概念的完成 ………………………… 78

五、結語 …………………………………………… 89

第四章　「楊貴妃」主題三：

　　　　從「楊妃」到「梅妃」 ……………………… 91

一、前言 …………………………………………… 91

二、「照花前後鏡，花面交相映」：

　　以〈長恨歌〉為主的情節投射 ……………… 93

三、「涵容」與「洞察」：梅妃角色形象的完成 ……… 102

四、映／現：開元天寶史實的顯現 …………… 112

五、結語 …………………………………………… 123

第五章　「成仙」之途：

　　　　因才高而成仙的概念完成 ………………… 125

一、前言 …………………………………………… 125

二、〈書仙傳〉故事結構 ……………………… 128

三、「才女」、「女仙」、「長安女娟」的身分想像 …… 138

四、「李賀成仙」之說的完成與運用 ………… 149

五、結語 …………………………………………… 163

第六章　「成仙」之途：

　　　　因血緣而成仙的邏輯開展 ……………… 165

　　一、前言 ……………………………………………………… 165

　　二、李白、白居易成仙傳說與〈白龜年〉 …………… 166

　　三、蕭史、董雙成等人成仙傳說與〈華陽仙姻〉……… 182

　　四、祖先／祖仙 …………………………………………… 193

　　五、結語 …………………………………………………… 210

第七章　「王朝興衰」的反省與呈現…………………… 211

　　一、前言 …………………………………………………… 211

　　二、漢／宋對應之符碼 ………………………………… 213

　　三、漢朝得天下的推論 ………………………………… 220

　　四、宋朝得天下的前提 ………………………………… 235

　　五、結論 …………………………………………………… 249

第八章　結論與結論之外 ………………………………… 251

　　一、回顧：北宋傳奇「言古事」的樣態……………… 251

　　二、結論之外：從北宋敷衍故實傳奇的內涵談
　　　　唐宋傳奇的界說 ………………………………… 256

　　三、總結：北宋敷衍故實傳奇之文學史意義………… 272

引用書目 …………………………………………………… 275

後　記…………………………………………………………… 291

第一章 緒 論

一、緣起

傳奇小說自唐代繁榮，至明清再興盛，位於兩座高峰間的宋代常被學者視作「雞肋」。魯迅說得很直接：「宋人還作傳奇，而我說傳奇是絕了」[1]，李劍國則說：「活該宋人小說不走運，誰叫它前邊有〈鶯鶯傳〉有〈霍小玉傳〉有《玄怪錄》而不只是《搜神記》呢！」[2]相較之下，薛洪勣顯得委婉些，稱宋傳奇「缺少大手筆」。[3]因此，雖然有「宋傳奇」之名，卻往往附麗於唐傳奇之下，以「唐宋傳奇」統稱概論，且選集或論著中的唐宋傳奇篇數相差懸殊[4]，宋傳奇的特色逐益發隱而不顯。

---

[1] 魯迅·《中國小說的歷史的變遷》，收入《魯迅全集》9（北京：人民文學出版社，2005 年 11 月），頁 329。

[2] 李劍國：《宋代志怪傳奇敘錄·前言》（天津：南開大學出版社，2000 年 6 月），頁 7。

[3] 薛洪勣：《傳奇小說史》（杭州：浙江古籍出版社，1998 年 12 月），頁 216。

[4] 選集類，如魯迅：《唐宋傳奇集》（濟南：齊魯書社，1997 年 11 月），總共選錄唐傳奇 34 篇、宋傳奇 9 篇。張友鶴選注：《唐宋傳奇選》（臺北：明文書局，1982 年 2 月），共收唐傳奇 36 篇、宋傳奇 4 篇。程國賦

　　李劍國《宋代志怪傳奇敘錄》對兩宋三百二十年間的志怪傳奇進行全盤且基礎的整理工作，該書統計北宋有單篇傳奇文五十多篇[5]，收錄於小說集內的傳奇更多，李劍國《宋代傳奇集》共收錄了北宋單篇傳奇文、小說集中的傳奇體作品、一般筆記中格近傳奇者一百五十一篇，其中有二十八篇屬於「敷衍故實」之傳奇，約佔五分之一。[6]魯迅《唐宋傳奇集‧稗邊小綴》收集〈綠珠傳〉、〈楊太真外傳〉、〈流紅記〉、〈趙飛燕別傳〉、〈譚意哥傳〉、〈王幼玉記〉、〈王榭〉、〈梅妃傳〉、〈李師師外傳〉九篇宋傳奇，並對作者及版本源流進行考述[7]，其中即有八篇為北宋傳奇，符合「敷衍故實」議題者又佔多數。不過，數十年來，真正針對北宋傳奇小說所進行之研究，大多不離魯迅列舉的八篇傳奇範疇，其中以「楊貴妃」故事最受青睞[8]，其餘主題如「趙飛燕」[9]、「紅葉題詩」[10]等

　　評注：《唐宋傳奇》（南京：鳳凰出版社，2011 年 9 月），收唐傳奇 39 篇、宋傳奇 12 篇。研究專著、單篇論文亦多以唐傳奇研究為主，附帶提及宋傳奇，如王珏：《唐宋傳奇說微》（成都：四川教育出版社，2003 年 12 月）；李軍均：《唐宋傳奇小說文體研究》，華東師範大學博士論文，2004 年 4 月；王文才：〈唐宋傳奇中有關蜀中故實雜述〉，《四川師院學報》1985 年第 3 期，頁 110-115；劉穎慧：〈唐宋傳奇中的狐意象〉，《陝西師範大學學報（哲學社會科學版）》第 33 卷專輯（2004 年 10 月），頁 106-107；李劍國、〔美〕韓瑞亞：〈亡靈憶往：唐宋傳奇的一種歷史觀照方式〉（上、下），《南開學報（哲學社會科學版）》2004 年第 3 期，頁 1-11；第 4 期，頁 97-105。

5　李劍國：《宋代志怪傳奇敘錄》，頁 1-20。

6　李劍國：《宋代傳奇集》（北京：中華書局，2001 年 11 月）。

7　魯迅：《唐宋傳奇集‧稗邊小綴》，頁 243-248。

8　除了本人所撰的兩篇論文：〈從「禍階」到「禍首」：樂史〈楊太真外傳〉的書寫手法〉、〈〈梅妃傳〉中的鏡像托喻手法〉外，研究〈楊太真

外傳〉者，如盧景商：〈樂史〈楊太真外傳〉的歷史意識〉，《醒吾學報》第 19 期（1995 年 10 月），頁 67-77；日人竹村則行：〈「楊太真外傳」の成書に關する一考察——原本「楊妃外傳」から通行本「楊太真外傳」へ〉，《村山吉廣教授古稀記念中國古典學論集》（東京：汲古書院，2000 年 3 月），頁 591-607。研究〈驪山記〉、〈溫泉記〉者，如李劍國：〈秦醇〈趙飛燕別傳〉考論——兼議〈驪山記〉、〈溫泉記〉〉，《固原師專學報（社會科學版）》第 22 卷第 1 期（2001 年 1 月），頁 1-9；〈亡靈憶往：唐宋傳奇的一種歷史觀照方式〉（上、下），《南開學報（哲學社會科學版）》2004 年第 3 期，頁 1-11；第 4 期，頁 97-105。研究〈玄宗遺錄〉者，如程毅中：〈〈玄宗遺錄〉裡的楊貴妃形象〉，《文學遺產》1992 年第 5 期，頁 76-79。另外，關於〈梅妃傳〉的研究最多，如張乘健：〈〈長恨歌〉與〈梅妃傳〉：歷史與藝術的微妙衝突〉，《文學遺產》1992 年第 1 期，頁 51-58；王珏：〈〈梅妃傳〉的思想意義表現在哪裡？〉，收入《唐宋傳奇說微》（成都：四川教育出版社，2003 年 12 月），頁 356-359；董上德：〈梅妃形象的深層意義·楊貴妃文學史上的一個重要個案〉，《中國文學論集》33 號（2004），頁 91-104；程杰：〈關於梅妃與〈梅妃傳〉〉，《南京師範大學文學院學報》2006 年第 3 期（2006 年 9 月），頁 125-128；章培恒：〈〈大業拾遺記〉、〈梅妃傳〉等五篇傳奇的寫作時代〉，《深圳大學學報（人文社會科學版）》第 25 卷第 1 期（2008 年 1 月），頁 106-110；董上德：〈論梅妃故事的層累性生成〉，《文化遺產》2008 年第 4 期，頁 59-67；陳春陽：〈鄭樵《通志二十略》中的〈梅妃傳〉素材〉，《福建師範大學福清分校學報》2010 年第 4 期，頁 24-26。

9　如李劍國：〈秦醇〈趙飛燕別傳〉考論——兼議〈驪山記〉、〈溫泉記〉〉，《固原師專學報（社會科學版）》第 22 卷第 1 期（2001 年 1 月），頁 1-9。

10　如李源：〈流葉千古總牽情——宋代傳奇〈流紅記〉及其在元明時代的傳播〉，《殷都學刊》2003 年第 1 期，頁 85-88；孟莉：〈宮闈春情鎖不住、紅葉蕩漾到人間——漫話「紅葉題詩」的傳說和意義〉，《嘉興學院學報》第 16 卷第 5 期（2004 年 9 月），頁 54-55、128。

為數不多，但其他如〈王榭〉[11]、〈韓湘子〉[12]等個別北宋傳奇的研究更少，全部佔李劍國《宋代傳奇集》所輯北宋傳奇的十分之一不到，可見北宋傳奇仍具有很大的研究空間。

　　且李劍國〈宋人小說：巔峰下的徘徊〉比較了兩宋傳奇，認為北宋傳奇較為突出，文人氣較重；南宋則以志怪較顯眼，市井味加重[13]，就傳奇而言，北宋不論質與量都較南宋高，是宋代文言小說中值得重視的部分。程毅中《宋元小說研究》一書對宋元時代主要的古體小說進行逐一概論，北宋傳奇即佔全書超過三章的篇幅，如〈雜傳記與傳奇小說〉一章探討宋初樂史的傳奇〈綠珠傳〉、〈楊太真外傳〉及單篇北宋傳奇的代表作〈任社娘傳〉、〈梅妃傳〉，而《青瑣高議》與《雲齋廣錄》兩書更分別以專章進行討論，《麗情集》則專列一節。與〈北宋的志怪小說集〉、〈北宋的雜事小說〉僅分別利用一節的篇幅相比，更可見北宋傳奇實為北宋古體小說的重要部分。[14]

---

[11]　黃東陽：〈誤入與遊歷──宋傳奇〈王榭〉仙鄉變型例探究〉，《興大人文學報》第 39 期（2007 年 9 月），頁 167-188。

[12]　柯若樸：〈The Relationship of Myth and Cult in Chinese Popular Religion: Some Remarks on Han Xiangzi〉（中國民間宗教中神話與崇拜的關係：略論韓湘子），《興大中文學報》第 23 期（增刊）（2008 年 11 月），頁 479-481、483-513。

[13]　李劍國·〈宋人小說：巔峰下的徘徊〉，原載《南開學報》1992 年第 5 期，今收入李氏：《古稗斗筲錄──李劍國自選集》（天津：南開大學出版社，2004 年 10 月），頁 173-190。

[14]　程毅中：《宋元小說研究》（南京：江蘇古籍出版社，1999 年 2 月），頁 1-128。

此外，北宋傳奇，偏好歷史[15]，魯迅評論宋傳奇：「多托往事而避近聞，擬古而遠不逮，更無獨創之可言矣。」[16]既基本上是針對北宋傳奇而發，亦以「托往事」、「擬古」點出「敷衍故實」的北宋傳奇特點，因此「敷衍故實」傳奇實為北宋傳奇中極具代表性的篇章，且是北宋古體小說中最值得重視者，也是整體宋傳奇中最值得研究的部分。

本書主標題「深覆典雅」，典出《論衡》：「深覆典雅，指意難覩」，關於「深覆」兩字，王充以「玉隱石間，珠匿魚腹」解說，並以此比喻「吾文未集於簡札之上，藏於胸臆之中」；因此《論衡》之寫作，正要使「玉色剖於使心，珠光出於魚腹」，則「嫌疑隱微，盡可名處」、「言無不可曉，指無不可覩」。[17]而北宋敷衍故實傳奇亦將故實如珠似玉地匿隱於傳奇之內，故須詳加挖掘爬梳，才能使人明瞭其中所「深覆」之「典雅」，進而掌握傳奇指意。是以，本書之寫作，正是要透過《論衡》「玉剖珠出」工夫，展現出北宋敷衍故實傳奇「深覆典雅」的傳奇特色。

二、研究範圍

本書以北宋敷衍故實傳奇為研究對象，在研究範圍的界定上，

15　李劍國總結宋代志怪傳奇小說，認為「北宋文人氣較重，南宋市井味加重」，見氏著：《宋代志怪傳奇敍錄・前言》，頁20。

16　魯迅：《中國小說史略・宋之話本》（杭州：浙江文藝出版社，2000 年12 月），頁79。

17　黃暉：《論衡校釋》（北京：中華書局，1996 年 11 月），頁 1195-1196。

主要有三部分：一是時間限度之畫分，其次為文本範圍的說明，第三則是「敷衍故實」傳奇的素材界定。

關於北宋小說，基本上與歷史所稱的「北宋」時代一致，李劍國在《宋代志怪傳奇敘錄》中，將宋代小說畫分為六期，其中前三期為北宋時期：北宋前期（960-1022），即太祖、太宗、真宗三朝，凡六十三年、北宋中期（1023-1067），即仁、英二朝，凡四十五年、北宋後期（1068-1126），即神、哲、徽、欽四朝，凡五十九年[18]；蕭相愷則將北宋傳奇分為兩期：北宋前期、北宋中後期[19]，兩者皆以太祖立國至北宋亡國為「北宋」時期。

李劍國所編的《宋代傳奇集》，可說是研究北宋傳奇最方便的材料來源，其書〈凡例〉說明了輯錄標準：「夫傳奇者，即魯迅謂敘述宛轉、文辭華豔之體，有別志怪雜事之短製也。」雖然看似定義清楚，但其實「敘述宛轉、文辭華豔」不甚明確，因此李劍國自己也承認：要區分何為志怪、何為傳奇常有「游移難定之窘」，「既出臆裁，難免取捨失當，顧亦別無良法可循。」所以《宋代傳奇集》所輯的篇章有些被研究者認為並非傳奇，遭來「標準太寬鬆了一點」之批評。[20]有鑒於此，本書所研究之文本範圍基本上以李劍國所編的《宋代傳奇集》為主，且選定「敷衍」前代故事、傳說以產生新故事、新論述、新意義之傳奇為研究對象，可降低誤以軼事筆記、志怪小說為傳奇的風險，亦得以免除選擇傳奇文本之標準

18　李劍國：《宋代志怪傳奇敘錄》，頁 10。

19　蕭相愷：《宋元小說史》（杭州：浙江古籍出版社，1997 年 6 月），頁 330-350。

20　李軍均：《唐宋傳奇小說文體研究》，華東師範大學博士論文，2004 年 4 月，頁 151。

過於寬鬆或嚴格的爭議；而《宋代傳奇集》未收、但應屬北宋傳奇的篇章，如〈梅妃傳〉，則參考程毅中所編的《古體小說鈔：宋元卷》。

　　再者，本書的素材範圍，並非簡單地以傳奇主角是否為歷史人物為界定標準，必得先進行北宋傳奇文本之細讀，舉凡內容稍微提及歷史、傳說，皆須進一步觀察其中是否有敷衍故實的情況，或只是單純引用典故而已。如〈驪山記〉、〈溫泉記〉等書寫唐玄宗、楊貴妃故事，直接以歷史人物為傳奇主角，在新傳奇中開展出新意義，無庸置疑當可列入本書之研究篇章。又如〈梅妃傳〉雖然表面上不以楊貴妃為主角，但實則運用了眾多楊貴妃相關故實來設想梅妃故事，進行李、楊故事的改造，並表達其歷史評議；當然符合本書考訂傳奇如何處理故實、產生新意義，及傳奇如何利用故實切入自身論點的研究方向。但如〈書仙傳〉，以虛構的宋代長安娼女曹文姬為主角，詳細描述曹文姬為天上書仙謫居塵寰，及書仙臨終時的情景，乍看之下與歷史人物、故實無關，但篇末提及「李長吉新撰〈玉樓記〉就，天帝召汝寫碑」一句，即令〈書仙傳〉與李賀相關傳說產生互文關係，仔細剖析，才確定其敷衍李賀傳說再進而創作新故事，是以〈書仙傳〉屬於本書之研究對象。

　　然而，〈大禹治水玄奧錄〉一書，李劍國《宋代志怪傳奇敘錄》雖然標為「節存」，但僅錄有明代陳世元《江漢叢談・宛委》一段文字　焦為小說情節概要

　　　嘗讀《禹穴己異》及《墉城集仙錄》、《大禹治水玄奧錄》
　　　一卷，皆广禹等岷山　至於峽中，實為上古軌神龍蜯之宅。
　　　見禹至・隻昔巢穴，作為妖怪，風沙畫暝，迷失道路。禹乃

> 仰空而嘆。俄見神人，狀類天女，授禹《太上先天呼召萬靈
> 玉篆之書》，且使其臣狂章、黃魔、大醫、童律為禹助。禹
> 於是呼吸風雷，役使鬼神，驅逐龍蟒，始能治水。[21]

此文雖然簡潔，但其中綜合了《禹穴紀異》、《墉城集仙錄》、
《大禹治水玄奧錄》，而《大禹治水玄奧錄》今日無法得見，因此
比對《墉城集仙錄》或可約略了解《大禹治水玄奧錄》之內容：

> 時大禹理水，駐其山（巫山）下，大風卒至，振崖谷隕，力
> 不可制。因與夫人相值，拜而求助。即敕侍女授禹策召百神
> 之書，因命其神狂章、虞余、黃魔、大醫、庚辰、童律等助
> 禹斬石疏波，決塞導阨，以循其流。禹拜而謝焉。禹嘗詣之
> 於崇巘之巔，顧盼之際，化而為石，或倏然飛騰，散為輕
> 雲，油然而止，聚為夕雨，或化遊龍，或為翔鶴，千態萬
> 狀，不可視也，不知其常也。禹疑其狡怪獝誕，非真仙也，
> 問諸童律，……。因令侍女陵容華卬出丹玉之笈，開上清寶
> 文，以授禹焉。禹拜授而去，又得庚辰、虞余之助，遂能導
> 波決川，成其功，尊五嶽，別九州，而天錫玄圭，以為紫庭
> 真人也。[22]

以上所引內容，實佔原文 1/6，中間省略的部分是王母之女雲華夫

---

[21]　李劍國：《宋代志怪傳奇敘錄》，頁 237-238。

[22]　唐・杜光庭撰，羅爭鳴輯校：《墉城集仙錄・雲華夫人》卷 3，收入《杜
　　　光庭記傳十種輯校》（北京：中華書局，2013 年 11 月），頁 604-606。

人對禹講道的內容，與大禹治水無關，而就此段記載，可見雲華夫
人曾先後兩度授書予禹，第一次是「召百神之書」，因此可以驅使
狂章、虞余、黃魔、大翳、庚辰、童律等神，「助禹斬石疏波，決
塞導阨」；第二次則授以「上清寶文」，再輔以庚辰、虞余的幫
助，禹可以「陸策虎豹，水制蛟龍」、「導波決川」，最後甚至上
列仙班，成為紫庭真人。與《江漢叢談》對照，《墉城集仙錄》之
內容，即《江漢叢談》後半部所述：「俄見神人，狀類天女，授禹
《太上先天呼召萬靈玉篆之書》……。」

至於《江漢叢談》前半部：「禹導岷山，至於峽中，實為上古
軌神龍蟒之宅。見禹至，護惜巢穴，作為妖怪，風沙晝暝，迷失道
路。禹乃仰空而嘆。」及最後一句「禹於是呼吸風雷，役使鬼神，
驅逐龍蟒，始能治水。」不在《墉城集仙錄》所述內容中，應屬於
《禹穴紀異》或《大禹治水玄奧錄》之內容，但究竟是哪一部文
獻，進一步比對馬永卿的〈神女廟記〉，或可得知：

> 今按《禹穴紀異》及杜先生《墉城集仙錄》載：禹導岷山，
> 至於瞿唐，實為上古鬼神龍蟒之宅。及禹之至，護惜窠穴，
> 作為妖怪，風沙晝暝，迷失道路。禹乃仰空而嘆，俄見神
> 人，狀類天女，授禹〈太上先天呼召萬靈玉篆〉之書，且使
> 其臣狂章、虞餘、黃魔、大翳、庚辰、童律為禹之助。禹於
> 是能呼吸風雷，役使鬼神，開山疏水，無不如志。禹詢於童
> 律，對曰：「此西王母之女也，受回風、混合萬景、煉形飛
> 化之道，管治巫山。」禹至山下，躬往謁謝。親見神人，倏
> 忽之間，變化不測，或為輕雲，或為霏雨，或為遊龍，或為
> 翔鶴，既化為石，又化為人，千狀萬熊（校記作「態」），不

> 可殫述。禹疑之而問童律，對曰：「上聖凝氣為真，與道合
> 體，非寓胎稟化之形，乃西華少陰之氣也。且氣之為用，彌
> 綸天地，經營動植，大滿天地，細入毫髮，在人為人，在物
> 為物，不獨化為雲雨龍鶴而已。」[23]

由於〈神女廟記〉採《禹穴紀異》及《墉城集仙錄》而成，因此與
上文所引之《墉城集仙錄》比對後，可知後半段為《墉城集仙錄》
之內容，而前半段「禹導岷山，至於瞿唐，實為上古鬼神龍蟒之
宅。及禹之至，護惜窠穴，作為妖怪，風沙晝暝，迷失道路。禹乃
仰空而嘆」則屬《禹穴紀異》，至於「禹詢於童律，對曰：『此西
王母之女也，受回風、混合萬景、煉形飛化之道，管治巫山』」一
段文字，雖不見於《墉城集仙錄》，但又與《墉城集仙錄》童律回
答大禹疑問的情節頗為近似，不知是《禹穴紀異》之原有內容，或
馬永卿仿《墉城集仙錄》而自撰。

　　不論如何，《江漢叢談》之「禹導岷山，至於峽中，實為上古
軌神龍蟒之宅。見禹至，護惜巢穴，作為妖怪，風沙晝暝，迷失道
路。禹乃仰空而嘆。」與〈神女廟記〉所錄自《禹穴紀異》的內
容，幾乎完全相同；而《江漢叢談》之「禹於是呼吸風雷，役使鬼
神，驅逐龍蟒，始能治水」，與〈神女廟記〉之「禹於是能呼吸風
雷，役使鬼神，開山疏水，無不如志」，亦頗近似，因此可知《江
漢叢談・宛委》一文綜合《禹穴紀異》及《墉城集仙錄》內容而
成。然而，《江漢叢談・宛委》開頭又說：「嘗讀《禹穴紀異》及

---

23 宋・馬永卿：〈神女廟記〉，收入龍顯昭、黃海德主編・《巴蜀道教碑文
　　集成》（成都：四川大學出版社，1997 年 12 月），頁 1.4 117。

《墉城集仙錄》、《大禹治水玄奧錄》一卷，皆言……」，可見《大禹治水玄奧錄》的內容與《禹穴紀異》、《墉城集仙錄》差別不大，再由《大禹治水玄奧錄》書名推知，此書應綜合古來大禹治水神話傳說而成，包括《禹穴紀異》、《墉城集仙錄》。不過，不論由以上何種文獻來看，現存文詞、情節皆過於簡略，而本書欲觀察北宋傳奇「如何」整合前代故實推衍自身敘事，並非單純「淵源考」，故仍無法將此書列入研究對象。

另外，宋初張齊賢寫五代人事未必參考文本資料，更可能源於親身經歷或時事傳聞，其《洛陽搢紳舊聞記·序》稱自己在未應舉前，「多與洛城搢紳舊老善，為余說及唐、梁已還五代間事」，後來「追思曩昔搢紳所說，及余親所見聞，得二十餘事，因編次之」[24]。此類記載應視為第一手資料、據實筆記，而非拼貼前代故事、傳說以造成新故事、新論述、新意義，與本議題不甚符合，遂不列為研究對象。[25]

又或者故實出現於傳奇內，僅作為詩詞或文辭用典之用，如〈女仙傳〉記錄女仙詩作，中有「南去過瀟湘，休問屈氏狂。而今聖天子，不是楚懷王。」[26]雖提及屈原與楚懷王，但實與本議題聚

---

[24]　見丁喜霞：《《洛陽搢紳舊聞記》校注》（北京：中國社會科學出版社，2013 年 6 月）。

[25]　應該特別說明的是，本研究並非以作者與所述事件的時間差為界定標準，須配合作者自述寫作資料來源而定。

[26]　〈女仙傳〉情節、文字俱依李劍國《宋代傳奇集》據人民文學出版社校點本《詩話總龜》前集卷 49 引，但《詩話總龜》所引缺出處，又《才鬼記》卷 15，文同於《詩話總龜》所引，末云：「有〈女仙傳〉行於時」，並注出於《唐宋遺史》。《唐宋遺史》為北宋之作之考辨已略述於第三章註 9，李劍國《宋代傳奇集》亦稱：「《唐宋遺史》北宋詹玠作於

焦於故實在宋傳奇內產生之作用，亦不甚關聯。

　　至於〈玉華記〉故事，洪邁父洪皓得知時，已有人作〈記〉，李劍國認為該〈記〉應作於北宋末，但該〈記〉已失，今所見〈玉華記〉出自《夷堅乙志》，僅「梗概」、「追書」且有「遺忘處」[27]，可見原本或屬北宋傳奇，但今之所見實為南宋人所概錄之北宋故事，亦非屬本書的研究範圍。

　　因此，通過刪去不符合「利用前代故實以改造新傳奇、建構新意義」的傳奇文本，北宋「敷衍故實」傳奇如下表所列，其中同時列出本人已發表的研究成果[28]，及本書將進行研究的傳奇篇章，並於最後一章〈結論及結論之外〉將綜合本書及過去研究成果，為北宋「敷衍故實」傳奇進行總結。

北宋「敷衍故實」傳奇	本人已發表的研究成果	本書的研究內容
玉局井洞		第七章〈「王朝興衰」的反省與呈現〉
綠珠傳	＊《宋代傳奇小說傳奇手法研究》，政治大學中國文學研究所博士論文，2009 年 11 月，頁 64-70。	

治平四年（1067）」，而〈女仙傳〉「原傳不存，所述僅其大略。」李劍國：《宋代傳奇集》，頁 147。後皆出於此。

27　宋・洪邁撰，何卓點校：《夷堅志・乙志》卷 11（北京：中華書局，2006 年 10 月二版），頁 273。

28　本書將進行研究的篇章，若過去曾經討論過，必將利用更多的資料以修正過去的說法，或進行更深入之論述，或提出不同角度的觀察所得。

楊太真外傳	＊《宋代傳奇小說傳奇手法研究》，政治大學中國文學研究所博士論文，2009 年 11 月，頁 71；及〈附錄：樂史〈楊太真外傳〉箋證〉，頁 217-238。 ＊〈從「禍階」到「禍首」：樂史〈楊太真外傳〉的書寫手法〉，《成大中文學報》第 34 期（2011 年 9 月），頁 131-158。	為令全書首尾完整，且經增補與陳鴻「亂階」、〈綠珠傳〉「禍源」之比較，進行部分修改後，為本書第二章〈「楊貴妃」主題一：從「亂階」到「禍階」、「禍首」〉。
桑維翰		第七章〈「王朝興衰」的反省與呈現〉
越娘記		第七章〈「王朝興衰」的反省與呈現〉
烏衣傳	＊《宋代傳奇小說傳奇手法研究》，政治大學中國文學研究所博士論文，2009 年 11 月，頁 48-53、90-91、118。	
書仙傳		第五章〈「成仙」之途：因才高而成仙的概念完成〉
流紅記	＊《宋代傳奇小說傳奇手法研究》，政治大學中國文學研究所博士論文，2009 年 11 月，頁 120-122。	
希夷先生傳	＊《宋代傳奇小說傳奇手法研究》，政治大學中國文學研究所博士論文，2009 年 11 月，頁 26-27。	
任社娘傳	＊《宋代傳奇小說傳奇手法研究》，政治大學中國文學研究所博士論文，2009 年 11 月，頁 184-18▢	第七章〈「王朝興衰」的反省與呈現〉

驪山記	*《宋代傳奇小說傳奇手法研究》，政治大學中國文學研究所博士論文，2009 年 11 月，頁 76-81。	第三章〈「楊貴妃」主題二：從「尤物」到「玩物」〉
溫泉記	*《宋代傳奇小說傳奇手法研究》，政治大學中國文學研究所博士論文，2009 年 11 月，頁 76-81。	第三章〈「楊貴妃」主題二：從「尤物」到「玩物」〉
趙飛燕別傳	*《宋代傳奇小說傳奇手法研究》，政治大學中國文學研究所博士論文，2009 年 11 月，頁 72-75。	
玄宗遺錄	*《宋代傳奇小說傳奇手法研究》，政治大學中國文學研究所博士論文，2009 年 11 月，頁 84-89。	第三章〈「楊貴妃」主題二：從「尤物」到「玩物」〉
楚王門客		第七章〈「王朝興衰」的反省與呈現〉
白龜年		第六章〈「成仙」之途：因血緣而成仙的邏輯開展〉
韓湘子	*《宋代傳奇小說傳奇手法研究》，政治大學中國文學研究所博士論文，2009 年 11 月，頁 91-93、118-119、185-186。	
范敏		第七章〈「王朝興衰」的反省與呈現〉
蔣道傳		第七章〈「王朝興衰」的反省與呈現〉
異夢記		第七章〈「王朝興衰」的反省與呈現〉
秦宗權		第七章〈「王朝興衰」的反省與呈現〉

玉溪夢		第七章〈「王朝興衰」的反省與呈現〉
天宮院記		第七章〈「王朝興衰」的反省與呈現〉
嘉林居士	*《宋代傳奇小說傳奇手法研究》，政治大學中國文學研究所博士論文，2009 年 11 月，頁 32-35。	
無鬼論	*《宋代傳奇小說傳奇手法研究》，政治大學中國文學研究所博士論文，2009 年 11 月，頁 56-58。	
豐山廟		第七章〈「王朝興衰」的反省與呈現〉
華陽仙姻	*《宋代傳奇小說傳奇手法研究》，政治大學中國文學研究所博士論文，2009 年 11 月，頁 28-32。	第六章〈「成仙」之途：因血緣而成仙的邏輯開展〉
梅妃傳	*《宋代傳奇小說傳奇手法研究》，政治大學中國文學研究所博士論文，2009 年 11 月，頁 94-99、119。 *〈〈梅妃傳〉中的鏡像托喻手法〉，《政大中文學報》第 19 期（2013 年 6 月），頁 193-218。	為令全書首尾完整，且經增補「妖」的概念及北宋馬永卿《嬾真子錄》、王回〈哀王孫〉詩評等資料，進行部分修改後，為本書第四章〈「楊貴妃」主題三：從「楊妃」到「梅妃」〉。

　　根據以上統計結果，北宋「敷衍故實」傳奇共二十八篇，除了已有研究成果者外，尚有十三篇未有研究，再加上過去說法有缺誤、思考不周延，將使用其他資料補充修正者，如〈華陽仙姻〉，

或論述不夠深入，將通過不同角度來觀察討論者，如〈驪山記〉、〈溫泉記〉、〈玄宗遺錄〉；至於〈楊太真外傳〉及〈梅妃傳〉一方面為增補資料，另一方面則考慮到全書「楊貴妃」主題研究之完整性，遂進行部分修改；而〈任社娘傳〉之討論與過去無甚差異，列入本書第七章，僅為論述〈桑維翰〉而附帶一提。總之，本書共討論二十篇傳奇，再配合過去已有的研究成果，北宋敷衍故實傳奇幾已完成全面且微觀之研究。

三、本書架構

魯迅曾比較唐宋傳奇之差別，說：「唐人大抵描寫時事，而宋人則多講古事」[29]，這個觀察扼要地說明了北宋傳奇「敷衍故實」的情況，但至於所謂「多講古事」，到底是哪些北宋傳奇？講了哪些古事？如何在新的傳奇中不露痕跡地帶出古事？古事在新傳奇中形成怎樣的作用？是通篇捏合幾則古事，或針對一事重新引申．因此，本書研究北宋「敷衍故實」傳奇．即為探討宋人如何鎔鑄前代故事、傳說，其自身的論述如何導入，且怎麼處理前代故事以產生新意義等；而前代故實、傳說成為新傳奇的敘事邏輯或必要條件，更從而在傳奇的閱讀上形成了一種「右文稽古」的現象。

這種「右文稽古」的現象，又與宋代文人文化水準的提升有關，追根究柢，五代十國混亂割據、武人亂政的局勢，及宋太祖訂下的「重文輕武」方針[30]，是北宋文人地位提高[31]、文化水準提升

29　魯迅：《中國小說的歷史的變遷》，收入《魯迅全集》9，頁 329。

30　宋太祖鑑於五代時武人亂政，大量重用文臣：「五代方鎮殘虐，民受其

最主要的原因。由於大量優質的文人投身於各種文學創作、文化活動，包括傳奇小說，因此，北宋傳奇寫古人古事才更能掌握各種相關史料典故；又因為文人好讀小說[32]，以此作為消遣娛樂，使得傳奇小說不得不在固有典故中設法翻新，以博得學者型文人的青睞，因而書卷氣益加濃厚。另一方面，文人階層擴大、書籍傳播的速度大幅提升後[33]，又為作者運用、或讀者嫻熟經史諸子之典故帶來有利之條件，也就是說，北宋傳奇可以達到「深覆典雅」的境地，就代表著傳奇小說之作者、讀者皆嫻熟於眾多繁雜之古事、文事，並樂在其中。

　　而本書為使「玉剖珠出」，除了分析傳奇所敷衍的故實、敷衍

禍，朕令選儒臣幹事者百餘，分治大藩，縱皆貪濁，亦未及武臣一人也。」宋・李燾撰：《續資治通鑑長編》卷 13（北京：中華書局，2004年 9 月），頁 293。

31　元・脫脫：《宋史・文苑傳》卷 439：「自古創業垂統之君，即其一時之好尚，而一代之規撫，可以豫知矣。藝祖革命，首用文吏而奪武臣之權，宋之尚文，端本乎此。太宗、真宗，其在藩邸，已有好學之名，及其即位，彌文日增，自時厥後，子孫相承。上之為人君者，無不典學；下之為人臣者，自宰相以至令錄，無不擢科，海內文士彬彬輩出焉。」（北京：中華書局，1997 年 11 月），頁 12997。

32　宋・歐陽修：《歸田錄》卷 2 敘述錢惟演嘗自稱「平生惟好讀書，坐則讀經史，臥則讀小說，上廁則閱小辭。」收入《宋元筆記小說大觀》（上海：上海古籍出版社，2001 年 12 月），頁 620。

33　孔凡禮點校：《蘇軾文集》卷 11〈李氏山房藏書記〉：「余猶及見老儒先生，自言少時，欲求《史記》、《漢書》而不可得，幸而得之，皆手自書，日夜誦讀，惟恐不及。近歲市人轉相摹刻諸子百家之書，日傳萬紙，學者之於書，多且易致如此。」（北京：中華書局，1996 年 2月），頁 359。

故實的方式外，再進一步歸納北宋傳奇對特定人事、概念、時代的關注，因此本書可分為三大部分：

(一)關於特定人事的關注——「楊貴妃」主題：

第二章〈「楊貴妃」主題一：從「亂階」到「禍階」、「禍首」〉

第三章〈「楊貴妃」主題二：從「尤物」到「玩物」〉

第四章〈「楊貴妃」主題三：從「楊妃」到「梅妃」〉

由宋初樂史〈楊太真外傳〉開啟北宋「敷衍故實」傳奇、書寫「楊貴妃」故事以來，〈驪山記〉、〈溫泉記〉、〈玄宗遺錄〉亦賡續此一主題，至〈梅妃傳〉大約出現在南渡之前[34]，為北宋「敷衍故實」傳奇之尾聲，故而通過此三章之研究，一方面可將北宋「楊貴妃」主題傳奇做一完整總結；另一方面，亦可窺測北宋「敷衍故實」傳奇之樣貌。

(二)關於特定概念的關注——「成仙」途徑：

第五章〈「成仙」之途：因才高而成仙的概念完成〉

第六章〈「成仙」之途：因血緣而成仙的邏輯開展〉

北宋傳奇〈書仙傳〉、〈白龜年〉、〈華陽仙姻〉書寫人物成仙的歷程，但又與講究機緣的前代仙話不同，第五章通過〈書仙傳〉敷衍「李賀成仙」、「白玉樓」傳說，強調「天生才高」、「仙才」；第六章藉著〈白龜年〉、〈華陽仙姻〉李白、白居易、蕭史等人的成仙故事，及對血緣家世的反覆強調，從而歸納北宋「敷衍故實」傳奇開創出新的「成仙」之途、仙話模式。

(三)關於特定時代的關注——秦漢之際、唐宋之交：

第七章〈「王朝興衰」的反省與呈現〉

---

[34]　參見程毅中：《宋元小說研究》，頁19。

　　第七章綜合十二篇傳奇，表達了北宋人對於秦漢之際、唐宋之交兩大歷史時間的共同興趣，同時，顯示北宋傳奇針對統一強盛之秦帝國、唐帝國的衰亡，及楚霸王、後唐莊宗、明宗等的失敗，進行議論，展現其設法通過歷史來歸結北宋所以平天下、興盛世的思考，並從而發覺其論述秦漢之際、唐宋之交的「王朝興衰」時，具有如出一轍的思考脈絡。

　　第八章〈結論及結論以外〉除了歸納全書結論，再進一步綜合本書及過去研究成果，從北宋敷衍故實傳奇的內涵談唐宋傳奇的界說：「從傳聞到載錄」、「從善創到善運」，觀察在唐人傳奇的基礎上，北宋傳奇所開創之特色；最後則由文學史、小說史的角度來看，從唐人創作傳奇以降，至南宋趙彥衛歸納提出「史才、詩筆、議論」的傳奇理論，北宋敷衍故實傳奇之創作實踐亦產生居中銜接之作用，不容忽視。

第二章 「楊貴妃」主題一：
從「亂階」到「禍階」、「禍首」

一、前言

　　玄宗貴妃故事，自中唐以來便是文人公開共同習作詩文的題目[1]，五代而北宋，這股潮流並未因時移代遷而改變，不論詩詞、筆記、傳奇仍多以此為主題、背景，北宋初年樂史的〈楊太真外傳〉正是一大代表。〈楊太真外傳〉在眾多以玄宗貴妃為題材的文本中，之所以具有獨特且重要的地位，主要由於樂史組織了唐末五代以來的各種材料，使後代傳述玄宗貴妃故事多直接取材自此[2]，

---

[1]　陳寅恪：《元白詩箋證稿》（北京：三聯書店，2001 年 4 月），頁 45。汪辟疆說：「楊妃事，為唐人豔稱。大曆以後，其見於歌詠叢談者尤備。」見汪辟疆輯校：《唐人傳奇小說》（臺北：世界書局，2000 年 12 月），頁 123。

[2]　黃大宏：「並後世凡述貴妃事者，多直接取自本文，影響較大。」見氏著：《唐代小說重寫研究》（重慶：重慶出版社，2004 年 12 月），頁 322。林宏達：〈宋詞取材〈長恨歌、傳〉與李、楊相關本事探析〉：「這一舉措對後代取材相同母題的便利而言，貢獻頗大。」《靜宜人文社會學報》第 1 卷第 2 期（2007 年 2 月），頁 4。同時，程毅中也從文獻價

而〈楊太真外傳〉亦寫得淒豔動人，遂令唐末五代的各項材料「皆可廢也。」[3]可見，〈楊太真外傳〉在眾多「楊貴妃」主題的文本中的重要性。

樂史曾任三館編修、直史館著作郎，更精於地理，著有《太平寰宇記》二百卷，可見博覽群書、收輯豐富是樂史的專長，是以〈楊太真外傳〉向來被認為集唐末五代玄宗貴妃傳說之大成[4]，甚至論者多認為樂史不修改字句，僅作拼貼而已，如程毅中曾稱樂史〈楊太真外傳〉運用「述而不作」的手法[5]，李劍國認為〈楊太真外傳〉「綴合舊文」、「拼湊成篇」、「只是一般地總結歷史教訓

值來看，肯定〈楊太真外傳〉包含了不少唐人小說，甚至還有佚文，「不失為有研究價值的小說史料。」見程毅中：《宋元小說研究》，頁 13。

3　汪辟疆《唐人傳奇小說・長恨歌傳》後附錄〈楊太真外傳〉，說：「今以〈外傳〉雖出於宋人，而文特淒豔；且讀此文，其他唐末五季之侈談太真逸事者，皆可廢也。」見汪辟疆輯校：《唐人傳奇小說》，頁 124。

4　見趙修霈：《宋代傳奇小說傳奇手法研究・附錄：樂史〈楊太真外傳〉箋證》，國立政治大學中國文學研究所博士論文，2009 年 11 月，頁 217-238。〈箋證〉一文對於〈楊太真外傳〉的材料出處考察詳細，基本上〈楊太真外傳〉酙酌了《舊唐書・玄宗本紀》、《舊唐書・玄宗楊貴妃傳》、《舊唐書・楊國忠傳》、《舊唐書・李林甫傳》等相關史傳記載，參考〈長恨歌〉、〈長恨歌傳〉的內容，又自唐五代筆記《逸史》、《樂府雜錄》、《開天傳信記》、《明皇雜錄》、《宣室志》、《譚賓錄》、《羯鼓錄》、《松窗雜錄》、《酉陽雜俎》、《紀聞》、《定命錄》、《天寶故事》、《國史補》、《雲仙散錄》等書節錄玄宗貴妃的相關記載，且參雜唐詩詠玄宗貴妃事者，如杜甫〈虢國夫人〉、張祐〈邠王小管〉、〈馬嵬坡〉、元稹〈連昌宮詞〉、劉禹錫〈馬嵬行〉、溫庭筠〈題望苑驛〉、玄宗〈傀儡吟〉等。

5　見程毅中：《宋元小說研究》，頁 13。程氏說：「樂史的寫作方法，完全是『述而不作』。」

而已」[6]，林宏達認為「〈外傳〉採不修改原文本（按：這裡指的是〈長恨歌〉、〈長恨歌傳〉）的文字，僅對情節的安排上調度」[7]。

事實上，樂史在「集大成」的〈楊太真外傳〉中，其實並非簡單地「綴合舊文」、「拼湊成篇」，他除了採取首尾連貫的寫法，引入中唐以後百年來有關「楊貴妃」的多種記載外，巧妙地加重玄宗貴妃兩人鶼鰈情深的情節，演繹「禍階」論斷。比較陳鴻的「亂階」之說及樂史〈綠珠傳〉「禍源」一詞，可以發現〈楊太真外傳〉的「禍階」有更深的暗示意涵，且〈楊太真外傳〉非但不是「不修改原文本（〈長恨歌〉、〈長恨歌傳〉）的文字」，甚至改易陳鴻的「亂階」也不是簡單的字面更換而已。

因此，本文將透過〈楊太真外傳〉的舊文綴合情況，說明樂史如何綴合、是否改易舊文或增益部分情節，並試圖解釋樂史何以需要運用這些手法進行內容編排，與〈楊太真外傳〉中所提到的「禍階」有何關係；並進一步通過揭示〈楊太真外傳〉變易〈長恨歌傳〉的「亂階」論斷，展現北宋傳奇對「楊貴妃」的重新定位。

二、編排「楊貴妃」材料之手法

在〈楊太真外傳〉之前，以較長的篇幅、較完整的內容敘述玄

---

6 李劍國：《宋代志怪傳奇敘錄》，頁 29。

7 林宏達：〈宋詞取材〈長恨歌、傳〉與李、楊相關本事探析〉，《靜宜人文社會學報》第 1 卷第 2 期（2007 年 2 月），頁 19。林氏引用黃大宏：《唐代小說重寫研究》「原文本」及「派生文本」的概念，將〈長恨歌、傳〉視為原文本，〈外傳〉則是派生文本，可參見黃大宏：《唐代小說重寫研究》，頁 65-71。

宗、貴妃故事者，約有兩種形式：一是敘事詩，如〈長恨歌〉、〈津陽門詩〉等，另一則是傳奇小說，如〈長恨歌傳〉，但不論何者，皆以玄宗、貴妃兩人的愛情為主。[8]北宋樂史〈楊太真外傳〉同樣選擇了以玄宗、貴妃的愛情悲劇為主要內容的寫法，因此基本的情節結構與〈長恨歌〉、〈長恨歌傳〉、〈津陽門詩〉等相仿，如敘述貴妃進宮的原因、貴妃得寵、楊家親戚驕橫、玄宗貴妃兩人恩愛、安史之亂、馬嵬之變及玄宗思念貴妃等。然而，樂史並非僅針對〈長恨歌〉、〈長恨歌傳〉或〈津陽門詩〉進行綴合拼湊，根據〈樂史〈楊太真外傳〉箋證〉，〈楊太真外傳〉採錄了相當多唐五代筆記的材料，且基本上採編年形式，依時間先後將李、楊故事盡歸一篇。在基本的情節編排上，標示明確時間，自「開元二十二年十一月，歸於壽邸」一事開始，迄至最後冠以年月者為「乾元元年」，中間提到明確時間者有：

> 二十八年十月，玄宗幸溫泉宮。使高力士取楊氏女於壽邸，度為女道士，號太真，住內太真宮。
> 天寶四載七月，冊左衛中郎將韋昭訓女配壽邸。是月，於鳳凰園冊太真宮女道士楊氏為貴妃，半后服用。……
> 五載七月，妃子以妬悍忤旨。……

8　與〈長恨歌〉、〈長恨歌傳〉、〈津陽門詩〉相較，雖然〈東城老父傳〉或〈連昌宮詞〉也有完整的情節，但前者以敘述開元天寶之際宮中及社會的繁榮景況為主，後者以對比開天繁華景象及安史之亂後的荒涼淒冷為主，皆非專門記載玄宗與貴妃的愛情故事。至於內容與李楊愛情相關者，如記於筆記、發於詩文吟詠等，又非完整的敘述，只是零星片段式的書寫形式。

七載，加劍御史大夫，權京兆尹，賜名國忠。封大姨為韓國
夫人，三姨為虢國夫人，八姨為秦國夫人。……

九載二月，上舊置五王帳，長枕大被，與兄弟共處其
間。……

十載上元節，楊氏五宅夜遊，遂與廣寧公主騎從爭西市門，
楊氏奴揮鞭誤及公主衣，公主墮馬。……

至天寶十載九月秋，結實。……

十一載，李林甫死。又以國忠為相，帶四十餘使。

十二載，加國忠司空。……

十四載六月一日，上幸華清宮，乃貴妃生日。……

其年十一月，祿山反幽陵……

十五載六月，潼關失守。……

至德二年，既收復西京。十一月，上自成都還，使祭
之。……[9]

這些時間座標的標示基本以《舊唐書》的記載為主，如「開元二十
八年十月玄宗幸溫泉宮」、「天寶十四年十一月范陽節度使安祿山
反於幽州」出自〈玄宗本紀〉[10]，「天寶五載七月將貴妃送歸楊銛
宅」、「天寶九載貴妃又被送歸外第」、「天寶十載上元節楊家夜

---

9 〈楊太真外傳〉情節、文字俱依李劍國《宋代傳奇集》據上海涵芬樓影印
《顧氏文房小說》本校正後版本，後皆出於此。李劍國：《宋代傳奇
集》，頁 21-33。

10 後晉·劉昫：《舊唐書》卷 9（北京：中華書局，1997 年 9 月），頁
213、230。

遊而與廣平公主騎從爭西市門」皆出自〈玄宗楊貴妃傳〉[11]，「天寶十一載李林甫卒、楊國忠代為右相」載於〈李林甫傳〉、〈楊國忠傳〉[12]，「天寶十五載六月潼關失守」見於〈玄宗本紀〉、〈玄宗楊貴妃傳〉[13]，「至德二年收復西京」、「十二月玄宗自蜀還京」皆出於〈肅宗本紀〉[14]等。

　　樂史在基本的時間座標標明後，一方面便於在某些事件的敘述上挪動時間，另方面又得以進一步地將其他各種未有明確時日的資料繫於其下。就前者而論，揆諸〈楊太真外傳〉，關於楊貴妃是否曾經嫁給壽王，又再嫁玄宗一事，樂史透過〈楊太真外傳〉「開元二十二年十一月，歸於壽邸」及「二十八年十月，……使高力士取楊氏女於壽邸……」，以首兩個明確的時間點，說明自己的認知。然而，在一連串以《舊唐書》記載為主要時間架構中，〈楊太真外傳〉稱貴妃「開元二十二年十一月，歸於壽邸」既非出自《舊唐書》，也有其可疑之處。若考諸《唐大詔令集・冊壽王楊妃文》：「開元二十三年歲次乙亥十二月壬子朔二十四日己亥，……河南府士曹參軍楊玄璬長女，……持節冊爾為壽王妃。……」[15]，可知開元二十三年十二月才由玄宗下詔冊封楊氏女為壽王妃，如何會有〈楊太真外傳〉所說的「開元二十二年十一月，歸於壽邸」事，未經冊封就先嫁入壽王宅邸，於禮於情皆不合。

---

[11]　後晉・劉昫：《舊唐書》卷 51，頁 2179-2180。

[12]　後晉・劉昫：《舊唐書》卷 106，頁 3240、3243-3245。

[13]　後晉・劉昫：《舊唐書》卷 9、51，頁 232、2180。

[14]　後晉・劉昫：《舊唐書》卷 10，頁 247-248。

[15]　宋・宋敏求：《唐大詔令集》卷 40，《景印文淵閣四庫全書》（臺北：臺灣商務印書館，1986 年 3 月），頁 258。

　　至於壽王母武惠妃於開元元年見幸，寵傾後宮[16]，二十四年惠妃薨[17]，因此開元二十三年十二月二十四日雖然下詔〈冊壽王楊妃文〉，但貴妃應無法立即歸於壽王宅邸。尤其，清代朱彝尊《曝書亭集‧書楊太真外傳後》說：「考之《開元禮》，皇太子納妃……，親王禮儀有殺命使，則同由納采而問名而納吉而納徵而請期，然後親迎、同牢，備禮動需卜日，無納采受冊即歸壽邸之禮也。」[18]朱彝尊所謂「親王禮儀有殺命使」，從《大唐開元禮‧嘉禮》的「皇太子納妃」及「親王納妃」來看[19]，二者最大的差異即在「皇太子納妃」有「臨軒命使」而「親王納妃」無，故云；也就是說，雖然親王納妃沒有「臨軒命使」，但同樣要「由納采而問名而納吉而納徵而請期，然後親迎、同牢」，「備禮動需卜日」，如此曠日費時的婚禮過程，再加上壽王服母喪，更可證明絕無〈楊太真外傳〉所謂「開元二十二年十一月，歸於壽邸」的可能。因此，《唐大詔令集》記開元二十三年十二月二十四日下詔〈冊壽王楊妃文〉，依《大唐開元禮》及壽王服母喪，或許至開元二十八年楊氏女還未嫁入壽王宅，只是名義上為壽王妃，〈楊太真外傳〉所說的「開元二十二年十一月，歸於壽邸」，應是樂史改易時間自撰。

　　貴妃入宮前曾冊封為壽王妃，這是於史料有據之事，但〈楊太

16　後晉‧劉昫：《舊唐書‧壽王瑁傳》卷 107，頁 3266。

17　後晉‧劉昫：《舊唐書‧玄宗楊貴妃傳》卷 51，頁 2178。

18　清‧朱彝尊撰：《曝書亭集》卷 55，收入《四部叢刊初編》第 279 冊，據上海涵芬樓景印原刊本影印（上海：上海書店，1989 年 3 月），頁 5-7。

19　唐‧蕭嵩等撰：《大唐開元禮》卷 111、115，《景印文淵閣四庫全書》，頁 648、671。

真外傳〉卻明顯在年月上「動手腳」，改冊封為壽王妃為已與壽王
結為夫婦，讓冊封、耗費時日的婚禮過程在開元二十二年以前就已
完成，使得後來玄宗納楊氏為貴妃，本是禮法上的混亂，在〈楊太
真外傳〉中卻變為實際上的亂倫，落實陳鴻〈長恨歌傳〉「得弘農
楊玄琰女於壽邸」一語。職是以觀，陳鴻〈長恨歌傳〉運用含糊不
清的語義暗示父子聚麀之事，但樂史基本上參考《舊唐書》標示的
時間，且採編年形式連綴材料，使其呈現了一種「井然有序」的敘
述模式，又在基本的情節順序下，樂史稍稍改動正史記載的時間，
從而讓人誤信〈楊太真外傳〉所標示的時間為真；既不從禮法的角
度進行模稜兩可的說法，也不以父子聚麀進行直接評論[20]，反而透

20　北宋史書如歐陽修《新唐書‧楊貴妃列傳》、司馬光《資治通鑑‧唐紀》
　　談到此事，都僅就史料作隱晦的說法：「更為壽王聘韋詔訓女」或「更為
　　壽王娶左衛郎將韋昭訓女」，表示原本為壽王聘楊氏女，後來玄宗欲納之
　　為貴妃，而「更」為壽王聘韋氏女。反觀北宋孔平仲在其筆記《珩璜新
　　論》中議論　「楊妃先嫁壽王，而玄宗召納禁中，為壽王別聘韋昭訓女。
　　此與新臺之惡何異焉？」先明言「楊妃先嫁壽王」，說明禮法上的混亂；
　　再以太宗時後宮才人、高宗卻立為后的武后與貴妃相比，並運用駱賓王
　　〈討武曌檄〉中ㄅ「致吾君於聚麀」一語說明他的理解。可見北宋時史家
　　議論較為保守，僅能就具體史料進行陳述，以至於形成一種含混、不明確
　　的主張；文人則採取一種斬釘截鐵的議論方式，以「聚麀」之說表達對玄
　　宗納貴妃事ㄅ意見。參見宋‧歐陽修：《新唐書》卷 76（北京：中華書
　　局，1997 年 9 月），頁 3493。宋‧司馬光編著，元‧胡三省音注：《資
　　治通鑑》卷 215（北京：中華書局，1997 年 11 月），頁 6862。唐‧駱賓
　　王撰：《駱賓王文集》卷 10〈代李敬業檄〉，採毛氏汲古閣影宋鈔本，
　　出自《宋蜀刻本唐人集叢刊》第一冊（上海：上海古籍出版社，1994 年 9
　　月），頁 181。宋‧孔平仲：《珩璜新論》卷 2（鄭州：大象出版社，
　　2006 年 1 月），頁 249。

過史料編年的手法明確標出時間座標，落實父子共妻之說。

至於樂史除了根據《舊唐書》標示時間座標外，採錄了相當多唐五代筆記的材料以豐滿〈楊太真外傳〉的情節內容，其中有許多原本未有明確時日的資料，樂史在時間座標確立後得以將這些資料繫於某個時間點下；尤其，在「（天寶）十載上元節」及「十一載」之間是〈楊太真外傳〉中時間間隔最短卻繫上最多事件之處，這些事件是什麼？樂史如何編入這些材料？

在天寶十年至十一年，樂史雜錄舊文中未有明確時日卻多與歌舞音樂有關的情節，如採《明皇雜錄》所記「王大娘善戴百尺竿」、「玄宗製〈紫雲迴〉、〈凌波曲〉」、「白季貞使蜀還獻妃子琵琶邏沙檀」、「雪衣女」，採《開天傳信記》「貴妃善磬」事，採《松窗雜錄》「李白作〈清平調〉三首本事」，採《國史補》「貴妃嗜荔枝」事，採《紀聞譚》「玄宗與貴妃采戲」事，採《酉陽雜俎》「瑞龍腦」、「貴妃賜祿山」事等，這些情節並非樂史創作，但樂史將之蒐集羅列在天寶十年至十一年之間，一事接著一事，一方面是呼應〈長恨歌〉的「緩歌慢舞凝絲竹，盡日君王看不足」，另一方面又將〈長恨歌〉簡短的詩句擴大為數個具體的情節，藉此反覆的鋪陳，成功地渲染玄宗、貴妃喜愛樂舞、日夜笙歌的印象。

在舊文的基礎上，樂史甚至還進一步對原有的情節加油添醋。比如說發生在天寶十年的楊氏一家上元節夜遊，與公主爭道造成公主墜馬一事，玄宗的處置非常不公平：

> 十載上元節，楊氏五宅夜遊，遂與廣寧公主騎從爭西市門，楊氏奴揮鞭誤及公主衣，公主墜馬。駙馬程昌裔扶公主，因

> 及數搖。公主泣奏之，上令決殺楊家奴一人，昌裔停官，不
> 許朝謁。

此事樂史採錄自《舊唐書・玄宗楊貴妃傳》：

> 十載正月望夜，楊家五宅夜遊，與廣平公主騎從爭西市門。
> 楊氏奴揮鞭及公主衣，公主墮馬，駙馬程昌裔扶公主，因及
> 數搖。公主泣奏之，上令殺楊氏奴，昌裔亦停官。[21]

兩段在事件始末的記載上基本相同，但樂史在敘述玄宗的命令上作
了些許改動，造成不同的效果：《舊唐書》的「上令殺楊氏奴，昌
裔亦停官」，是平鋪直述的語氣，而〈楊太真外傳〉的「決殺楊家
奴一人」，則強調對其他楊家人的不追究，以只殺無關緊要的奴
僕，來堵住悠悠眾口、平息公主之怒，凸顯出玄宗對楊家人的縱容
與輕判。尤有甚者，〈楊太真外傳〉的「昌裔停官，不許朝謁」則
又在駙馬「停官」處份之上加重處罰，完全不給駙馬進宮的機會，
意味著玄宗對駙馬的不諒解。從〈楊太真外傳〉敘述楊氏奴造成公
主墮馬，一方面強調楊家人得以輕判，另一方面強調駙馬為公主出
頭，卻遭到重罰，可以看出樂史透過稍加增添《舊唐書》的記載，
以突出玄宗對於楊家人的偏袒更甚於自己女兒、女婿。

　　其後，樂史採錄〈長恨歌傳〉：「出入禁門不問，京師長吏，
為之側目。故當時謠曰：『生女勿悲酸，生男勿喜歡。』又曰：
『男不封侯女作妃，看女卻是門上楣。』其天下人心羨慕如此。」

一段，而兩段之間，樂史加入了一句小結論：「於是楊家轉橫」。可見，天寶十年以前，楊氏一家雖然已然驕恣，才發生楊氏奴膽敢與公主爭道，使公主墜馬事，但經此一事，楊家人更清楚玄宗對他們的偏私祖護，使得楊家更加恣肆無忌，樂史因此才自撰「於是楊家轉橫」一說。

除了雜錄舊文、添補情節外，〈楊太真外傳〉尚有四則樂史自撰的段落，集中在天寶十年至十一年的一年間。第一，形容楊貴妃跳〈霓裳羽衣曲〉能夠討好玄宗：

> 上又宴諸王於木蘭殿，時木蘭花發，皇情不悅。妃醉中舞《霓裳羽衣》一曲，天顏大悅，方知迴雪流風，可以迴天轉地。

〈長恨歌傳〉：「進見之日，奏〈霓裳羽衣曲〉以導之」、〈長恨歌〉：「驚破霓裳羽衣曲」，在以往的記載中，「霓裳羽衣曲」似乎只是楊貴妃宮廷生活中的背景音樂，然而，〈楊太真外傳〉卻進一步將它描寫成唐玄宗對楊貴妃的「寵愛」證明。在楊貴妃與〈霓裳羽衣曲〉早已緊密結合的基礎之下，樂史參考白居易的樂府詩〈胡旋女〉：

> ……迴雪飄颻轉蓬舞……奔車輪緩旋風遲……天寶季年時欲變，臣妾人人學圜轉。中有太真外祿山，二人最道能胡旋。梨花園中冊作妃，金雞障下養為兒。祿山胡旋迷君眼，兵過黃河疑未反。貴妃胡旋惑君心，死棄馬嵬念更深。從茲地軸

天維轉．．．．． 22

說這個胡旋女的「圓轉」雖可以令「迴雪飄颻」、「旋風遲」，但終究不如天寶年間最擅長胡旋舞的楊貴妃與安祿山，可以「迷君眼」、「惑君心」，甚至使得「地軸天維轉」、天下大亂。樂史一方面結合楊貴妃、〈霓裳羽衣〉舞、胡旋舞三種概念，形容楊貴妃的〈霓裳羽衣〉舞正如胡旋舞一般，足以「迴雪流風」、「迴天轉地」；另一方面再吸收善胡旋舞的楊貴妃可以「迷君眼」、「惑君心」的概念，衍生出貴妃曼妙的舞姿足以令玄宗由不悅轉為大悅的情節，顯示貴妃對於玄宗的情緒具有影響力，並凸顯玄宗對貴妃的喜愛之情。

第二件樂史自撰的情節是一場宮廷音樂會：

> 就按於清元小殿，寧王吹玉笛，上羯鼓，妃琵琶，馬仙期方響，李龜年觱篥，張野狐箜篌，賀懷智拍板。自旦至午，歡洽異常。時唯妃女弟秦國夫人端坐觀之。曲罷，上戲曰：「阿瞞（上在禁中，多自稱也）樂籍，今日幸得供養夫人。請一纏頭！」秦國曰：「豈有大唐天子阿姨，無錢用耶？」遂出三百萬為一局焉。樂器皆非世有者，才奏而清風習習，聲出天表。

由唐代諸筆記記載可知，玄宗、寧王、貴妃、馬仙期、李龜年、張

22 收入清·彭定求等編：《全唐詩》卷 426（北京：中華書局，1996 年 1月），頁 4692-4693。

野狐、賀懷智等人皆為當時善樂之人，且貴妃善琵琶、玄宗善羯鼓、寧王善玉笛，因此樂史創造了某一個早晨，這些愛樂的帝妃臣子共同上場演出，在場唯一的聽眾就是秦國夫人，因而奏罷玄宗還開玩笑地向秦國夫人索取財物。這段樂史自撰的早晨宮廷音樂會正好充份地說明了玄宗與貴妃因為志趣相投、情投意合，可以分享彼此的興趣與生活，所以兩人的感情愈加濃烈，生活也益發歡洽和諧。

其三，樂史自撰了玄宗私底下與貴妃調情的情節．

> 上在百花院便殿，因覽《漢成帝內傳》，時妃子後至，以手整上衣領，曰「看何文書？」上笑．曰「莫問。知則又殢人」見去，乃是「漢成帝獲飛燕，身輕欲不勝風。恐其飄翥，帝為造水晶盤，令宮人掌之而歌舞。又製七寶避風臺間以諸香，安於上，恐其四肢不禁」也。上又曰：「爾則任吹多少。」蓋妃微有肌也，故上有此語戲妃。妃曰：「《霓裳羽衣》一曲，可掩前古。」上曰「我纔弄，爾便欲嗔手？憶有一屏風，合在，待訪得，以賜爾。」

先看樂史所寫的兩人互動．玄宗讀書，貴妃由後方來，「以手整上衣領」，並隨口問道：所讀何書，描繪兩人燕居時，自然親暱的互動。玄宗讀到《漢成帝內傳》中趙飛燕體輕的故事，反以「爾則任吹多少」嘲弄楊貴妃體態豐腴，暗示玄宗對貴妃身體的熟悉，兩人的關係親密。而貴妃聽了也不甘示弱，表示自己雖然無法「身輕如燕」，在水晶盤上跳舞，但趙飛燕也不如她會跳〈霓裳羽衣舞〉。在此，樂史不直接描寫貴妃說話的神色，而是由玄宗的回答：「我

纔弄，爾便欲嗔乎？」側寫貴妃微嗔撒嬌的神態。尤其是此段之前，樂史亦安排了「李白作〈清平調〉三首本事」的舊文典故，敘述李白以「可憐飛燕倚新妝」比喻貴妃之美，引起貴妃懷恨之心。而玄宗遂以飛燕纖細嘲弄貴妃豐腴，反倒讓貴妃表現出嬌蠻任性，卻又惹人憐愛的神情。藉由李白、玄宗兩人一前一後的對比，正好說明玄宗與貴妃關係親密，才能以貴妃體態為玩笑話；更從玄宗與貴妃打情罵俏中，充份反映出愛侶之間親暱甜蜜的情誼。

　　第四，樂史以《酉陽雜俎》記載天寶十年宮內柑橘結實一百五十顆為基礎，再增入自撰一段：

> 外有一合歡實，上與妃子互相持翫。上曰：「此果似知人意，朕與卿固同一體，所以合歡。」於是促坐，同食焉。因令畫圖，傳之於後。

特別以「同體合歡」的柑橘來表達玄宗對貴妃的感情[23]，這一段雖然不見於舊說，但舊文中有類似的記載，如〈長恨歌〉中的「在天願做比翼鳥，在地願為連理枝」，「比翼鳥」、「連理枝」的意象與樂史的「合歡實」，同樣都是強調兩個個體不分彼此、同體合歡；樂史以新穎的「合歡實」取代習見的「比翼鳥」、「連理

---

[23]　由於宋真宗時，王欽若編修《冊府元龜》亦有此記載，可見樂史與王欽若皆應依據《酉陽雜俎》或其他唐代相關記載而寫成此段，但三段相較可知「玄宗與妃子持翫一合歡實」事，應非原有。宋・王欽若等編纂，周勛初等校訂：《冊府元龜》卷 37〈帝王部・頌德〉（南京：鳳凰出版社，2006 年 12 月），頁 393。

枝」[24]，雖然透過不露痕跡地模仿以創發出新意，但實則同樣傳達出玄宗與貴妃水乳交融的深情。

可見，在天寶十年至十一年的短短一年間，樂史不論採取雜錄前書、稍加渲染、自行撰作等手法，皆將焦點置於玄宗與貴妃的宮廷生活上，專寫各種樂舞娛樂活動，兩人琴瑟和諧、志趣相投的生活場景，如膠似漆、親暱自然的互動情況。細究之下，可以發現這些情節幾乎都是閒話家常，沒有深刻的內涵，再出以連綿的絮語形式，塑造出玄宗、貴妃之間非比尋常的深情鍾愛。因此，〈楊太真外傳〉的外部結構雖然利用了編年形式「井然有序」所造成的信實語境，但內容編排卻利用四種不同的手法進行文學性的改動：一方面改動正史記載的時間，另一方面又自行將原本未有明確時日的資料繫於某個時間點下，一方面提供了動過手腳、加油添醋後的內容情節，另一方面還自撰相關情節，可見樂史運用史家信實可徵的外在結構，包裝改易自撰後的文學性創作，從而讓人相信〈楊太真夕

---

24 「比翼鳥」、「連理枝」常用來指涉男女情愛，強調永不分離。如漢代樂府詩〈孔雀東南飛〉：「東西植松柏，左右種梧桐。枝枝相覆蓋，葉葉相交通。中有雙飛鳥，自名為鴛鴦。仰頭相向鳴，夜夜達五更。」鄭文惠透過武氏祠石刻畫像與詩的比對，發現詩及畫中靈木，或曰「合歡樹」、「連理樹」，枝絡交通的藝術形象相同，表達出「殉死後情愛生命的完滿」。見鄭文惠：《文學與圖像的文化美學——想像共同體的樂園論述》（臺北：里仁書局，2005年9月），頁59-60。至於比翼鳥，《爾雅·釋地》：「東方有比目魚焉，不比不行，其名謂之鰈·南方有比翼鳥焉，不比不飛，其名謂之鶼鶼。」見晉·郭璞注，宋·邢昺疏：《爾雅注疏》卷7，藝文印書館《十三經注疏》本，頁112。可見比翼鳥是一雄一雌並翅雙飛的鳥。可見「比翼」、「連理枝」都展現出夫妻合體的形態，因此兩者就都被用來比喻夫妻感情的融洽深切。

傳〉的整體敘述，包括樂史自撰的種種內容。

三、演繹一條致「禍」之「階」

　　上文揭示了在天寶十年至十一年的短短一年間，樂史將焦點置玄宗與貴妃的宮廷生活上，編排鋪寫兩人共同從事各種音樂舞蹈雜戲娛樂活動，讓人感受到兩人的鶼鰈情深、相處融洽，表現出玄宗對貴妃超乎尋常的寵愛。然而，樂史運用了改易舊文、增益情節、自撰內容等手法進行〈楊太真外傳〉的文學性改動，這對〈楊太真外傳〉的情節發展必然有著至關重要的作用。

　　欲釐清樂史運用各種手法的目的，可以從天寶十年以前樂史的描述來進行對比。如楊貴妃冊立進見一段：

> 是月（按：據前文應為天寶四載七月），於鳳凰園冊太真宮女道士楊氏為貴妃，半后服用。進之日，奏《霓裳羽衣曲》。是夕，授金釵鈿合、却暑犀如意、辟塵香、雲母起花屏風、舞鳳交烟香爐、潤玉合歡條脫、紫瓊杯、玉竹水紋簟、白花文石硯。上又自執麗水鎮紫庫磨金琢成步搖，至粧閣，親與插鬢。

有關貴妃的冊立進見，樂史在《舊唐書》、〈長恨歌傳〉等記載的基礎上[25]，增加更多自撰的細節。玄宗冊封貴妃後，可以想見所賞

25　後晉・劉昫：《舊唐書・玄宗本紀下》：「（天寶四年）秋八月甲辰，冊太真妃楊氏為貴妃」；及《舊唐書・玄宗楊貴妃傳》：「時妃衣道士服，

賜的物品必定貴重且為數眾多，但正史並無一一記錄，而唐傳奇〈長恨歌傳〉也僅籠統稱呼「金釵、鈿合、步搖、金璫」。不過，樂史卻能羅列出一整串的「寶物清單」：「却暑犀如意、辟塵香、雲母起花屏風、舞鳳交烟香爐、潤玉合歡條脫、紫瓊杯、玉竹水紋簟、白花文石硯」等，藉著列舉令人眼光撩亂的寶物，表現出玄宗對貴妃的寵愛之情。

　　不僅是羅列玄宗賞賜的寶物清單以證明對貴妃的寵愛，樂史還特別強調玄宗「自執麗水鎮紫庫磨金琢成步搖，至粧閣，親與插鬢」，相較於〈長恨歌傳〉言玄宗「命戴步搖，垂金璫」，樂史一改「命」為「自執」、「親與插鬢」，可見樂史為了凸顯玄宗對貴妃的重視，讓凡事不必親自動手的一國之君，心甘情願地為貴妃化身為侍兒奴僕，生動地將玄宗對貴妃的珍視及寵愛之情傳達出來。最後，再直接採錄《樂府雜錄》：「上喜甚，謂後宮人曰：『朕得楊貴妃，如得至寶也。』」[26]，使得自撰情節能夠坐實在採錄舊文之中，強而有力地突顯玄宗冊立貴妃時的欣喜情緒。

　　雖然玄宗視貴妃如「至寶」，但一旦稍有差遲，貴妃仍舊落得兩次被送出宮去的下場。貴妃第一次被遣出宮：

號曰太真」。〈長恨歌傳〉：「進見之日，奏〈霓裳羽衣曲〉以導之；定情之夕，授金釵鈿合以固之。又命戴步搖，垂金璫。明年冊為貴妃，半后服用。」唐・陳鴻・〈長恨歌傳〉，收入汪辟疆輯校：《唐人傳奇小說》，頁117。

[26] 宋・李昉等：《太平御覽・樂部六》卷568引《樂府雜錄》：「又曰『得寶子』者，唐明皇初納太真，喜甚，謂諸嬪御云：『朕得楊氏，如獲至寶也。』因撰此曲。」（石家莊：河北教育出版社，2000年3月），頁487。

　　五載七月，妃子以妒悍忤旨。乘單車，令高力士送還楊銛
　　宅。及亭午，上思之不食，舉動發怒。力士探旨，奏請載
　　還，送院中宮人衣物及司農米麵酒饌百餘車。諸姊及銛初則
　　懼禍聚哭，及恩賜浸廣，御饌兼至，乃稍寬慰。妃初出，上
　　無聊，中官趨過者，或笞撻之，至有驚怖而亡者。力士因請
　　就召，既夜，遂開安興坊，從太華宅以入。及曉，玄宗見之
　　內殿，大悅。貴妃拜泣謝過。因召兩市雜戲以娛貴妃。貴妃
　　諸姊進食作樂。自茲恩遇日深，後宮無得進幸矣。

此事本於《舊唐書・玄宗楊貴妃傳》，傳中提及貴妃因「微譴」遭
到送還出宮[27]，至於所犯何罪，語焉未詳。樂史於是在正史模糊之
處，直接點明貴妃送歸的原因：「妒悍忤旨」，這並非樂史無中生
有，而是引申白居易〈上陽白髮人〉詩所得：

　　上陽人，紅顏暗老白髮新。綠衣監使守宮門，一閉上陽多少
　　春。玄宗末歲初選入，入時十六今六十。同時采擇百餘人，
　　零落年深殘此身。憶昔吞悲別親族，扶入車中不教哭。皆云
　　入內便承恩，臉似芙蓉胸似玉。未容君王得見面，已被楊妃
　　遙側目。妒令潛配上陽宮，一生遂向空房宿。……[28]

詩中敘述一個十六歲的美麗少女，玄宗晚年被選入宮中，就因為
「臉似芙蓉胸似玉」，所以還沒見到玄宗，「已被楊妃遙側目」、

27　後晉・劉昫：《舊唐書》卷 51，頁 2179。

28　收入清・彭定求等編：《全唐詩》卷 426，頁 4692。

「妒令潛配上陽宮」，於是這個十六歲的少女從此「一生遂向空房宿」，直到貞元中，女子已經六十歲了。詩的前面還有〈序〉：「天寶五載以後，楊貴妃專寵，後宮人無復進幸矣。六宮有美色者，輒置別所，上陽是其一也。」可見，楊貴妃專寵後，將許多後宮美麗的女子送至上陽宮，以遠離玄宗，避免自己的恩寵被其他人所奪走。因此，樂史說貴妃「妒悍」實是其來有自。

〈楊太真外傳〉在《舊唐書》「微譴」的基礎上特別落實了「妒悍忤旨」的罪狀；貴妃出宮後，樂史亦摘錄《舊唐書》描寫玄宗「思之不食」、「舉動發怒」、「暴怒笞撻左右」等情緒，甚至敷演出奴僕因此「驚怖而亡」的段落，刻意渲染玄宗的暴怒程度。玄宗之所以憤怒，雖與貴妃「妒悍忤旨」不脫關係，但在貴妃出宮後愈發暴躁，暗示玄宗自己無法等閒看待貴妃的出宮。倘若玄宗並不那麼在意貴妃，那麼貴妃做錯事，玄宗送貴妃歸楊銛宅予以懲戒，正足以洩憤；可是玄宗的暴怒生氣，恰好說明了他對貴妃的在意，貴妃的不在令他舉止失常。簡言之，唐玄宗原本將楊貴妃送還楊銛宅，是為了懲罰貴妃，不意卻懲罰了自己，令自己方寸大亂。

高力士探得玄宗欲見貴妃的渴望，於當晚便奏請玄宗召回貴妃。等到第二天一早，玄宗在內殿見到貴妃，完全沒有前一天生氣的樣子，就連貴妃的「妒悍忤旨」也不放在心上，只有「大悅」而已。甚至樂史還在《舊唐書》的基礎上，加入玄宗因為貴妃回宮而召來兩市雜戲以討好貴妃的情節，並以「後宮無得進幸矣」作為此事的收場。可見，在樂史的改動下，玄宗從原本為貴妃「妒悍」而發怒，到心甘情願地徹底專寵貴妃一人，表現出玄宗對貴妃日漸加深的寵愛。

玄宗意識到自己對貴妃難以割捨的眷戀後，貴妃仍有第二次被

放出宮的狀況，想見其原因必然嚴重到讓玄宗難以忍受：

> 九載二月，上舊置五王帳，長枕大被，與兄弟共處其間。妃
> 子無何竊寧王紫玉笛吹，故詩人張祜詩云：「梨花靜院無人
> 見，閒把寧王玉笛吹。」因此又忤旨，放出。時吉溫多與中
> 貴人善，國忠懼，請計於溫。遂入奏曰：「妃，婦人，無智
> 識。有忤聖顏，罪當死。既嘗蒙恩寵，只合死於宮中。陛下
> 何惜一席之地，使其就戮？安忍取辱於外乎？」上曰：「朕
> 用卿，蓋不緣妃也。」初，令中使張韜光送妃至宅，妃泣謂
> 韜光曰「請奏：妾罪合萬死。衣服之外，皆聖恩所賜。唯
> 髮膚是父母所生。今當即死，無以謝上。」乃引刀剪其髮一
> 繚，附韜光以獻。妃既出，上憫然。至是，韜光以髮搭於肩
> 上以奏　上大驚惋，遽使力士就召以歸，自後益嬖焉。又加
> 國忠遙領劍南節度使。

此事亦見於《舊唐書‧玄宗楊貴妃傳》，貴妃再次遭遣的原因，也
只說「復忤旨」[29]。樂史同樣在此罅隙之處　參考了《明皇雜錄》
及張祜〈邠王小管〉詩的內容，指明貴妃犯了無故　竊寧王紫玉笛
吹」的過錯。相較於前次貴妃的「妬悍忤旨」　此次貴妃「吹寧王
笛」的曖昧舉止，雖然違背了宮闈之內的禮儀倫常；但真正激怒玄
宗，必令貴妃放出宮外者，卻是玄宗心中難以遏抑的妒火。於是
乎，樂史藉由兩次遭遣出宮勺描寫　成功地將嫉妒的角色，由貴妃
轉移到玄宗身上。

29　後晉‧劉昫　《舊唐書》卷51，頁2180。

在嫉妒心的作祟下，玄宗較前次更為暴躁易怒，亦屬合情合理，不過樂史卻反倒用「憮然」一語鉤勒出玄宗失落惆悵的情緒。在此，樂史描繪玄宗對貴妃吹笛時的妒忌盛怒，以及貴妃出宮後的憮然落寞；在兩種情緒的複雜交錯之下，玄宗終於還是克制不住內心的思念，連貴妃送歸一天都無法忍受，當天即召貴妃回宮，塑造出玄宗無時無刻不能沒有貴妃的意象。貴妃回宮後，玄宗不僅對此事未加追究，樂史還強調：「自後益嬖焉」，乃至又令楊國忠「領劍南節度使」。

〈楊太真外傳〉中，經過對貴妃兩次忤旨出宮的細膩鋪陳之後，緊接著就是天寶十年楊家奴令公主墜馬一事，由於玄宗對貴妃的溺愛，楊家人愈來愈飛揚跋扈，亦在情理之中。天寶十年至十一年間，樂史又將焦點置於玄宗與貴妃情投意合的宮廷生活上，以至於後來玄宗對貴妃百般疼寵，甚至貴妃不必開口、玄宗也想極力討其歡心。到了天寶十一年以後，樂史進一步專寫楊家人位列權臣的經過：楊國忠為相，楊貴妃的姪兒女、外甥皆與皇家通婚，楊氏一家尊榮顯貴已臻極致，就連諸王婚嫁也得先賄賂韓國、虢國夫人等。於是乎在玄宗疼寵貴妃的過程中，楊家人的勢力亦從後宮深院，逐步擴大到朝廷廟堂之上。

到了天寶十四年「十一月，祿山反幽陵」之前，樂史特別編排了「六月一日，上幸華清宮，乃貴妃生日」一段，即安史之亂爆發前五個月，玄宗尚在華清宮為貴妃慶生，並遣人遠從南海送來荔枝。事實上，根據《舊唐書‧玄宗本紀》記錄，唐玄宗在天寶十年至十四年間，皆固定於每年十月幸華清宮，足見〈楊太真外傳〉所述，與史實不符。然而，樂史為了加強玄宗一心討貴妃歡心的形象，刻意在安祿山叛亂前夕，不循每年十月幸華清宮的慣例，安插

入六月一日前往華清宮為貴妃慶生的情節。如此一來，玄宗對貴妃的寵愛，不僅反映在「姊妹弟兄皆列土」上，更是置國家社稷於不顧，終於導致安史之亂的發生。

　　總結來說，樂史在天寶十年以前，安排的情節多在強調唐玄宗對楊貴妃愈來愈喜愛，也愈來愈離不開貴妃，以至於貴妃言行失當，玄宗也莫可奈何；天寶十年至十一年間，樂史將書寫的重點置於玄宗與貴妃情投意合的宮廷生活上，讓深情蜜意的兩人更顯得魚水和諧；如此一來，天寶十一年以後，樂史專寫楊氏一家人奢侈已極、飛揚跋扈，正可以看出玄宗因自己疼寵貴妃、無法片刻沒有貴妃，進而愛烏及屋，乃至縱容楊家人的不當行徑。因此，樂史在基本的情節順序下，特別在天寶十年至十一年間繫上了許多經過刻意選擇、自行撰作的材料。這些材料既帶領讀者看到玄宗與貴妃的感情一步步加溫，同時也一步步走向安史之亂。如唐代詩人張祜〈華清宮和杜舍人〉所形容的：「細音搖翠佩，輕步宛霓裳。禍亂根潛結，升平意遽忘。衣冠逃犬虜，鼙鼓動漁陽。」[30]安史之亂的根源，從楊貴妃冊立晉見開始埋下，並隨著貴妃的受寵，玄宗步上了象徵唐代國勢一層一層漸次低落的下坡階梯，而這個「禍階」正是樂史藉著〈楊太真外傳〉的情節安排所欲突顯的歷史論斷。

　　事實上，「禍階」的階梯意象並非樂史所首創，唐代陳鴻〈長恨歌傳〉就已針對楊貴妃提出「懲尤物、窒亂階，垂於將來也」的說法，可見陳鴻在〈長恨歌傳〉將楊貴妃視為具有貶義的「尤物」、「亂階」──一個女子具誘人美貌，是導致禍亂的階梯。就「尤物」而言，〈長恨歌傳〉形容楊貴妃「鬢髮膩理，纖穠中度，

30　收入清・彭定求等編：《全唐詩》卷511，頁5832。

舉止閒冶，如漢武帝李夫人」、「既出水，體弱力微，若不任羅
綺。光彩煥發，轉動照人。」除了強調楊貴妃之美，以合於「尤
物」之說外，陳鴻還特別以「閒冶」來形容楊貴妃的言談舉動，尤
其是「冶」字，《易‧繫辭上》曰：「慢藏誨盜，冶容誨淫」[31]，
《後漢書‧曹世叔妻傳》有〈女誡〉七篇，其中告誡女子「出無冶
容」[32]，皆說明女子容貌過份妖媚，容易引來他人淫邪心思，而陳
鴻用「閒冶」來形容楊貴妃，則不僅肯定楊貴妃外表之美麗，更闡
明其妖媚容貌容易招致貪色放蕩的禍患。另外，〈長恨歌傳〉形容
楊貴妃之所以能獲得唐玄宗的專寵，不僅由於貴妃丰姿冶麗，更因
為貴妃善於「冶其容，敏其詞，婉孌萬態，以中上意」，以及「非
徒殊豔尤態致是，蓋才智明慧，善巧便佞，先意希旨，有不可形容
者」，可見陳鴻將楊貴妃塑造成善於主動迎合玄宗心意，以各種方
法取悅玄宗的女人。

　　與陳鴻同時之人元稹的〈鶯鶯傳〉內，亦論及「尤物」，可以
參看：

　　　　大凡天之所命尤物也，不妖其身，必妖於人。使崔氏子遇合
　　　　富貴，乘寵嬌，不為雲，為雨，則為蛟，為螭，吾不知其變
　　　　化矣。昔殷之辛，周之幽，據百萬之國，其勢甚厚。然而一

---

[31] 魏‧王弼、晉‧韓康伯注，唐‧孔穎達疏：《周易正義‧繫辭上》卷7，
藝文印書館《十三經注疏》本，頁152。

[32] 南朝宋‧范曄：《後漢書‧曹世叔妻傳》卷84（北京：中華書局，1997
年9月），頁2790。

　　　　女子敗之。潰其眾，屠其身，至今為天下儍笑。[33]

可見陳鴻「亂階」一詞之所以與「尤物」並論，強調的是楊貴妃秉承妖豔美貌，「乘寵嬌」而致使唐玄宗迷惑上當，又配合元稹舉商紂王（帝辛）、周幽王所寵愛的妲己、褒姒為尤物之例，更可知陳鴻所謂「懲尤物、窒亂階」，是將楊貴妃視作與妲己、褒姒類似，能以「一女子」敗亂國家、國君之人，因此此處的「尤物」、「亂階」即為禍亂家國的罪魁禍首。而陳鴻以「懲尤物、窒亂階，垂於將來也」為由撰寫〈長恨歌傳〉，元稹亦為「使知者不為，為之者不惑」而寫〈鶯鶯傳〉，其「懲」戒尤物之妖及「勸」勉人遠離尤物之惑，目的、寫法相同。

　　反觀〈楊太真外傳〉，篇中參考《松窗雜錄》敘述李白作〈清平調〉本事，以「雲想衣裳花想容」、「一枝紅艷露凝香」來形容楊貴妃傾城的美貌；又採用地志寫法，介紹「貴妃生於蜀。嘗誤墜池中，後人呼為茗妃池　池在導江縣前。」並以小字注：「亦如王昭君，生於峽州，今有昭君村；綠珠生於白州，今有綠珠江。」配合樂史〈綠珠傳〉所言「今白州有　派水，自雙角山出，合容州江，呼為綠珠江。亦猶歸州有昭君灘、昭君村、昭君場　吳有西施谷、脂粉塘，蓋取美人出處為名。」[34]可見，具有豐厚地理知識的樂史[35]，運用「取美人生處為名」的概念，於〈楊太真外傳〉中創

33　王辟疆輯校·《唐人傳奇「說》，頁 139。

34　〈綠珠傳〉依李劍國《宋代傳奇集》據涵芬樓校印本《說郛》卷 38 校正後版本，收於氏著：《宋代傳奇集》，頁 14-17。

35　樂史精通地理，傳奇小說〈綠珠傳〉及〈楊太真外傳〉中皆夾雜不少同樣地見於《太平寰宇記》的推考山水之事，甚至這些地理山水的文字亦出於

作「落妃池」地名[36]，並進而反過來當作貴妃姿容出色的證明。

可見，樂史雖然也對楊貴妃的美貌加以描述，但一是引用李白的〈清平調〉間接書寫，二是利用地志寫法側面書寫，不取陳鴻筆下貴妃狐媚的「尤物」概念，亦從而降低貴妃惑主的負面形象，使〈楊太真外傳〉展現與〈長恨歌傳〉不同的寫法：陳鴻的「亂階」說是與「尤物」論共同提出的，但樂史的「禍階」並無與「尤物」並舉，足見樂史試圖將〈楊太真外傳〉的歷史論斷完全聚焦於「禍階」上。

樂史採用階梯意象，重在通過具體的情節安排突顯出一座真正的文本之「階」，化陳鴻「亂階」之空泛虛浮為實際可以名狀的「禍階」：唐玄宗、楊貴妃感情步步高升的爬坡階梯，也同時是唐代國勢層層低落的下坡階梯。由此，乍看相仿的樂史「禍階」與陳鴻「亂階」，其寫法卻有著根本的差異。

唐代劉恂《嶺表錄異》書中。唐·劉恂：《嶺表錄異》卷上：「綠珠井，在白州雙角山下。昔梁氏之女有容貌，石季倫為交趾採訪使，以珍珠三斛買之 梁氏之居 舊井存焉 耆老傳云：『汲飲此水者，生女必多美麗。』里閭有識者，以美色無益於時，遂以巨石鎮之。爾後雖有產女端麗，則七竅四肢多不完全。異哉！」後有小字注云：「州界有一派水，出自雙角山，合容州江呼為綠珠江，亦猶歸州有昭君村，蓋取美人生處為名。」出於魯迅·《魯迅輯錄古籍叢編》第二卷（北京：人民文學出版社，1999 年 7 月），頁 443-444。

[36] 樂史所謂「落妃池」，樂史之前的史傳、筆記皆無此說，在南宋孔傳所作的《孔帖·池》有「落妃池」條，並註明：「出《貴妃外傳》」，即〈楊太真外傳〉此書。唐·白居易、宋·孔傳撰·《白孔六帖》卷 7：「貴妃生於蜀，嘗誤落池中，後人呼為落妃池。」（臺北：新興書局，1976 年 10 月），頁 127。

四、暗示一位致「禍」之「首」

　　所謂「禍階」，其實亦隱含著楊貴妃之於安史之亂的被動性，也就是說，在唐代國勢由開元之治走向安史之亂的過程中，楊貴妃在其間所扮演的角色只是一座「階梯」，一座由盛走向衰的下坡階梯。因此「禍階」一詞同時具有兩個意義：一是揭示楊貴妃並不是直接造成安史之亂的罪魁禍首；其二，有「禍階」就意味著必然另有主動的「禍首」存在。

　　〈楊太真外傳〉雖以楊貴妃為傳主，但文中對許多處置失當的事件描述上，貴妃常常並不直接出場，如前文所述楊氏與公主爭道一事，當事者是她的家人，裁決者是玄宗，由始至終，楊貴妃未曾出場發言。倘若樂史增益貴妃從旁挑唆，豈不是更落實了玄宗因貴妃而禍於家國的形象，可是樂史沒有這麼做，反而讓貴妃在楊家與公主雙方衝突的情節中缺席。據是觀之，樂史筆下的楊貴妃，非但有別於〈長恨歌傳〉「冶其容，敏其詞，婉孌萬態」、「善巧便佞」的冶豔精明的形象，更與史書中干涉朝中大事，袒護自家親戚的記載大相逕庭。[37]藉由如此的敘述，〈楊太真外傳〉著重強調玄宗單方面對貴妃的寵愛，進而愛烏及烏，以至於「主動」偏袒楊家，讓玄宗一人承擔處置欠公平的責任、種下楊氏弄權的禍因。

　　甚至，樂史參考《舊唐書》的記載：「宮中供貴妃院織錦刺繡

---

[37]　宋·司馬光：《資治通鑑·唐紀》卷 216：「南詔數寇邊，蜀人請楊國忠赴鎮；左僕射兼右相李林甫奏遣之。國忠將行，泣辭，上言必為林甫所害，貴妃亦為之請。上謂國忠曰：『卿暫到蜀區處軍事，朕屈指待卿，還當入相。』」頁 6913。

之工，凡七百人，其雕刻鎔造，又數百人。揚、益、嶺表刺史，必求良工造作奇器異服，以奉貴妃獻賀，因致擢居顯位。」[38]加以更細膩地描寫：

> 宮中掌貴妃刺繡織錦七百人，雕鏤器物又數百人，供生日及時節慶，續命楊益往嶺南，長吏日求新奇以進奉。嶺南節度張九章，廣陵長史王翼，以端午進貴妃珍玩衣服，異於他郡，九章加銀青光祿大夫，翼擢為戶部侍郎。

另外，又如玄宗寵愛貴妃，以至於「姊妹兄弟皆列土」，在〈楊太真外傳〉中亦屢見不鮮。[39]異於《舊唐書》「以奉貴妃獻賀，因致擢居顯位」簡單帶過，〈楊太真外傳〉則鉅細靡遺地詳述這些官員、親戚的姓名，以及其昇遷、封賞的官爵；而其受封的原因無

---

[38] 後晉・劉昫：《舊唐書・玄宗楊貴妃傳》卷51，頁2179。

[39] 〈楊太真外傳〉：「冊妃日贈其父玄琰濟陰太守，母李氏隴西郡夫人。又贈玄琰兵部尚書，李氏涼國夫人。叔玄珪為光祿卿銀青光祿大夫，再從兄釗拜為侍郎，兼數使。兄銛又居朝列。堂弟錡尚太華公主，是武惠妃生，以母，見遇過於諸女，賜第連於宮禁。自此楊氏權傾天下，每有囑請，臺省府縣，若奉詔勅。四方貨賄，僮僕，馳馬，日輸其門。……七載，加釗御史大夫，權京兆尹，賜名國忠。封大姨為韓國夫人，三姨為虢國夫人，八姨為秦國夫人。同日拜命，皆月給錢十萬，為脂粉之資。……又賜虢國照夜璣，秦國七葉冠，國忠鏤子帳，蓋希代之珍，其恩寵如此。銛授銀青光祿大夫鴻臚卿，將列榮載，特授上柱國，一日三詔。……上賜御食，及外方進獻，皆頒賜五宅。開元已來，豪貴榮盛，未之比也。……國忠賜第在宮東門之南，虢國相對。韓國秦國，甍棟相接。天子幸其第，必過五家，賞賜燕樂。」

他，正是玄宗為了取悅貴妃所致。然而，樂史在此同樣不安排貴妃現身，既未要人貢獻珍稀寶物，也不曾開口為這些官員、親戚要求封賞，反而讓貴妃於此情況下再一次缺席。換句話說，樂史不特別書寫貴妃的欲望，所有和貴妃有關的珍寶及封賞，皆出自玄宗主動自發性的賜予。

綜前所論，隱藏在〈楊太真外傳〉的「禍階」論斷之後，樂史的確鉤勒出一個主動陟升其上的「禍首」：唐玄宗；而本篇明寫「禍階」卻實暗指「禍首」，更直接反映於篇末的論贊：

> 悲夫，玄宗在位久，倦於萬機，常以大臣接對拘檢，難徇私欲。自得李林甫，一以委成，故絕逆耳之言，恣行燕樂。衽席無別，不以為恥，由林甫之贊成矣。乘輿遷播，朝廷陷沒，百僚繫頸，妃王被戮，兵滿天下，毒流四海，皆國忠之召禍也。
>
> 史臣曰：夫禮者，定尊卑，理家國。君不君，何以享國？父不父，何以正家？有一於此，未或不亡。唐明皇之一誤，貽天下之羞。所以祿山叛亂，指罪二人。今為《外傳》，非徒拾楊妃之故事，且懲禍階而已。

論贊中，樂史以「禮」作為議論的出發點，認為唯有凡事合於「禮」才能「正家」、「享國」，倘若無法「定尊卑」，就無從「理家國」；而正由於玄宗「君不君」、「父不父」，因而引發安史之亂，貽天下之羞。以「父不父」來說，指的是玄宗奪壽王妃，誠如《禮記・曲禮》所云：「當夫唯禽獸無禮，故父子聚

麈。」[40]既違禮背義，破壞倫理，釀成禍亂是理所當然。楊貴妃一方面身處皇帝與王侯之間，另一方面又「早孤，養於叔父河南府士曹玄璬家」，於此處境、身世下，貴妃根本無法有自己的主張及意見，成為君權、父權下的犧牲品。爾後，要貴妃先嫁壽王的是玄宗，後又要納她為妃、要她度為女道士的亦是玄宗，是以〈楊太真外傳〉雖以貴妃為傳主，但貴妃並沒有選擇對象的權利，只能任憑掌握天下大權的玄宗擺弄而已。因此，樂史表面上寫的是楊玉環從「壽王妃」變成「貴妃」的過程，事實上是為了指控唐玄宗因「父不父」而造成綱紀隳敗的罪狀。

至於玄宗「君不君」的行徑，在〈楊太真外傳〉中也有相關記載，大致上與《開天傳信記》[41]相同但稍作修改：

> 嘗於便殿與貴妃同宴樂，祿山每就坐，不拜上而拜貴妃。上顧而問之：「胡不拜我而拜妃子，意者何也？」祿山奏云：「胡家不知其父，只知其母。」上笑而赦之。

安祿山竟敢不向君主朝拜，而玄宗竟也願意聽信他的辯解之詞，在玄宗的縱容之下，君臣禮節因而蕩然無存，安祿山對玄宗的尊敬之心也就日漸喪失，輕慢的態度也將慢慢萌生。而樂史於此段下的自注中，採錄《太平廣記》引《定命錄》的記載，敘述玄宗與安祿山

---

40 漢·鄭玄注，唐·孔穎達正義：《禮記正義》卷 1，藝文印書館《十三經注疏》本，頁 15。

41 唐·鄭綮：《開天傳信記》，收入《唐五代筆記小說大觀》（上海：上海古籍出版社，2000 年 3 月），頁 1227。

因同坐觀戲，肅宗當時為太子對父親玄宗勸諫：「歷觀今古，無臣下與君上同坐閱戲者。」且夜宴時，安祿山醉臥化為一豬而龍首，左右亦告訴玄宗，玄宗輕率地認為：「此豬龍，無能為。」[42]肅宗的提醒，是針對玄宗、安祿山君臣無別所發，而左右臣下也以安祿山的異相提醒玄宗。不過，玄宗並未意識到自己的「君不君」將使得安祿山對唐室產生輕慢，所謂「外貌斯須不莊不敬，而易慢之心入之矣。」（《禮記·樂記》）[43]更沒有對安祿山多加防範，最後終於導致安史之亂。

甚至，由於唐玄宗的縱容，安祿山不但輕侮唐室，對貴妃還懷有狎褻的情愫。如樂史採錄《國史補》記載貴妃死於馬嵬驛後，安祿山聽聞貴妃之死的心情——「數日歎惋」；樂史又歸納安祿山叛亂的原因，除「林甫養育之，國忠激怒之」之外，還「其有所自也」，與前文「妃常在座，祿山心動」的伏筆互相呼應。此外，《資治通鑑》記有：「自是祿山出入宮掖不禁，或與貴妃對食，或通宵不出，頗有醜聲聞於外，上亦不疑也」，唐代溫畬《天寶亂離西幸記》亦言：「上時聞後宮三千合處喧笑，密偵則祿山果在其內。貴戚猥雜，未之前聞；凡曰釵簪，皆啗厚利；或通宵禁掖，暱狎嬪嬙。」[44]皆可說明唐玄宗對於安祿山太過信任不疑，以至於安祿山日益放肆，毫無君臣上下尊卑之分的認知，終究兵變漁陽。因此，樂史在篇末所論「恣行燕樂，衽席無別，不以為恥」，雖是在

---

[42] 宋·李昉編：《太平廣記》卷 222（北京：中華書局，2003 年 6 月），頁1702-1703。

[43] 漢·鄭玄注，唐·孔穎達正義：《禮記正義》卷 39，藝文印書館《十三經注疏》本，頁 698-699。

[44] 宋·司馬光：《資治通鑑·唐紀》卷 216，頁 6903。

指責「由林甫之贊成」玄宗、貴妃、安祿山燕飲享樂時的荒唐行徑，但追根究柢，正是如此「君不君」的玄宗，才是造成安史之亂的真正禍首。

因此，樂史篇末論贊清楚說明了「祿山叛亂，指罪三人」：李林甫、楊國忠、唐玄宗，唐玄宗「絕逆耳之言」而李林甫「贊成」，可見李林甫善於巧言奉承唐玄宗，以致玄宗疏於防範，終於釀成安史之亂；楊國忠「召禍」，則是安史之亂發生後，楊國忠慫恿唐玄宗「乘輿遷播」，致使「朝廷陷沒，百僚繫頸，妃王被戮，兵滿天下，毒流四海」，後來的藩鎮自重亦源於此一決定。可見，樂史認為李林甫與安史之亂的發生有直接關係，而安史之亂之所以能夠動搖唐代國勢根基則與楊國忠關係密切；雖然如此，但李林甫、楊國忠之所以有機會先後掌理國政，又全是因為唐玄宗在位日久、「倦於萬機」，才「一以委成」、犯下聽信奸佞之臣的大錯。因此，雖然〈楊太真外傳〉將楊貴妃視作「禍階」，但楊貴妃對安史之亂之責任，仍遠不如李林甫、楊國忠大；而楊貴妃固然是一條通往禍亂的階梯，李林甫、楊國忠固然有其政治責任，但唐玄宗才是真正的罪魁禍首，所以才有「祿山叛亂，指罪三人」之說，這也是樂史對唐玄宗進行「君不君」、「父不父」、「貽天下之羞」的猛烈批判之原因。

既然辨明了〈楊太真外傳〉明寫「禍階」、暗指「禍首」的內在肌理，再進一步通過樂史〈綠珠傳〉深入〈楊太真外傳〉之「禍階」概念。首先，樂史在〈綠珠傳〉篇末論贊提出「述美麗，窒禍源」，認為「石崇之敗」「自綠珠始」，所以以綠珠為「禍源」，不過，又說「石崇之敗」「亦其來有漸矣」，爾後列舉石崇「不義，舉動殺人」之事例，因此以「非綠珠無以速石崇之誅」點明

「禍源」概念。簡言之，雖然綠珠直接招致石崇之速誅，但沒有綠珠，石崇同樣將面臨敗亡，所以綠珠是石崇之敗的「禍源」——迅速致禍的直接根源，卻非作惡犯罪的人。以此觀之，可以發現樂史採用同一方法，通過〈綠珠傳〉以綠珠為「禍源」、〈楊太真外傳〉以楊貴妃為「禍階」的同時，暗示了石崇及唐玄宗實為招致自身災禍的「禍首」。然而，進一步比較，綠珠為招致石崇速誅的致禍根源（禍源），而楊貴妃為通往禍亂的階梯（禍階），前者直接引發災禍，後者則被動誘使禍首造成災禍，兩者又不相同。

　　其次，由句法、用詞來看，〈楊太真外傳〉末句：「今為外傳，非徒拾楊妃之故事，且懲禍階而已」，對照〈綠珠傳〉，樂史在篇末論贊說：「今為此傳，非徒述美麗，窒禍源，且欲懲戒辜恩負義之類也」，句法非常類似：「今為外（此）傳，非徒……，且（欲）懲……」；其中，〈綠珠傳〉「窒禍源」、〈楊太真外傳〉「懲禍階」，又可以發現樂史承襲自陳鴻〈長恨歌傳〉「『懲』尤物、『窒』亂階」的用詞。不過，〈長恨歌傳〉欲「懲尤物」，而〈綠珠傳〉「欲懲戒辜恩負義之類」，可以推知，兩者雖然同樣標榜美貌女子並造成禍亂，但〈長恨歌傳〉以楊貴妃為安史之亂的唯一亂源，〈綠珠傳〉則除了說明石崇要擔負起主要責任外，更認為趙王倫、孫秀等「享厚祿，盜高位，亡仁義之行，懷反覆之情，暮四朝三，唯利是務」之亂常竄位之徒，「節操反不若一婦人」，才是需要嚴加懲戒的對象；綠珠雖然招致石崇速誅，但其侍兒身分，所導致的禍患亦非一國之動亂，反而是趙王倫、孫秀之輩，不僅志氣節操不如綠珠，還動搖國家綱常，更應該懲戒。

　　以此觀之，〈綠珠傳〉以綠珠為「禍源」，尚能藉此譴責辜恩負義之徒，但〈楊太真外傳〉以唐玄宗為禍首、楊貴妃為「禍

階」，甚至以「祿山叛亂，指罪三人」直言批判李林甫、楊國忠、唐玄宗，卻仍在最後一句「今為外傳，非徒拾楊妃之故事，且懲禍階而已」，乍看之下，令人錯愕，畢竟這最後一句與整體情節安排齟齬不合，與篇末論贊內容千差萬別；但深入思索後，即可發現綠珠引起的是石崇個人或家族的衰亡，而楊貴妃誘發的是國家朝廷的動亂。因此，通過〈楊太真外傳〉「禍階」與〈綠珠傳〉「禍源」的比較，樂史所表達的思想即呼之欲出：面對牽一髮而動全身的軍國大事，哪怕只是被動的、間接的、微小的存在，都可能造成重大且難以挽回的後果，楊貴妃與綠珠不可混為一談。

由是以觀，〈楊太真外傳〉的文本編排與結構，與篇末論贊中所提到：「今為《外傳》，非徒拾楊妃之故事，且懲禍階而已」的寫作目的，有著密切的關係。樂史之所以在天寶十載上元節至十一載之間或繫上最多原本時間不明的事件，或改易某些舊文，或特別增益某些情節，或自撰部分情節，都是為了完成「禍階」的「階」的概念：一座玄宗貴妃愛情逐漸深濃、層層加溫的「階梯」；同時也是一座唐代國勢因而層層低落的「階梯」。「禍階」楊貴妃並非直接造成安史之亂者，僅是一個被動的存在，而「禍首」才是真正主動選擇步上禍階者。於是乎「禍階」概念的完成，也代表著對「禍首」的全面批判；不過，事涉家國大事，楊貴妃雖不如李林甫、楊國忠直接召禍，更不如唐玄宗必須擔負起全部的政治歷史責任，卻也無法完全撇清關係。至此，樂史「禍階」的論斷意義才能完整體現，而對比〈長恨歌傳〉的「亂階」論斷，更能展現出〈楊太真外傳〉對「楊貴妃」的深刻審思與重新定位。

五、結語

　　樂史作傳奇〈楊太真外傳〉歷來總為論者所批評，批評的原因多與唐傳奇「施之藻繪、闊其波瀾」的藝術成就有關，亦有論者強調〈楊太真外傳〉中的「歷史意識」，認為有其獨特的風格，但仍認為「並不算是極為傑出之作」。[45]然而，自中唐至五代以玄宗、貴妃故事為題材的文本眾多，一部單純「綴合」又並不「傑出」的〈楊太真外傳〉何以能夠如汪辟疆所說「文特淒豔；且讀此文，其他唐末五季之侈談太真逸事者，皆可廢也」？因此，本文直接分析樂史如何綴合增改舊文、如何穿插自撰的情節，也就是書寫〈楊太真外傳〉的手法，說明樂史在「編」排事件順序的同時，在文本中構築一條通往禍亂的「階梯」，以得出篇末「禍階」的歷史論斷；並使得龐雜的舊文新說皆可以統一融攝在「禍階」此一概念底下，而樂史的「禍階」說並不「只是一般地總結歷史教訓而已」，背後有著相應的推論過程。

　　歸納起來，〈楊太真外傳〉的外部結構利用了「井然有序」的編年結構，以造成的信實可徵的語境，但內容編排上卻一面改動正史記載的時間，一面賦予原本未有明確時日的資料以明確的時間點，一面又提供加油添醋後的內容情節，甚至還自撰相關情節，利用四種不同的手法進行文學性的改動，使史家信實可徵的外在結構，包裝著改易自撰後的文學性創作。

　　而樂史之所以運用這些手法創作〈楊太真外傳〉，是為了完成

45　盧景商：〈樂史〈楊太真外傳〉的歷史意識〉，《醒吾學報》第 19 期（1995 年 10 月），頁 67-76。

「禍階」的「階」：一座藉著玄宗、貴妃愛情逐漸深濃而導致唐代國勢層層低落的「階梯」。甚至「禍階」之論也不是陳鴻「亂階」之說的重新提出，而有著更進一步的思考，一方面仔細分別出「禍首」與「禍階」，並刻意以此建構〈楊太真外傳〉的許多細節，使楊貴妃在多處有欠公平的情節中，被塑造成沒有現身之人，在以楊貴妃為傳主的傳中，非常奇特；另方面同時凸顯「禍階」及「禍首」、被動及主動之區別，並通過〈楊太真外傳〉通篇材料的編排、傳奇手法運用，推演出唐玄宗才是主動且直接造成禍亂之人。

　　〈楊太真外傳〉藉著清理楊貴妃「尤物」禍國的概念，且明確「禍階」論斷，一則突出對罪魁禍首唐玄宗的批判，另一方面也挑明了楊貴妃的部分政治歷史責任：雖然楊貴妃並不如李林甫、楊國忠直接召致安史之亂，更不如唐玄宗犯下縱容安祿山、聽信李林甫、楊國忠、過分寵愛楊貴妃等錯誤，卻也無法完全撇清關係。因此，〈楊太真外傳〉的「禍階」之說，並非只是〈長恨歌傳〉「亂階」論斷的簡單改造而已，更展現出對「楊貴妃」的全面反省。

（本章原載於《成大中文學報》第 34 期，頁 131-158，題名為〈從「禍階」到「禍首」：樂史〈楊太真外傳〉的書寫手法〉，後經增補與陳鴻「亂階」、〈綠珠傳〉「禍源」之比較，進行部分修改。）

第三章 「楊貴妃」主題二：
從「尤物」到「玩物」

一、前言

除了上一章探討的〈楊太真外傳〉外，秦醇〈驪山記〉、〈溫泉記〉及無名氏〈玄宗遺錄〉亦承襲中唐以後文人所豔稱之楊妃故事題材，為北宋「楊貴妃」主題傳奇之一。雖然〈驪山記〉、〈溫泉記〉、〈玄宗遺錄〉書寫玄宗貴妃事，但內容卻不限於〈長恨歌〉一類描述玄宗、貴妃兩人的愛情[1]，也不似〈長恨歌傳〉、〈楊太真外傳〉等傳奇於論贊中評議安史之亂的罪責歸屬[2]，〈驪

---

[1] 唐·白居易：〈長恨歌〉有「緩歌慢舞凝絲竹，盡日君王看不足」、「在天願做比翼鳥，在地願為連理枝」等詩句，前者說明玄宗、貴妃喜愛樂舞、日夜笙歌的恩愛；後者則以「比翼鳥」、「連理枝」強調兩人如膠似漆、水乳交融的深情。收入清·彭定求等編：《全唐詩》卷 435，頁 4818。以下所引〈長恨歌〉皆出於此。

[2] 唐·陳鴻：〈長恨歌傳〉提出「懲尤物、窒亂階，垂於將來也」，認為具誘人美貌的女子，是導致禍亂的階梯。收入汪辟疆輯校：《唐人傳奇小說》，頁 117。以下所引〈長恨歌傳〉皆出於此。宋·樂史〈楊太真外傳〉認為楊貴妃與李林甫、楊國忠一樣，對安史之亂固然有其責任，但只

山記〉、〈溫泉記〉、〈玄宗遺錄〉三篇無一字議論。

　　其次，〈長恨歌傳〉予楊貴妃「尤物」及「亂階」之論斷，可見楊貴妃的美貌是描寫的重點之一，因此形容楊貴妃「鬢髮膩理，纖穠中度，舉止閒冶，如漢武帝李夫人」、「既出水，體弱力微，若不任羅綺。光彩煥發，轉動照人。」至於〈長恨歌〉，雖然表面上未提及「尤物」之說，內容亦只以「回眸一笑百媚生，六宮粉黛無顏色」說明楊貴妃美貌出眾，不過陳寅恪認為〈李夫人〉是白居易為〈長恨歌〉自撰的箋注，因此讀〈長恨歌〉必須參讀〈李夫人〉，始能全盤理解〈長恨歌〉之諷喻主題[3]；而檢視〈李夫人〉一詩，確實與〈長恨歌〉有呼應之處：「又不見泰陵一掬淚，馬嵬坡下念楊妃。縱令妍姿豔質化為土，此恨長在無銷期。」[4]既以「妍姿豔質」形容楊貴妃的美貌，又點明「長恨」主題，同樣地，〈李夫人〉篇末亦以「尤物」作結，「生亦惑，死亦惑，尤物惑人忘不得。人非木石皆有情，不如不遇傾城色。」再配合〈鶯鶯傳〉之「大凡天之所命尤物也，不妖其身，必妖於人」的觀點，可見，前代文本書寫楊貴妃的美貌時，始終與「尤物」、「傾城」等略帶貶義的用詞相關聯，並將重點置於楊貴妃「妖」媚惑人、「冶」容

　　是一條通往禍亂的階梯，而唐玄宗才是主動造成禍亂之人：「所以祿山叛亂，指罪三人。今為《外傳》，非徒拾楊妃之故事，且懲禍階而已。」收入李劍國：《宋代傳奇集》，頁 33。下文引此書皆出於此。見上一章，及趙修霈：〈從「禍階」到「禍首」：樂史〈楊太真外傳〉的書寫手法〉，《成大中文學報》第 34 期（2011 年 9 月），頁 131-158。

3　陳寅恪：《元白詩箋證稿·新樂府李夫人》，頁 271。

4　唐·白居易：〈李夫人〉，見清·彭定求等編：《全唐詩》卷 427，頁 4706。

致禍上。不過，既然有「惑人」、「致禍」的結果，則必然有一「被惑」的對象，即「重色思傾國」的唐玄宗，因此前代文本往往將焦點置於唐玄宗與楊貴妃的兩人互動關係上：楊貴妃貌美惑人、唐玄宗重色被惑；然而，〈驪山記〉、〈溫泉記〉、〈玄宗遺錄〉卻不寫兩人的情投意合、水乳交融，僅刻意聚焦於其中一人，如此一來，楊貴妃仍具「尤物」惑人的效力嗎？

　　為此，本章將由〈驪山記〉、〈溫泉記〉出發，觀察作者秦醇如何透過唐玄宗的缺席、主角張俞的補缺，「觀看」前代文本中的楊貴妃，並對其進行「淫想」；輔以〈玄宗遺錄〉中楊貴妃的不在場，作者得以專注「檢視」唐玄宗，並由此重新「看待」楊貴妃。最後試圖回答在眾多玄宗貴妃故事中，何以〈驪山記〉、〈溫泉記〉、〈玄宗遺錄〉三篇宋傳奇顯得特異？不僅在內容上與先前文本不同，在書寫手法及思想內涵上亦有奇特之處，甚至，是否承襲前文本的「尤物」觀點？

二、由秦醇的情色想像出發

　　秦醇〈驪山記〉、〈溫泉記〉兩篇傳奇的主角是同一個人——張俞，並且在〈溫泉記〉開頭，作者秦醇特別強調：「西蜀張俞再過驪山」，以「再」字暗示讀者在〈溫泉記〉前另有一篇相關的傳奇，兩篇前後相連，要讀者將兩篇合觀。也就是說，〈驪山記〉及〈溫泉記〉這兩篇傳奇是同一作者（秦醇）針對同一對象（楊貴妃）的創作，就連小說中的主角也是同一人（張俞），這樣的安排，不可能只是巧合，必是作者有意為之，刻意要人注意到這兩篇傳奇是二而一、一而二的。

　　秦醇〈驪山記〉[5]藉遍遊山水之奇的文人張俞發問、田翁回答的方式，進行對話，問答內容皆環繞於玄宗及楊妃事上；然而，張俞是宋仁宗時文人[6]，既無法親逢開元天寶時代，亦無從巧遇開元天寶時人[7]，作者只好轉而創作五代祖為玄宗守宮使的田翁，讓田翁敘述經歷五個世代的開元天寶時事。田翁自述其遠祖：「為守宮使，常出入禁中，故宮中事亦可得而言也」，又說：「吾今年九十三矣，亦嘗見大父洎吾祖言往事」，也就是田翁幼時親見祖父對其他先代之人言往事；如此一來，玄宗貴妃故事歷經遠祖（高祖）、未提及的曾祖、大父（祖）[8]、祖輩先人的轉述，最後透過九十三歲的田翁說給張俞聽，而田翁一家五代經歷了自開元天寶時期至北宋仁宗近三百年的歲月亦屬合理。

　　〈驪山記〉以田翁及張俞的數段問答作為結構安排，每一段問答皆以楊貴妃與安祿山的宮闈秘事為書寫重點。首先是足以概括後

5　宋‧秦醇：〈驪山記〉，收入宋‧劉斧撰，施林良校點：《青瑣高議》前集卷6（上海：上海古籍出版社，2012年12月），頁37-41。李劍國輯校：《宋代傳奇集》，頁211-216。下文引此書皆出於前者。

6　張俞實有其人，為北宋著名隱士及詩人，性喜遊觀山水、作詩喜詠古，因此「秦醇將登驪山訪古、過溫泉夢妃事託於張俞，恰正符合張俞性情」，且「為借重張俞之名以廣其傳」。見李劍國：《宋代志怪傳奇敘錄》，頁158-159。

7　〈連昌宮詞〉中，元稹亦不曾親臨開元盛世，但仍得以遇見天寶遺老，見唐‧元稹：〈連昌宮詞〉：「宮邊老翁為余泣，小年進食曾因入，上皇正在望仙樓，太真同憑闌干立。」收入清‧彭定求等編：《全唐詩》卷419，頁4612-4613。

8　漢‧司馬遷：《史記‧留侯世家》卷55：「留侯張良者，其先韓人也。大父開地，相韓昭侯、宣惠王、襄哀王。」裴駰《集解》引應劭曰：「大父，祖父。」（北京：中華書局，1997年11月），頁2033。

文情節的〈驪山記〉總論：

> 俞曰：「吾嘗觀《唐紀》，見妃與祿山事，則未之信。夫帝
> 禁深沉，守衛嚴密，宮女數千，各有掌執，門庭禁肅，示有
> 分限，雖蜉蝣蟻蟻莫能得入，果如是乎？」翁曰：「史氏書
> 此作戒後世，當時事亦可言陳。《易》曰：『慢藏誨盜，冶
> 容誨淫。』正為此也。婦人女子，性猶水也，置於方器則
> 方，置於圓器則圓。且宮人數千，幽之深院，綺羅珠翠，甘
> 鮮肥脆，皆足於體，所不足者，大慾耳。聖人深思此，故主
> 宮殿用中貴人也。」

透過田翁之口，說明了田翁及其父祖五代所延續下來的觀點：女人
「水性」且愈美麗的女子就愈容易引起他人邪淫之心，輔以後宮只
有帝王一人而妃子眾多，打扮妖媚的妃子更易招致淫穢之事。而此
段正好作為讀者閱讀下文、「觀看」楊貴妃的引導文字。
　　〈驪山記〉總論引《易》：「慢藏誨盜，冶容誨淫」為前提，
而楊貴妃既是傾國傾城的絕色「尤物」，接下來便順勢開展「淫」
之論述。第一個關於楊貴妃、安祿山的私情——「安祿山抓傷貴妃
胸乳間」：

> 貴妃自處子入宮，上幸傾後宮，常與遊者祿山也。祿山日與
> 貴妃嬉遊，帝從觀以為笑，此得不謂之上慢乎？貴妃慮其醜
> 聲落民間，乃以祿山為子。一日祿山醉戲，無禮尤甚，貴妃
> 怒罵曰：「小鬼方一奴耳，聖上偶愛爾。今得官出入禁掖，
> 獲私於吾，尚敢爾也！」祿山曰：「臣則出微賤，惟帝王能

興廢也，他皆無畏焉。臣萬里無家，四海一身，死歸地下，臣且不顧。」叱貴妃，復引手抓傷貴妃胸乳間。貴妃泣曰：「吾私汝之故也，罪在我而不在爾。爾今不思報我，尚以死脅我。」時宮女王仙音旁立，乃大言：「安祿山夷狄賤物，受恩主上，蒙愛貴妃，乃敢悖慢如此！我必奏帝。」祿山猶不止，云：「奏帝我不過流徙，極即刑誅。貴妃未必無罪，得與貴妃同受禍，我所願也。此所謂魚目得伴明珠入水，砥砆同白玉入火，又何害焉？」……力士久在屏外躬聽，且知所爭。……貴妃慮帝見胸乳痕，乃以金為訶子遮之。後宮中皆效之，迄今民間亦有之。

一方面說明在安祿山的眼中，楊貴妃具有一種肉體的吸引力，美豔模樣足以令安祿山甘願受罪罰；另一方面，利用唐代婦女戴訶子遮掩胸部的時尚，作為此事的旁證。[9]至於後宮或民間見楊貴妃以金訶子為胸前飾物，皆起而效尤，又可見楊貴妃原本不欲人注意、欲

9　宋・高承撰，明・李果訂：《事物紀原》卷 3：「本自唐明皇、楊貴妃作之，以為飾物。貴妃私安祿山，以後頗無禮，因狂悖，指爪傷貴妃胸乳間，遂作訶子之飾以蔽之。事見《唐宋遺史》。」收入《叢書集成初編》（北京：中華書局，1985 年），頁 110。《唐宋遺史》收錄在宋・曾慥《類說》卷 27 載十六則，《宋史・藝文志》卷 203 亦載「詹玠《唐宋遺史》四卷」，可見「訶子」一條雖不見於《類說》，但《唐宋遺史》必著於北宋；〈驪山記〉「安祿山抓傷貴妃胸乳間」情節應出於秦醇自撰或秦醇記載時人間之傳聞，不論如何，秦醇寫入〈驪山記〉，即代表他對此事的興趣及接受。宋・曾慥：《類說》卷 27，《景印文淵閣四庫全書》，葉 10-15。元・脫脫：《宋史・藝文志》卷 203（北京：中華書局，1997 年 9 月），頁 5095。

以金訶子遮掩胸乳的舉動反而成為裝扮自己、甚至欲蓋彌彰的表現，而胸乳更由此成為引人觀賞注目的焦點所在。而〈驪山記〉此段，既指點讀者一同「觀看」楊貴妃被安祿山調戲，同時，教人將目光焦點聚集於楊貴妃胸乳上，暴露了作者秦醇對楊貴妃豐腴姣好身材的遐想。

這種想像在田翁轉述的另一段故事中表現得更為鮮明：

> 一日，貴妃浴出，對鏡勻面，裙腰褪，微露一乳，帝以指捫弄曰：「吾有句，汝可對也。」乃指妃乳言曰：「軟溫新剝雞頭肉。」妃未果對，祿山從旁曰：「臣有對。」帝曰：「可舉之。」祿山曰：「潤滑初來塞上酥。」妃子笑曰：「信是胡奴只識酥。」帝亦大笑。[10]

前書如《國史補》[11]或《資治通鑑》引唐代佚書《天寶亂離西幸記》[12]皆暗示安祿山對楊貴妃懷有狎邪心思，時常出入禁宮，通宵

---

10 此情節影響了明代通俗小說，如明·鍾惺編次：《混唐後傳》第 15 回：「楊妃勻面畢，將餘露染掌撲臂，不覺雙乳露出。玄宗見了，說道：『妙哉！軟溫好似新剝雞頭肉。』祿山在傍不覺失口道：『滑膩還如塞上酥。』祿山說了，自知出言唐突。楊妃亦駁其失言。玄宗全不在意，反喜道：『堪笑胡兒只識酥。』說罷，呵呵大笑。祿山 楊妃也笑起來。」《明代小說輯刊》第三輯（成都：巴蜀書社，1995 年 11 月），頁 1088。

11 唐·李肇：《國史補》卷上：「安祿山恩寵寖深，上前應對，雜以諧謔，而貴妃常在坐。詔令楊氏三夫人約為兄弟，由是祿山心動。及聞馬嵬之死，數日歡惋。雖林甫養有之，而國忠激怒之，然其他腸有所自也。」（臺北：世界書局，1991 年 6 月四版），頁 18-19。

12 宋·司馬光編著，元·胡三省音注：《資治通鑑·唐紀》卷 216：「上時

暱狎喧笑，但以往未曾有過如〈驪山記〉敘述貴妃在玄宗及安祿山面前微露一乳的情節。進一步來看，「軟溫」或「潤滑」皆屬於觸覺感受，絕非有距離的目視可以知覺到的，必得直接親密接觸才能得以體會，而唐玄宗知道楊貴妃胸乳「軟溫」是理所當然，但安祿山從何得知其「潤滑」？可見作者秦醇一則藉此暗示安祿山與楊貴妃之關係不尋常，亦同時表現出自己對楊貴妃胸乳的想像不僅在視覺上，更包括觸覺或味覺上的聯想。

　　這段情節不僅揭示了唐玄宗、安祿山兩位觀賞者，秦醇藉著楊貴妃出浴「對鏡勻面」的姿態及環境，讓楊貴妃同時成為自己的觀賞者，她透過鏡子，欣賞自己動人的體態，也欣賞唐玄宗注視自己的情態，一種見她「微露一乳」即「以指捫弄」的衝動及佔有欲之表現；同時，當安祿山以她的胸乳對句時，她不但沒有發怒或不自在，反而嘲笑安祿山「信是胡奴只識酥」，可見她對於自己成為他人注視的焦點習以為常，甚至自己的胸乳或裸體成為自己或他人笑樂的對象亦無不可，因而，貴妃注視著鏡中的自己，將自己當成一道美豔風景、一個欲望客體，更深一層地，與其說她透過鏡子觀看自己的身體，不如說她喜歡觀看他人對自己身體的凝視。[13]

　　〈溫泉記〉則由〈驪山記〉主角張俞開場：「西蜀張俞再過驪山」，並由於張俞作詩讚頌貴妃美貌，如「當時國色并春色，盡在

聞後宮三千合處喧笑，密偵則祿山果在其內。貴戚猥雜，未之前聞；凡曰釵襲，皆咱厚利；或通宵禁掖，暱狎嬪嬙。」頁6903。

13　參見〔英〕約翰·伯格（John Berger）著，陳志梧譯：《看的方法》（臺北：明文書局，1991年1月），頁44-45。張小虹：《情慾微物論》（臺北：大田出版有限公司，1999年2月），頁42。

君王顧盼中」、「宮中第一花」等，因此他夜晚就枕後，有二短黃
衣吏立於床前，召張俞魂魄往見「蓬萊第一宮太真妃」。對於張俞
而言，在〈驪山記〉「觀看」田翁口述故事中的楊貴妃後，〈溫泉
記〉內成仙的楊貴妃直接現身於張俞眼前，正有遂願之意。

　　況且，〈溫泉記〉中的張俞抵達蓬萊第一宮後，楊貴妃便邀他
「溫泉共浴」，在傳統「男女授受不親」[14]的規範下，絕無男女初
次見面便溫泉共浴之可能，但張俞夢中見楊貴妃，卻有此豔福：

> 又行百里，道左有大第，朱扉屼立，金獸銜環，萬戶生烟，
> 千兵守禦。入門則臺殿相向，金碧射人。簾掛瓊鈎，砌磨明
> 玉，金門瑤池，彩楹瑣窗，幕捲輕紅，甃浮寒碧。童止俞
> 曰：「可伺於此，吾入報矣。」童復出，呼左右備騶從。童
> 謂俞曰：「上仙召子溫泉共浴。」[15]

又當張俞僅敢「偷視」、尚未對楊貴妃開口說一句話時，楊貴妃即
在他面前寬衣解帶，亦即張俞仔細定睛觀看楊貴妃的第一眼竟是她
不著片縷的裸體。

---

[14] 清・朱彬撰，饒欽農點校：《禮記訓纂・坊記第三十》：「男女授受不
親」，鄭玄〈注〉曰：「不親者，不以手相與也。〈內則〉曰：『非祭非
喪，不相授器。其相授，則女受以篚。其無篚，則坐奠之而後取之。』」
（北京：中華書局，1998年12月），頁771。

[15] 宋・秦醇：〈溫泉記〉，收入宋・劉斧撰，施林良校點：《青瑣高議》前
集卷6，頁41-44。李劍國輯校：《宋代傳奇集》，頁218-221。下文引此
書皆出於前者。

> 俞偷視仙，高髻堆雲，鳳釵橫玉，豔服霞衣，瓊環瑤珮，鶯
> 姿鳳骨，仙格清容。俞精神眩惑，情意恐懼，虛己危坐，莫
> 敢出言。……仙子乃命其浴。……仙去衣先入浴，俞視，若
> 蓮浮碧沼，玉泛甘泉，俞思意蕩漾。

由此可見，張俞眼中的楊貴妃不僅是絕色美人，同時是赤身露體、溫泉洗浴的活色生香。之所以有此一夢，應與〈驪山記〉張俞聆聽田翁口述故事，而對故事內所充斥的楊貴妃豐腴嬌美之身體充滿想像有關；配合前文所述〈驪山記〉唐玄宗與安祿山以貴妃胸乳對句事，亦發生於貴妃出浴之後，推測這類想像應出於〈長恨歌〉「溫泉水滑洗凝脂」或〈長恨歌傳〉中「既出水，體弱力微，若不任羅綺」，但〈長恨歌〉及〈長恨歌傳〉是為了烘托楊貴妃之美並說明由此得到唐玄宗的嬌寵，貴妃的入浴及出浴並非書寫重心。然而，秦醇偏好於此，因此〈驪山記〉、〈溫泉記〉致力於書寫前代文本並未特別強調的楊貴妃模樣：凝脂般的雪膚、「軟溫新剝雞頭肉」、「潤滑初來塞上酥」的胸乳、美豔引人遐想的裸體及溫泉的熱度，由此細部聚焦，一方面投射出秦醇的想像及欲望，另一方面又將前代文本對楊貴妃的「尤物」想像，通過胸乳、裸體的放大、著重，使嬌豔動人、引人犯罪的美人被取代改換為一具乘載男性欲望的完美身體，也就是說，由「亂階」主體化為供人賞玩之客體。

　　然而，楊貴妃有意與張俞溫泉共浴，張俞卻無此仙分，「俞因以手拂水，沸熱不可近」，這種無法親近的限制正好將張俞置於觀賞者的位置，無法一親芳澤進而成為主角之一，只能目睹楊貴妃「去衣入浴」的動人情態：「若蓮浮碧沼，玉泛甘泉」，從而造成楊貴妃的入浴像是被安排調整的場景、角度，由此展現她的曼妙裸

體給觀眾欣賞，達到「思意蕩漾」的效果；而張俞眼中的愛慕及「思意蕩漾」的心情，又正是由無法跨越的距離所煽動的。[16]進一步來看，在仙境的楊貴妃身旁已無唐玄宗、安祿山等男性，因此喚張俞前來寬衣解帶，讓張俞欣賞自己的嬌軀又不可親近，正表現出楊貴妃的美麗必須通過男性的眼睛來肯定的，其客體性又從而展現。

同樣地，在楊貴妃賜張俞飲仙酒時，張俞「平生不酌酒，金壺至俞，則酒輒不出」，只能飲以人間凡酒[17]；張俞邀楊貴妃共榻而眠時，亦無法得償所願，只能對榻而寢：「俞乃欲昇仙榻，足不可引，若有萬鈞繫之」。因此，張俞面對楊貴妃「召子溫泉共浴」卻沒有仙份，仙酒不得喝，也沒有同榻共寢的仙緣[18]，一共三次，秦

---

16 見張小虹《情慾微物論》，頁42-43。

17 「壺」或許同時暗示性欲，「金壺至俞，則酒輒不出」已揭示了後文中張俞的情欲無法被滿足。關於「壺」與豔情的關係，可參考羅莞翎：《物體系的豔／異敘事──《燈草和尚傳》新論》（臺北：大安出版社，2010年12月），頁127-141。

18 或許如李劍國所說，這反映了秦醇首鼠兩端的猥瑣心理，既對豔情迷戀不已，又要展現個人道德的自抑。李劍國：〈秦醇〈趙飛燕別傳〉考論──兼論〈驪山記〉、〈溫泉記〉〉，《固原師專學報（社會科學版）》第22卷第1期，頁8。也或許是宋人重視禮教名節的表現，「此作寫對浴對眠，耽乎色而畏乎禮，既猥瑣而又迂腐，全為宋人小家習氣，典型反映出宋代作家在情愛問題上藏頭露尾的矛盾心態。」見李劍國：《宋代志怪傳奇敘錄》，頁160。又如宋‧劉克莊撰、王秀梅點校：《後村詩話》前集卷1：「唐人敘述奇遇，如后土夫人事，託之韋郎；無雙事，託之仙客；鶯鶯事雖元稹自敘，猶借張生為名。惟沈下賢《秦夢記》、牛僧儒《周秦行紀》、李群玉〈黃陵廟〉詩，皆攬其身，名檢掃地矣。」（北京：中華書局，1983年12月），頁12。因此葉舒憲說：「禮教名節不僅僅監控著

醇明顯是在〈溫泉記〉中採取三疊式結構[19]；若將〈驪山記〉、〈溫泉記〉視為合二為一的整體，這「三疊式結構」正好置於兩篇的最後一部分，可以說是秦醇極力檢視楊貴妃胸乳、裸體後的故作正經，以此寫法造成多方面的效果。其一，張俞由聽田翁敘述至親眼見到貴妃，再至有機會一親芳澤，是一個由轉述傳聞「聽說」楊貴妃，到身歷其境「觀看」楊貴妃，到伸手可及「觸摸」楊貴妃的過程，讓張俞及閱讀傳奇的讀者們的欲望隨之不斷攀升，不過最後近在咫尺卻怎麼也「摸不著」，讓這不斷上升的欲望終究落空、無法得到滿足，而傳奇的張力在無法遂欲之際亦隨之強化。其次，讓張俞、秦醇與讀者們站在同一處，皆只能單純觀賞楊貴妃在眼前展現迷人的體態，而不是她的情人，沒有肢體上的接觸，「觀看」成了唯一能做的事，便會更仔細用心地欣賞。因此，〈溫泉記〉的太真妃召來張俞，說是為了「『少』詢子人間一兩事耳」，其實不僅「稍微」，根本是「鮮少」詢問張俞人間之事，重點反而像是在佈置妥當的場景內，賣弄風情，而張俞實際上是楊貴妃特地找來的觀眾，藉著張俞的眼睛將楊貴妃的美貌轉述給所有讀者；同時，當張俞欲共浴而不得，「仙笑」；仙酒不出時，「仙笑」；當張俞「情

士人的現實生活，就連他們釋放潛意識衝動的夢想也是要受干預的。」見葉舒憲：《高唐神女與維納斯》（西安：陝西人民出版社，2005 年 5 月），頁 455。

19　所謂「三疊式結構」，「是指故事描寫人物、事件時，前後﹁次的重疊變化，如孫悟空三打白骨精、孔明三氣周瑜、呂洞賓三戲白牡丹、狄青﹁取珍珠旗、三顧茅廬等故事情節結構形式，層遞、往環地製造情節的高朝，以反覆加深讀者的印象，吸引讀者的興趣。」鄭文惠﹁新形式典範與共同體圖景──陶淵明〈桃花源記并詩〉的美學結構與樂園想像〉，《文學與圖像的文化美學──想像共同體的樂園論述》，頁 191。

思蕩搖，不能禁」而要求共眠時，「仙笑曰」，而楊貴妃即在張俞「自恨」、歎惋的情緒中，以輕鬆自得的神情欣賞張俞因自己的美貌而撩動心緒。

在「三疊式結構」之後，張俞雖然無法一圓與太真妃同歡共寢的願望，但經此一夢也感到「平生萬事足」：「昨夜過溫湯，夢與楊妃浴。敢將豫讓炭，卻對卞和玉。同歡一宵間，平生萬事足。想得唐明皇，暢哉暢哉福！」自己不過是見楊妃入浴、異榻對寢就如此幸福，可以想像唐玄宗能夠日日夜夜對著楊貴妃，豈非更加盡情舒暢。再則，張俞形容自己不得遂欲：「敢將豫讓炭，卻對卞和玉」，其中「卞和玉」指的是楊貴妃，諸如「冰肌玉骨」、「臉欺膩玉」、「香肌玉體」、「軟玉溫香」等無不是以「玉」來形容女子美貌，甚至楊貴妃小字「玉環」、〈溫泉記〉形容貴妃「若蓮浮碧沼，玉泛甘泉」，皆可說明；面對「卞和玉」的張俞自稱為「豫讓炭」，炭用以燃燒，在使用時又熱又硬，張俞應是借此比擬陽具勃發時的狀態。[20]再者，冰清玉潔、光滑溫潤的「玉」，又可與粗糙烏黑、易弄髒玷汙他物的「炭」成為對比；張俞眼見美好的楊貴妃，認為自己完全無法與之匹配，兩人是天壤之判、雲泥之別，因此才無法一親芳澤。由此可見，〈驪山記〉、〈溫泉記〉對楊貴妃充滿著美好且情色之想像。

至如〈驪山記〉內唐玄宗淪為配角，〈溫泉記〉則擴展為唐玄宗的缺席；而〈驪山記〉內張俞是聆聽者，至〈溫泉記〉則化身成

---

20 羅兒年：《物體系的豔／異敍事——《燈草和尚傳》新論》探討明清豔情小說描繪陽具，常以既熱又硬的「鐵」來形容，兩者或有異曲同工之效。頁 200。

觀看者，直接取代唐玄宗的位置；〈驪山記〉多提及楊貴妃胸乳，
〈溫泉記〉進而以楊貴妃裸體的姿態現身；皆可說明〈溫泉記〉不
僅就時間上接著〈驪山記〉而來，且是〈驪山記〉情節的再進化、
再鋪張。而不論〈驪山記〉田翁轉述或〈溫泉記〉張俞目見的焦
點，其實皆在楊貴妃的胸乳及裸體上，由此可見，對於去唐日遠、
無法親身經歷的開元天寶盛世，秦醇不關心歷史的繁華與失落、愛
情的熱切與別離，唯一充塞著的是對於楊貴妃「豔色」的想像。

三、以唐玄宗為主的〈玄宗遺錄〉

　　北宋傳奇〈玄宗遺錄〉特別標明「玄宗」二字，表明其以唐玄
宗為主的情節內容，不同於其他北宋傳奇〈楊太真外傳〉、〈梅妃
傳〉、〈驪山記〉、〈溫泉記〉皆以楊貴妃為主。另一方面，〈玄
宗遺錄〉直接在題名上標示出了「遺錄」主題，同於五代《開元天
寶遺事》[21]，以「遺事」、「遺錄」為名，敘述不嘗見於前代文本
的玄宗故事；且在內容上，兩者皆多記載宮內瑣事、敘述朝廷大
事，不同於中唐以降敘述「楊貴妃」故事的詩歌傳奇如〈長恨
歌〉、〈長恨歌傳〉、〈楊太真外傳〉、〈梅妃傳〉等，以李楊愛
情為主，旁及國勢興衰。

　　在情節安排上，〈玄宗遺錄〉與前代玄宗貴妃故事不同，全然
不談唐玄宗及楊貴妃形影不離、恩愛難分[22]，或安史之亂前的歌舞

---

[21]　五代・王仁裕撰，曾貽芬點校：《開元天寶遺事》（北京：中華書局，
　　　2008 年 6 月）。

[22]　唐・陳鴻：〈長恨歌傳〉：「時省風九州，泥金五岳，驪山雪夜，上陽春

昇平[23]，反而從安史之亂爆發前夕開始寫。首先，玄宗聞宮中奏《霓裳曲》及卜蓍布卦而知半個月後將發生安史之亂，也知自己將西逃：

> 事纏大禍，理在不收，朕早來聽宮樂知之也。夫五音克諧，無相奪倫，早來之音，宮聲弛而商聲重，角聲散，徵聲廢，羽聲漓。宮聲弛，君弱也；商重者，臣強也。角為民而散則流，徵為事而廢則亂，羽為物而漓則浮。又商音焦，焦者灰之象，其應主兵。吾憂邊臣之將叛，天下之將亂，主弱而臣強也。……重離二明相繼，上離白虎，下離青龍，白虎道路神，皆西方之物，吾將西遊矣。[24]

玄宗洞曉音律，能演奏、製曲事早見於前代記載[25]，但〈玄宗遺

朝，與上行同輦，止同室，宴專席，寢專房。雖有三夫人、九嬪、二十七世婦、八十一御妻，暨後宮才人、樂府妓女，使天子無顧盼意。」收入汪辟疆輯校：《唐人傳奇小說》，頁 117。

23　唐‧白居易：〈長恨歌〉：「驪宮高處入青雲，仙樂風飄處處聞，緩歌慢舞凝絲竹，盡日君王看不足。」見清‧彭定求等編：《全唐詩》卷 435，頁 4818。唐‧李肇：《國史補》卷上：「楊貴妃生於蜀，好食荔枝。南海所生，尤勝蜀者，故每歲飛馳以進，然方暑而熟，經宿則敗，後人皆不知之。」頁 19。宋‧樂史：〈楊太真外傳〉：「十四載六月一日，上幸華清宮，乃貴妃生日。上命小部音聲，於長生殿奏新曲，未有名，會南海進荔枝，因以曲名《荔枝香》。左右歡呼，聲動山谷。」見李劍國‧《宋代傳奇集》，頁 28。

24　宋‧無名氏：〈玄宗遺錄〉，收入李劍國輯校：《宋代傳奇集》，頁 236-239。下文引此書皆出於此。

25　宋‧李昉等編：《太平廣記》卷 205「玄宗」條引《羯鼓錄》：「唐玄宗

錄〉又增益其能以樂音為讖的預知能力，雖然這類音樂素養在典籍中不乏記載，如五代王仁裕即能從音樂中預知社會機變、人之安危[26]，只是過去玄宗不曾具備此類能力，可知〈玄宗遺錄〉綜合前代對玄宗音樂造詣之記載及五音、五行、陰陽等對應關係、理論，造作玄宗具有通過樂音預知吉凶徵兆的本事。

然而，唐玄宗預知兵亂卻不做任何預防措施或處置，且半個月前就接獲奏章得知漁陽將啟戰事，亦毫不防備，甚至對於安祿山為何叛亂也早已知情，卻仍選擇逃避、不想面對：

> （高）力士曰：「日近臺諫繼有封章言漁陽事，陛下尚未處
> 置，豈非此乎？」上曰：「天下精兵所聚，無如漁陽，朕旦
> 暮久悵，久事以膠固，無計可解。」力士曰：「祿山，吐蕃

洞曉音律，由之天縱，凡是管絃，必造其妙。……尤愛羯鼓。」頁
1559。唐　鄭處誨：《明皇雜錄》逸文：「玄宗夢仙子十餘輩，御卿雲而
下，各執樂器懸奏之，曲度青越。一仙人曰：『此神仙〈紫雲迴〉，今傳
授陛下，為正始之音。』上覺，命玉笛習之，盡得其曲。」及「玄宗夢凌
波池中龍女，製〈凌波曲〉。」（北京：中華書局，1994 年 9 月），頁
58。宋・李昉等編：《太平廣記》卷 420 引《逸史》：「玄宗在東都，晝
寢於殿，夢一女子容色穠艷，梳交心髻，大袙廣裳，拜於床下。上問：
『汝是何人？』曰：『妾是陛下凌波池中龍女，衛宮護駕，妾實有功，今
陛下洞曉鈞天之音，乞賜一曲，以光族類。』上於夢中為鼓胡琴，拾新舊
之聲為《凌波曲》。龍女再拜而去。及覺，盡記。因會禁樂，自御琵
琶，習而翻之。遂宴從官於凌波宮，臨池奏新曲，池中波濤湧起復定，有
神女出於波心，乃昨夜之女子也。良久方沒。因遣置廟於池上，每歲祀
之。」頁 3421。
26 見蒲向明：《追尋「詩窖」遺珍——王仁裕文學創作研究》（北京：光明
日報出版社，2012 年 12 月），頁 74-76。

奴也，無奇謀遠略。其所以叛者，臣知之矣。」上曰：「汝無再言，令人憒然不樂。」

由此可知，唐玄宗確實由各方面得到了確實的消息，但預知愈多、掌握愈多，愈發顯見唐玄宗對朝政束手無策、旁觀不理的無能，與不考慮增派援軍、力挽狂瀾的被動。這與〈長恨歌〉用「驚破霓裳羽衣曲」來形容事發突然、玄宗措手不及，全不相同，因此〈長恨歌〉內，玄宗在心理或實際皆毫無準備的情況下只能倉皇西逃；兩相對照，〈玄宗遺錄〉一用樂音為兆、二以卜卦得見、三由奏章確知，一而再、再而三地強調唐玄宗早已掌握了資訊，但仍坐視安史之亂發生，唯一做下的準備即是自己西逃，如此一來，同時回應了〈長恨歌傳〉所稱：「倦於旰食宵衣，政無大小，始委∧右丞相」，玄宗自己倦於政事、不思作為，沒有作為君主的自覺與擔當。再進一步對比《舊唐書》，安史之亂爆發，玄宗原本欲以皇太子監國，自己親征，後來是楊國忠打消玄宗親征念頭的記載：「國忠大懼，歸謂姊妹曰：『我等死在旦夕。今東宮監國，當與娘子等併命矣。』姊妹哭訴於貴妃，貴妃銜土請命，其事乃止。」[27]至少呈現出唐玄宗曾經意圖振作、重整旗鼓，但〈玄宗遺錄〉卻對此類說法加以摒棄，為的是塑造一位聞亂只想奔逃的國君。

其次，〈玄宗遺錄〉描述玄宗於坐朝時聞奏《霓裳曲》，預知安史之亂將起後又「幸虢國夫人第」，楊貴妃並未參與唐玄宗的宮廷燕樂，甚至至此〈玄宗遺錄〉仍不見楊貴妃的身影。當漁陽叛書至，玄宗早已預備西逃，卻打算「留貴妃守邑」，而楊貴妃在命運

27　後晉·劉昫：《舊唐書·楊國忠傳》卷106，頁3245。

將被決定的當下，仍未現身，反而是高力士所說的一席話讓玄宗打消念頭：「陛下留貴妃消患乎？天下謂之如何也？」可見玄宗後來之所以答應「貴妃從駕」，考慮的是天下臣民之輿論、日後史家之批評，而非顧念舊情。而當馬嵬坡前六軍不發時，〈玄宗遺錄〉既不取〈長恨歌〉：「六軍不發無奈何」所流露出的欲救不得的無力感，也沒有〈楊太真外傳〉所表達的依戀不捨：「上不忍歸行宮，於巷中倚杖欹首而立。聖情昏默，久而不進。……上入行宮。撫妃子出於廳門，至馬道北牆口而別之，使力士賜死。」〈玄宗遺錄〉通過玄宗之口：「朕不惜一人以謝天下，但恐後世之切譏後宮也。」在「宛轉蛾眉馬前死」的緊急時刻，唐玄宗考慮的仍是後世史家的評議，而非楊貴妃命懸一線、生死交關，從而突顯唐玄宗的冷漠無情。

　　第三，〈玄宗遺錄〉內的楊貴妃在被唐玄宗賜死之前，終於出場，對唐玄宗泣訴自己的無辜：

> 貴妃泣曰：「吾一門富貴傾天下，今以死謝之，又何恨也！」遽索朝服見帝曰：「夫上帝之尊，其勢豈不能庇一婦人使之生乎？一門俱族而延及臣妾，得無甚乎？且妾居處深宮，事陛下未嘗有過失，外家事妾則不知也。」帝曰：「萬口一辭，牢不可破，國忠等雖死，軍師猶未發，妃子一死，以塞天下之謗。」妃子曰：「願得帝送妾數步，妾死不憾。」左右引妃子去，帝起立目送之，妃子十步而九反顧，帝涕下交頤。

此段為楊貴妃死前與唐玄宗的對話，首先，楊貴妃自謂「居處深

宮，事陛下未嘗有過失，外家事妾則不知也」，沒想到安史之亂一爆發就歸咎於自己，身為弱女子無力撼動朝政，只能成為最無辜的代罪羔羊。其次，楊貴妃面對死亡縱然恐懼，但其中尚帶有些許憤怒：這欲加之罪已使得「一門俱族」，還要禍延自身，「得無甚乎？」第三，唐玄宗面對楊貴妃的幽怨及責問，竟然以「萬口一辭，牢不可破」這種類似輿論壓力的回答搪塞，更難以置信的是「國忠等雖死，軍師猶未發，妃子一死，以塞天下之謗」，明顯以楊貴妃為保全自己生命、抵擋天下人指責的擋箭牌。至此，成功塑造出遇事只想諉過的玄宗形象。

而一直以唐玄宗為敘述主線的〈玄宗遺錄〉，此時讓楊貴妃現身，可以想見，此一現身正好突顯出楊貴妃所享受的一切都是唐玄宗所賜與的，表面上擁有得很多，實際上是在唐玄宗的管控下生存，她只能接受，無力改變：唐玄宗要留她守宮、要帶她同逃、要她以死塞天下人之謗，她無權無力干涉，甚至連閹人高力士都能對她的去留表達意見，她卻無力為自己爭取任何事；以此觀之，楊貴妃是否真正具備紊亂朝綱的權力，確實令人懷疑，就算有此權力，是否也出自唐玄宗的束手旁觀、放任不管。且以馬嵬之變唐玄宗失去統御眾軍士的權力為例，進行對比：

> 至馬嵬，前鋒不進，六師迴合，侍衛周旋。帝欲攬轡，近侍奏曰：「帝且待之，恐生不測。」力士前曰：「外議籍籍，皆曰楊國忠久盜天機，持國柄，結患邊臣，幾傾神器，致天步西游，蒙塵萬里，皆國忠一門所致也。是以六軍不進，請圖之。」俄頃，有持國忠首奏曰：「國忠謀叛，以軍法誅之。」帝曰：「國忠非叛也。」力士遽躡帝足曰：「軍情萬

變，不可有此言。」帝悟，顧左右曰：「國忠族矣。」不
久，國忠弟妹少長皆為兵所殺。

馬嵬之變、六軍不發，代表的是玄宗不再擁有過去號令天下的一國
之君的權力，透過近侍或高力士屢屢進言，甚至用「遽躡帝足」暗
示皇帝要小心說話，更顯示出唐玄宗當下與其國君身分完全不相當
的窘囊，言行皆得小心翼翼，不再能恣意而言、放任而行。然而，
相對於楊貴妃，唐玄宗的權力又顯得無比巨大，他無法阻止戰亂、
無法號令六軍，卻仍擁有讓楊貴妃成為代罪羔羊之權力。由此可
見，〈玄宗遺錄〉此時安排楊貴妃出場，實是通過唐玄宗權力的削
弱，加倍烘托出楊貴妃一直以來的荏弱無力。

　　再者，由〈玄宗遺錄〉的主題來看。玄宗治國無能、遇事逃
跑，早在〈長恨歌〉[28]、〈長恨歌傳〉[29]已為人熟知，但由於白居
易或陳鴻轉而著墨強調玄宗與貴妃即使生死永隔也無法斷絕的愛
情[30]，使得整個玄宗貴妃事由歷史故事進展為愛情悲劇，因此雖然
玄宗治國失敗，但在前代李楊故事文本，還能從愛情悲劇的層次上

---

[28] 唐・白居易：〈長恨歌〉：「漁陽鼙鼓動地來，驚破霓裳羽衣曲。九重城
　　闕煙塵生，千乘萬騎西南行。」見清・彭定求等編：《全唐詩》卷 435，
　　頁 4818。

[29] 唐・陳鴻：〈長恨歌傳〉：「及安祿山引兵嚮闕，以討楊氏為詞。潼關不
　　守，翠華南幸。」收入汪辟疆輯校：《唐人傳奇小說》，頁 117。

[30] 唐・白居易：〈長恨歌〉：「六軍不發無奈何，宛轉蛾眉馬前死……君王
　　掩面救不得，回看血淚相和流……行宮見月傷心色，夜雨聞鈴腸斷聲。」
　　《全唐詩》卷 435，頁 4819。唐・陳鴻：〈長恨歌傳〉：「上知不免。而
　　不忍見其死，反袂掩面，使牽之而去　倉皇展轉，竟就死於尺組之下。」
　　收入汪辟疆輯校：《唐人傳奇小說》，頁 118。

得到補償。然而，〈玄宗遺錄〉先讓人失望於玄宗的政治作為，又敘述玄宗兩次打算丟下貴妃，一是留給安祿山消患，二是以貴妃平息將士之怒，令人在愛情上同樣感到失望。故而，〈玄宗遺錄〉扭轉了前代文本愛情悲劇的寫法，成了一篇單純書寫政治悲劇的小說。

甚至唐玄宗所背負的國家幾乎覆亡之悲劇，似乎在他心理並沒有造成太大的陰影與負擔：

> 前次安平驛。「樂音與妃子之夢皆應矣。與朕同遊驪山，驪與離同音。方食火發，失食之兆火，兵氣也。驛木俱焚，驛與易同音，易旁木，楊字也，俱焚乃滅族之象也。吳跨白龍，西遊之象；彼跨黑龍，陰暗之理。龍墮沉於一室，乃古寺之應。獨行，無左右之助。峯神乃山鬼，一騎為馬，馬嵬是矣。益州牧蠶，蠶必有絲，絲而加益，縊字也。仍賜百鎰，再縊而後絕也。略無差誤，信夢之前定如此。」

唐玄宗離開馬嵬驛至安平驛，通過替已逝的楊貴妃解夢，進一步為自己脫罪：不論是戰亂兵燹、避亂西逃、貴妃縊死、楊氏滅族，皆非玄宗無能朝政、不顧恩情的結果，一切是命定如此；既是命定，任何預防或挽救都是無謂的，不必苛責或強作掙扎。雖然，真正的「命定」，可以展現出無力改變命運的莫可奈何；但上文曾述，玄宗曾經通過預知、奏章等方式，早一步得知禍亂的發生——他有能力、有機會預作準備，卻始終沒有作為，因此〈玄宗遺錄〉篇末運用訴諸「前定」的寫法，反而更加突顯唐玄宗卸責脫罪的作為，亦更降低了讀者對於唐玄宗失去政治權力的同情。

　　總之，時移代遷後，唐玄宗失去權威地位，無能逃跑的形象反而更加鮮明突出，因此〈玄宗遺錄〉的內容與前代玄宗貴妃故事不同：首先，〈玄宗遺錄〉塑造一位聞亂只想奔逃的國君；其次，〈玄宗遺錄〉恢復安史之亂、馬嵬之變實為政治事件的本質，刻畫出遇事只想諉過的玄宗形象；另外，就整體而言，〈玄宗遺錄〉表面上以唐玄宗為主，楊貴妃大多不在場，而楊貴妃於安史之亂前的不在場，正好為她卸責，唯一一次的現身也是為了突顯玄宗才是真正掌握國家權力、造成安史之亂的始作俑者，因此從另一個角度來看，這呈現出另一種「楊貴妃」想像：無辜、無力的女子，所擁有的一切實出自唐玄宗的賜予。〈玄宗遺錄〉藉此重新檢視安史之亂，及唐玄宗、楊貴妃各自的歷史責任。

四、「玩物」概念的完成

　　前言曾整理〈長恨歌〉、〈長恨歌傳〉、〈楊太真外傳〉等李、楊故事文本，說明他們往往通過楊貴妃的動人美貌，兼及「尤物」之說，並將美貌或「尤物」的重點置於惑人、致禍上，亦即美貌的書寫是作為足以惑人、致禍的前提而存在的。〈驪山記〉一方面承襲歷來書寫楊貴妃的文本傳統，強調貴妃美貌：秦醇借張俞之口表達他對楊貴妃「豔色」的著迷：「貴妃色冠後宮，為天下第一，迄今傳為絕代色，其美可得聞乎？」又借田翁之口極細膩地描述楊貴妃姣好的面貌：「髮委地，光若傅漆」、「鬢非煙而自黑」、「目長而媚，回顧射人」、「眉若遠山翠」、「臉若秋蓮紅」、「唇非膏而自丹」等，並具有極動人的身材體態「肌豐而有餘，體妖而婉淑」，且強調「真香嬌態，非由梳掠。乃物比之仙

姬，非人間之常體」。且〈驪山記〉、〈溫泉記〉標舉張俞訪田翁
為的是「古之遺事」，再配合第二部分所述的內容，〈驪山記〉、
〈溫泉記〉所敘之事不出楊貴妃的豔色美貌，可以推知此「古之遺
事」即在所謂的「尤物」上，也就是說，〈驪山記〉、〈溫泉記〉
撤消惑人、致禍的結果，只單純書寫楊貴妃撩人欲望之美，將前代
文本當作前提而非視為重點的美貌化作書寫重心。

　　另一方面，〈驪山記〉、〈溫泉記〉以楊貴妃為主角，在情節
上淡出隱去唐玄宗的出場及作用，以減低惑人、致禍的聯想，可見
欲表達的並非尤物禍人的批判觀點，從而僅突出「尤物」的豔色想
像，是「牡丹花下死，做鬼也風流」的嚮往。由此，對比於前代的
「尤物」觀點，內涵已稍有改變，去除掉「惑人」、「致禍」的成
分後，「尤物」就是單純僅具美貌的女子。其次，由於〈驪山
記〉、〈溫泉記〉專注於「尤物」的刻畫，對楊貴妃的想像又往往
帶有賞玩、品翫的心態，其中，運用了兩種書寫策略：一是人／花
的比附，二是色／食的聯想，以下分述之。

　　〈驪山記〉田翁的應答始於開元時期政治經濟的興盛情況，並
因富貴興盛的氣象聯想至象徵富貴雍容的牡丹花，從而介紹玄宗喜
愛的牡丹花品種，一共介紹了「一撚紅」、「御衣黃」、「甘草
黃」、「建安黃」、「一尺黃」等五種不同品種的牡丹：

> 帝又好花木，詔近郡送花赴驪宮。當時有獻牡丹者，謂之楊
> 家紅，乃衛尉卿楊勉家花也。其花微紅，上甚愛之，命高力
> 士將花上貴妃。貴妃方對妝，妃用手拈花，時勻面口脂在
> 手，遂印於花上。帝見之，問其故，妃以狀對。詔其花栽於
> 先春館。來歲花開，花上復有指印紅迹。帝賞花驚歎，神異

其事，開宴召貴妃，乃名其花為一捻紅，後樂府中有〈一捻紅〉曲。帝詔郡國鑄開元錢，妃指甲誤觸模，冶吏不敢換，迄今開元錢背有甲痕焉。宮中牡丹，最上品者為御衣黃，色若御服；次曰甘草黃，其色重於御衣；次曰建安黃；次皆紅紫，各有佳名，終不出三花之上。他日，近侍又貢一尺黃，乃山下民王文仲所接也。花面幾一尺，高數寸，祇開一朵，鮮豔清香，絳幃籠日，最愛護之。

「一捻紅」、「御衣黃」、「甘草黃」等花名分別見於張君房《乘異記》、《能改齋漫錄》[31]、《揚州芍藥譜》[32]《洛陽牡丹記》[33]，其中，秦醇或許因牡丹有「木芍藥」之稱[34]而誤以芍藥「御衣黃」為牡丹品種，並由於「御衣黃」花名貴不可言，故將「花品敘第

31　舊題宋‧朱勝非《紺珠集》卷 11 引張君房《乘異記》有「一捻紅」《景印文淵閣四庫全書》，頁 499。宋‧吳曾：《能改齋漫錄》卷 1〈牡丹榮辱志〉有「一捻紅」，列於「世婦」一類。收入《叢書集成新編》第 11 冊（臺北：新文豐出版公司，1985 年），頁 404。

32　宋‧王觀：《揚州芍藥譜‧新收八品》下有「御衣黃」 收入《叢書集成初編》1356 冊（北京：中華書局，1985 年），頁 7。宋‧吳曾‧《能改齋漫錄》卷 15〈芍藥譜〉，首列「御衣黃」，下云：「千葉而淡，其香正如蓮花，比他色最殊絕」，頁 519。

33　宋‧歐陽修：《洛陽牡丹記‧花釋名第二》下有「甘草黃」，收入《叢書集成初編》1355 冊，頁 4、7。

34　唐‧李濬：《松窗雜錄》：「開元中，禁中初重木芍藥，即今牡丹也。得四本紅、紫、淺紅、通白者，上因移植於興慶池東沉香亭前。」收入《唐五代筆記小說大觀》（上海：上海古籍出版社，2000 年 3 月），頁 1213。宋‧樂史：〈楊太真外傳〉引《開元天寶花木記》云：「禁中呼木芍藥為牡丹也。」收入李劍國：《宋代傳奇集》，頁 25。

一」的「甘草黃」改列「御衣黃」之下。其次，「建安黃」及「一
尺黃」今不見於諸書記載，或許並非牡丹品種，只是秦醇由各式花
卉名稱中獲取靈感，或自創花名羅列雜成，但雜列於牡丹花之中，
使人誤信為牡丹品種。

　　不過，這些花是否全為牡丹並非重點，只要作者稱之為牡丹，
記錄其顏色香氣、起源故實，並給予排序品評，就形成了牡丹花
譜[35]；〈驪山記〉正是利用玄宗喜愛牡丹花及排列簡短的花譜，作
為〈驪山記〉情節的重要轉折，使內容順利導入楊貴妃美豔的尤物
想像。這種聯想並非秦醇獨創，早在李白〈清平調〉有「一枝紅艷
露凝香」、「名花傾國兩相歡，長得君王帶笑看」等詩句，將楊貴
妃及牡丹花美豔的特質相提並論，因此〈驪山記〉便由書寫大唐盛
世一派富貴雍容的時代特徵聯想至牡丹花，再由牡丹花聯想至楊貴
妃，是以，楊貴妃之妖嬈與牡丹花之明豔便緊密結合，相得益彰。

　　至於，〈驪山記〉又透過牡丹及楊貴妃同樣甚得唐玄宗歡心，
暗示著唐玄宗心裡隱然有個相應於牡丹花譜的「美人譜」，內有楊
貴妃并後宮佳麗的評比，而藉由楊貴妃之受寵程度，亦可知她應列

35　宋·尤袤：《遂初堂書目》最早出現「譜錄類」，《四庫全書總目》卷
　　115：「惟尤袤《遂初堂書目》創立譜錄一門，於是別類殊名，咸歸統
　　攝，此亦變而能通矣。」主要是有鑑於唐宋間植物譜錄數量繁多，因此書
　　志特別增列「譜錄」一類，表現出知識的累積到某種程度後，勢必得對之
　　進行系統化的整理。（臺北：藝文印書館，1997 年），頁 2285。蔡文
　　晉：《宋代藏書家尤袤研究》亦認為「創設〈譜錄〉」等舉措為尤袤《遂
　　初堂書目》的重要之處及影響往後著名目錄的分類。見《古典文獻研究輯
　　刊》初編第七冊（臺北：花木蘭文化工作坊，2005 年 12 月），頁 114-
　　115。

於隱而不明的美人譜之最上品才是。[36]這種將楊貴妃比附為牡丹花的書寫意識，亦表現於秦醇自創的「野鹿（祿）遊宮中」情節：

> 一日，宮妃奏帝云：「花已為鹿銜去，逐出宮牆不見。」帝甚驚訝，謂：「宮牆甚高，鹿何由入？」為牆下水竇，因雨竇寬，野鹿是以得入也。宮中亦頗疑異，帝深為不祥。當時有佞人奏云：「釋氏有鹿銜花，以獻金仙。帝園有此花，佛土未有耳。」帝亦私謂侍臣曰：「野鹿遊宮中非佳兆。」翁笑曰：「殊不知祿山遊深宮，此其應也。」

以「鹿」、「祿」諧音，暗示所謂「野鹿遊宮中」即為不該進出宮闈的安祿山時常入宮嬉遊，而「花已為鹿銜去」一語，說的正是前文所引的「一尺黃」，由於「祇開一朵，鮮豔清香」，所以唐玄宗以「絳幃籠日，最愛護之」，而如此寶愛的牡丹花竟為野鹿銜走，正暗指同樣為唐玄宗珍愛的楊貴妃亦為安祿山所染指。

因此，〈溫泉記〉中張俞「再過驪山」時，運用了〈驪山記〉內自創的典故作詩：「玉帝樓前鎖碧霞，終年培養牡丹芽。不防野鹿踰垣入，銜出宮中第一花。」指的正是玄宗喜愛呵護的牡丹花被野鹿銜去的情節；又因人／花的比附書寫，所以「宮中第一花」指的是牡丹也是貴妃，而貴妃名列「第一」，同時也印證了相應於明確寫出的牡丹花譜外，另有一幽而不顯的「美人譜」，且不以獨立

---

36 此種「人／花比附」的修辭策略，可詳見毛文芳：《物・性別・觀看——明末清初文化書寫新探》（臺北：臺灣學生書局，2001 年 12 月），頁435-449。

自主的「人」視之，反而採借位的論述，借花寫人。當楊貴妃成了唐玄宗珍藏賞玩、安祿山得以「銜去」的對象，秦醇對楊貴妃暗地裡存有的「玩物」[37]心態，便呼之欲出了。

其次，在色／食的聯想上，楊貴妃豐腴姣好的體態，唐玄宗描述為「軟溫新剝雞頭肉」，而安祿山則以「潤滑初來塞上酥」來形容，兩者皆以細滑鮮美的食物：「新剝雞頭肉」、「初來塞上酥」來強調楊貴妃胸乳的滑嫩芳馥飽滿；另一方面，楊貴妃「對鏡勻面」的環境氛圍，讓唐玄宗「以指捫弄」貴妃胸乳時，產生一種觀賞、凝視的迷戀，而這種迷戀類似吞嚥精緻美食（「雞頭肉」、「塞上酥」）的快感，表現為一種視覺上的「吞嚥」，也暗藏著貴妃豐滿滑膩的胸乳在他指掌口舌之間的滿足，因此，凝視鏡中的貴妃半裸之像，唐玄宗甚至不需伸手愛撫，已然展示出欲望的高漲。至於安祿山「從旁」對出「潤滑初來塞上酥」，相對於唐玄宗以「新剝雞頭肉」喻之，乍看之下似乎兩者相彷，但其實少了顏色的成分，也就是說，唐玄宗以「新剝雞頭肉」比喻楊貴妃胸乳，除了「軟溫」的觸、味覺外，實則親眼見到楊貴妃略帶粉紅色的乳房；而安祿山以「潤滑初來塞上酥」，則是通過唐玄宗「軟溫新剝雞頭肉」的形容而產生的幻想，表現出安祿山被挑撥起的欲望。同時，楊貴妃的胸乳在「凝視、吞嚥、轉述、聽聞」等多重角度的觀看下，帶給眾人愉悅感受，因此，楊貴妃豐腴的體態除了予人以視覺、觸覺上的滿足，還有一種食慾上的飽足。更重要的是，以「軟溫新剝雞

---

37 所謂玩物，指的是供玩弄、玩賞的人或器物，如吳則虞編著：《晏子春秋集釋》外篇第七〈景公見道殣自慚無德晏子諫第八〉：「君之玩物，衣以文繡；君之鳧鴈，食以菽粟」（北京：中華書局，1982 年 5 月），頁 450。

頭肉」、「潤滑初來塞上酥」一段狎語，將楊貴妃胸乳堂而皇之地
納入小說內容中，且描寫得如此酣暢露骨、不加一點粉飾遮掩，可
以充份表現作者秦醇對於楊貴妃「尤物」的想像。

　　而秦醇描寫唐玄宗不顧安祿山在場，見貴妃裙腰褪而露出一
乳，竟「以指捫弄」，整體氣氛顯得輕薄狎褻；甚至玄宗還與安祿
山以貴妃胸乳對句，完全不將在場的貴妃視作有情緒感受的人，彷
彿只是一件足以炫耀所有權的物品，如此一來，這種親暱也不過是
將楊貴妃當成豔色玩物，供唐玄宗享受情欲之歡。而本章第二部分
曾論及，楊貴妃注視著鏡中半裸的自己，凝視著唐玄宗「以指捫
弄」、與安祿山兩人以自己的胸乳對句，亦採取一種旁觀的角度，
將自己的身體僅僅當作是乘載男性欲望、供人賞玩的客體；從而，
陳鴻〈長恨歌傳〉中具主體性、有「亂階」意涵的「尤物」，在
〈驪山記〉、〈溫泉記〉，則完全失落。

　　此外，〈驪山記〉、〈溫泉記〉中楊貴妃最令人印象深刻的穿
著，一是以金訶子置於胸乳前，另一則是裸體，前者在第二部分已
有論述，雖然本意為遮掩抓痕，卻反倒因胸前的金訶子而更加引人
注目，甚至引起仿傚的效應；後者則如〈溫泉記〉中，楊貴妃一見
到張俞，便寬衣解帶、邀他溫泉共浴，而張俞因水沸熱不可近，反
而只能從旁觀看貴妃浸泡溫泉時所展現的動人身軀，雖然此時貴妃
一絲不掛，但整體而言卻是特意展現的姿態，因此裸體也是貴妃另
一種形式的穿著，一個被當成書寫對象、用以展現美麗的裝扮。[38]
為此，不論是楊貴妃的裸體、欲蓋彌彰的「金訶子」、借指胸乳的

---

[38] 關於「裸體畫是某種形式的穿著」，參見〔英〕約翰・伯格（John
　　Berger）著，陳志梧譯：《看的方法》，頁 47-49。

「雞頭肉」、「塞上酥」，皆使楊貴妃由前代文本內的「惑人尤物」、「傾國佳人」簡化為誘發情慾的「尤物」、「飾物」、「食物」、「玩物」。同時，也表現出〈驪山記〉、〈溫泉記〉對於「物」的全方位感受，不只寫楊貴妃的美貌豔色，作視覺的描摹，亦使用味覺、嗅覺、觸覺等，進行多重感官的描寫想像。[39]

以此觀之，〈驪山記〉、〈溫泉記〉已有視楊貴妃為「玩物」的傾向，但這種傾向在〈玄宗遺錄〉內更加明顯。〈玄宗遺錄〉本已不特別書寫楊貴妃，更未強調楊貴妃的美貌，但玄宗對待貴妃的心態，可以由篇末他所作〈妃子所遺羅襪銘〉推敲而得：

> 高力士於妃子臨刑遺一襪，取而懷之。後玄宗夢妃子云云，詢力士曰：「妃子受禍時遺一襪，汝收乎？」力士因進之。玄宗作〈妃子所遺羅襪銘〉曰：「羅襪羅襪，香塵生不絕。細細圓圓，地下得瓊鈎。窄窄弓弓，手中弄初月。又如脫履露纖圓，恰似同衾見時節。方知清夢事非虛，暗引相思幾時歇。」

楊貴妃臨刑留下一隻羅襪，在前代文本已有所述，如《國史補》強調過客借翫，必須百錢，使得撿得錦襪的馬嵬嫗獲利極多，最後竟因而致富[40]，可見有多少過客想借翫楊貴妃錦襪。此錦襪之所以特

39　通過單純的視、嗅覺美感經驗所寫的「人／花的比附」，具有收藏珍視的意味，顯得較為文雅，而「色／食的聯想」得透過「吃」、「品嘗」，帶有觸、味覺等感官運用，也同時具備佔有吞噬的意涵，更顯得細膩且煽情。

40　唐・李肇：《國史補》卷上，頁 19。

別，想必不是襪子本身，而是楊貴妃曾穿過；天下人皆知楊貴妃之美，卻無親近她的福份，能藉著把翫錦襪，感受她曾與之肌膚相親，再以手潤澤，似乎也將楊貴妃的雙足捧在手中把翫一般。

東晉陶潛曾作〈閒情賦〉，以十件渺小的願望表達想常在情人身旁的真摯情感：「願在衣而為領，承華首之餘芳」、「願在裳而為帶，束窈窕之纖身」、「願在髮而為澤，刷玄鬢於頹肩」、「願在眉而為黛，隨瞻視以閑揚」、「願在莞而為席，安弱體於三秋」、「願在絲而為履，附素足以周旋」等[41]，無不是祈願自己能成為最貼近情人身體的物品，才能沾染上情人的氣息，隨著她的顧盼呼吸而成為最親密的存在。由於出自真心誠意，人化身為貼身之物，「束窈窕之纖身」或「附素足以周旋」才不致猥褻。同樣地，《酉陽雜俎》曾記載賀懷智在楊貴妃過世後，欲稍慰唐玄宗思念之情而主動進獻沾有貴妃瑞龍腦香的幞頭[42]；錦襪或幞頭皆是「物」，但由於沾附了人的情感，而不能單以「物」來看待，如賀懷智所獻之幞頭，一由錦囊取出，所散發的瑞龍腦香即讓唐玄宗思念落淚。

反觀〈玄宗遺錄〉中的唐玄宗把玩羅襪後，作〈妃子所遺羅襪

---

[41] 東晉・陶潛：〈閒情賦〉，收入《全上古三代秦漢三國六朝文》第 5 冊（石家莊：河北教育出版社，1997 年 10 月），頁 1132。

[42] 唐・段成式，方南生點校：《酉陽雜俎》前集卷 1：「上夏日嘗與親王棋，令賀懷智獨彈琵琶，貴妃立於局前觀之。上數枰子將輸，貴妃放康國猧子於坐側。猧子乃上局，局子亂，上大悅。時風吹貴妃領巾於賀懷智巾上，良久，回身方落。賀懷智歸，覺滿身香氣非常，乃卸幞頭，貯於錦囊中。及上皇復宮闕，追思貴妃不已，懷智乃進所貯幞頭，具奏他日事。上皇發囊，泣曰：『此瑞龍腦香也。』」（臺北：漢京文化事業有限公司，1983 年 10 月），頁 3。

銘〉，其中有大半是形容楊貴妃的纖足：「細細圓圓，地下得瓊
鉤。窄窄弓弓，手中弄初月」，展現出他對楊貴妃纖足的出神凝
視，且以撫玩的姿態「手中弄初月」表現出一種視覺上、充滿欲望
的「吞沒」，甚至是身體的「渴望」：「脫履露纖圓，恰似同衾見
時節」──羅襪的或隱或露必須透過鞋履或穿或脫，同樣地，纖足
的或現或藏也藉由羅襪的或穿或脫，而這些反覆穿脫的動作亦如陽
物在女性身體中的反覆進出運動一樣[43]，因此才有「恰似同衾見」
的聯想──回憶起往昔恩愛的時節。可知唐玄宗反覆把玩羅襪並不
單純是一種「戀物」，其著迷眷戀的其實並非羅襪本身，而是藉著
羅襪想像楊貴妃的腳、身體，進而回憶起兩人過去的恩愛。但前一
部分已述，〈玄宗遺錄〉中的貴妃僅被玄宗當成消患或平怒的擋劍
牌，因此推測這種恩愛大約也只是身體上的欲望，而羅襪更理所當
然地被視作供人玩賞、玩弄的什物；再進一步與〈閒情賦〉對比，
將自己想像為情人貼身的物品，自甘渺小卑微，是出自真摯的愛
戀，但〈玄宗遺錄〉讓唐玄宗藉著把玩羅襪想像楊貴妃的腳，從而
滿溢著對貴妃身體的欲望，是把對方當成物品，兩者極不相同。更
重要的是，不僅是唐玄宗擁有可以撫玩的權力，〈玄宗遺錄〉刻意
將收藏貴妃羅襪數年者，由前代文本之馬嵬嫗改為高力士，甚至稱
高力士「取而懷之」，且未主動進獻給唐玄宗，一直等到唐玄宗開
口向他索討，而連宦官高力士都可貼身帶著貴妃羅襪，彷若與貴妃
肌膚相親，可以得見，楊貴妃不被尊重、淪為「玩物」的處境。

---

[43]　關於「玩物」在文本中達成的效果，可參見丁乃非：〈鞍韉‧腳帶‧紅睡
　　　鞋〉，收於張小虹編：《性／別研究讀本》（臺北：麥田出版社，2002
　　　年10月），頁23-60。

　　再者，唐玄宗夢見成仙後的貴妃後，迫不及待地問她：「汝思吾乎？」又因為與楊貴妃隔著雲母屏對坐，只聞其聲而不見其形，頗有埋怨之意：「願得一見天姿，何恨此屏！似非疇昔相愛之意。」其實類似的幽怨之情在〈長恨歌〉內有：「悠悠生死別經年，魂魄不曾來入夢」，〈長恨歌傳〉也有：「三載一意，其念不衰，求之夢魂，杳不能得」，皆已隱隱然具備。只是〈長恨歌〉、〈長恨歌傳〉一再以「孤燈挑盡未成眠……鴛鴦瓦冷霜華重，翡翠衾寒誰與共」等句，表達唐玄宗無止盡的悔恨思念，在此思念之下，對貴妃忘了自己而有所埋怨，實屬人之常情。然而，〈玄宗遺錄〉一面強調玄宗預備西逃時，「意留貴妃守宮」；馬嵬坡六軍不發時，欲以貴妃一死「塞天下之謗」；又將楊貴妃縊死當作「前定如此」；卻又質問貴妃無情，可以發現，少了天長地久、生死不渝的愛情，兩人之間就只剩需索、擺布，不僅沒有「疇昔相愛之意」，更突顯出楊貴妃從來只是全憑唐玄宗心情，可以任意玩賞或丟棄的對象。

　　上一部分曾就〈玄宗遺錄〉透過以唐玄宗為主，楊貴妃大多不在場的寫法，及去除李、楊故事的愛情包裝，一方面突顯唐玄宗才是真正掌握國家權力、造成安史之亂的始作俑者，另一方面又令楊貴妃呈現出「玩物」的想像：擺設於後宮之中、沒有實際作用、缺少自我意識的物品，讓唐玄宗呼之則來、揮之則去，可以隨意玩賞支配。是以，〈玄宗遺錄〉中的楊貴妃既非〈長恨歌〉、〈長恨歌傳〉所謂惑人致禍的「尤物」，也非〈驪山記〉、〈溫泉記〉著力刻畫的豔色絕代「尤物」，就僅是任人擺弄的什物、玩物而已。

　　由「尤物」至「玩物」，似乎是〈驪山記〉、〈溫泉記〉、〈玄宗遺錄〉為楊貴妃正名的策略，去掉前代文本內惑人致禍的

「尤物」內涵，使得「尤物」失去主動性，不再能惑人致禍，徒剩美麗的空殼子，進而又為貶低為身體的一部分「小腳」，或引人想像其身體、小腳的「羅襪」、「瓊鉤」、「初月」，連美麗的外表都不再被強調，從而全然「物化」為「玩物」。因此楊貴妃成了被唐玄宗甚至安祿山觀看、品評的對象，她所遺留下來的羅襪為高力士、唐玄宗撫玩，這個過程除了展現楊貴妃被物化、弱化的情況，更彰顯唐玄宗等一干男性，甚或閹人高力士都對楊貴妃的身體性命具有不同程度的主宰權力。甚至，透過〈驪山記〉、〈玄宗遺錄〉的書寫，楊貴妃除了被物化為男性的欲望對象，身體也被簡化為胸乳及纖足，她不僅被物化，也因焦點的過度集中而被局部化。故而，楊貴妃成了全被擺放操弄、無生命、無主體性的玩物，不再是有自主意識的「人」，而且在欲望主體（唐玄宗）的眼中，楊貴妃某些時候僅是「部分客體」。因此，弔詭的是，當連「誤國」的主體性都被取消剝奪，她與安史之亂的關係便成功脫鉤；「物化」原本是一種貶低，但在楊貴妃身上，卻成了一種解脫，藉由〈驪山記〉、〈溫泉記〉、〈玄宗遺錄〉關注焦點的置換，讓唐玄宗及楊貴妃得到各自該有的評價，讓楊貴妃能夠卸下背負近三百年「懲尤物，窒亂階」的沉重包袱。

五、結語

　　楊貴妃自〈長恨歌〉、〈長恨歌傳〉始，即為文人觀看、想像的對象，而〈驪山記〉、〈溫泉記〉針對前代文本所謂的「尤物」，往往偏重「禍人」而忽略「尤物」的論述，特別凸出「尤物」的美麗外表而有情色的想像；此外，藉由人／花比附、色／食

聯想等兩種書寫策略，楊貴妃亦進一步被玩物化。〈玄宗遺錄〉則針對過去故實重在描寫愛情離別的李、楊故事，重新編寫一齣唐玄宗的獨角戲，再通過前代文本及〈玄宗遺錄〉之對比，更可以清楚看見楊貴妃淪為烘托玄宗的背景、或降為無足輕重的「玩物」、或用以消患、平怨的擋劍牌。

可見，〈驪山記〉、〈溫泉記〉、〈玄宗遺錄〉設法跳出歷來對玄宗貴妃故事所設定的框架，重新對楊貴妃進行「尤物」、「玩物」的想像，因此，三篇傳奇雖然無一字褒貶，但透過楊貴妃「尤物」以至於「玩物」的貶低，卻予之合理的論斷，相反地，唐玄宗在男性權力得以彰顯的論述過程，反而落實了安史之亂罪魁禍首的評價，隱隱然成為被批判的對象。

（〈驪山記〉、〈溫泉記〉、〈玄宗遺錄〉三篇傳奇曾於《宋代傳奇小說傳奇手法研究》第三章第二節進行基礎的文本爬梳。本章則大幅增補重寫。）

第四章 「楊貴妃」主題三：
從「楊妃」到「梅妃」

一、前言

〈梅妃傳〉[1]在中唐以來玄宗貴妃故事如〈長恨歌〉、〈連昌

---

[1] 李劍國將《梅妃傳》視為唐代曹鄴所作的傳奇小說，他認為《梅妃傳》在宋時僅見《遂初堂書目》著錄，且前後皆為唐人書，再加上陶宗儀《說郛》卷 38 題唐曹鄴為作者；因此認為魯迅稱此傳為宋人偽作的論點頗誤。故而其《宋代志怪傳奇敘錄》及《宋代傳奇集》皆無此書。然而，程毅中則以為現藏於北京圖書館內的兩本《說郛》——一是魯迅當時所見的明鈔本、一是涵芬樓原藏的九十一卷明鈔本——皆不題撰人，甚至嘉靖間所刻的《顧氏文房小說》本也無作者姓名，因此後來重編《說郛》卷 38 及《唐人說薈》等書雖然都作曹鄴撰，但是否確為曹鄴所作值得懷疑，也不知他們據何而書。程氏再由《梅妃傳》跋語說：「略加修潤而曲循舊語」，推測現存的《梅妃傳》已是一個經修潤後的新本，非當時「得自萬卷朱遵度家」的原本；至於尤袤《遂初堂書目》已著錄此傳，且葉廷珪所編、成書於紹興十九年以前的《海錄碎事》也引用了《梅妃傳》，可見本傳出現的時間大約在南渡之前，與跋語稱：「葉少蘊與余得之」時間相彷。因此，程毅中《古體小說鈔：宋元卷》收有《梅妃傳》，其《宋元小說研究》亦將此傳列為北宋傳奇的代表作。相關討論請參考李劍國：《唐

宮詞〉、〈長恨歌傳〉、〈楊太真外傳〉等一系列敘事詩或傳奇創
作中，顯得非常獨特：雖然同樣以唐玄宗為背景，但不再以「楊貴
妃」為主角，反而另述過去未曾出現過的唐玄宗另一寵妃──梅妃
江采蘋。事實上，梅妃能從眾多以楊貴妃為主角的文本中出場現
身，亦有賴於前代豔稱的貴妃，也就是說，〈梅妃傳〉其實是透過
於史實有的貴妃故實設想根本沒有的梅妃故事。

　　為此，本章將以〈梅妃傳〉為文本之鏡，透過梅妃的遭遇及角
色，喚起前文本中貴妃的種種形象，進而凸顯鏡子內外、文本內
外，兩者虛實正反之差異。首先，藉著「照花前後鏡，花面交相
映」的修辭手法，探討〈梅妃傳〉以〈長恨歌〉為主的情節投射；
其次，再以古籍中以「鏡」為喻的兩種概念：洞察及涵容[2]，探討
〈梅妃傳〉利用梅妃為梅花的化身，對照前文本杜甫〈麗人行〉、
樂史〈楊太真外傳〉的貴妃形象，說明〈梅妃傳〉或正面學習貴妃
故事，或反面襯托貴妃形象，以創造「根本沒有」的梅妃。最後，
進一步思考，創造此一史上無有的「梅妃」，對於歷史上真實發生
的安史之亂或中唐以來為人豔稱的玄宗貴妃故事，有何意義？因
此，本章的最後將通過〈梅妃傳〉「史鑑」的功能，討論作者以梅

　　五代志怪傳奇敘錄》（天津：南開大學出版社，1998 年 9 月），頁 547-
　　551。程毅中：《宋元小說研究》，頁 17-23；程毅中：《古體小說鈔：
　　宋元卷》（北京：中華書局，1995 年 11 月），頁 344。本文所引〈梅妃
　　傳〉情節、文字俱依程毅中《古體小說鈔：宋元卷》據《說郛》為本，以
　　《顧氏文房小說》本校補數字，頁 344-347。後皆出於此。

2　錢鍾書說：「我國古籍鏡喻亦有兩邊。一者洞察：物無遁形，善辨美
　　惡。……二者涵容：物來斯受，不擇美惡。……前者重其明，後者重其
　　虛，各執一邊。」詳見錢鍾書‧《管錐編》第一冊（北京：中華書局，
　　1986 年 6 月二版），頁 77。

妃映襯開元天寶史實，表達對安史之亂的歷史評議。

二、「照花前後鏡，花面交相映」：
　　以〈長恨歌〉為主的情節投射

　　〈梅妃傳〉以梅妃為傳主，而開元天寶年間的玄宗、貴妃故事自中唐以來就為人「豔稱」，但當時或時代稍晚的文人所作的筆記、詩歌或傳奇〈長恨歌傳〉皆無一字記梅妃，因此梅妃在歷史上是否存在頗令人懷疑。在曾昭岷等編著的《全唐五代詞》中，〈一斛珠〉及其本事下「考辨」，即稱：「江采蘋其人其事，不見史傳，唐人野史筆記亦未稱引，當為小說作者所虛構。」[3]再則，〈梅妃傳〉稱江采蘋喜愛梅花，因此玄宗「上以所好，戲名曰梅妃」，由這個「戲」字，至少可見「梅妃」並非一個正式的封號，甚至我們可以由「梅」／「沒」諧音來推測：根本沒有這個妃子，「梅妃」只是一位作者無中生有、杜撰出來的妃子。因此，梅妃從無到有的過程，即為本文論述的重點之一。

　　首先，談到李、楊愛情不得不提到白居易〈長恨歌〉，〈長恨歌〉是完整講述玄宗貴妃故事的早期名篇，同時的〈長恨歌傳〉或後來的〈楊太真外傳〉皆可見其影響[4]，〈梅妃傳〉也不例外。

---

[3]　曾昭岷、曹濟平、王兆鵬、劉尊明編著：《全唐五代詞》（北京：中華書局，1999 年 12 月），頁 1278-1279。

[4]　陳寅恪：「考此種故事之長成，在白〈歌〉陳〈傳〉之前，故事大抵尚局限於人世，而不及於靈界，其暢述人天生死形魂離合之關係，似以〈長恨歌〉及〈傳〉為創始。」又說：「明皇與楊妃之關係，雖為唐世文人公開共同習作詩文之題目，而增入漢武帝李夫人故事，乃白、陳之所特創。詩

　　〈長恨歌〉首句「漢皇重色思傾國」，白居易以漢武帝非常寵愛李夫人，比喻唐玄宗同樣寵愛楊貴妃。一方面避免直言玄宗重色[5]，又說明楊貴妃的美貌如同〈李延年歌〉所形容的李夫人一樣：「北方有佳人，絕世而獨立，一顧傾人城，再顧傾人國。寧不知傾城與傾國，佳人難再得。」[6]足以令人傾國。至於，原是用以誇飾李夫人之美的「傾城傾國」，在〈長恨歌〉內又造成了一種暗示效果：唐玄宗因楊貴妃之美而荒廢朝綱，終致安史之亂。

　　通過「漢皇重色思傾國」，可以理解白居易以漢武帝、李夫人比擬唐玄宗、楊貴妃的完整脈絡，而〈梅妃傳〉則在「漢武帝」的相關故事中，選擇了較李夫人更早入宮的陳皇后，作為與梅妃相應的歷史人物，並利用陳皇后先寵後棄的故實，作為全篇〈梅妃傳〉的線索。這實有其淵源：白居易〈長恨歌〉有「金屋妝成嬌侍夜」一句，典故出自《漢武故事》：

　　　數歲，長公主嫖抱置膝上，問曰：「兒欲得婦不？」膠東王

句傳文之佳勝，實職是之故。」詳見氏著：《元白詩箋證稿‧長恨歌》，頁 13、45。宋初樂史〈楊太真外傳〉雖集楊妃故事之大成，但承襲白居易之創造，補入道士致神、入蓬萊仙山訪貴妃、及長生殿密誓情節，足見白居易〈長恨歌〉的影響。

5　張中宇於《白居易〈長恨歌〉研究》中，提到白居易為避諱當朝而不稱「明皇」、稱「漢皇」，實不可信，但基於文化、習慣及基於婉曲含蓄之需要，而不採尖銳直露的諷諭形式，轉而使用相對婉曲的「以漢代唐」結構。見氏撰：《白居易〈長恨歌〉研究》（北京：中華書局，2005 年 9月），頁 217-223。

6　見於宋‧郭茂倩：《樂府詩集》（北京：中華書局，2003 年 9 月），頁1181。

曰：「欲得婦。」長主指左右長御百餘人，皆云不用。末指
其女問曰：「阿嬌好不？」於是乃笑對曰：「好！若得阿嬌
作婦，當作金屋貯之也。」[7]

後代有「金屋藏嬌」一語，原指漢武帝欲建造華麗的屋宇以珍藏陳
皇后（阿嬌），白居易以此雙關，既以「嬌」暗用「陳皇后阿嬌」
的典故，又轉以「嬌侍夜」一語表示「嬌媚」之意；因此「金屋妝
成嬌侍夜」在〈長恨歌〉全篇以漢武帝、李夫人為主要脈絡下，弱
化了陳皇后的典故，轉而單指楊貴妃入宮後的受寵情況。而〈梅妃
傳〉透過〈長恨歌〉情節塑造一位從無到有的妃子時，便在白居易
以漢武帝喻唐玄宗、李夫人喻楊貴妃的基礎下，還原「金屋妝成嬌
侍夜」的典故，以陳皇后的遭遇比喻梅妃，構成〈梅妃傳〉唐玄宗
帝妃三人故事，也是〈長恨歌〉用漢武帝帝妃三人典故的映現；
〈梅妃傳〉既擴大了白居易的譬喻，也投射出漢武帝、陳皇后、李
夫人三人的故實。

　　第二章曾討論樂史的〈楊太真外傳〉有一段楊貴妃「以妒悍忤
旨」情節[8]，為樂史在《舊唐書・玄宗楊貴妃傳》的基礎上，引入
白居易〈上陽白髮人〉詩的觀點而有此說；〈梅妃傳〉同樣針對楊
貴妃妒悍來寫作，此處先論「妒」：梅妃因楊貴妃承恩受寵而被遷
入上陽東宮，因此，透過〈上陽白髮人〉，或許亦能觀察〈梅妃
傳〉創作楊貴妃嫉妒梅妃的情節脈絡：

---

[7]　佚名：《漢武故事》，收入《漢魏六朝筆記小說大觀》（上海：上海古籍
　　出版社，1999 年 12 月），頁 166。
[8]　見本書第二章，頁 38-39。

> 上陽人，紅顏闇老白髮新。綠衣監使守宮門，一閉上陽多少
> 春。玄宗末歲初選入，入時十六今六十。同時采擇百餘人，
> 零落年深殘此身。憶昔吞悲別親族，扶入車中不教哭。皆云
> 入內便承恩，臉似芙蓉胸似玉。未容君王得見面，已被楊妃
> 遙側目。妒令潛配上陽宮，一生遂向空房宿。……9

詩中敘述一個十六歲的美麗少女，玄宗晚年被選入宮中，貞元中，
女子已經六十歲了，入宮前家人為她編織的美夢：「入內便承
恩」，卻因為「臉似芙蓉胸似玉」，所以還沒見到玄宗，「已被楊
妃遙側目」、「妒令潛配上陽宮」，於是這個十六歲的少女從此
「一生遂向空房宿」、「一閉上陽多少春」。詩的前面還有
〈序〉：「天寶五載以後，楊貴妃專寵，後宮人無復進幸矣。六宮
有美色者，輒置別所，上陽是其一也。」可見，楊貴妃專寵後，將
許多後宮美麗的女子送至上陽宮，以遠離玄宗，避免自己的恩寵被
其他人所奪走；尤其是詩中「臉似芙蓉胸似玉」的十六歲少女，和
〈長恨歌〉所形容的楊貴妃「芙蓉如面柳如眉」，面貌同樣姣好，
更是楊貴妃妒恨的對象。而梅妃雖然是史上無有、作者虛構的人
物，但〈梅妃傳〉以白居易〈上陽白髮人〉詩為設想根據，構成梅
妃因楊貴妃而遷入「上陽宮」的情節。

　　這種寫法，亦參考了〈長恨歌〉以白居易〈李夫人〉為箋注的
作法：10

9　唐·白居易：〈上陽白髮人〉，見清·彭定求等編：《全唐詩》卷 426，
　　頁 4692。

10　陳寅恪認為〈李夫人〉是白居易為〈長恨歌〉自撰的箋注，因此讀〈長恨

漢武帝，初喪李夫人。夫人病時不肯別，死後留得生前恩。
君恩不盡念未已，甘泉殿裏令寫真。丹青畫出竟何益，不言
不笑愁殺人。又令方士合靈藥，玉釜煎鍊金鑪焚。九華帳深
夜悄悄，反魂香降夫人魂。夫人之魂在何許，香煙引到焚香
處。既來何苦不須臾，縹緲悠揚還滅去。去何速兮來何遲，
是耶非耶兩不知。翠蛾髣髴平生貌，不似昭陽寢疾時。魂之
不來君心苦，魂之來兮君亦悲。背燈隔帳不得語，安用暫來
還見違。傷心不獨漢武帝，自古及今皆若斯。君不見穆王三
日哭，重璧臺前傷盛姬。又不見泰陵一掬淚，馬嵬坡下念貴
妃。縱令妍姿豔質化為土，此恨長在無銷期。生亦惑　死亦
惑，尤物惑人忘不得。人非木石皆有情　不如不遇傾成色。[1]

將〈長恨歌〉、〈李夫人〉兩詩並觀，可發現白居易寫楊貴妃、李
夫人死後，唐玄宗　漢武帝的反應舉止非常相似：既求助於「方
士」，又有「九華帳」之說，前者是「九華帳裡夢魂驚」，後者為
「九華帳深夜悄悄」；而〈李夫人〉「此恨長在無銷期」詩句，亦
可對應〈長恨歌〉最後一句「天長地久有時盡，此恨綿綿無絕期」
的「長恨」之說，因此確實可以看到兩詩的對應情況。然而，白居
易創作〈長恨歌〉似乎採取一種愛情悲劇的寫法，對於楊貴妃並未
進行直言批判；但由〈李夫人〉末段：「生亦惑，死亦惑，尤物惑

歌〉必須參讀〈李夫人〉，始能全盤理解。見陳寅恪：《元白詩箋證稿・
新樂府李夫人》，頁271。

11　唐・白居易：〈李夫人〉，見清・彭定求等編：《全唐詩》卷427，頁
4706。

人忘不得。人非木石皆有情，不如不遇傾城色。」以李夫人為尤物的白居易，又於〈長恨歌〉首句「漢皇重色思傾國」以李夫人比擬楊貴妃，似乎從而顯出〈長恨歌〉的諷喻主題亦在「尤物惑人」上，而白居易寫作〈長恨歌〉的言外之意，由此看來，與陳鴻〈長恨歌傳〉的「尤物」、「亂階」說法，其實相去不遠。

職是以觀，〈梅妃傳〉以〈長恨歌〉為參考對象，〈長恨歌〉有白居易〈李夫人〉為箋注，〈梅妃傳〉則選擇白居易〈上陽白髮人〉作為相應於〈李夫人〉的詩作，以此作為塑造梅妃遭遇的根源。

不過，〈上陽白髮人〉所描寫的女子晚於貴妃入宮，〈梅妃傳〉之梅妃則較貴妃早入宮；兩者雖然在入宮時間上有早晚之別，但因貴妃嫉妒而被遷入上陽宮則一也。從另一個角度來看，不論早或晚於貴妃入宮的後宮妃嬪，皆可能因為貴妃受寵嫉妒而被送至上陽宮，白居易〈上陽白髮人〉寫出了部分實情，〈梅妃傳〉所描繪的亦是另一些上陽宮人的遭遇。

至於梅妃與陳皇后同樣先楊貴妃或李夫人入宮，亦同樣有著先寵後棄的遭遇，只是兩人的「被棄」卻有著不同的理由，《史記‧外戚世家》敘述陳皇后遭遇如下：

> 初，上為太子時，娶長公主女為妃。立為帝，妃立為皇后，姓陳氏，無子。上之得為嗣，大長公主有力焉，以故陳皇后驕貴。聞衛子夫大幸，恚，幾死者數矣。上愈怒。陳皇后挾婦人媚道，其事頗覺，於是廢陳皇后，而立衛子夫為皇后。[12]

12　漢‧司馬遷：《史記》卷49，頁1979。

陳皇后身分驕貴，雖然無子，但漢武帝無可奈何，因此陳皇后愈發驕恣，以至於後來衛子夫深受寵幸，陳皇后大為憤怒，甚至遷怒於旁人，危害旁人的生命，為此，漢武帝更加憤怒，亦更不願意親近她。但陳皇后的真正被廢，卻與她「挾婦人媚道」有關，根據錢鍾書考釋，陳皇后的恩寵愈衰，嬌妒益盛，便求助於女巫方術或「厭魅」，期望能夠藉此化解失寵困境，讓衛子夫失寵遭殃，也冀自己承恩致福。[13]不過，漢武帝對於此類巫蠱之事、御男之術深惡痛絕，致使陳皇后驕貴的身分再也保不住她皇后的地位；而陳皇后被廢後，衛子夫也隨之被立為后。

　　相較之下，梅妃的遭遇較陳皇后或上陽白髮人更值得同情　畢竟陳皇后的失寵被廢不全是因為李夫人或衛子夫的備受寵愛所致　其性格的驕縱才是主要失去恩寵的原因，被廢的導火線則在「挾婦人媚道」一事，而〈梅妃傳〉特別強調楊貴妃的「忌智」、梅妃的「柔緩」，可見梅妃絕無可能如陳皇后做出「聞衛子夫大幸，恚，幾死者數矣」一類令皇帝憤怒失望之事，且陳皇后因「嫉妒」衛子夫而「挾婦人媚道」、被廢，梅妃卻是因「被妒」而失寵被棄，甚至，梅妃根本不曾做出任何婦德有虧之事。由此種種，更顯得梅妃的全然被動與無能為力，從而凸顯梅妃的無辜可憐，及唐玄宗的負心寡情。[14]至於上陽白髮人，由「未容君王得見面，已被楊妃遙側

13　錢鍾書：《管錐編》第一冊，頁296-300。

14　董上德在〈梅妃形象的深層意義〉中曾有提到最後一點：陳皇后因「嫉妒」衛子夫而「挾婦人媚道」、被廢，梅妃卻是因「被妒」而失寵被棄，但對於其他差異並無論及。見董上德：〈梅妃形象的深層意義——楊貴妃文學史上的一個重要個案〉，《中國文學論集》第33號（2004年12月），頁99。

目。妒令潛配上陽宮，一生遂向空房宿」可知，上陽宮人從未承恩得寵，雖然白頭宮女令人感慨嘆息，但梅妃曾經備受恩寵，一旦恩移情替，更令人有女蘿無托、秋扇見捐的棄婦之感。

甚至，當陳皇后被廢後，曾以千金求司馬相如寫〈長門賦〉，欲挽回漢武帝的心，〈梅妃傳〉亦稱梅妃在遷入「上陽宮」、極度傷心的情況下，同樣欲以千金拜託高力士為她求取詞人寫賦，又因無人能寫，最後梅妃只好自撰〈樓東賦〉；但寫了〈樓東賦〉又如何，仍是「千金縱買相如賦，脈脈此情誰訴？」（辛棄疾〈摸魚兒〉）梅妃依舊喚不回唐玄宗的心。因此，後來玄宗派人秘密送去珍珠一斛，梅妃卻賦詩一首拒絕了玄宗的珍珠：「柳葉雙眉久不描，殘妝和淚污紅綃。長門盡日無梳洗，何必珍珠慰寂寥。」可見對於梅妃而言，一斛珍珠無法安慰她無人欣賞憐愛的寂寞心情。而「長門」，是陳皇后失寵後所住的宮殿，梅妃的「長門盡日無梳洗」正是運用陳皇后之典，在〈長恨歌〉以楊貴妃之於李夫人的概念下，〈梅妃傳〉進而以梅妃之於陳皇后；原本並不存在「沒妃」，也就因此出現了。

陳寅恪曾說：「明皇與楊妃之關係，雖為唐世文人公開共同習作詩文之題目，而增入漢武帝李夫人故事，乃白（居易）、陳（鴻）之所特創。詩句傳文之佳勝，實職是之故。」[15]不唯前文所述的「漢皇重色思傾國」及「金屋妝成嬌侍夜」，尚有「臨邛道士鴻都客，能以精誠致魂魄」亦與李夫人有關[16]，「姊妹弟兄皆列土，可

15　陳寅恪：《元白詩箋證稿・長恨歌》，頁45。

16　漢　班固：《漢書・孝武李夫人傳》卷97上：「上思念李夫人不已，方士齊人少翁言能致其神。乃夜張燈燭，設帷帳，陳酒肉，而令上居他帳，

憐光彩生門戶」則與衛子夫得寵有關。[17]白居易用漢武帝「后妃」故事寫唐玄宗後宮妃子，在當世是匠心獨具，而漢武帝「后妃」故事成為白居易〈長恨歌〉典故後，全用以指楊貴妃的承恩得寵。〈梅妃傳〉復原並擴大白居易詩所用的「金屋藏嬌」典故，將梅妃比為當年漢武帝欲以金屋貯之，最後卻因新寵見棄的陳皇后，並以陳皇后作為創作梅妃的重要參考，完成基本情節。

這是一種「照花前後鏡，花面交相映」的鏡像修辭手法，將白居易詩作（主要是〈長恨歌〉）視為一面文本之鏡，以漢武帝后妃情節照映出真正書寫的對象——李、楊愛情，而〈梅妃傳〉亦為另一面文本之鏡，在鏡中映現出〈長恨歌〉及〈上陽白髮人〉所用的典故及隱喻。也就是說，觀看〈梅妃傳〉此面文本之鏡，不僅看到鏡內（文本內）的情節，甚至〈梅妃傳〉的梅妃遭遇實由另一面鏡子（〈長恨歌〉）所反映出，如此一來，彷彿手拿數面鏡子，一前一後地疊映出唐玄宗、楊貴妃、梅妃或漢武帝、陳皇后、李夫人的帝妃愛情，層層現影、層層交疊、層層掩映，無盡復無盡，錯綜且美好。

換句話說，白居易用漢武帝、李夫人、陳皇后之典寫作〈長恨

遙望見好女如李夫人之貌，還幄坐而步。又不得就視，上愈益相思悲感，為作詩曰：『是邪，非邪？立而望之，偏何姍姍其來遲！』令樂府諸音家絃歌之。」（北京：中華書局，1997年9月），頁3952。

17 漢·司馬遷：《史記·衛皇后世家》卷49：「天下歌之曰：『生男無喜，生女無怒，獨不見衛子夫霸天下！』」頁1983。唐 陳鴻〈長恨歌傳〉：「當時謠詠有云：『生女勿悲酸，生男勿喜歡』。又曰：『男不封侯女作妃，看女卻為門上楣。』」見汪辟疆輯校：《唐人傳奇小說》，頁117。兩者記錄的民間歌謠非常相近。

歌〉，而〈梅妃傳〉並非直接用漢武帝、李夫人、陳皇后三人為典
故創作，反而是以白居易詩作內的漢武帝、李夫人、陳皇后為典
故，這種「典故中的典故」的寫法正好比「照花前後鏡，花面交相
映」所造成的「眾鏡相照」效果，在〈梅妃傳〉中投射出與前文本
相應的人物與情節。總之，〈梅妃傳〉作者表面上雖不採玄宗、貴
妃故事為主要內容的寫法，轉而書寫唐玄宗的另一寵妃：梅妃，實
際上仍是以白居易所寫的貴妃故事想像梅妃遭遇。

三、「涵容」與「洞察」：梅妃角色形象的完成

〈梅妃傳〉除了以白居易詩來構成梅妃先寵後棄的情節外，還
利用了其他唐代詩文，創作梅妃的姓名、封號由來。

〈梅妃傳〉說梅妃由於九歲便「能誦二《南》」，且對父親
說：「我雖女子，期以此為志。」父親因此大奇，故以「采蘋」為
之命名。《詩・召南》有〈采蘋〉一篇，而《能改齋漫錄》說：
「天子立后，以正內治，故〈關雎〉為風化之始；妃嬪世婦，所以
輔佐淑德，符〈家人〉之卦焉，然後〈鵲巢〉、〈采蘋〉、〈采
蘩〉，列夫人職以助諸侯之政。」[18]以后妃之德來說明《詩經》各
篇，而〈采蘋〉正表示妃嬪世婦之淑德；可見〈梅妃傳〉作者在創
作時，為主角命名的靈感或來自於《詩經》，且隱然說明梅妃具備
妃子之德。那麼，何以不將梅妃命名為「采蘩」呢？或許又與「楊
貴妃」有關。

---

[18] 宋・吳曾：《能改齋漫錄》卷 15〈牡丹榮辱志〉，收入《筆記小說大
觀》第四冊（揚州：江蘇廣陵古籍刻印社，1995 年 5 月），頁 286。

　　杜甫〈麗人行〉詩敘述了楊國忠兄妹驕奢荒淫的生活，先寫上巳日遊春仕女體態服飾之美，再寫楊貴妃姊妹所使用的器皿雅潔、肴饌精美，最後寫出了楊國忠的意氣驕恣：

> 三月三日天氣新，長安水邊多麗人。態濃意遠淑且真，肌理細膩骨肉勻。繡羅衣裳照暮春，蹙金孔雀銀麒麟。頭上何所有，翠微盍葉垂鬢脣。背後何所見，珠壓腰衱穩稱身。就中雲幕椒房親，賜名大國虢與秦。紫駝之峰出翠釜，水晶之盤行素鱗。犀箸厭飫久未下，鸞刀縷切空紛綸。黃門飛鞚不動塵，御廚絲絡送八珍。簫鼓哀吟感鬼神，賓從雜遝實要津。後來鞍馬何逡巡，當軒下馬入錦茵。楊花雪落覆白蘋，青鳥飛去銜紅巾。炙手可熱勢絕倫，慎莫近前丞相嗔。[19]

其中，「楊花雪落覆白蘋」一句，《爾雅》說：「萍，其大者蘋」[20]，《爾雅翼》亦云：「萍，其大者蘋。……五月有花白色，謂之白蘋」[21]，而《廣雅疏證》則考證「俗謂『楊花落水，經宿為萍』，其說始於陸佃《埤雅》及蘇軾〈再和曾仲錫荔枝詩〉。」[22]綜言之，古人認為楊花入水化為萍，萍長得大些則為蘋。而杜甫「楊

19　唐・杜甫：〈麗人行〉，見清・彭定求等編：《全唐詩》卷25，頁336。

20　晉・郭璞注，宋・邢昺疏：《爾雅》（上海：上海古籍出版社，1990年12月），頁138。

21　宋・羅願撰，石雲孫點校：《爾雅翼》（合肥：黃山書社，1991年10月），頁60。

22　魏・張揖撰，清・王念孫疏證：《廣雅疏證》卷10上（香港：中文大學出版社，1978年），頁1228。

花雪落覆白蘋」正是利用楊花、白蘋實出於一物的概念，輔以楊花「覆」白蘋的意象，影射楊國忠與從妹虢國夫人的曖昧情事。[23]

而〈梅妃傳〉同樣借用古人以楊花、白蘋同為一物變化的概念，以「楊花」指與「楊」國忠同姓的「楊」貴妃，而白蘋指的是梅妃江采蘋，因此〈梅妃傳〉以楊貴妃、江采蘋實為一人化身兩角，如同貴妃照鏡，鏡內映現出一個似是而非是的梅妃虛像；也就是說，〈梅妃傳〉運用杜甫〈麗人行〉「楊花雪落覆白蘋」的典故，想像集三千寵愛於一身的楊貴妃化身成兩個唐玄宗的寵妃：梅妃及貴妃，藉此賦予史上無有的「沒」姓名：江采蘋——江上的白蘋[24]，並由此塑造梅妃「采蘋」之名及九歲「能誦二《南》」、立下具妃嬪世婦淑德之志的情節。

錢鍾書曾歸納鏡子的功能有「洞察」、「涵容」兩種，其中「涵容」一項，錢氏為之定義為「物來斯受，不擇美惡」，這是著眼於鏡子的物理性特徵：鏡子沒有個人的喜惡，不因外物之美醜、善惡而有所分別，世間萬物可毫無分別地、忠實地映現於鏡內。因此，〈梅妃傳〉創造梅妃形象最簡單的方式即以「唐人豔稱」、喜聞樂道的楊貴妃作為參考藍本，將於史有據的楊貴妃置於鏡前，梅

---

[23] 此句「是隱語，也是微詞，妙在結合當前景致來揭露楊國忠和從妹虢國夫人通姦的醜惡。」蕭滌非選注：《杜甫詩選注》（北京：人民文學出版社，1992 年 7 月），頁 31。

[24] 董上德〈梅妃形象的深層意義〉提到：「不排除編故事的人牽強附會地從杜詩中牽扯出『江采蘋』這個姓名的可能性。換言之，杜詩中的這種形象化的語句，為人們提供了一個可以牽強附會的空間，文學想像，有時候是有意無意的牽強附會的產物，猶如『杯弓蛇影』一樣。」見氏撰，〈梅妃形象的深層意義——楊貴妃文學史上的一個重要個案〉，《中國文學論集》第 33 號（2004 年 12 月），頁 102。

妃即為投射在鏡內的虛像，亦即以楊貴妃一人化身為〈梅妃傳〉內楊貴妃、江采蘋兩個角色。

既然〈梅妃傳〉借杜甫〈麗人行〉「楊花雪落覆白蘋」以楊花喻楊貴妃，江采蘋之名也由此而來；進一步來看，其封號梅妃之「梅」，又與楊貴妃之「楊」相對應。〈梅妃傳〉寫梅妃性喜梅，「所居欄檻，悉植數株，上榜曰梅亭」，甚至玄宗因她不畏春寒在花樹下流連賞花，至夜半「尚顧戀花下不能去」，而戲封為「梅妃」；除此之外，玄宗又因梅妃才高而對諸王戲稱梅妃為「梅精」。在志怪傳奇中，鏡子具有意志即被稱為「鏡精」[25]，而梅妃被稱為「梅精」，也意味著梅妃展現了梅花的意志精神，彷若梅花精靈。宋人寫梅常比作姑射神人，如「一塵不染香到骨，姑射仙人風露身」[26]、「姑射真人冰作體，廣寒仙女月為容」[27]、「爭似姑山尋綽約，四時常見雪肌膚」[28]、「彩筆風流，偏解寫、姑射冰姿清瘦」[29]、「玉質生香，冰肌不粟，韻在霜天曉。林間姑射，高情

---

[25] 關於具有意志的「鏡精」，可參見黃東陽：〈唐王度《古鏡記》之鑄鏡傳說辨析——兼論古鏡制妖的思考進路〉，《中國文學研究》第 17 期（2003 年 6 月），頁 141-143。

[26] 宋・張耒：〈臘初小雪後圃梅開二首之二〉，收入北京大學古文獻研究所編：《全宋詩》（北京：北京大學出版社，1998 年 12 月），頁 13299。

[27] 宋・石延年：〈詠梅〉，收入北京大學古文獻研究所編：《全宋詩》，頁 2007。

[28] 宋・蘇軾：〈憶黃州梅花五絕之一〉，收入北京大學古文獻研究所編：《全宋詩》，頁 9617。

[29] 宋・辛棄疾：〈念奴嬌・贈妓善作墨梅〉，收入唐圭璋編：《全宋詞》（北京：中華書局，1986 年 5 月），頁 1892。

迴出塵表」[30]、「姑射青春對面。駕飛虯、羅浮路遠」[31]、「姑射仙人標格韻，凝牆粉謝香腮」[32]等，〈梅妃傳〉形容梅妃「姿態明秀，筆不可描畫」，實與姑射神人之形容頗為近似。此外，〈梅妃傳〉形容梅妃「淡妝雅服」，亦與宋人讚美梅花的素淡之美相同，如「疏疏淡淡問阿誰，堪比天真顏色」[33]、「玉貌香腮天賦與，清姿不假鉛華」[34]，因梅妃與梅花同樣具有這種清麗絕俗的美，亦不愧「梅精」之封號。

至於用以比喻楊貴妃之楊花，北周庾信〈春賦〉：「新年鳥聲千種囀，二月楊花滿路飛。」[35]唐代武昌有妓續韋蟾詩句：「武昌無限新栽柳，不見楊花撲面飛」[36]，唐代韓翃〈寒食〉詩亦說：「春城無處不飛花，寒食東風御柳斜」[37]，不論如何，「楊花」在詩中出場似乎常以風吹四散的面目現身；至於梅花，則有「飽霜分疏瘦，下笑浪蕊繁。喜無蜂蝶知，哪與桃李言」[38]、「素豔不容

30　宋・陳紀：〈念奴嬌・梅花〉，收入唐圭璋編：《全宋詞》，頁 3392。

31　宋・吳文英：〈燭影搖紅・賦德清縣圃古紅梅〉，收入唐圭璋編：《全宋詞》，頁 2915。

32　宋・無名氏：〈臨江仙〉，收入唐圭璋編：《全宋詞》，頁 3641。

33　宋・辛棄疾・〈念奴嬌　梅〉，收入唐圭璋編：《全宋詞》，頁 1892。

34　宋　無名氏　〈臨江仙〉，收入唐圭璋編・《全宋詞》，頁 3641。

35　北周・庾信・〈春賦〉，收入趙逵夫等主編：《歷代賦評注・南北朝卷》（成都・巴蜀書社，2010 年 2 月），頁 470。

36　唐・武昌妓　〈續韋蟾句〉，收入清・彭定求等編：《全唐詩》卷 802，頁 9025。

37　唐・韓翃：〈寒食〉，收入清・彭定求等編：《全唐詩》卷 245，頁 2757。

38　宋・吳可：〈探梅〉，收入北京大學古文獻研究所編：《全宋詩》，頁 13015。

蜂蝶採，清香自有人知」[39]、「恥與百花爭俗態，獨殊群豔占先春」[40]、「江梅孤潔無拘束。祇溫然如玉。自一般天賦，風流清秀，總不同粗俗」[41]等詩詞吟詠，梅花獨占早春在枝頭綻放，不與群芳爭豔，連蜂蝶都無法親近；可見，楊花的風吹四散與梅花的孤高芳潔，有著一動一靜的差異。而楊花的品格也由於隨風飄浮的天性，與水隨勢而流並稱「水性楊花」，且最後竟以此比擬女子用情不專；甚至，曾鞏〈詠柳〉更直接將飛揚的柳絮楊花說成小人蒙蔽君王的手段：「亂條猶未變初黃，倚得東風勢便狂。解把飛花蒙日月，不知天地有清霜。」[42]因此，被說成「蒙蔽日月」、「水性楊花」的楊花，其輕薄俗豔的品格更無法與得比古代高潔隱士伯夷叔齊、商山四皓的梅花[43]相提並論了。宋人張翊《花經》以九品九命安排各種花的先後次第，其中，梅花置於地位最高的一品九命，楊花則被列於五品五命[44]，可見宋人對於梅花的推崇，同時，楊花地位遠不及梅花。

---

[39]　宋·無名氏：〈臨江仙〉，收入唐圭璋編：《全宋詞》，頁3640。

[40]　宋·邵雍：〈和商守宋郎中早梅〉，收入北京大學古文獻研究所編：《全宋詩》，頁4465。

[41]　宋·趙長卿：〈探春令·賞梅十首之一〉，收入唐圭璋編：《全宋詞》，頁1780。

[42]　宋·曾鞏：〈詠柳〉，收入北京大學古文獻研究所編：《全宋詩》，頁5585。

[43]　宋·陳紀：〈念奴嬌·梅花〉：「清氣乾坤能有幾，都被梅花占了……除是孤竹夷齊，商山四皓，與爾方同調。」收入唐圭璋編：《全宋詞》，頁3392。

[44]　宋·張翊：《花經》，收於譚屬春、嚴昌注釋：《俗文化四書五經》（深圳：海天出版社，1996年9月），頁555。

　　進一步來說，人的品格與花之內涵相符，而楊貴妃之於楊花、梅妃之於梅花，楊貴妃與梅妃也有著如同楊花與梅花一般巨大的差異。北宋初樂史〈楊太真外傳〉曾依據唐代張祜〈邠王小管〉，敘述楊貴妃：「無何竊寧王紫玉笛吹，故詩人張祜詩云：『梨花靜院無人見，閑把寧王玉笛吹。』」其實從張祜〈邠王小管〉全詩：「虢國潛行韓國隨，宜春深院映花枝。金輿遠幸無人見，偷把寧王小管吹」[45]可知，楊貴妃並非「無何」竊寧王玉笛吹，而是因為唐玄宗背著楊貴妃前去私會她的姐妹虢國夫人，貴妃無從表達她的怨怒，可能是在有些百無聊賴、又有些心懷怨懟的心情下，帶有些報復心理，拿起寧王的紫玉笛吹奏，楊貴妃行為雖然不當，但可以體會她深宮幽怨的情懷。然而，此事到了宋人樂史筆下，又以「無何竊寧王紫玉笛吹」的「無何」兩字來刻意忽視唐玄宗拋下楊貴妃而逕自私會虢國夫人的三心二意，更特別強調楊貴妃沒有理由即做出如此不檢點的行為；樂史一方面減損唐玄宗在兩人愛情世界中的不專，一方面又突出楊貴妃的無德，可見樂史筆下的楊貴妃正符合楊花「水性」的特質。

　　〈梅妃傳〉亦設計了情節以呼應〈楊太真外傳〉：樂史根據唐代《明皇雜錄》記載玄宗兄弟間極友愛，「帝友愛至厚，殿中設五幄，與五王處，號五王帳。」[46]而有楊貴妃有機會拿起寧王玉笛吹奏之事，對照〈梅妃傳〉，同樣針對《明皇雜錄》創作了玄宗兄弟間極友愛的日常相處場景，並藉此對比梅妃與貴妃之不同：

---

[45]　唐　張祜．〈邠王小管〉，收入清・彭定求等編：《全唐詩》卷 511，頁 5838。

[46]　唐・鄭處誨撰，田廷柱點校：《明皇雜錄・逸文》，頁 56。

是時承平歲久，海內無事，上於兄弟間極友愛，日從燕閒，
必妃侍側。上命破橙往賜諸王，至漢邸，潛以足躡妃履，妃
登時退閤。上命連宣，報言：「適履珠脫綴，綴竟當來。」
久之，上親往命妃。

樂史根據唐玄宗兄弟友愛，撰〈楊太真外傳〉而有楊貴妃無緣無故
拿起寧王玉笛吹奏之事，刻意塑造楊貴妃不守婦德的形象；然而
〈梅妃傳〉的梅妃卻連玄宗在自家兄弟相處時，偷偷以腳輕踩梅妃
鞋子表示親昵都無法忍受，立刻退席離開。不論梅妃是由於無法容
忍鞋珠一時脫綴，或者因為玄宗不莊重的行為，都可以看出梅妃一
絲不苟的貞靜性格；因此梅妃其人絕無可能見玄宗兄弟之間友愛，
而有狹近生輕侮的念頭，更不可能有私取寧王玉笛吹奏的舉止，反
之，貴妃也未必因玄宗輕踩鞋子，造成鞋珠脫綴而立刻離開。故以
〈梅妃傳〉文本為鏡，鏡內梅妃顯像為玉潔冰清、孤高芳潔的梅
花，也反映出鏡外楊貴妃的本質為輕薄俗豔、蒙蔽日月的楊花；透
過鏡內梅妃映現出鏡外的、前文本中的楊貴妃，兩相對比，品格高
下立時分判。

　　梅花年年占早春開放，蕭綱〈梅花賦〉：「梅花特早，偏能識
春」[47]，而楊花則如庾信〈春賦〉：「新年鳥聲千種囀，二月楊花
滿路飛」，清明前後才得見「滿城風絮」的景象。也就是說，春天
百花盛開，而梅花花期最早，至於楊花開放已至清明時節；因此，
在二月楊花滿路飛之前，花期就已結束的梅花，就時間先後而言，
亦與梅妃先楊貴妃入宮相符合，當楊貴妃在深宮中因深受唐玄宗寵

47　梁・蕭綱：〈梅花賦〉，收入《歷代賦評注・南北朝卷》，頁415。

愛而春風得意時，梅妃嬌美風光的時節已然結束。至於前文所述杜甫〈麗人行〉楊花「覆」白蘋的意象，亦可以是楊貴妃取代梅妃江采蘋成為玄宗寵妃。

前文提到，錢鍾書曾歸納鏡子的功能有洞察、涵容兩種，「涵容」指的是「物來斯受，不擇美惡」，世間萬物可毫無分別地、忠實地映現於鏡內；以〈梅妃傳〉為文本之鏡，梅妃有賴於真實存在的楊貴妃，才能在鏡內從無到有。然而，除了「涵容」之外，錢鍾書所歸納的鏡子第二種功能：「洞察」——「物無遁形，善辨美惡」在〈梅妃傳〉中亦有所運用。〈梅妃傳〉以梅妃當作梅花之化身，在不論姓名由來、性格喜好、先楊花盛開的花期等方面，皆特別強調梅妃玉潔冰清、孤高芳潔的品格；至於楊貴妃，在〈梅妃傳〉內雖未強調其性格喜好，但若將〈梅妃傳〉視作一面文本之鏡，則可顯現出前文本杜甫〈麗人行〉、樂史〈楊太真外傳〉中以楊花水性、輕薄俗豔為特質的楊貴妃，這也是古來所謂「照妖鏡」的思想根源：「狐狸之怪，雀鼠之魅，不能幻明鏡之鑑者」[48]。楊貴妃表面上的豔麗嬌美，在〈梅妃傳〉文本之鏡的照映、梅妃的對照下，才彰顯出其真正的內在本質，而外表的美好亦無法再為之掩飾。

前代志怪小說運用「照妖鏡」多以鏡子當成讓妖物現形的工具，而內容多寫妖物在鏡子出現前的諸般美好與現形後鏡內的諸種醜惡[49]，〈梅妃傳〉雖然也運用了鏡子「洞察」、「物無遁形，善

---

[48] 南唐·譚峭：《化書》卷 2，收入《諸子集成續編》第 20 冊（成都：四川人民出版社，1998 年 1 月），頁 209。

[49] 王明撰：《抱朴子內篇校釋》卷 17：「萬物之老者，其精悉能假託人

辨美惡」的特性，但與志怪小說的寫法有些許不同：志怪小說主要寫的是鏡外妖物，〈梅妃傳〉從頭到尾皆以梅妃為書寫對象；志怪小說寫鏡前妖物所幻化的人形是虛幻美好的，而反映妖物於鏡內的是醜惡真相；〈梅妃傳〉單寫鏡內梅妃之清高美好，自足以顯現鏡外實有的貴妃品格低下、不如梅妃多矣。簡言之，〈梅妃傳〉不寫鏡外實有的貴妃，反覆描寫鏡內虛有的梅妃之清美高潔，並以鏡內虛有的梅妃反襯鏡外實有的貴妃輕薄尤物的形象。這種書寫手法雖然與前代志怪小說稍有差異，但同樣是運用鏡子「洞察」的特性，讓鏡外妖物現形。

再者，〈梅妃傳〉雖然表面上完全不寫楊貴妃，不同於以往以楊貴妃為主角的玄宗貴妃故事，但通過〈梅妃傳〉文本之鏡的「洞察」功能，暗指楊貴妃為「妖」，亦隱約暗示了前代文本〈鶯鶯傳〉內論及「尤物」時，所提出的「大凡天之所命尤物也，不妖其身，必妖於人」說法。也就是說，表面上〈梅妃傳〉不論在內容或寫法上，俱掙脫過去以楊貴妃為主角的玄宗貴妃故事，但事實上，〈梅妃傳〉寫法既非直接承襲〈長恨歌〉、〈長恨歌傳〉「尤物」、「亂階」等，亦非如〈楊太真外傳〉、〈驪山記〉、〈溫泉記〉等傳奇小說採取概念偏轉挪移的作法：「從亂階到禍階」、「從尤物到玩物」，重新觀察想像楊貴妃，而是藉著鏡子「涵容」特性，通過前文本內的楊貴妃創造梅妃，再藉由鏡子「洞察」特

形，以眩惑人目而常試人，唯不能於鏡中易其真形耳。是以古之入山道士，皆以明鏡徑九寸已上，懸於背後，則老魅不敢近人。或有來試人者，則當顧視鏡中，其是仙人及山中好神者，顧鏡中故如人形。若是鳥獸邪魅，則其形貌皆見鏡中矣。」（北京：中華書局，2002 年 3 月），頁300。

性，通過前文本內「尤物」與「妖」的關係，反過來借梅妃影射楊
貴妃為妖。因此在內容上，〈梅妃傳〉並非單純為梅妃寫傳，實則
透過書寫梅妃故事情節、姓名封號的同時，既映照出史上實有的楊
貴妃，也對照出史上未曾明言的貴妃本質。是以，〈梅妃傳〉其實
未曾擺落楊貴妃，而兩人在〈梅妃傳〉內的不可分割，遂使〈梅妃
傳〉亦為「楊貴妃」主題的傳奇文本。

四、映／現：開元天寶史實的顯現

《詩・文王》：「宜鑒于殷，駿命不易。」[50]《詩・蕩》：
「殷鑒不遠，在夏后之世！」[51]《墨子・非命下》亦引《尚書》
逸篇〈去發〉云：「天有顯德，其行甚章，為鑑不遠，在彼殷
王。」[52]皆是以鑑、鏡為喻，要人以史為戒，謹言慎行以免重蹈覆
轍。唐玄宗亦曾說：「以銅為鏡，可以正衣冠；以古為鏡，可以知
興替；以人為鏡，可以明得失。朕常保此三鏡，以防己過。」[53]可
見，中國早有以歷史為鏡，欲藉著鏡中史實來警惕鏡外人事的觀
念。這種「史鑑」的觀念，與鏡子「物無遁形，善辨美惡」的「洞
察」特質有極密切的關係，只是轉可觸的鏡子為不可觸的歷史；而
〈梅妃傳〉不僅運用多面鏡子「照花前後鏡，花面交相映」的效

---

50 漢・鄭玄箋、唐・孔穎達正義：《詩經正義》卷 16，藝文印書館《十三
    經注疏》本，頁 537。

51 漢・鄭玄箋，唐・孔穎達正義：《詩經正義》卷 18，頁 632。

52 清・孫詒讓：《墨子閒詁》卷 9（北京：中華書局，2001 年 4 月），頁
    281-282。

53 後晉・劉昫：《舊唐書・魏徵傳》卷 71，頁 2561。

果、單一鏡子「涵容」及「洞察」特質表現梅妃與貴妃兩人對應又相對的關係，再配合「史鑑」的觀念，以〈梅妃傳〉文本為鏡，剖析真正造成安史之亂的原因。

由〈梅妃傳〉末段的〈贊〉，可清楚地看出作者對玄宗的幽明評議：

> 明皇自為潞州別駕，以豪偉聞，馳騁犬馬鄠杜之間，與俠少遊。用此起支庶，踐尊位，五十餘年，享天下之奉，窮奢極侈，子孫百數，其閱萬方美色眾矣。晚得楊氏，變易三綱，濁亂四海，身廢國辱，思之不少悔。是固有以中其心、滿其欲矣。江妃者，後先其間，以色為所深嫉，則其當人主者，又可知矣。議者謂或覆宗，或非命，均其媢忌自取。殊不知明皇耄而忮忍，至一日殺三子，如輕斷螻蟻之命，奔竄而歸，受制昏逆，四顧嬪嬙，斬亡俱盡，窮獨苟活，天下哀之。《傳》曰：「以其所不愛及其所愛」，蓋天所以酬之也。報復之理，毫忽不差，是豈特兩女子之罪哉！

這一段話可以分作好幾個部分來看，但無一不是依據正史記載而發的評論。首先，從末句「豈特兩女子之罪哉」得知，〈梅妃傳〉認為真正需要為安史之亂負責的人並非貴妃及梅妃，而梅妃為史上無有的「沒妃」，可見〈梅妃傳〉認為楊貴妃並非導致安史之亂的罪魁禍首。為此，本文將進一步觀察正史所載的楊貴妃是否確實不必擔負天寶之際天下大亂之罪責。

《舊唐書》記載「武德立四妃：一貴妃，二淑妃，三德妃，四賢妃，位次后之下。玄宗以為后妃四星，其一正后，不宜更有四

妃，乃改定三妃之立：惠妃一，麗妃二，華妃三」[54]；唐玄宗除了後來被廢的王皇后外，有劉華妃、趙麗妃及武惠妃。唐玄宗在尚未即位前，除了王皇后無子外，劉華妃生玄宗長子琮，趙麗妃生次子瑛；至於武惠妃是玄宗即位後，才漸承恩寵[55]，然而，原本受寵的趙麗妃「及武惠妃寵幸，麗妃恩乃漸弛。」[56]而原本就不受寵的王皇后更因此被廢：「開元初，武惠妃特承寵遇，故王皇后廢黜。」[57]甚至，《舊唐書‧后妃傳上》說：「玄宗以惠妃之愛，擯斥椒宮」[58]，由此可知二事：一是帝王情愛原不得長久，二是唐玄宗寵愛某人時，必疏遠其他人，〈長恨歌〉的「後宮佳麗三千人，三千寵愛在一身」是寫楊貴妃，也應是所有曾為唐玄宗寵愛的妃子的寫照，如武惠妃，因此楊貴妃並沒有受到特別的對待，而唐玄宗寵貴妃而不顧宮中其他妃嬪，亦未必如〈上陽白髮人〉所述，是楊貴妃好爭好妒所致。

　　此外，唐玄宗並非僅對楊貴妃的家人特別關照，當趙麗妃得寵時，「其父元禮、兄常奴擢為京職，開元初皆至大官」[59]；甚至楊貴妃得寵後，楊氏五家權大，其中楊錡之所以為五家之一，並非全由貴妃，而是因為「錡，侍御史，尚武惠妃女太華公主，以母愛，

---

[54] 後晉‧劉昫：《舊唐書‧職官志三》卷44，頁1866-1867。

[55] 後晉‧劉昫：《舊唐書‧玄宗貞順皇后武氏傳》卷51：「上即位，漸承恩寵。」頁2177。

[56] 後晉‧劉昫：《舊唐書‧庶人瑛傳》卷107，頁3259。

[57] 後晉‧劉昫：《舊唐書‧玄宗楊貴妃傳》卷51，頁2178。

[58] 後晉‧劉昫：《舊唐書‧后妃傳上》卷51，頁2162。

[59] 後晉‧劉昫：《舊唐書‧庶人瑛傳》卷107，頁3259。

禮遇過於諸公主，賜甲第，連於宮禁」[60]，可見武惠妃過世後，其受寵程度並未減損，其女及女婿仍連帶備受禮遇。因此，楊貴妃所受的寵愛並無與眾不同，唐玄宗對她亦非另眼相待，〈長恨歌〉的「姊妹弟兄皆列土」實為唐玄宗對待受寵妃子的一貫方式。

因此，〈梅妃傳〉寫唐玄宗為了楊貴妃而將梅妃遷入上陽東宮，未必全因貴妃好爭好妒，而是唐玄宗素有因新寵忘了舊愛的作風。另外，〈梅妃傳〉敘述玄宗「一夜密以戲馬召妃至翠華西閣，敘舊愛」，貴妃為爭寵而來到閣前、質問玄宗：

> 披衣，抱妃藏夾幔間。太真既至，問：「梅精安在？」上曰：「在東宮。」太真曰：「乞宣至，今日同浴溫泉。」上曰：「此女已放屏，無並往也。」太真語益堅，上顧左右不答。太真大怒曰：「肴核狼藉，御榻下有婦人遺舄，夜來何人侍陛下寢，懽醉至於日出不視朝？陛下可出見羣臣，妾止此閣以候駕回。」上愧甚，拽衾向屏復寢曰：「今日有疾，不可臨朝。」太真怒甚，徑歸私第。

第二部分論述楊貴妃之「妒悍」時，只論及「妒」，此處亦可見楊貴妃之「悍」，尤其對比〈楊太真外傳〉敘述楊貴妃第一次被唐玄宗送還外宅：「五載七月，妃子以妒悍忤旨。乘單車，令高力士送還楊銛宅。」〈梅妃傳〉則強調楊貴妃氣極敗壞，主動離宮：「太真怒甚，徑歸私第」，由被動轉為主動，更可顯見其強悍。至於前一部分談及杜甫〈麗人行〉楊花「覆」白蘋的意象，在〈梅妃傳〉

---

60 後晉・劉昫：《舊唐書・玄宗楊貴妃傳》卷 51，頁 2179。

中可以解釋為楊貴妃取代梅妃江采蘋成為玄宗寵妃，此處又可以進一步衍生楊貴妃欺壓梅妃的概念。不過，楊貴妃表現得如此強悍，一方面欲與梅妃之「柔緩」對比，另一方面通過趙麗妃、武惠妃的前車之鑑，實可以理解楊貴妃防範於未然的心理，畢竟唐玄宗身為帝王，情愛原不得長久。因此，此一情節，從楊貴妃的表現來看，面對有威脅性的梅妃，展現出強悍的態度，一則顯示梅妃的美麗讓楊貴妃無法忽略、無法等閒視之，另一方面也顯得再正常也不過，畢竟一旦愛馳恩絕，就難以挽回了。

　　然而，其間更讓人感到難以置信的是，玄宗當時的言語舉動：玄宗先是「披衣，抱妃藏夾幙間」，當貴妃語氣益堅，玄宗只能「顧左右不答」、「拽衾向屏復寢」，採取逃避的方式解決；後來唐玄宗雖將「遺舄并翠鈿命封賜妃（梅妃）」，又將送令梅妃「步歸東宮」的小黃門斬首，可見玄宗對梅妃充滿歉意，或有憐愛之情，但玄宗貴為一國之君寵幸後宮嬪妃尚得面對承受楊貴妃無禮的質問、責怪，內心就算對梅妃感到愧歉與憐惜，亦無法保護梅妃，反而讓堂堂梅妃受盡屈辱。藉此，〈梅妃傳〉刻畫出貴妃的善妒強悍、梅妃的委屈悲哀，兩者對比下，同情梅妃、憎惡貴妃的觀點也從而顯現；更重要的是，〈梅妃傳〉寫出了玄宗當時的狼狽軟弱無能，在貴為天子的玄宗身上，予人一種滑稽感，由此也說明了〈梅妃傳〉對於唐玄宗的評價並不高。

　　另外，貴妃怒言一段，提到「夜來何人侍陛下寢，懽醉至於日出不視朝」，可見貴妃之所以能夠理直氣壯地表達怒氣，並非單純吃醋爭寵，而是以「日出不視朝」作為把柄，好借題發揮；而唐玄宗也因為自知理虧，只能「愧甚」，無言以對，倘若貴妃僅單純與梅妃爭風吃醋，玄宗見貴妃鬧得不像樣，或許還會惱羞成怒，偏偏

貴妃執理而論，玄宗只能用逃避的動作「摋衾向屏復寢」、逃避的話語：「今日有疾，不可臨朝」來回應。〈梅妃傳〉此段情節與〈長恨歌〉：「春宵苦短日高起，從此君王不早朝」所描寫的情景相似，但〈長恨歌〉是用以形容貴妃受寵，而〈梅妃傳〉則是貴妃用以指責玄宗。然而，不論是「從此君王不早朝」或「懵醉至於日出不視朝」，皆說明了開元晚期玄宗屢屢為了美色荒廢朝政，從此唐朝走向頹廢、走向墮落；也就是說，白居易或許藉此說明玄宗荒廢正事、唐代國勢走下坡與楊貴妃受寵有關，而〈梅妃傳〉更深刻地展現出唐玄宗個人應負的責任：就算沒有楊貴妃，唐玄宗也會有其他寵愛的妃子，因此就算是品性孤高芳潔如梅花的梅妃，也無法阻擋唐玄宗的荒淫怠惰，故而最後江山斷送、妃子慘死，玄宗自己要負起最大的責任。

其次，作者針對玄宗身為兒子，對父親不孝；身為父親，又對兒子不慈進行批判。所謂「明皇自為潞州別駕，以豪偉聞，馳騁犬馬鄠杜之間，與俠少遊。用此起支庶，踐尊位」，是說唐玄宗是睿宗第三子，在中宗末年兼為潞州別駕時，「常陰引材力之士以自助」，後來殺韋后、安樂公主，以武力為父親奪權，使父親即位為睿宗；後來玄宗因平定宗社禍亂之功而被封為平王、立為皇太子，但仍威勢過大，使父親備感威脅，令父親睿宗屢次讓位於玄宗，甚至玄宗即位後，為了權勢的集中亦殺了姑姑太平公主。[61]因此〈梅妃傳〉作者評議玄宗時，從他為了個人權位而對親人無情開頭。

〈梅妃傳〉批判唐玄宗對兒子不慈，則以玄宗為了滿足自己的私慾，搶奪兒媳為妃當成批評中心：「享天下之奉，窮奢極侈，子

61　後晉・劉昫：《舊唐書・玄宗本紀上》卷8，頁165-169。

孫百數，其閱萬方美色眾矣。晚得楊氏，變易三綱，濁亂四海，身廢國辱，思之不少悔。」玄宗在得楊妃之前，生活就已經「窮奢極侈，子孫百數，其閱萬方美色眾矣」，沒想到還為了「中其心、滿其欲」，不惜「變易三綱，濁亂四海」——搶奪兒媳楊氏為貴妃；既然「變易三綱，濁亂四海」，天下之亂豈非起於唐玄宗自己。

　　作者又舉唐玄宗「一日殺三子」作為玄宗對兒子不慈的另一證據，這指的是「開元二十五年（737）……皇太子瑛、鄂王瑤、光王琚並廢為庶人。太子妃兄駙馬都尉薛鏽長流瀼州，至藍田驛賜死」事。[62]此事起因於太子李瑛母趙麗妃、鄂王李瑤母皇甫德儀、光王琚母劉才人皆不敵武惠妃受寵，武惠妃「愛傾後宮，二子壽王、盛王以母愛特見寵異」[63]，因此三子「自謂母氏失職，嘗有怨望」[64]。而武惠妃又與李林甫謀立壽王為太子，因此以「太子瑛、鄂王瑤、光王琚皆以母失愛而有怨言」構陷三人，玄宗為此大怒而有廢黜太子之意；雖然張九齡曾上言玄宗打消此念頭，但李林甫又進讒言，最後果然「廢太子瑛、鄂王瑤、光王琚為庶人」，「其冬……三庶人為崇而薨」。李林甫更進一步地建議玄宗立壽王瑁為太子，不過玄宗則以忠王李亨仁孝，年又居長為由，立元獻皇后子李亨為太子。[65]藉此，一則可見武惠妃受寵弄權，與李林甫相善，使得玄宗一日殺三子；反觀楊貴妃得寵，楊國忠得權，楊貴妃所受待遇與惠妃同，也未必如武惠妃弄權以致玄宗殺子。二則，唐玄宗

62　後晉・劉昫：《舊唐書・玄宗本紀下》卷9，頁207-208。

63　後晉・劉昫：《舊唐書・李林甫傳》卷106，頁3235。

64　後晉・劉昫：《舊唐書・庶人瑛傳》卷107，頁3259。

65　後晉・劉昫：《舊唐書・李林甫傳》卷106，頁3236-3238。

對於自己的親生子不曾手下留情，一日殺三子而不心軟，輔以搶奪為妃的兒媳是受寵之子壽王的妻子，更可見唐玄宗對親生子的無情。〈梅妃傳〉作者不僅在論贊開頭批評玄宗對親人的不留情，文中仍持續針對玄宗不顧父子親情加以抨擊。

　　據〈梅妃傳〉作者的看法，正是因為玄宗為了個人權勢及私欲，對待親人往往殘忍無情，能夠「一日殺三子，如輕斷螻蟻之命」，亦能為「中其心、滿其欲」而強搶兒媳為妃；甚至玄宗先後寵信李林甫、楊國忠，「受制昏逆」，肅宗被立為太子後仍數度危險：「及立上（肅宗）為太子，林甫懼不利己，乃起韋堅、柳勣之獄，上（肅宗）幾危者數四。後又楊國忠依倚妃家，恣為蠹穢，懼上（肅宗）英武，潛謀不利，為患久之。」[66]因此，玄宗的父子關係始終處於矛盾而緊張的情況，才會在安史之亂玄宗西幸的途中，肅宗宣告即天子位，間接向玄宗宣告自身勢力已經足以與父親分庭抗禮；而玄宗於此變局之中，只能宣布退位，為太上皇。甚至，待得安史之亂平定、玄宗回到長安後，肅宗因李輔國離間，遷玄宗於西內甘露殿，又將高力士、陳玄禮等玄宗舊臣遷謫，使玄宗舉目無故人，愈來愈不快樂。[67]由此種種皆可以看出肅宗對於父親玄宗仍十分戒備猜疑，而玄宗之所以落得「窮獨苟活，天下哀之」的境地，全是由其過去對親人無情的作為所導致，因此〈梅妃傳〉不僅對玄宗絲毫沒有同情之意，甚至認為這是咎由自取、報應不爽：「報復之理，毫忽不差，是豈特兩女子之罪哉」。

　　最後，由中間一段提到梅妃的話，足以說明梅妃「史鑑」的作

66　後晉・劉昫：《舊唐書・肅宗本紀》卷 10，頁 240。
67　後晉・劉昫：《舊唐書・玄宗本紀下》卷 9，頁 235。

用：「江妃者，後先其間，以色為所深嫉，則其當人主者，又可知矣。議者謂或覆宗，或非命，均其媚忌自取。」一方面藉〈梅妃傳〉中梅妃的出現，襯托出楊貴妃的善妒霸道，以此回應素有評論者認為貴妃後來之所以死於非命、全家被趕盡殺絕皆是由於貴妃或楊家的橫行霸道，是自取滅亡；另一方面，藉〈梅妃傳〉楊貴妃受寵、梅妃被棄，可以得知，會為了輕薄尤物遠離高潔君子的玄宗，或許才是真正「昏逆」之人，亦才真正需要擔負起「奔竄而歸，受制昏逆，四顧嬪嬙，斬亡俱盡，窮獨苟活」的責任。因此，李林甫、楊國忠固然有錯，但真正惡積禍滿、大難臨頭的人也只有玄宗，正是「天所以酬之」。若與《舊唐書‧玄宗本紀》末的〈史臣曰〉，論述玄宗在位得失的話進行對比，兩種觀點的差異便非常清楚明確：

> 開元之初，賢臣當國，四門俱穆，百度唯貞，而釋、老之流，頗以無為請見。上乃務清淨，事薰修，留連軒后之文，舞詠伯陽之說，雖稍移於勤倦，亦未至於怠荒。俄而朝野怨咨，政刑紕繆，何哉？用人之失也。自天寶已還，小人道長。如山有朽壞，雖大必虧；木有蠹蟲，其榮易落。以百口百心之讒諂，蔽兩目兩耳之聰明，苟非鐵腸石心，安得不惑！[68]

可見劉昫等史臣認為玄宗雖然開元後期不再如開元之初勤政，稍倦於政事，但未至怠忽荒廢，至於天寶年間走向衰落，主要在於用人

之失，也就是說，玄宗是受到小人蒙蔽迷惑才導致安史之亂，故有
「以百口百心之讒諂，蔽兩目兩耳之聰明，苟非鐵腸石心，安得不
惑」之論，錯在誘惑蒙蔽君主之人，而非唐玄宗；與前一部分談到
宋人曾鞏看待「楊花」，視為蒙蔽君王的小人相同。至於〈梅妃
傳〉，點出唐玄宗縱容臣下妃子，才該負起最大的責任，與《舊唐
書》觀點大不相同。

　　進一步來說，〈梅妃傳〉作者認為玄宗因自己鑄下的諸過錯，
「奔竄而歸，受制昏逆，四顧嬪嬙，斬亡俱盡，窮獨苟活」，這全
然是「報復之理，毫忽不差」；且最後引《孟子》「以其所不愛及
其所愛」暗指玄宗是「不仁者」[69]，並說：「蓋天所以酬之也」，
作為貴妃、梅妃斬亡俱盡的評論。也就是說，〈梅妃傳〉認為玄宗
不仁、殘忍、好殺，以至於親生子對自己百般猜疑，得承受「窮獨
苟活」、寂寞冷清之老年生活的後果，是自作自受，但他甚至還連
累了自己所愛的妃子俱亡。這種引用《孟子》「以其所不愛及其所
愛」暗批玄宗是「不仁者」的評議角度，過去文本不曾有過，但北
宋文本中，〈梅妃傳〉又非唯一持此說者，如馬永卿《嬾真子錄》
認為楊貴妃馬嵬坡之死，唐玄宗須負起最大責任：

　　　　《唐・外戚傳》云：「外家之成敗，視主德之何如耳。」至
　　　　哉，此言也！明皇之寵太真，極矣！故有馬嵬之事。故《老

69　清・焦循撰，沈文倬點校：《孟子正義・盡心下》卷 28：「仁者以其所
　　愛，及其所不愛；不仁者以其所不愛，及其所愛。公孫丑問曰：『何謂
　　也。』『梁惠王以土地之故，糜爛其民而戰之，大敗，將復之，恐不能
　　勝，故驅其所愛子弟以殉之，是之謂以其所不愛，及其所愛也。』」（北
　　京：中華書局，1998 年 12 月），頁 953。

> 子》云：「甚愛必大費。」《孟子》云：「不仁者，以其所
> 不愛及其所愛。」[70]

又如北宋王回評論杜甫詩〈哀王孫〉時，也有類似說法：

> 安祿山驚潼關，玄宗倉卒西遜，諸嗣王及公主之在外者，皆
> 不及從。其後多為祿山所屠，鮮有脫者。此詩記而哀之。嗚
> 呼，以四海之廣，人帝之尊，念善周眾，則危辱其子孫如
> 此。豈孟子所謂「以其所不愛及其所愛」者歟？[71]

雖然王回根據杜甫〈哀王孫〉詩而論，馬永卿根據史實而論，〈梅
妃傳〉則就小說情節及所愛妃嬪而述，三者不盡相同，但其論點及
論述方法實則近似，皆引用《孟子》「以其所不愛及其所愛」暗指
玄宗是「不仁者」，而唐玄宗無德即為引發安史之亂的根源，終致
所愛妃嬪、子孫皆為安祿山所屠，甚至年老時兒子猜忌自己、故舊
遠離，全是自食惡果。

　　是以，〈梅妃傳〉藉由鏡中的梅妃遭遇鑑別玄宗的無能殘忍，
為前代所論的安史之亂成因進行翻案；更進一步來說，雖然〈梅妃
傳〉不喜貴妃，因貴妃並非理想中德才兼備的賢妃，在才識品行上
或有所虧，但玄宗為象徵俗豔楊花的貴妃疏遠高潔梅花的梅妃，可
知玄宗亦非品行高潔之人，既對父親不孝，又對兒子不慈，因此，

70　宋・馬永卿撰，田松青點校：《嬾真子錄》卷 4（上海：上海古籍出版
　　社，2012 年 12 月），頁 117。
71　明倫出版社編輯：《杜甫研究資料彙編》，頁 86。

真正必須為唐代國勢的衰敗負責之人並非楊貴妃，仍是作為皇帝的唐玄宗。由此，楊貴妃在自己並非主角的〈梅妃傳〉內，獲得了重新省思論斷的機會。

五、結語

〈梅妃傳〉一改以楊貴妃為唯一女主角的玄宗貴妃故事文本慣例，另述梅妃江采蘋的遭遇，以「照花前後鏡，花面交相映」的鏡像修辭手法，將白居易詩作〈長恨歌〉及〈上陽白髮人〉所用的典故及隱喻在〈梅妃傳〉內映射出來，因此〈梅妃傳〉情節在唐玄宗、楊貴妃、梅妃或漢武帝、陳皇后、李夫人重重層層的身影中，交疊掩映。

此外，〈梅妃傳〉又利用鏡子「不擇美惡」的「涵容」特質及「善辨美惡」的「洞察」功能，專寫虛擬的梅妃，藉著描寫鏡中虛設的梅妃形象對應鏡外實有的貴妃故實；同時又強調鏡內梅妃高潔的品格如同梅花的化身，而鏡外楊貴妃在梅妃的對照下才顯出其真正本質如輕薄俗豔的楊花。也就是說，在〈梅妃傳〉文本之鏡前，對於楊貴妃之美惡必先不加揀擇地反映，才能豐富梅妃此一「從無到有」的角色；然而，透過專寫梅妃之清美高潔，也由反面表現出楊貴妃之輕薄俗豔，「楊花雪落覆白蘋」的一人分飾兩角，以至於兩角（楊妃及梅妃）之美惡高下在〈梅妃傳〉內判然立見。

甚而玄宗為一國之君，對於柔婉高潔的梅妃無力保護，對於國勢的衰亂無力挽救，對親人無情、對父親不孝、對兒子不慈，因此玄宗的軟弱無能及殘忍無情皆被虛有的梅妃及實有的貴妃凸顯出來。換句話說，〈梅妃傳〉雖以梅妃為傳主，但實藉「根本沒有」

的梅妃重新總結安史之亂的歷史成因，表達真正必須為唐代國勢衰
敗負責之人實為唐玄宗。

　　〈梅妃傳〉表面上掙脫過去以楊貴妃為主角的玄宗貴妃故事，
但事實上藉著鏡子的各種特性，或通過前文本內的楊貴妃創造梅
妃，或通過前文本內「尤物」與「妖」的關係，反過來映照出楊貴
妃輕佻俗豔的本質，或影射批判唐玄宗是安史之亂的罪魁禍首，是
以，〈梅妃傳〉不僅未曾擺落楊貴妃，甚至仍為楊貴妃重新進行歷
史評議，洗刷其「亂階」之名。

　　（本章原載於《政大中文學報》第 19 期，頁 193-218，題名為
〈〈梅妃傳〉的鏡像托喻手法〉，後經增補「妖」的概念及北宋馬
永卿《嬾真子錄》、王回〈哀王孫〉詩評等資料，進行部分修
改。）

第五章 「成仙」之途：
因才高而成仙的概念完成

一、前言

六朝至唐代，以謫仙為主題的小說頗多，在「謫降－受難－回歸」的基本結構中，唐人小說又更強調其中試煉、考驗之歷程，並以此造成仙凡戀悽惋動人的情節，如〈封陟〉、〈文簫〉等[1]；而北宋傳奇〈書仙傳〉敘述長安娼女曹文姬自稱天上書仙人，因動情而謫居塵寰，與任生結為夫婦，待謫降時日屆滿即與任生同返天界，亦符合此一「謫降－受難－回歸」之歷程。

〈書仙傳〉所敘述之書仙回歸歷程，同時也是凡人曹文姬的臨終傳說，兩者實為一事之兩面；若以臨終傳說的角度來看，又與文末「李長吉新撰〈玉樓記〉就，天帝召汝寫碑」所暗示的李賀臨終傳說，具某種內在之關聯。李賀生平充滿傳奇：雖為皇室後裔卻窮

---

[1] 關於唐人的謫仙傳說，詳見李豐楙：〈道教謫仙傳說與唐人小說〉，收入《誤入與謫降：六朝隋唐道教文學論集》（臺北：臺灣學生書局，1996年5月），頁247-285。

愁潦倒，少年穎悟善為辭章卻因父名晉肅而無法報考進士科考試，詩名遠播卻壽命不永，因此李賀的傳說極多，如王定保《唐摭言》說李賀是早慧天才；[2]李商隱〈李賀小傳〉刻畫李賀苦吟的形象，及記載李賀臨終前為緋衣人召去為玉帝白玉樓作記之事；[3]張固《幽閒鼓吹》記載韓愈對李賀的賞識，及李賀因孤傲而使表兄懷恨在心，最後李賀表兄將其所有詩作投於廁中；[4]康駢《劇談錄》說李賀因拒見元稹而使自己在科考時遭到報復；[5]署名馮贄之《雲仙

2　五代・王定保撰，姜漢椿校注：《唐摭言》卷 10：「李賀……年七歲，以長短之制，名動京華。時韓文公與皇浦湜覽賀所業，奇之，而未知其人。……二公因連騎造門，請見其子。既而總角荷衣而出，二公不之信，賀就試一篇，承命欣然，操觚染翰，旁若無人。……二公大驚，以所乘馬命連鑣而還所居，親為束髮。」（上海：上海社會科學出版社，2003 年 1 月　，頁 216。

3　劉學鍇、余恕誠著：《李商隱文編年校注》（北京：中華書局，2002 年 3 月　，頁 2265-2266。

4　唐・張固：《幽閒鼓吹》：「李藩侍郎嘗綴李賀歌詩，為之集序未成。知賀有表兄與賀筆硯之舊，召之見，托以搜訪所遺。其人敬謝，且請曰：『某盡記其所為　亦見其多點竄者，請得所葺者視之，當為改正。』李公喜，并什之　彌年絕跡。李公怒，復召詰之。其人曰：『某與賀中外自小同處，恨其傲忽，常思報之。所得兼舊有者，一時投於溷中矣！』李公大怒，叱出之，嗟恨良久。故賀篇什流傳者少。」又一則說：「李賀以歌詩謁韓吏部。吏部時為國子博士分司，送客歸極困，門人呈卷，解帶旋讀之。……卻援帶命邀之。」收入《唐五代筆記小說大觀》，頁 1450-1451。

5　唐・康駢：《劇談錄》卷下：「元和中，進士李賀善為歌篇。韓文公深所知重，於縉紳之間每加延譽，由此聲華藉甚。時元相國積年老，以明經擢第，亦攻篇什，常願交結於賀。一日，執贄造門。賀覽刺不容，遽令僕者謂曰：『明經擢第，何事來看李賀？』相國無復致情，慚憤而退。……不

散錄》記載李賀文思敏捷等。[6]其中，以〈李賀小傳〉記載之李賀臨終的白玉樓傳說最為奇詭。

此外，宋人薛季宣（1134-1173）認為〈書仙傳〉：「信天有帝王，羲之輩皆已亡，固不乏工書之臣，何待此文姬者。文人設詞指事，殆寓言乎！走懼其污長吉，故為辨明。」[7]雖為辨明〈書仙傳〉的虛構成份，但反而點明了曹文姬與李賀在〈書仙傳〉內的關係；而李賀是真實人物，曹文姬卻為小說虛構的人物，既是小說所虛構，又何必非得是長安娼女的身分？此實為薛季宣「懼其污長吉」的根源，也是本文將討論的重點之一。

為此，本文釐清的關鍵在於〈書仙傳〉之情節邏輯：造作工書之小說人物「何待此文姬」？因此，首先對照李賀臨終傳說及其他文本，剖析〈書仙傳〉的故事結構；其次，綜論曹文姬「才女」、「女仙」、「長安女娼」的身分想像；最後，通過〈書仙傳〉及其他宋人詩文評論，證明宋人落實了晚唐李商隱所提出的「李賀成仙」之說，從而更發現「李賀成仙」及其衍生的白玉樓傳說如何在宋代已被廣泛接受及完成。

合應進士舉。賀亦以輕薄為時輩所排……」收入《唐五代筆記小說大觀》，頁 1497。

6　後唐・馮贄編，張力偉點校：《雲仙散錄》卷 3：「有人謁李賀，但見其久而不言，唾地者三，俄而文成三篇。」（北京：中華書局，1998 年 2 月），頁 34。

7　宋・薛季宣撰，張良權點校：〈李長吉詩集序〉，《薛季宣集》（上海：上海社會科學院出版社，2003 年 4 月），頁 441-442。

二、〈書仙傳〉故事結構

〈書仙傳〉末句直接標示作傳時間：「長安小隱永元之善丹青，因圖其狀，使余作記，時慶曆甲申（1044）上元日記。」且文中安排了周越、馬端對書仙曹文姬的書法筆力，「一見稱賞不已」，兩人皆仁宗時人，尤其《宣和書譜》稱周越：「天聖、慶曆間以書顯，學者翕然宗之。」[8]因此，〈書仙傳〉應確為北宋作品。南宋薛季宣曾在〈李長吉詩集序〉提及〈書仙傳〉曹文姬事：「前世任信臣者，又記書仙事實之。」[9]首先，以「前世」說明〈書仙傳〉創作時代在北宋，又同時點明了〈書仙傳〉的作者，即任信臣，可知〈書仙傳〉末句「余」即為作者任信臣之自稱，而〈書仙傳〉中與書仙曹文姬配合之「任生」，或與之相關。[10]

成書於北宋中期的傳奇〈書仙傳〉[11]敘述長安娼女曹文姬與任生結合後不久，向家人說明自己本是天上書仙人，因動情而謫居塵寰；後來則由於李賀為天帝白玉樓撰〈玉樓記〉業已完成，於是返

---

8 宋・佚名撰・桂第子譯注：《宣和書譜》（長沙：湖南美術出版社，1999年12月），頁365-366。

9 宋・薛季宣撰，張良權點校：〈李長吉詩集序〉，《薛季宣集》，頁441-442。

10 李劍國稱〈書仙傳〉作者不詳，但本文通過南宋初薛季宣的記載，認為〈書仙傳〉作者應為北宋任信臣。李劍國：《宋代志怪傳奇敘錄》稱「無名氏」撰，頁77、85。

11 〈書仙傳〉為北宋作品，作於：「慶曆甲申（1044）上元日」，且雖但今《麗情集》不存此文，但曾收入《麗情集》中，可見北宋任信臣撰〈書仙傳〉於張君房過世前，而張君房（965？-1045？）臨終前不久將之編入《麗情集》內。見李劍國：《宋代志怪傳奇敘錄》，頁77-85。

回天界為白玉樓書碑。[12]情節雖然簡單，但其實發展了前代已有的兩則故實，一是唐代裴鉶《傳奇·文簫》的謫仙吳彩鸞善書事，二是李賀的臨終傳說。

　　先就唐傳奇〈文簫〉與〈書仙傳〉進行比較。李劍國曾說〈書仙傳〉：「是篇關於女書法家的傳奇，以曹文姬為仙，其意亦正如唐人裴鉶《傳奇·文簫》以女書家吳彩鸞為仙，訝其書法為人間所無。」[13]

> 大和末歲，有書生文簫者，海內無家，因萍梗抵鍾陵郡。……時文簫亦往觀焉，睹一姝，幽蘭自芳，美玉不艷……其詞曰：「若能相伴陟仙壇，應得文簫駕彩鸞，自有繡襦并甲帳，瓊臺不怕雪霜寒。」生久味之，曰：「吾姓名其兆乎？此必神仙之儔侶也。」竟植足不去。姝亦盼生。……有仙童自天而降，持天判，宣曰：「吳彩鸞以私欲而泄天機，謫為民妻一紀。」姝遂號泣，與生攜手下山而歸

12　李劍國：《宋代傳奇集　　》，頁 138-139。以下所引本文皆出於此。《宋代傳奇集·書仙傳》據　海古籍出版社點校本《青瑣高議》前集卷 2、《正統道藏》本《歷世真仙體道通鑑》後集卷 6 輯錄。雖然〈書仙傳〉為劉斧編入《青瑣高議》，但張君房《麗情集》已采入，唯《麗情集》今佚，不知內容是否與《青瑣高議》內〈書仙傳〉同，而《錦繡萬花谷》、《古今事文類聚》、《古今合璧事類備要》皆僅錄有節文，稱出自《麗情集》，不近李劍國稱無名氏所撰〈書仙歌〉：「長安南坡名胭脂，曹家有女名文姬。」可能為《麗情集》所采，但《青瑣高議》之〈書仙傳〉無〈書仙歌〉，或者兩書內容有少許出入。詳見李劍國：《宋代志怪傳奇敘錄》，頁 77-78、85。

13　李劍國：《宋代志怪傳奇敘錄》，頁 78。

鍾陵。生方知妹姓名，因詰曰：「夫人之先，可得聞乎？」
妹曰：「我父吳仙君猛，豫章人也……吾亦為仙，主陰籍，
僅六百年矣。睹色界而興心，俄遭其謫，然子亦因吾可出世
矣。」……（《傳奇‧文簫》）[14]

生四五歲，好文字戲，每讀一卷，能通大義，人疑其夙習
也。及笄，姿豔絕倫，尤工翰墨。……由是藉藉聲名，豪貴
之士願輸金委玉求與偶者，不可勝計。女曰：「皆非吾偶
也。欲偶吾者，請託投詩，當自裁擇。」自是長篇短句，豔
詞麗語，日馳數百，女悉無意。有岷江任生，客於長安，賦
才敏捷，聞之喜曰：「吾得偶矣。」或問之，則曰：「鳳棲
梧而魚躍淵，物有所歸耳。」遂投之詩曰：「玉皇前殿掌書
仙，一染塵心謫九天。莫怪濃香薰骨膩，雲衣曾惹御爐
煙。」女得詩，喜曰：「此真吾夫也！不然，何以知吾行事
耶？吾願妻之，幸勿他顧。」……「吾本上天司書仙人，以
情愛謫居塵寰二紀。」……女與生易衣拜命，舉步騰空但見
雲霞爍爍，鸞鶴繚繞，於時觀者萬計。（〈書仙傳〉）

兩篇的共同之處頗多：一是兩者皆女仙為情謫降，吳彩鸞「睹色界
而興心」、「以私欲而泄天機」，「謫為民妻一紀」，曹文姬因
「情愛」，「謫居塵寰二紀」。且兩人丈夫都因與女仙結合而能出

---

[14] 唐‧裴鉶：《傳奇》，據《歲時廣記》卷 33 所引而收入《唐五代筆記小
說大觀》，頁 1151-1152。以下所引本文皆出於此。

世升仙，並無了結情緣以歸返的結局。[15]第三，也是〈文簫〉與〈書仙傳〉最近似之處：吳彩鸞及曹文姬皆是善書的女性。〈文簫〉曰：

> 生素窮寒，不能自贍。妹曰：「君但具紙，吾寫孫愐《唐韻》。」日一部，運筆如飛，每鬻獲五緡。緡將盡，又為之。如此僅十載，至會昌二年，稍為人知，遂與文生潛奔新吳縣越王山側百姓郡舉村中……今鍾陵人多有吳氏所寫《唐韻》在焉。

吳彩鸞寫字運筆如飛，一日可寫一部《唐韻》，不僅用以養活兩人，也因此出名。而曹文姬亦「工翰墨。自牋素外至於羅綺窗戶，可書之處必書之，日數千字。人號為書仙，筆力為關中第一。」兩人同樣寫字快捷，並以此為人所知。由兩人同為女仙為情謫降、皆因善書而不同於凡人、最後丈夫一同與之出世升仙三點看來，〈書仙傳〉在人物特徵上，與唐傳奇〈文簫〉相似。

不過，此兩篇畢竟是不同的小說，首先，吳彩鸞誦詩：「若能相伴陟仙壇，應得文簫駕彩鸞，自有繡襦并甲帳，瓊台不怕雪霜寒」，詩中提及文簫姓名，令文簫認為此必神仙儔侶之兆 因而駐足不去；因此吳彩鸞是遇見文簫後泄露天機而被罰謫降 失去神仙身分，而文簫亦親見仙童持天判自天而降，宣佈吳彩鸞失去神仙身

---

15 李豐楙：〈道教謫仙傳說與唐人小說〉提到唐人作意好奇、悽惋欲絕之處，正是「以道教的絕情、斷念說來彌縫謫仙必需歸返的必然結局」，收入《誤入與謫降：六朝隋唐道教文學論集》，頁 260-262。

分，因此文簫早知吳彩鸞為天仙，最後吳彩鸞並不需要說服文簫與之一同升仙。但曹文姬是先謫降為長安娟女，才昭告天下擇夫：「欲偶吾者，請託投詩，當自裁擇。」爾後因岷江任生賦才敏捷，且詩中以「書仙」一詞讚頌曹文姬書才，令曹文姬認定任生為夫；不過，任生始終也沒有見過曹文姬展露詩書才華以外的能力，所以當篇末曹文姬升仙前對人說：「吾本上天司書仙人，以情愛謫居塵寰二紀」時，尚需要特別向任生保證「天上之樂勝於人間，幸無疑焉。」以說服任生與之同登仙界。

兩篇傳奇差異更大之處，在最後升仙情節的描寫：吳彩鸞偕其夫文簫騎虎升仙：「是夜，風雷驟至，聞二虎咆哮於院外。及明，失二人所在。凌晨，有樵者在越山，見二人各跨一虎，行步如飛，陟峰巒而去。」而曹文姬與任生則在眾人眼前舉步登仙：「仙樂飄空，異香滿室，家人驚異共窺」，「舉步騰空，但見雲霞爍爍，鸞鶴繚繞，於時觀者萬計」。不僅升仙方式有別，且轉述傳聞與眾人親見的真實性亦有所不同：前者升仙時因風雷阻隔而無人知悉，樵者偶見才有此傳說；後者以仙樂、異香、雲霞、鸞鶴為背景，在萬人面前舉步升空。

以上〈書仙傳〉不同於〈文簫〉的兩點：曹文姬對任生保證天上甚樂事，及曹文姬在眾目睽睽下舉步升仙事，皆與李賀臨終傳說有密切關係。為此，接著論述李賀臨終之白玉樓傳說。宋代嚴有翼《藝苑雌黃》說白玉樓事：「考之《新唐史‧李賀傳》，首末所載，與義山〈小傳〉略同，惟刪去白玉樓事，豈以其言頗涉於怪故與？義山之傳，得於長吉姊嫁王氏者 其言必不妄。」[16]可見對於

---

16 宋‧嚴有翼：《藝苑雌黃》，收入吳文治主編：《宋詩話全編‧嚴有翼詩

宋代文人而言，李賀臨終的白玉樓傳說早已不是什麼秘聞，歐陽修
寫作《新唐書》既然參考李商隱的〈李賀小傳〉，就算刪去白玉樓
一段也不代表不知道此事，而宋人創作傳奇小說〈書仙傳〉，亦可
以李賀臨終傳說為濫觴。

　　白玉樓傳說早在李賀死後就開始流傳，首見於李商隱〈李賀小
傳〉，將李賀臨終的心情描繪得極清楚：

> 長吉將死時，忽晝見一緋衣人，駕赤虯，持一板書若太古篆
> 或霹靂石文者云：當召長吉！長吉了不能讀，欻下榻叩頭，
> 言阿𡚫老且病，賀不願去。緋衣人笑曰：「帝成白玉樓，立
> 召君為記。天上差樂不苦也。」長吉獨泣，邊人盡見之；少
> 之，長吉氣絕。常所居窗中，烞烞有煙氣，聞行車嘒管之
> 聲，太夫人急止人哭，待之如炊五斗黍許時，長吉竟死。[17]

因為李賀放不下又老又病的母親，就算是天帝差人召他，他也不願
離開人世。在此之後，張讀《宣室志》有了進一步的創作，讓成仙
後的李賀現身，安慰母親哀傷的心情：

> 隴西李賀，字長吉，唐鄭王之孫。……其先夫人鄭氏，念其
> 子深，及賀卒，夫人哀不自解。一夕，夢賀來，如平生時，
> 白夫人曰：「某幸得為夫人子，而夫人念某且深，故從小奉
> 親命，能詩書，為文章。所以然者，非止求一位而自飾也，

　　話》（南京：江蘇古籍出版社，1998 年 12 月），頁 2342。

17　劉學鍇、余恕誠著：《李商隱文編年校注》，頁 2265-2266。

　　且欲求大門族，上報夫人恩。豈期一日死，不得奉晨夕之
　　養，得非天哉？然某雖死，非死也，乃上帝命。」夫人訊其
　　事，賀曰：「上帝，神仙之君也。近者遷都於月圃，構新
　　宮，命曰『白瑤』，以某榮於詞，故召某與文士數輩，共為
　　新宮記。帝又作凝虛殿，使某輩篆樂章。今為神仙中人，甚
　　樂。願夫人無以為念。」既而告去。夫人寤，甚異其夢，自
　　是哀少解。[18]

這段文字有幾個重點：一是說明李賀的死不是真正的死亡，而是奉
上帝之命，成為神仙中人；二是李賀之所以能成仙，是因為李賀
「榮於詞」，而他之所以在詞章上有傑出的表現，又與母親對他的
期望栽培有關；三是李賀成仙後的心情不同於臨終前的恐懼，自言
「甚樂」，並希望母親不要以他為念。

　　對比宋傳奇〈書仙傳〉結尾敘述曹文姬的臨終故事：

　　因三月晦日送春對飲，女題詩曰：「仙家無夏亦無秋，紅日
　　清風滿翠樓。況有碧霄歸路穩，可能同駕五雲遊。」吟畢，
　　嗚咽泣曰：「吾本上天司書仙人，以情愛謫居塵寰二紀。」
　　謂任曰：「吾將歸，子可偕行乎？天上之樂勝於人間，辛無
　　疑焉。」俄聞仙樂飄空，異香滿室，家人驚異共窺，見朱衣
　　吏持玉版朱書篆文，且曰：「李長吉新撰〈玉樓記〉就，天
　　帝召汝寫碑，可速駕無緩。」家人曰：「李長吉唐之詩人，
　　迄今三百年，焉有此妖也。」女笑曰：「非爾等所知，人世

　　三百年，仙家猶頃刻耳。」女與生易衣拜命，舉步騰空，雲
　　霞爍爍，鸞鶴繚繞，於是觀者萬計。以其所居地為書仙里。

「俄聞仙樂飄空」以下，與〈李賀小傳〉的寫法或句法非常相似：
皆有天帝使者穿著赭紅色衣物，〈李賀小傳〉稱「緋衣人」，〈書
仙傳〉云「朱衣吏」；天帝使者皆手持上書篆文的玉版，〈李賀小
傳〉的緋衣人「持一板書若太古篆或霹靂石文」，〈書仙傳〉的朱
衣吏「持玉版朱書篆文」；〈李賀小傳〉以「帝成白玉樓，立召君
為記」為由，召李賀升天，〈書仙傳〉則以「李長吉新撰〈玉樓
記〉就，天帝召汝寫碑」，命曹文姬升天；兩相對照，不僅內容相
近，就連句法都很類似。此外，〈書仙傳〉不同於〈文簫〉吳彩鸞
升仙情景，安排曹文姬在眾目睽睽下舉步升仙，而〈李賀小傳〉之
旁人雖未眼見李賀升仙，卻見長吉因上帝見召而獨泣，又見「其常
所居窗中，焞焞有煙氣」，且「聞行車嘒管之聲」，仙樂、車聲、
仙雲等都是眾人親見的異象；相較之下，兩文確實更為接近。甚
至，〈李賀小傳〉及〈書仙傳〉所載的臨終故事在時間的安排上也
頗為巧妙，李賀是因天帝白玉樓落成，上天寫記，或許是〈書仙
傳〉所謂之〈玉樓記〉，也或許是《宣室志》所稱的〈新宮記〉，
而書仙曹文姬則是因李賀〈玉樓記〉完成，上天寫碑；亦即李賀先
死上天為記，書仙曹文姬經三百年後才上天寫碑，時間上亦先後承
繼。且曹文姬之所以成仙，與李賀成仙有著同義的理由：兩人出眾
的才華為上帝所賞識，李賀表現於創作上，「榮於詞」，因此天帝
召之作記；曹文姬表現於書法上，天帝召之寫碑。可見，曹文姬升
仙一事，以李賀臨終白玉樓傳說為參考對象。

　　至於曹文姬向任生保證的「天上之樂勝於人間，幸無疑焉」，

與《宣室志》李賀親口向人保證天上為仙甚樂內容相仿：「今為神仙中人，甚樂。願夫人無以為念」，亦同於〈李賀小傳〉緋衣人對李賀說：「天上差樂不苦也」；皆是已知天上之樂的神仙向須得跨越死亡門檻才能升仙的凡人許下承諾，而〈書仙傳〉與〈李賀小傳〉、《宣室志》皆不斷強調「樂」，即是設法以對仙境的嚮往取代凡人心中對死亡的恐懼。而這種心理上的置換，實來自於李賀詩中所展現的掙扎拉扯，誠如〈假龍吟歌〉所說，要得到「阿母得仙今不老」的境界，唯有先經過一連串「蒼鷹擺血，白鳳下肺」、「木死沙崩惡谿谿島」[19]等恐怖詭異的死亡關卡，才能進入長生不老的仙境，開啟緩慢恆久的彼世。職是以觀，〈李賀小傳〉中，即便得知天上差樂不苦，李賀仍舊「獨泣」，表現出常人對死亡的恐懼；《宣室志》內，跨越生死、登天成仙後，李賀乃親言「甚樂」，傳達升仙之人通過死亡關卡後的再生解脫。是以〈書仙傳〉「天上之樂勝於人間，幸無疑焉」一語，必須先掌握李賀臨終傳說對於「恐懼死亡／嚮往升仙」的兩難心理，才能完整理解；此亦為〈書仙傳〉異於〈文簫〉之處。

　　而〈書仙傳〉與〈李賀小傳〉之關係密切，可從宋人薛季宣的評論看出：「小傳之說誕矣，學者已不盡信。前世任信臣者，又記書仙事實之」，說明〈書仙傳〉落實了〈李賀小傳〉中荒「誕」虛妄的李賀成仙故事；不過，薛季宣又進一步質疑：就算李賀真的死後上天作〈玉樓記〉，〈書仙傳〉也未必真有其事：

19　唐・李賀著，清・王琦等評注：《三家評注李長吉歌詩》外集（上海：上海古籍出版社，1998 年 12 月），頁 173。

小傳之說誕矣，學者已不盡信。前世任信臣者，又記書仙事
實之。仙者，慶曆中長安女倡曹文姬也，穎而工書，名以藝
得，睹朱衣吏持篆玉示曰：「帝使李賀記白玉樓。竟召而寫
之琬琰。」家人曰：「賀死歲三百矣，烏有是？」文姬曰：
「是非若所知也，世載三百，仙家猶頃刻然。」乃拜命更
衣，飆然飛去。走稽於傳，賀不聞於記事有所長，且以落筆
章成，見稱前史，自玉谿子固已記白玉樓事，逮文姬更祀三
百，天家日月雖長，其敏速尚何道。信天有帝王，羲之輩皆
已亡，固不乏工書之臣，何待此文姬者。文人設詞指事，殆
寓言乎！走懼其污長吉，故為辨明。[20]

此文專為辨明〈書仙傳〉之不可信，但事之所無正表示傳奇之造
作，因此薛季宣所謂「文人設詞指事」，實說明〈書仙傳〉利用
〈李賀小傳〉以寓己意。至於薛季宣懷疑「信天有帝王，羲之輩皆
已亡，固不乏工書之臣，何待此文姬者」，經前文闡明唐傳奇〈文
簫〉之謫降女仙吳彩鸞善書，正為〈書仙傳〉曹文姬的參考對象，
是以〈書仙傳〉不以王羲之等工書者為主角，另行創作曹文姬；由
此可見〈書仙傳〉的情節結構，且在此邏輯下，薛季宣的懷疑可以
冰釋。

---

20 宋・薛季宣撰，張良權點校：〈李長吉詩集序〉，《薛季宣集》，頁
441-442。

三、「才女」、「女仙」、
「長安女娼」的身分想像

　　上文已述，薛季宣雖然認為〈書仙傳〉利用〈李賀小傳〉「設詞指事」以寓己意，但又以「仙者，慶曆中長安女倡曹文姬也，穎而工書，名以藝得」，因書仙娼女身分而「懼其污長吉，故為辨明」；短短一句，已表明曹文姬「三位一體」：「才女」、「女仙」、「長安女娼」的身分。〈書仙傳〉之所以能成功編織此種身分想像，實有其內在邏輯：才女／娼妓之近似、女仙／娼妓之混同，因此，以下分述綜論之。

　　〈書仙傳〉敘述曹文姬天生的才華：

> 生四五歲，好文字戲，每讀一卷，能通大義，人疑其夙習也。及笄，姿豔絕倫，尤工翰墨。自牋素外至於羅綺窗戶，可書之處必書之，日數千字。人號為書仙，筆力為關中第一。

主要表現在兩事上：一是四、五歲就喜愛書寫文字，並以此為童稚時期的遊戲娛樂，很傳神地用「文字戲」表達她異於其他孩童之處；這種寫法，與太史公為強調孔子對於「禮」之重視，於是在《史記・孔子世家》開頭即稱「孔子為兒嬉戲，常陳俎豆，設禮容」[21]類似，說明天才之人自孩童時期即與眾不同。第二，曹文姬四、五歲讀書即能通大義，非徒記誦而已，也難怪其他人會認為她

---

[21]　漢・司馬遷：《史記・孔子世家》卷47，頁1906-1947。

是「夙習」；且「人號為書仙，筆力為關中第一」。由此突顯〈書仙傳〉是以才女的標準形塑想像曹文姬[22]，這也是書仙姓名曹文姬巧妙嵌合東漢兩位才女「曹」大家班昭、蔡「文姬」而成的理由。

班昭事見《後漢書・列女傳》：

> 扶風曹世叔妻者，同郡班彪之女也，名昭，字惠班，一名姬。字惠班一名姬。博學高才。世叔早卒，有節行法度。兄固著漢書，其八表及天文志未及竟而卒，和帝詔昭就東觀臧書閣踵而成之。帝數召入宮，令皇后諸貴人師事焉，號曰大家。每有貢獻異物，輒詔大家作賦頌。……作女誡七篇。……昭年七十餘卒，皇太后素服舉哀，使者監護喪事。所著賦、頌、銘、誄、問、注、哀辭、書、論、上疏、遺令，凡十六篇。[23]

班昭是班彪女、班固妹，由於其學識淵博、有節行法度，因此帝后諸貴人皆稱之為「曹大家」。由於家學淵源、天生聰穎，使班昭後來能為班固續成《漢書》，又作《女誡》及賦、頌、銘等十六篇文章。而蔡文姬名琰，父親蔡邕是東漢著名的文學家、書法家，尤以碑銘為長。蔡琰也是有名的早慧才女：「稟神惠之自然」[24]，不僅「博學有才辯，又妙於音律」：《後漢書》引劉昭《幼童傳》曰：

22　劉芳如：《從繪本與文本的參照，探索宋代幾項女性議題》（臺北：文史哲出版社，2005 年 9 月），頁 20-21。

23　南朝宋・范曄：《後漢書》卷 84，頁 2784-2785。

24　東漢・丁廙：〈蔡伯喈女賦〉，收入《全上古三代秦漢三國六朝文》第 2 冊，頁 880。

「邕夜鼓琴，絃絕。琰曰：『第二絃。』邕曰：『偶得之耳。』故斷一絃問之，琰曰：『第四絃。』並不差謬。」[25]足見其音樂天才。且因家學而工書，南宋陳思《書小史》提到：曹操問蔡文姬是否記得父親藏書之內容，蔡文姬親自寫下所誦憶之四百餘篇，並說宋太宗所勒法帖中載有文姬十四字[26]，可知蔡文姬頗得其父蔡邕在書法上的長才。而〈書仙傳〉借用兩個東漢才女的姓名創造出曹文姬，指導讀者聯想曹文姬亦為天賦異稟的才女，甚至蔡文姬工書，曹文姬亦以此得名，落實「書仙」之號。

再者，〈書仙傳〉為了特別強調曹文姬之書才，安排了周越、馬端對書仙的書法筆力，「一見稱賞不已」，揆諸北宋書法史確實有周越其人，《宣和書譜》記曰：

> 天聖、慶曆間以書顯，學者翕然宗之。落筆剛勁足法度，字字不妄作，然而真行尤入妙，草字入能也。越之家昆季子姪，無不能書，亦其所漸者然耶！說者以謂懷素作字正合越之儉劣，若方古人固為得筆，懷滅俗氣，當為第一流矣。在慶曆中有馬尋者，嘗知利州而善仿越書，觀者不復真贗，人謂韓門弟子云。[27]

就此可見幾事：首先，周越的書法在宋仁宗時頗為顯揚；其次，有

25　南朝宋・范曄：《後漢書》卷84，頁2800。

26　宋・陳思：《書小史》，收於《宋代書論》（長沙：湖南美術出版社，1999年12月），頁272。

27　宋・佚名撰，桂第子譯注：《宣和書譜》，頁365-366。

許多學書者都以他為效法對象，乃至同時代人馬尋善於模仿周越書跡，觀者無法辨明真假；第三，周越擅真、行、草書，真、行入妙品，草書入能品，筆力剛健有力、充滿法度，每一字都不妄作，但也被人認為「俗氣」。

　　第一、二點可以合觀，周越書法在宋仁宗時頗為顯揚，今人只知宋代書法四家，但宋人皆知周越，王安石稱讚其兄周起時，亦提及：「愛其弟越甚篤，與越皆以能書為世所稱，每書輒為人取去」[28]，可見周越以能書為世所稱道。且由於書名大顯於天下，不少人以周越為師，宋四家幾乎無人不受周越影響：黃庭堅自謂：「予學草書三十餘年，初以周越為師，故二十年抖擻俗氣不脫，晚得蘇才翁、子美書觀之，乃得古人筆意。」[29]米芾也曾學周越，自謂：「余年十歲寫碑刻，學周越、蘇子美札，自作一家，人謂有李邕筆法，聞而惡之，遂學沈傳師，愛其不俗，自後數改獻之字，亦取其落落不羣之意耳。」[30]章惇亦稱蔡襄曾學周越字：「君謨少年時，乃師周越，中始知其非而變之，所以恨弱……」[31]蘇軾雖未學周越，但也稱自己：「草書非學聊自娛，落筆已喚周越奴」[32]。《續書斷》亦稱周越：「當天聖、慶曆間，子發以書顯，學者翕

---

[28]　宋・王安石：〈贈禮部尚書安惠周公神道碑〉，收入《王荊公文集箋注》卷 52（成都：巴蜀書社，2005 年），頁 1808。

[29]　宋・黃庭堅：〈書草老杜詩後與黃斌老〉，收入《宋代書論・山谷論書》，頁 167。

[30]　明・張丑・《真蹟日錄》，收入《景印文淵閣四庫全書》，頁 572。

[31]　宋・張邦基撰，孔凡禮點校：《墨莊漫錄》卷 10（北京：中華書局，2002 年 8 月），頁 269。

[32]　宋・蘇軾：《東坡後集》卷 1〈六觀堂老人草書詩一首〉，收入《宋集珍本叢刊》第 17 冊（北京：線裝書局，2004 年），頁 694。

然宗之，……云有司馬尋者，慶曆中，嘗知利州，其跡亦仿子發。」[33]以擅長模仿周越而得名者，或曰馬尋、或稱司馬尋，一方面可看出周越聲名顯揚的情況，另一方面可知馬尋之所以為人所知，正因為他仿周越書跡。

　　不過，〈書仙傳〉將馬端與周越並提，不知馬端何人，與馬尋又有何關係，但「端」、「尋」皆為長度單位，前者是古代布帛的長度單位，以一正為一端；後者以八尺為一尋，用以丈量空間大小。或者是〈書仙傳〉為表現傳奇虛虛實實之筆，而以周越及其兄周起皆善書，又及周越、馬尋之關係，另造「馬端」以同中求異。

　　至於第三點有關周越書法之評價，《宣和書譜》以周越真、行書入妙品，草書入能品，《續書斷》又稱周越：「草書精熟，博學有法度，而真翰不及，如俊士半酣，容儀縱肆，雖未可以語妙，於能則優矣。」[34]不論其真書、草書之優劣，但兩書皆稱道周越之「博學」、「有法度」、「字字不妄作」，乃至撰《書苑》一書[35]；不過，蘇軾卻針對周越之「學」、「法」，說：「書初無意於佳乃佳爾。草書雖是積學乃成，然要是出於欲速。……若匆匆不及，乃是平時有意於學，此弊之極，遂至於周越、仲翼無足怪者。」[36]可見周越為人稱道之處，反而是蘇軾、黃庭堅等人認為「俗氣」的原因所在，認為「無意於佳乃佳」才是高明。因此，〈書仙傳〉描寫書仙擅書乃是天生稟賦：「生四五歲，好文字戲」、「自牋素外至

33　宋・朱長文：《續書斷》，收入《宋代書論》，頁 140。

34　宋・朱長文：《續書斷》，收入《宋代書論》，頁 140。

35　宋・朱長文：《續書斷》，收入《宋代書論》，頁 140。

36　宋・蘇軾：〈評草書〉，收入《宋代書論・東坡論書》，頁 24。

於羅綺窗戶，可書之處必書之」，並非由於學習得來，恰好符合蘇軾、黃庭堅的看法。[37]

另外，馬尋與周越同為宋仁宗時人，而仁宗亦為好書國君，《續書斷・宸翰述》亦云：

> 仁廟往在東朝已志於書，真宗嘗以示大臣。及於臨御，因閱視先帝靈几有木皮飛白筆，偶取作字，筆力遒邁，如素習者。乃置書神位，又以頒賜執政。由是墨法日進，發奇振華，雲龍相從，鸞鳳交舞，無以喻之。享國四紀，未嘗輟功，榜於先廟，標於總章，凡侍從儒學之臣皆並貺於上。蓋飛白之法始於蔡邕，工於羲、獻、蕭子雲，而大盛於二聖之間矣。[38]

類似的內容可見於《宋史・仁宗本紀》：「幸龍圖、天章閣，召羣臣宗室觀祖宗御書」、「幸寶文閣，為飛白書分賜從臣」、「作觀書詩，命韓琦等屬和，遂宴羣玉殿」。[39]《歸田錄》也說：「仁宗萬機之暇，無所玩好，惟親翰墨，而飛白尤為神妙。」[40]其中有兩事值得注意：一說宋仁宗取真宗神主的供奉几筵上之木皮飛白筆寫

---

37 張典友：〈周越著作考及其書法在宋代的接受〉，《藝術中國》（2012年1月），頁134-136。文中提到：「宋人對周越書法主要是批評性接受，為宋代書法批評找到了新視點，強化了宋代尚意書論的觀念。」雖然文中並無特別深論所謂「尚意書論」，但對於本文仍有提示作用。

38 宋・朱長文：《續書斷》，收入《宋代書論》，頁50。

39 元・脫脫：《宋史・仁宗本紀》卷12，頁249-250。

40 宋・歐陽修：《歸田錄》卷1，收入《宋元筆記小說大觀》，頁609。

字，寫出的字如同曾經學習過而寫出者，因此置「書神」牌位，並以所寫之字賜予大臣；二是飛白之法始於蔡邕，宋代真宗、仁宗時大盛。

再者，不只是宋仁宗好書，其曹皇后亦盡心於文人書畫及皇室文化的扶植[41]，《宋史》說曹皇后：「性慈儉，重稼穡，常於禁苑種穀、親蠶，善飛帛書。」[42]因此，〈書仙傳〉既然以宋仁宗為中心塑造書仙曹文姬的現實環境，曹文姬之「曹」除了由班昭曹大家得名的可能性外，亦可能直接來自於宋仁宗曹皇后，尤其曹皇后「善飛帛書」，應即「飛白書」，《老學庵筆記》說：「慈聖曹太后工飛白」[43]，而班昭善文卻無善書記載，故曹皇后與曹文姬「書仙」之稱更為相合。

綜言之，〈書仙傳〉中特別標舉出對北宋書壇影響頗大　宋仁宗時有名書法家周越，並借其口誇讚曹文姬，一方面彰顯曹文姬確為書仙，筆力超羣；另一方面標示「宋仁宗」此一時間背景，呼應〈書仙傳〉末句所標示之作傳時間亦在宋仁宗時期：「長安小隱永元之善丹青，因圖其狀，使余作記，時慶曆甲申上元日記。」可見〈書仙傳〉通過書仙姓名曹文姬，使人直覺聯想作者是借用兩個東漢才女的姓名曹大家、蔡文姬而進行創造，並以蔡文姬工書　落實曹文姬「書仙」之號；又進一步環繞「宋仁宗」此一時門背㝷，以宋仁宗立「書神」牌位與「書仙」降生此時相應，且宋仁宗好書的

41　余輝：《畫裡江山猶勝──百年藝術家族之趙宋家族》（臺北：石頭出版公司，2008 年 1 月），頁 50-58、80-81。

42　元·脫脫：《宋史·仁宗慈聖光獻曹皇后列傳》卷 242，頁 8620。

43　宋·陸游：《老學庵筆記》卷 2，收入《宋元筆記小說大觀》，頁 3467。

飛白之法始於蔡邕，書仙曹文姬又得名於蔡邕之女文姬；甚至宋仁宗曹皇后亦善為飛白書，說明書仙姓「曹」的靈感來源也或者與曹皇后有關。是以，表面上〈書仙傳〉只是單純藉姓名賣弄才女班昭、蔡文姬典故，但實際上是通過整個〈書仙傳〉的細節，層層相因，環環相扣，製造「書仙」善書、好書與其姓名、時代緊密連結的完整背景。

此種創作構想亦出現在時代稍晚的北宋傳奇〈女仙傳〉[44]內，原本不識字之王綸女得女仙降駕後，既善三十六體天篆，又能作詩、與人唱和有百餘篇，宋仁宗時乃進篆字二十四軸，「仁宗嘉之」；與書仙曹文姬，同樣是女仙謫降、善書、能詩，小說亦特別標舉時間於宋仁宗時。

不過，班昭《女誡》認為婦行「德、言、容、功」以「婦德」居首，且定義「婦德」卻說「不必才明絕異」[45]，可知女子之「德」與「才」處於一微妙的相對位置，唐代已指出才女「才思」、「婦道」兩端的矛盾[46]，宋人又往往認為「德重於才」。[47]

44　宋・無名氏：〈女仙傳〉，收入李劍國：《宋代傳奇集》，頁 147-148。

45　漢・班昭：《女誡》：「婦行第四：女有四行，一曰婦德，二曰婦言，三曰婦容，四曰婦功。夫云婦德，不必才明絕異也；婦言，不必辯口利辭也；婦容，不必顏色美麗也；婦功，不必工巧過人也。清閑貞靜，守節整齊，行己有恥，動靜有法，是謂婦德。擇辭而說，不道惡語，時然後言，不厭於人，是謂婦言。盥浣塵穢，服飾鮮絜，沐浴以時，身不垢辱，是謂婦容。專心紡績，不好戲笑，絜齊酒食，以奉賓客，是謂婦功。此四者，女人之大德，而不可乏之者也。」引自南朝宋・范曄：《後漢書》卷 84，頁 2789。

46　五代・孫光憲：《北夢瑣言》卷 6〈孫內子蕭惟香附〉，提及孫氏「善為詩。一旦并焚其集，以為才思非婦人之事，自是專以附道內治。」又有一

因此，在強調「女子無才便是德」的傳統論述之下，有「才」將妨害女子修「德」，女性有才、能為詩詞，常被人認為淫邪，「有才」便因而與「無德」緊緊地繫連在一起了。[48]而特別強調才華之女性，莫過於青樓妓女，因其身分原本就與閨閣淑女不同，本不在禮教的管轄範圍內，更能無畏失德地表現文才。[49]至於稱讚一般閨閣淑女之才華，常又不忘特別提到其德性亦高潔，如班昭能著書寫詩，其《女誡》又特別強調「婦德」；蔡文姬雖才華出眾，但丁廙〈蔡伯喈女賦〉在文才之外，特為標舉其德：「明六列之尚致，服女史之話言。參過庭之明訓，才朗悟而通玄」。既然如此，〈書仙傳〉之所以強調曹文姬為「長安娼女」，可推知一方面應為曹文姬才華之出眾，已超出對一般閨閣女子的要求，而易與妓女身分產生混淆。不過，書仙曹文姬既然以班昭、蔡文姬得名，其稟賦與志向

婦人蕭惟香「有才思」，但「淫冶不禁」，最後「自經而死」。因此最後以「所謂才思非婦人之事，誠然也哉」作結。見於《唐五代筆記小說大觀》，頁 1861。

47　事實上，宋代男性的「德重於才」觀念並非僅針對女性而發，亦展現於對文人自身的要求上，如歐陽修〈送徐無黨南歸序〉曰：「修於身者，無所不獲；施於事者，有得有不得焉；其見於言者，則又有能有不能也。施於事矣，不見於言可也。……修於身矣，而不施於事，不見於言，亦可也。」將「立德」置於「立功」、「立言」之上，標榜修身立德才是真正不朽而存之道。見宋・歐陽修著，李逸安點校：《歐陽修全集》卷 44（北京：中華書局，2001 年 3 月），頁 631。

48　劉詠聰：〈「女子無才便是德」的文化涵義〉，收於氏著：《女性與歷史──中國傳統觀念新探》（臺北：臺灣商務印書館，1995 年 1 月），頁 94。

49　曾令愉：〈「女子無才便是德」之原初語境、後代詮釋及其歷史意義試探〉，《中國文學研究》第 35 期（2013 年 1 月），頁 109-110。

亦必須有別於其他妓女，因此娼女所必須嫻熟的音樂之事，書仙不屑為之：「家人教以絲竹宮商，則曰：『此賤事，吾豈樂為之！惟墨池筆塚，使吾老於此間足矣。』」；豪貴之士「輸金委玉求與偶」，曹文姬認為「皆非吾偶」，為擇佳婿，每日收到的數百篇「豔詞麗語」，曹文姬也「悉無意」，可見〈書仙傳〉雖然主要強調曹文姬之「才」，亦不忘特別揭示曹文姬不同於一般娼妓之雅潔。

　　進一步還可深思，正由於曹文姬女仙的身分，又同時落入傳統「女仙」的多重概念之中。六朝小說中有〈董永〉[50]、〈成公智瓊〉[51]、〈剡縣赤城〉[52]、〈劉晨阮肇〉[53]等，皆是凡人與女仙遇

---

[50] 晉・干寶撰，李劍國輯校：《新輯搜神記》卷 8：「董永父亡，……道逢一婦人曰：『願為子妻。』遂與之俱。……行至本相逢處，乃謂永曰：『我是天之織女，感君至孝，天使我償之。今君事了，不得久停。』語訖，雲霧四垂，忽飛而去。」（北京：中華書局，2007 年 3 月），頁136。

[51] 晉・干寶撰，李劍國輯校：《新輯搜神記》卷 7：「魏濟北國從事掾弦超，字義起。以嘉平中夜獨宿，夢有神女來從之。自稱天上玉女，東郡人，姓成公，字智瓊。……一旦，顯然來遊，駕輜軿車，從八婢，服綾羅綺繡之衣，姿顏容體，狀若飛仙。……遂為夫婦。」頁125。

[52] 王國良：《搜神後記研究》下編卷 1：「會稽剡縣民袁相、根碩二人，獵經深山，重嶺甚多。見一群山羊六七頭，逐之。經一石橋，甚狹而峻。羊去，根等亦隨，渡向絕崖。……既入內，甚平敞，草木皆香。有一小屋，二女子住其中，年皆十五六，容色甚美，著青衣。」（臺北：文史哲出版社，1978 年 6 月），頁37。

[53] 南朝宋・劉義慶撰：《幽明錄》：「漢明帝永平五年，剡縣劉晨、阮肇，共入天台山取穀皮。迷不得返，經十三日，糧乏盡，飢餒殆死。……便共沒水，逆流行二三里，得度山。出一大溪邊，有二女子，姿質妙絕。見二人持杯出，便笑曰：『劉、阮二郎捉向所失流杯來。』」收入李劍國輯

合故事，或女仙降而自薦枕席，或凡人誤入仙境而與女仙歡好。而如〈剡縣赤城〉有：「見二人至，欣然云：『早望汝來』，遂為室家。」或〈劉晨阮肇〉敘述女仙一見劉、阮二人便稱「來何晚邪？」至家飲酒後，即有一群女仙笑言：「賀汝婿來。」甚至主動邀請同床共寢：「令各就一帳宿，女往就之。」表現出女仙在深山中遇見凡人後的喜樂及主動。至於唐人小說，亦往往對女仙有著大膽主動的想像，遂使女仙及娼妓之間有著曖昧不明的界線，如〈遊仙窟〉中，張鷟敘述自己途經積石山，投宿神仙窟，與崔十娘、五嫂邂逅，飲酒作詩，相與調笑；「仙窟」一方面指的是真正的神仙居所，但同時亦反映出文人的狎妓生活，也就是說，「仙窟」實為妓院。[54]既然如此，女仙亦可看作是妓女的另一稱呼。故而〈霍小玉傳〉稱霍小玉是「有一仙人，謫在下界」[55]，〈鶯鶯傳〉寫張生與崔鶯鶯共度一夜後，張生「且疑神仙之徒，不謂從人間至矣。」[56]皆暗示霍小玉或崔鶯鶯未必是小說所稱的霍王女或五姓女，實為娼妓。因此，在小說傳統中，「女仙」概念除了女性仙人外，尚用以形容面貌姣好、姿色動人、出塵絕俗之女子，同時這些女子多與男性文人進行婚姻關係外的交合，遂讓人有妓女的聯想。[57]此外，

釋：《唐前志怪小說輯釋》（臺北：文史哲出版社，1995 年 10 月再版），頁 462。

54 唐·張鷟：〈遊仙窟〉，收入汪辟疆輯校：《唐人傳奇小說》，頁 19-33。

55 唐·蔣防：〈霍小玉傳〉，收入汪辟疆輯校：《唐人傳奇小說》，頁 77。

56 唐·元稹：〈鶯鶯傳〉，收入汪辟疆輯校：《唐人傳奇小說》，頁 137。

57 關於宋代「才女」、「女仙」的想像，詳見趙修霈：〈宋代紫姑的女仙化及才女化〉，《漢學研究集刊》第 7 期（2008 年 12 月），頁 85-89。苟

〈書仙傳〉兩處標示時代為宋仁宗時，但任生所投曹文姬之詩卻被清人所輯之《全唐詩》收錄[58]，是否由於〈書仙傳〉特別註明曹文姬是「長安娼女」，而「長安娼女」易使人聯想唐人傳奇內女仙與娼妓之曖昧不明的關係？是以，〈書仙傳〉藉「長安」二字暗示小說對女仙的想像具有唐傳奇內「娼妓」的曖昧意涵，而〈書仙傳〉強調曹文姬為「長安娼女」，就不僅因其「才女」身分，也與「女仙」身分有關。進一步來說，〈書仙傳〉又稍微轉變唐傳奇的聯想脈絡：唐傳奇內，霍小玉或崔鶯鶯被稱為仙女，但實際身分是娼女；而〈書仙傳〉開篇則稱曹文姬為娼女，但其實際身分為仙女。

〈書仙傳〉通過一再提醒的曹文姬善書、夙慧、天才特質，指出曹文姬具「夙」習、出眾的才華，落實才女及謫降女仙之身分，但也由於其才女、女仙的身分，皆不可避免地產生「長安娼女」之想像；事實上，〈書仙傳〉根據前代小說中女仙與娼妓的想像，輔以才女與娼妓的聯繫，纔融鑄出曹文姬才女、女仙、長安女娼「三位一體」之身分。

四、「李賀成仙」之說的完成與運用

前文已述，李賀由於人生充滿傳奇而使得死後傳說眾多，晚

波著：《仙境、仙人、仙夢》（成都：巴蜀書社，2008 年 3 月），頁 185-188。

[58] 任生所投詩作：「玉皇前殿掌書仙，一染塵心下九天。莫怪濃香薰骨膩，雲衣曾惹御爐煙。」後被收入清‧彭定求等編：《全唐詩》卷 783，頁 8844。作者為任生，詩題為〈投曹文姬詩〉，並於詩題下注曰：「文姬，長安中娼女，工翰墨，時號書仙」，足見其採〈書仙傳〉而收錄。

唐、五代開始流傳的李賀傳說，基本上可分作三類：一類單純強調李賀文才之高，如王定保《唐摭言》說李賀是早慧天才，《幽閒鼓吹》記錄了韓愈對李賀的文才大為驚嘆、賞識。其次，李賀才華高卻孤傲不馴，有因拒見元稹而科考遭到報復事，或表兄因懷恨李賀傲忽，遂將其所有詩作投於廁中事，此類故事除了說明李賀文才出眾外，又著重於李賀性格高傲、自命不凡，因而往往不合流俗、不諧於世。[59]第三類亦著眼於李賀才高，但表現得近於妖、近於仙者，如《雲仙散錄》引《文筆襟喉》記載李賀文思敏捷卻近於妖：「有人謁李賀，但見其久而不言，唾地者三，俄而文成三篇。」將李賀才華寫得近於神仙或妖怪，而《雲仙散錄》為宋人偽作[60]，正好可以反映出宋人心目中對李賀才華之高的印象。至於李商隱〈李賀小傳〉以傳記體裁刻畫李賀苦吟形象，並記載李賀臨終前為緋衣人召去為玉帝白玉樓作記，實為晚唐、五代李賀傳說中，用最實錄的形式寫最奇詭之內容，而此文正為〈書仙傳〉造作傳奇所利用。

---

[59]　性格高傲者，易與旁人不和，如清·曹雪芹、高鶚撰，馮其庸等校注：《紅樓夢》第 5 回描寫黛玉亦因性格孤傲，小丫頭們較不喜同她玩樂：「寶釵行為豁達，隨分從時，不比黛玉孤高自許，目無下塵，故比黛玉大得下人之心。便是那些小丫頭子們，亦多喜與寶釵去頑。」（臺北：里仁書局，1981 年 4 月），頁 81。

[60]　宋代洪邁《容齋隨筆》卷 1、陳鵠《西塘集耆舊續聞》卷 9、趙與時《賓退錄》卷 1、陳振孫《直齋書錄解題》卷 11、及清代《四庫全書總目·小說家》、民國余嘉錫《四庫提要辨正·小說家》皆有考辨，明代胡應麟《四部正譌》卷下說得更清楚：「余讀其前六卷，所引諸雜說無一實者，蓋偽撰其事，又偽撰書名實之。」就連所引《文筆襟喉》一書亦為偽書。見張力偉點校：《雲仙散錄·附錄三》，頁 162-171。

這些傳說比起《舊唐書》簡略的〈李賀傳〉[61]要詳細生動許多，因而《新唐書》、《唐詩紀事》及元代《唐才子傳》羼入許多源自雜史筆記的傳說故事，一則可見宋代李賀傳說流傳普遍的情況，再則可進一步觀察「李賀成仙」說法的完備確立。

其實，李賀過世不久，李商隱〈李賀小傳〉即有李賀成仙之說；而成仙傳說之所以附麗於李賀身上，又與李賀天生才高的特質有關，如趙與時：

> 顏淵、子夏為地下修文郎；陶弘景為蓬萊都水監，馬周為素雪宮仙官；李長吉記白玉樓。其說荒唐，不可究詰。然近世此類甚多，見於傳記，班班可考。大抵名人才士，間鍾異稟，世不多得，使無神仙則已，設或有之，非斯人之徒，其孰能當之！[62]

---

[61] 後晉‧劉昫：《舊唐書》卷 137：「李賀字長吉，宗室鄭王之後。父名晉肅，以是不應進士，韓愈為之作諱辨，賀竟不就試。手筆敏捷，尤長於歌篇。其文思體勢，如崇巖峭壁，萬仞崛起，當時文士從而效之，無能髣髴者。其樂府詞數十篇，至於雲韶樂工，無不諷誦。補太常寺協律郎，卒時年二十四。」頁 3772。

[62] 宋‧趙與時：《賓退錄》卷 6，收入《宋元筆記小說大觀》，頁 4198。「顏淵、子夏為地下修文郎」事，可見於《太平御覽》卷 883 引王隱《晉書》：「詔言：天上及地下事，亦不能悉知也。顏淵、卜商，今見在為修文郎。」（石家莊：河北教育出版社，2000 年 3 月），第 8 卷頁 87。「陶弘景為蓬萊都水監」事，見於宋‧李昉《太平廣記》卷 15 引《神仙感遇傳》：桓闓降仙對陶弘景說：「君子陰功著矣，所修《本草》，以虻虫水蛭輩為藥，功雖及人，而害於物命。以此一紀之後，當解形去世，署

趙與時將李賀與顏淵、子夏、陶弘景、馬周等並列，認為傳說這些
人物為仙的說法雖然荒唐，但倘若真有神仙，成仙者不是這些名人
才士，還有誰有此資格呢？米芾《畫史》也說：「因知天才神不能
化，天生是物，自然而生，自乘秀氣而成才也，天不能資，神不能
化，所以玉樓成必李賀記也。」[63]可見，宋人重視有才華的文士，
成仙者必得有才之士纔足以擔當，因此李賀的天生才華適足以上天
作記，而才華之高正為傳說李賀成仙的重要因素，也正是宋人普遍
接受「李賀成仙」之說的原因。

　　而這種與生俱來的才華又似乎只有天上神仙才能擁有，因此
「謫仙」之稱在李白之後，從實質上的神仙降生凡間轉為文學意義
中的詩中神仙[64]；後來中晚唐詩人在詩中稱呼其他同時代詩人為謫
仙，多針對其文學上的成就，如劉禹錫稱楊八為謫仙[65]、孟郊稱盧
殷為謫仙[66]、元稹稱白居易為謫仙[67]等。到了宋代，「謫仙」之稱

蓬萊都水監耳。」頁 106。而趙與時所稱「馬周為素雪宮仙官」事，則可
見於《太平廣記》卷 19 引《神仙拾遺》，但記為「華山素靈宮仙官
也。」頁 128。

63　宋・米芾：《畫史》，收入《中國書畫全書》第 1 冊（上海：上海書畫出
版社，1993 年 10 月），頁 987。

64　〔日〕松浦友久著，尚永亮譯：〈「謫仙人」之稱謂及其意義〉，《荊州
師範學院學報（社會科學版）》2000 年第 1 期，頁 26-31。

65　唐・劉禹錫：〈春日寄楊八唐州其二〉：「高齋有謫仙，坐嘯清風起」，
收入清・彭定求等編：《全唐詩》卷 355，頁 3990。唐・劉禹錫：〈寄唐
州楊八歸厚〉：「謫仙年月今應滿，戀諫聲名眾所知」，收入清・彭定求
等編：《全唐詩》卷 361，頁 4076。

66　唐・孟郊：〈弔盧殷〉：「高名稱謫仙，昇降曾莫停」，收入清・彭定求
等編：《全唐詩》卷 381，頁 4278。

被文人更加廣泛地接受和借用，雖有不少文人因與道教關係密切而被稱為「謫仙」[68]，但更重要的仍是其具有超乎凡人的詩才。[69]因此在唐人稱李賀死後成仙的說法上，宋人更進一步說：李賀本就是天上神仙謫降人間，在李賀身上，死後成仙與「謫仙」兩種概念相混，如張擴〈讀李長吉集詩〉：「……飄然後出有長吉，冰姿鶴骨真天人。……李宗系出玄元孫，玄元稱帝李稱臣。玉樓無人可作記，應須此子當此文。……」[70]，即以李賀為唐宗室王孫，而唐代又以老子李耳為遠祖，追封李耳為玄元上帝[71]，故李賀為神仙之孫，本為「天人」，要為天帝作〈玉樓記〉當然須要召謫仙李賀返回天上。又如王禹偁〈題安秘丞歌詩集〉：「我聞天有二十八箇星，降生下界為英靈。東方曼倩蕭相國，至今留得終天名。又聞地有三十六所洞，洞中多聚神僊眾。神僊負過遭譴謫，謫來人世為辭客。李白王維并杜甫，詩顛酒狂振寰宇。今來相去千百年，寥落乾

67　唐・元稹：〈酬樂天待漏入閤見贈〉：「謫仙名籍在，何不重來還」，收入清・彭定求等編：《全唐詩》卷 408，頁 4535。

68　張振謙、王曉霞：〈李賀、李商隱愛情詩對《太平經》、《真誥》道經語言的接受〉，《伊犁師範學院學報（社會科學版）》2008 年第 3 期（2008 年 9 月），頁 93-97。

69　相關論述請見張振謙：〈宋代文人「謫仙」稱謂及其內涵論析〉，《寧夏社會科學》2011 年第 1 期（2011 年 1 月），頁 147-151。

70　宋・張擴：《東窗集》卷 2，收入《景印文淵閣四庫全書》，頁 20。

71　後晉・劉昫：《舊唐書・高宗本紀》卷 5：「幸老君廟，追號曰太上玄元皇帝」，頁 90。後晉・劉昫：《舊唐書・玄宗本紀》卷 9：「追尊玄元皇帝為大聖祖玄元皇帝」，頁 216。後又「冊聖祖玄元皇帝尊號為聖祖大道玄元皇帝」、「上玄元皇帝尊號曰大聖祖高上大道金闕玄元天皇大帝」，頁 223、227。

坤闈無覬。……夜來夢見李長吉，……方知安侯不是星辰類，即是神僊輩……。」[72]詩中列舉的東方朔、蕭何、李白、王維、杜甫及李賀，皆是天降英靈或仙洞謫仙，可見李賀是「神僊負過遭譴謫，謫來人世為辭客」。

　　李賀因才高而有「詩仙」之譽[73]，並於死後有成仙或謫仙之說；但揆諸五代杜光庭所纂集之道經如《道教靈驗記》、《神仙感遇傳》、《仙傳拾遺》等及沈汾《續仙傳》，皆無李賀之相關記載，可見雖然李商隱〈李賀小傳〉、張讀《宣室志》俱稱李賀過世後成仙，但直至五代，李賀尚未真正進入神仙之列。不過，李賀成仙之說在元代已寫入《歷代真仙體道通鑑》內[74]，足見元代李賀確已位列仙班，而其成仙之說即於宋代文人筆下完成。除了前引宋人詩作外，〈書仙傳〉曹文姬因具文才、書才而為「謫仙」、有「書

72　宋・王禹偁・《小畜集》卷 13，收入《四部叢刊正編》（臺北：臺灣商務印書館，1979 年 11 月），頁 89-90。

73　雖然通常稱李白為「詩仙」、李賀為「詩鬼」，但在上文所引的宋人詩、文、筆記、傳奇內，無不視李賀為神仙，故此處特以「詩仙」稱呼之。明代屠隆亦說：「人言太白仙才，長吉鬼才，非也。如長吉清虛縹緲，又加以奇瑰，正是仙才。人但知仙才清虛，不知神仙奇瑰。余讀真誥諸上真詩，深奧玄遠，與世間人口吻迥別。太白煙火仙人語，長吉不食煙火仙人語，後為上帝見召，故知其非鬼。」明・屠隆：《鴻苞》卷 17，《四庫全書存目叢書》子部第 89 冊（臺南：莊嚴文化事業公司，1995 年 9 月），頁 236。〔日〕松浦友久：〈關於李白「捉月」傳說——兼及臨終傳說的傳記意義〉：「與其說李賀詩中冥界描寫和『白玉樓』傳說是構成『鬼才』之評的直接母胎，莫如說是因以李白為『仙才』形象為聯想的出發點」，《北京大學學報（哲學社會科學版）》1995 年第 5 期，頁 109。

74　元・趙道一：《歷代真仙體道通鑑》卷 38，收入《續修四庫全書》子部第 1294 冊（上海：上海古籍出版社，1995 年 3 月），頁 552。

仙」之譽，此人物塑造之所以合理成功，正源於李賀才高為「詩仙」或成仙的邏輯；或者由上文所引之薛季宣評論「小傳之說誕矣，學者已不盡信。前世任信臣者，又記書仙事實之」來看，〈書仙傳〉也同時落實確立了李賀成仙的說法。而蔣之奇（1031-1104）為妻兄沈遼所撰的〈沈睿達墓誌銘〉，敘述一則故事：

> 君昔在沅、湘間，聞有道士善捕逐鬼魅，役使丁甲，人甚神之。過南嶽聞其適至，亟召之。已去矣，常恨失之。一日，在齊山，道士者忽來。欣然迎見，從容問之：「富貴非吾願，所欲之者壽耳，為我視之。」道士許諾，歸夜作法，入冥窮觀。明旦，謂君天上構樓已就，可趣治裝矣。道士去，無幾何而卒。余以詩哭君曰：「緋衣持板須君至，白玉樓成君作記。空中但覺嗺管聲，牆下嗒然俄委蛻。」余賦詩時，初不知有道士說也。已乃暗合。豈上帝固以長吉待君歟？[75]

蔣之奇詩、銘俱以李賀成仙傳說為根源，將沈遼比作李賀，說沈遼是比照李賀的情況，因才高而成仙，由此可知，李賀成仙為上帝白玉樓作記之事，此時已然完成。至於沈遼卒於宋神宗元豐八年（1085）[76]，〈書仙傳〉撰作時間為「慶曆甲申上元日」，即慶曆四年（1044），兩文皆完成於北宋中期以後，可見此時李賀成仙之說基本上已經為人熟知接受，並開始以此作為更進一步創作的前提，

---

75 林陽華、常先甫、李懿：《北宋詩人沈遼研究》下編〈沈遼資料匯編〉（成都：四川大學出版社，2011年6月），頁270-271。

76 林陽華、常先甫、李懿：《北宋詩人沈遼研究》，頁33。

如書仙謫降及沈遼成仙。此外，作於北宋末的〈玉華記〉有「得召見於白玉樓，蓋李長吉所作記處也」[77]，及南宋之初白玉蟾〈詔建三清殿記〉亦有「且如天上成玉樓，地下修文闕，往昔人間士以為記文」、〈閣皁山崇真宮昊天殿記〉有「李賀為帝作〈玉樓記〉」[78]之說，皆證實李賀成仙之說北宋已然完成。

此外，〈書仙傳〉稱曹文姬上天前，天帝遣朱衣吏說：「李長吉新撰〈玉樓記〉就，天帝召汝寫碑，可速駕無緩。」提及李賀白玉樓事，宋人詩中也屢次談及李賀就此事為典，如張耒「天上玉樓終恍惚，人間遺事已埃塵」[79]、李綱「嘔心古錦囊，絕筆白玉樓」[80]、郝經「人間不復見奇才，白玉樓頭耿光潔」[81]等；另外，劉昌詩《蘆蒲筆記》收錄宋徽宗所作的〈白玉樓賦〉及評論：

> 唐李賀苦吟能詩，韓愈、杜牧所知解導，其詳見於本史。因閱賀小傳，平居一日，忽見緋衣吏，駕赤虬，持一版書，若太古篆霹靂石文者。云當召賀。賀不能讀，欻下榻叩頭。緋衣人笑曰：「帝成白玉樓，立召君為記。」窗中勃勃有煙

77　雖然〈玉華記〉收錄在《夷堅乙志》內，但李劍國考辨原〈玉華記〉應作於北宋末，見李劍國：《宋代傳奇集》，頁 436。

78　宋・白玉蟾：〈白真人集〉，收入《道藏精華・白玉蟾全集上》（臺北：自由出版社，1989 年 7 月），頁 243、316。

79　宋・張耒：〈李賀宅〉，《柯山集》卷 19，收入《景印文淵閣四庫全書》第 1115 冊，頁 163。

80　宋・李綱：〈讀李長吉詩〉，《李綱全集》卷 9（長沙：岳麓書社，2004年 5 月），頁 98。

81　宋・郝經：〈長歌哀李長吉〉，收入唐・李賀著，清・王琦等評注：《三家評注李長吉歌詩》首卷，頁 16。

氣，聞行車嗶管之聲，如炊五斗黍。許，卒。觀賀詩，語清
峭，人物超邁，真神仙中人，跨赤虬去，當是高仙無疑。大
觀庚寅臘後二日，宣和殿書并畫。[82]

由此一文，當知宋徽宗對李賀臨終傳說知之甚詳，且深信李賀確為
神仙，因此李賀為天帝白玉樓作〈玉樓記〉，宋徽宗便創作〈白玉
樓賦〉，甚至還繪有關於李賀白玉樓傳說之圖，並完成於徽宗「大
觀庚寅臘後二日」；藉著前引之《書仙傳》小說及其他宋人詩、宋
徽宗之賦并圖，足見李賀白玉樓事在北宋後期以前已確為文人創作
之源。

　　再者，由南宋張淏《雲谷雜記》引述李光為早夭之子李孟博所
寫之〈悼亡子詩〉，並說明寫詩由來，又可有進一步的觀察：

未卒數月前，忽夢至一處，海山空闊，樓觀特起，雲霄間有
軒，榜曰「空明」，先世諸父皆環坐其間。顧指其一曰：
「留以待汝。」既寤，知非其祥也。未幾，遂屬疾。臨終，
有雲氣起於寢。冠服宛然，自雲中冉冉升舉，瓊人悉見之。
莊簡有詩悼之云：「脫屣塵寰委蛻蟬，真形渺渺駕飛煙。丹
臺路杳無歸日，白玉樓成不待年。……」[83]

李光為早夭之子寫詩運用「白玉樓」為典故，並〈序〉曰：「是日

---

[82]　宋・劉昌詩撰，張榮錚、秦呈瑞點校：《蘆蒲筆記》卷 9（北京：中華書
　　　局，1986 年 4 月），頁 66-67。

[83]　宋・張淏：《雲谷雜記》，收入《叢書集成新編》第 12 冊，頁 381。

天氣澄霽，里巷咸觀，祥雲起於屋隅，中有水墨形，了然冉冉升舉，道俗駭異，因成此章以寓予悲。……今吾子平生聰敏好學，忠信孝悌，行業無少虧，其死絕不淪墮幽塗，魂氣超升，蓋無可疑者。」[84]與前文所引〈李賀小傳〉的「邊人盡見之」、〈書仙傳〉稱「觀者萬計」相比，李光所謂的「里巷咸觀」，同樣強調眾人親見的真實性；而張淏《雲谷雜記》據李光的詩及〈序〉，發展為李孟博臨終之夢，可見李光、張淏對李孟博才高卻英年早逝的歎惋縮合了李賀的臨終傳說，雖然同樣運用「白玉樓」典故，但此時已不再用以直接指稱李賀，而是暗示更深一層的英才早逝、早殤成仙之想像。

宋代以白玉樓為典故，不為談論李賀，而為歎惋早逝英才的例子甚多，如〈姚進道文集序〉先敘姚進道之文才：「及見其詩文，一如其為人。一日出稿一大卷，蓋日有所賦也。對景遇物，感懷遣興，風花之朝，雪月之夕，贈遺唱酬，操筆立成，若借書於手。」然而，天不假年：

> ……未幾卒於京師，年纔三十。……余曰李長吉詩文絕出筆墨畦逕間，卒年二十七。……進道撰著甚多而流傳者少，又不以壽終，皆與長吉合。嗚呼！天賦之才而嗇之壽，不可致詰者，古今所同也。詎知進道不坐凝虛殿賦白玉樓乎？[85]

84　宋・李光：《莊簡集》卷 5，收入《景印文淵閣四庫全書》，頁 472-473。

85　宋・張守：《毘陵集》卷 10，《景印文淵閣四庫全書》，頁 783。

可知，姚進道有才卻早逝，張守有鑑於李賀成仙之說，認為姚進道亦可能為天帝所召，上天為白玉樓作文，英才早逝與白玉樓之關係由是可見。

其餘宋人詩詞為抒發對有才者早夭之傷心惋惜，亦多用白玉樓為典故，表示成仙、仙遊，如「天上須刊白玉樓」寫的是「天胡不畀年」的「儒雅名公子」宋中道[86]，「地要黃金骨，天成白玉樓」是為敏慧妙年又有「詩清雅頌才」的黃預所寫的挽詞[87]，「未旨黃金鼎，先成白玉樓」則是為早慧的魏參政所作挽辭[88]，「黃金榜在人何在？白玉樓成記未成」寫的是登進士第卻未唱名而卒的揭純雄[89]等，皆特重文才而以白玉樓為典故；而蔡戡為錢大受所寫挽詩，亦用白玉樓之典：「禁中新賜黃金帶，天上俄成白玉樓」，不同的是蔡戡重在強調錢大受之武略。[90]不論文才武略，這些人皆是

86　宋・蘇頌撰、蘇攜編：《蘇魏公文集》卷 14〈宋中道都官二首〉之一：「儒雅名公子，風汽粉署賢，精神清比鑑，論議直如弦，朝已期登俊，天胡不畀年。……」其二則有「天上須刊白玉樓」，《景印文淵閣四庫全書》，頁 222。

87　宋・陳師道：《後山集》卷 4〈黃預挽詞四首〉之一：「敏慧仍江夏，風流更妙年」，其二又稱「骨秀神仙數，詩清雅頌才」，其三有「地要黃金骨，天成白玉樓」等句，《景印文淵閣四庫全書》，頁 548-549。

88　宋・史浩：《鄮峰真隱漫錄》卷 5〈錢師魏參政挽辭〉：「冠歲踵英游，橋門雋逸流……未旨黃金鼎，先成白玉樓，經綸展不盡，識者為時憂。」《景印文淵閣四庫全書》，頁 574。

89　宋・趙與虤：《娛書堂詩話》：「豫章揭純雄登進士第，未唱名而卒，樞密使劉仲洪弔之以詩，云：『黃金榜在人何在？白玉樓成記未成。』」《景印文淵閣四庫全書》，頁 482。

90　宋・蔡戡：《定齋集》卷 19〈錢大受挽詩〉其一：「少年豪氣已如虹，抵掌論兵一世雄，智略獨超倫輩上，功名只在笑談中。……」。其二：

「天賦之才而嗇之壽」，因與李賀相同，遂以白玉樓為典故賦詩作文，佀不必直接寫入「李賀」即能通過「白玉樓」一詞與之類比聯想。

　　至於〈書仙傳〉以〈李賀小傳〉所述的李賀臨終故事為傳奇創作出發點之邏輯，除了「仙／才」關係外：李賀因才高而有「詩仙」之譽，故死後成仙；曹文姬則因文才、書才而有「書仙」之譽，其身分為「謫仙」；同時，也與「早夭」有著密切的關係：李商隱稱李賀二十四歲歸天[91]，而〈書仙傳〉稱書仙謫凡二紀，可知曹文姬亦以二十四歲之齡夭殤，為此，〈書仙傳〉與李賀傳說的內在聯結，絕非小說字面上提到「李長吉新撰〈玉樓記〉就，天帝召汝寫碑，可速駕無緩」一句而已，而是有著千絲萬縷的內在聯繫。

　　雖然宋人用白玉樓為典故，多針對有才者早夭而抒發歎惋之情，然而，所謂「早夭」到底多早算早，實無一明確年齡界線，李賀、曹文姬二十四歲而亡是早殤，令人惋惜，壯年暴卒亦令人感嘆，因此許多宋人作品用白玉樓典故，主要是針對有才者之傷逝而發，天年不遂未必是必要條件。如趙與時《賓退錄》談到黃伯思事時，明顯用了李賀白玉樓傳說：

　　　黃伯思，字長睿，邵武人。自稱雲林子，尚書右丞履之孫。

「淝水功名取次休，空令遺恨滿滄洲。禁中新賜黃金帶，天上俄成白玉樓。……」《景印文淵閣四庫全書》，頁755。

[91]　關於李賀過世年齡，雖然〈書仙傳〉創作傳奇所運用的李商隱〈李賀小傳〉稱二十四歲，但杜牧稱二十七歲，姑且不論何者為真，李賀確未居而立竟卒，實為早逝。唐・杜牧：《樊川文集》卷10〈李賀集序〉（臺北：漢京文化事業公司，1983年11月），頁148-149。

登進士第，仕至秘書郎。博學能文，好仙佛之說。政和七年，在京師，夢人告：「子非久在人間。上帝有命，典司文翰。」明年二月果卒。李伯紀銘其墓，略曰：「白玉樓成，上帝有詔，往司文翰，脫屣塵淖。」蓋紀其事。[92]

李伯紀（李綱）〈故祕書省祕書郎黃公墓誌銘〉確有「白玉樓成，上帝有詔　往司文翰，脫屣塵淖」一句，又稱：「其事頗與李長吉、王平甫同」，「其再至京師也，夢人告之曰：『子非久人間，上帝有命，典司文翰。』覺而書之。不踰月遂謝世。」[93]《賓退錄》則記載此事發生於政和七年至八年；黃伯思文才極高，生來便與眾不同：「體弱，口不勝衣，風韻灑落，飄飄有凌雲意。自幼警敏，不好弄，日誦書千餘言。每聽履講經史，退與他兒言，無遺誤者。嘗夢孔雀集于庭，覺而賦之，詞采甚麗。」雖然年四十而卒[94]，不能謂其早夭，但壯年而逝亦同樣令人歎惜。至於李綱稱與李賀、黃伯思同的王平甫，即王安國，四十七歲卒[95]，曾鞏〈王平甫文集序〉稱之：「自少已傑然以材高見於世。為文思若決河，語出驚人，一時爭傳誦之。」[96]《宋史》則稱其「幼敏悟，未嘗從學，而文詞天成。年十二，以所為詩、銘、論、賦數十篇示人，語皆警拔，遂以文章稱于世，士大夫交口譽之。」可見李綱說黃伯思

92　宋·趙與時：《賓退錄》卷6，收入《宋元筆記小說大觀》，頁4199。

93　宋·李綱：《梁谿集》卷168，《景印文淵閣四庫全書》，頁758。

94　元·脫脫：《宋史》卷443，頁13105-13106。

95　元·脫脫：《宋史》卷327，頁10557-10558。

96　宋·曾鞏撰，陳杏珍、晁繼周點校：《曾鞏集》卷12（北京：中華書局，1984年11月），頁201-202。

「其事頗與李長吉、王平甫同」，主要著眼於才高能文卻不得安享天年，而非斤斤計較於確實年齡。

　　更有宋人直接以白玉樓作為死亡的代稱，故「白玉樓」一詞又多見於「挽詩」、「祭文」中，如王阮傷張安國之逝而有詩：「碧紗籠底墨纔乾，白玉樓中骨已寒。」[97]文及翁稱姚勉以「年僅四十有六，遽修文白玉樓」指其過世[98]，王洋哭周秀實則有「白玉樓成金闕峻，步虛章就紫霄清」詩句[99]，〈哭樓梅麓〉：「白玉樓成去作文」[100]、〈祭潘德鄜經略文〉：「白玉樓成於天上宿約乖違兮，乃遽奠於生芻顧衍筋力兮，未獲祔棺而一慟寓哀於辭兮」[101]、〈挽邵青谿〉：「尊酒生芻弔舊遊，白髭老淚故山秋。百年勳業黃粱枕，一代文章白玉樓。」[102]皆明顯以李賀白玉樓事為過世之典故，但這些詩文運用「白玉樓」為典故，一不強調才華之高，二來未必年輕早夭，僅單純與死亡聯繫起來。

97　宋・王阮：《義豐集・重九再到張已隔世書詩牌後一首》，《景印文淵閣四庫全書》，頁 545-546。據詩題「書詩牌後」，可知過世之「張」姓友人即為上一篇〈同張安國遊萬杉寺〉之張安國。

98　宋　姚勉著，曹詣珍、陳偉文點校：《姚勉集・文及翁序》謂：「予與姚成一適相後先，聯鑣入期集所，一見傾蓋，歡若生平。……官僅校黃本書備青宮案，年僅四十有六，遽修文白玉樓，騎鯨白鄉去，豈不可悲也夫！」（上海：上海古籍出版社，2012 年 3 月），頁 606-607。

99　宋・王洋：《東牟集》卷 5〈哭周秀實〉兩首之一，「……官簿縱居時俊後，詩名舊列共賢中……」，其一：「翁來謂有世間情，翁棄人寰一葉輕，白玉樓成金闕峻，步虛章就紫霄清。……」《景印文淵閣四庫全書》，頁 383。

100　宋　陳起：《江湖小集》卷 7，《景印文淵閣四庫全書》，頁 136。

101　宋・史告：《鄮峰真隱漫錄》卷 43，《景印文淵閣四庫全書》，頁 867。

102　宋　何夢桂：《潛齋集》卷 2，《景印文淵閣四庫全書》，頁 407。

　　由此可見，宋人引為熟典者，不唯李賀臨終傳說，亦好用白玉樓為典故：由直接談及李賀，至運用李賀成仙之說而借指英才早逝，再至早逝未必被強調、重點置於才華上，終至才華也不見得被強調、只用以代稱過世。其次，由宋人頻用白玉樓為典故，亦可看出「李賀成仙」之說與白玉樓傳說在宋代已然被廣泛接受及完成。

　　至於〈書仙傳〉同樣是以白玉樓為典故而創作的傳奇，但與前文所述的宋人詩文又稍有不同，不再通過白玉樓及李賀臨終傳說的聯繫，稱早夭或過世為上天賦白玉樓；反而直接引入李賀臨終傳說，李賀仍是為天帝白玉樓作記之人，曹文姬則是上天為李賀〈玉樓記〉寫碑。之所以如此，固然因曹文姬人物特徵秉承唐傳奇〈文簫〉而來，天賦在書法上，但又可以發現〈書仙傳〉嵌合李賀臨終傳說，使李賀成仙之說與〈書仙傳〉的連結較詩文用典更為緊密，以此造作傳奇，同時也在傳奇中落實了李賀成仙的說法。

五、結語

　　北宋傳奇〈書仙傳〉的故事結構嵌合唐傳奇〈文簫〉的人物特徵與李賀臨終傳說兩者，尤其是後者，可說是〈書仙傳〉創作的監觴及內在邏輯：才高、早夭。然而，曹文姬女性的身分，使其不同於李賀或其他才高早夭之文人，因此〈書仙傳〉愈是強調曹文姬善書、夙慧、天才，愈落實才女及謫降女仙之身分，也愈無法避免「長安娼女」之想像。

　　此外，通過〈書仙傳〉，更進一步地完備李賀的宋代接受史，過去在各種李賀接受史或資料彙編中，都是直接提及李賀的資料才

會被納入[103]，但藉著〈書仙傳〉創作傳奇卻特意在篇末稱曹文姬返回天上是為李賀〈玉樓記〉寫碑，讓人聚焦於「白玉樓」事，將宋代以「白玉樓」為典故的李賀接受史鉤勒出來：由「白玉樓」直接對應李賀其人其詩，至通過李賀成仙之說而借指英才早逝，再至只強調逝世者之才華，終至代稱過世。

因此，宋傳奇〈書仙傳〉雖然基本人物特徵與唐傳奇〈文簫〉相似，但不論設想臨終情景、書仙才華、夭殤年齡等都以李賀臨終傳說為構思傳奇的來源；另一方面，〈書仙傳〉與宋人詩文皆落實了「李賀成仙」之說，但〈書仙傳〉又不同於其他宋人詩文：〈書仙傳〉直接利用李賀臨終傳說，上天為白玉樓作記的人仍為李賀，曹文姬不是上天賦白玉樓，而是上天為李賀〈玉樓記〉寫碑，藉此強調並完成了「李賀成仙」之說。是以，宋代文人共同確立了李賀成仙之說，〈書仙傳〉以傳奇形式參與其間，直至元代《歷代真仙體道通鑑》收入李賀其人其事，其神仙身分終於被認可。

---

103 如吳企明編：《李賀資料彙編》（北京・中華書局，1994 年 10 月）。

第六章 「成仙」之途：
因血緣而成仙的邏輯開展

一、前言

〈白龜年〉、〈華陽仙姻〉兩篇皆為敘述主角遇仙、成仙的傳奇，但主角之所以遇仙、成仙，與兩人祖先是仙的身分密切相關，且兩人皆為仙人主動相邀，並非「誤入」仙境一類小說所強調的「因緣」、「巧合」[1]，亦無展現仙境傳說「出發－歷程－回歸」的基本線索與生命觀照。[2]

〈白龜年〉的情節可分成兩部分：後半部之重點在主角白龜年

---

[1] 李豐楙認為「陶弘景以『誤入』來解說世人入洞的觀念，確是它的神髓所在」，至於陶弘景「誤入」之說出於其注《真誥・稽神樞一》卷 11：「世人採藥往往誤入諸洞中，皆如此，不便疑異之；而未聞得入華陽中……」收入胡道靜、陳蓮笙、陳耀庭選輯：《道教要籍選刊》第 4 冊（上海：上海古籍出版社，1989 年 6 月），頁 632。詳見李豐楙：〈六朝道教洞天說與遊歷仙境小說〉，收入《誤入與謫降：六朝隋唐道教文學論集》，頁 ˉ5 96、110。

[2] 李豐楙：〈六朝仙境傳說與道教之關係〉，收入《誤入與謫降：六朝隋唐道教文學論集》，頁 287-314。

習得異術、得道成仙，前半部則以白龜年之異遇為主；而白龜年所遇仙人為李白，並提及「李白水解」、「李白與白龜年祖白居易以道同、相往復」事，可見，李白及白居易的成仙之說在北宋被接受及完成，成為此篇傳奇的先決條件與問題。

至於〈華陽仙姻〉，情節亦可分為前後兩段：前者敘述了主角蕭防三次遇仙，最後則以蕭防得道作結；而蕭防所遇仙人是董雙成，並說蕭防因七十二代祖為蕭史而夙注仙籍，輔以蕭史及蕭何、蕭衍、蕭頃等蕭氏帝相的傳說，因此蕭史等蕭氏名人亦是蕭防成仙故事的前提。

其間，白龜年、蕭防所遇之仙，並非自己祖先白居易、蕭史，亦即白龜年、蕭防固然因祖先為仙才能有此仙緣、異遇，但並非由祖先親自下界度化，而是由祖先的仙界友人李白、董雙成前來。因此，可以進一步思考：〈白龜年〉選擇白居易為主角祖先，又遣李白前來的原因為何？〈華陽仙姻〉關注蕭史及漢魏六朝蘭陵蕭氏家族，卻安排董雙成與蕭防三次巧遇，理由何在？除此之外，李白、白居易、蕭史、蘭陵蕭氏家族的成仙傳說，與〈白龜年〉、〈華陽仙姻〉間所蘊藏之千絲萬縷的關係，亦為本章處理的重點之一。為此，本文將先分別討論以上諸問題，進而綜論兩篇傳奇對於血緣世系的強調。

二、李白、白居易成仙傳說與〈白龜年〉

〈白龜年〉出自劉斧《翰府名談》，但原書不傳，只有節文[3]，

---

3 程毅中《古體小說鈔‧宋元卷》據《類說》卷 52，題為〈嵩山見李

小說前半部情節主要敘述主角白龜年至嵩山，李白派人召之，說：
「吾則唐李白也，子之祖乃白居易也。雖不同代，亦一時人，以其
道同，今相往復。吾自水解之後，放遁山水之間，因思故鄉，西歸
嵩峯。中帝飛章上奏，見辟於此掌牋奏，已百年矣。」而白龜年問
及其祖白居易，李白說他在「臺上功德所，從昔日之志也。」其
後，李白贈白龜年一書：「讀之可辨九天禽語、大地獸言。更修功
行，可得仙也。」

其中提及幾點值得深究：第一，李白因水解而成仙；其次，李
白在嵩山掌牋奏，授與白龜年的書是教導「九天禽語、大地獸言」
的「語言學習書」；第三，白居易亦成仙，「從昔日之志」，在
「臺上功德所」，且與李白「以其道同，今相往復」。

第一點及第二點皆與李白傳說有關，因此先由李白傳說入手，
探討自唐至宋所流傳的李白臨終傳說及謫仙之說。

李白的傳說頗多，與「仙」相關的早期記載，有司馬承禎、賀
知章的讚譽，前者見於李白的〈大鵬賦序〉：「余昔於江陵，見天
台司馬子微，謂余有仙風道骨，可與神遊八極之表」[4]，後者則以
李白〈對酒憶賀監〉詩〈序〉最早，「太子賓客賀公於長安紫極宮

白〉：李劍國《宋代傳奇集》據古籍文學刊行社影印本《類說》卷 52 摘
錄之《翰府名談》內容，並採《三洞群仙錄》卷 10、《玉芝堂談薈》卷
八所引內容校補。此據《宋代傳奇集》題為〈白龜年〉，以下所引本文皆
出於此。程毅中：《古體小說鈔・宋元卷》，頁 196-197；李劍國：《宋
代傳奇集》，頁 281-282。元・趙道一：《歷代真仙體道通鑑》卷 37〈李
白〉亦收有此則故事，唯少許字詞與李劍國《宋代傳奇集》之校補有出
入，收入《續修四庫全書》子部第 1294 冊，頁 550。

4　安旗主編：《李白全集編年注釋》（成都：巴蜀書社，2000 年 4 月），
頁 1636。

一見余，呼余為『謫仙人』，因解金龜換酒為樂。」[5]兩者皆出自
李白詩文，說明李白風儀高超絕俗，類如神仙。此外，李陽冰《草
堂集‧序》又稱李白：「字太白……。驚姜之夕，長庚入夢，故生
而名白，以太白字之。世稱太白之精得之矣。」[6]一方面述及李白
的出生傳說，具體說明李白是天上太白金星下凡投胎，另一方面也
為李白「謫仙」之說找到根據。而以上說法，應是李白「謫仙」傳
說源頭。

　　至晚唐、五代，賀知章對李白的贊譽轉為較完整的傳說故事，
如《本事詩》、《唐摭言》中描述李白見賀知章的情景：

　　　　李太白初自蜀至京師，舍於逆旅。賀監知章聞其名，首訪
　　　　之。既奇其姿，復請所為文。出〈蜀道難〉以示之。讀未竟，
　　　　稱歎者數四，號為「謫仙」，解金龜換酒，與傾盡醉。[7]

　　　　李太白始自西蜀至京，名未甚振，因以所業贄謁賀知章。知
　　　　章覽〈蜀道難〉一篇，揚眉謂之曰：「公非人世之人，可不
　　　　是太白星精耶？」[8]

原本李白自述中，因風姿超塵絕俗而為賀知章呼為「謫仙人」，後

5　安旗主編：《李白全集編年注釋》，頁 738。

6　安旗主編：《李白全集編年注釋‧附錄》，頁 1831。

7　唐‧孟棨撰，李學穎標點：《本事詩‧高逸第三》（上海：上海古籍出版
　　社，1991 年 4 月），頁 17。

8　五代‧王定保撰，姜漢椿校注：《唐摭言》卷 7（上海：上海社會科學院
　　出版社，2003 年 1 月），頁 152。

來《本事詩》改為因〈蜀道難〉為賀知章讚賞為「天上謫仙」，一為風骨儀表、一因才華超凡，略有不同；另外，李陽冰敘述的李白出生傳說「太白星精下凡」，也被轉為對李白才華之讚許，天上星精謫下塵世之說也從而產生文學意義上的詩仙之意。

　　至於李白死後成仙，且為世人遇見或夢見的故事，亦在中唐以後開始流傳，如張祜〈夢李白〉：「我愛李峨眉，夢尋尋不見。忽聞海上騎鶴人，云白正陪王母宴。須臾不醉下碧虛，搖頭逆浪鞭赤魚。……」[9]說明李白死後成仙，騎赤魚而來。五代何光遠《鑑戒錄》則敘述處士張孜夢見李白自天而降又超然上昇事，但情節類似於郭璞授五色筆於江淹：「懿宗之代有處士張孜，本京兆人，躭酒如狂，好詩成癖。然於吟諷終昧風騷，爾來二十餘年不成卷軸。……張乃圖寫李白真儀，日夕虔禱。忽夢一人自天降下，颯曳長裾。……孜問姓名，自云李白。孜因備得其要，白亦超然上昇。……」[10]至北宋又有托名柳宗元作的《龍城錄》：「退之嘗言李太白得仙去。元和初，有人自北海來，見太白與一道士在高山上笑語久之，頃道士於碧霧中跨赤虬而去，太白聳身健步追及，共乘之而東去。」[11]其內容與張祜〈夢李白〉詩同樣描寫李白死後成

9　唐・張祜著，尹占華校注：《張祜詩集校注》卷 10（蘭州：甘肅文化出版社，1997 年 1 月），頁 313。

10　五代・何光遠撰，鄧星亮等校注：《鑑誡錄校注・夢李白》卷 9（成都：巴蜀書社，2011 年 5 月），頁 215。

11　舊題唐・柳宗元：《龍城錄》，收入《唐代叢書》（臺北：新興書局，1968 年 6 月），頁 283。關於《龍城錄》作者，宋人多認為是宋代王銍或劉燾依托柳宗元之作，後世從信不疑，如何薳《春渚紀聞》、張邦基《墨莊漫錄》、陳振孫《直齋書錄解題》、朱熹《朱子語類》、胡應麟《少室山房筆叢》、《四庫全書總目》卷 50、卷 121、卷 142、卷 144 屢次提

仙，只是並非騎赤魚而來，反倒是跨赤虯而去。至於趙令時《侯鯖錄》：

> 東坡先生在嶺南，言：元祐中有見李白在酒肆中誦其詩云：
> 「朝披夢澤雲，笠釣青茫茫。」此非世人語也。
> 少游嘗手錄其全篇。少游敘云：觀頃在京師，有道人相訪，
> 風骨甚異，語論不凡，自云嘗與物外諸公往還，口誦兩篇
> 云：
> 「東華上清監清逸真人李白作也。詩云：……又云：……」[12]

趙令時轉述蘇軾及秦觀目見耳聞的李白傳說，並已有「東華上清監清逸真人」之封號，可見不論李白是本為謫仙或死後成仙，李白成仙的傳說在北宋已廣為流傳，且其封號為「清逸真人」，特徵是口

及、余嘉錫《四庫提要辨證》卷 19 等。力主《龍城錄》作者為柳宗元者，則以清人曾釗、今人李劍國為主。見宋・何薳：《春渚紀聞》卷 5，收入《宋元筆記小說大觀》，頁 2408。宋・張邦基撰，孔凡禮點校：《墨莊漫錄》卷 2，頁 69。宋・陳振孫：《直齋書錄解題》卷 11，收入《宋元明清書目題跋叢刊・宋代卷》第 1 冊（北京：中華書局，2006 年 6 月），頁 686。宋・黎德靖編，王星賢點校：《朱子語類》卷 138（北京：中華書局，2004 年 2 月），頁 3278。明・胡應麟：《少室山房筆叢》卷 32（上海：上海書店出版社，2001 年 8 月），頁 319。清・永瑢等撰：《四庫全書總目》（北京：中華書局，1987 年 7 月），頁 457、1042、1209、1227。余嘉錫著：《四庫提要辨證》卷 19（昆明：雲南人民出版社，2004 年 11 月），頁 990-992。李劍國：《唐五代志怪傳奇敘錄》，頁 493-507。

12　宋・趙令時撰，孔凡禮點校：《侯鯖錄》卷 2（北京：中華書局，2004 年 9 月），頁 69-70。

誦超凡絕俗的詩作。

至於李白溺水而死之說，又可以從杜甫〈夢李白兩首〉看出端倪：「死別已吞聲，生別常惻惻。……故人入我夢，明我長相憶。恐非平生魂，路遠不可測。……水深波浪闊，無使蛟龍得。」「……三夜頻夢君，情親見君意。……江湖多風波，舟楫恐失墜。」[13]由字面上杜甫反覆夢見李白，又殷勤地提醒李白要小心「水深波浪闊，無使蛟龍得」或「江湖多風波，舟楫恐失墜」等與落水相關的警告，應與李白溺水而死的實情有關。[14]由於溺水而死屬於《禮記》所說的「死而不弔者三」[15]之一，與驚嚇而死、壓墜而死同屬死後不能接受弔唁之非正常死法，一方面著眼於三者「輕身忘孝」，非君子所當為[16]，另一方面則緣於溺水而死是「非正命」，因而產生了捉月而死的浪漫傳說[17]：宋代《三洞群仙錄》引《摭遺》曰：「李太白宿江上，於時高秋，澄流若萬頃寒玉，太白

---

13 韓成武等點校：《杜工部詩集輯注》（保定：河北大學出版社，2009 年 3 月），頁 205-206。

14 李子龍：〈李白溺死說的來龍去脈〉，收入《中國李白研究（2001-2002 年集）》（合肥：黃山書社，2002 年 12 月），頁 610。

15 清‧孫希旦撰，沈嘯寰、王星賢點校：《禮記集解‧檀弓上第三之一》（北京：中華書局，1998 年 12 月），頁 182-183。孫希旦認為「畏，謂被迫脅而恐懼自裁者；厭，謂覆厭而死者；溺，謂川游而死者。」

16 清‧焦循撰，沈文倬點校：《孟子正義‧盡心上》卷 26：「桎梏死者，非正命也。」趙岐注曰：「畏壓溺死，禮所不弔，故曰非正命也。」焦循〈章指〉曰：「人必趨命，貴受其正，巖牆之疑，君子遠之。」（北京：中華書局，1998 年 12 月），頁 880-882。

17 宋‧祝穆撰，祝洙增訂，施和金點校：《方輿勝覽》卷 15《太平州‧祠墓》：「豈古不弔溺，故史氏為白諱耶？抑小說多妄，而詩老好奇，姑以發新意耶？」（北京：中華書局，2003 年 6 月），頁 269。

見水月，即曰：『吾入水捉月矣。』尋不得尸，說者云水解，此神仙之事也。」[18]此與〈白龜年〉中李白自稱「水解」[19]頗為相合。

《舊唐書》則稱李白醉死，又敘述李白月夜乘舟飲酒談笑一路由采石至金陵：「浪迹江湖，終日沉飲。時侍御史崔宗之謫官金陵，與白詩酒唱和。嘗月夜乘舟，自采石達金陵，白衣宮錦袍，於舟中顧瞻笑傲，傍若無人。……竟以飲酒過度，醉死於宣城。」[20]直至宋代，趙令時《侯鯖錄》對李白酒後撈月落水一事亦有記載：「世傳太白過采石，酒狂捉月。」[21]用「世傳」兩字，既表現出趙令時秉傳聞記述的態度，也同時代表這個傳說已經流傳廣泛久遠，不是特定人物所說而已；正如洪邁《容齋隨筆》云：「世俗多言李太白在當塗采石，因醉泛舟於江，見月影俯而取之，遂溺死，故其地有捉月臺。」[22]李白醉死之說與溺死之說在宋代合而為一：醉入水中捉月而死，成為宋人所熟悉的傳說。

再進一步來看，宋代梅堯臣〈採石月贈郭功甫〉將郭祥正比喻為李白，暗指李白是郭祥正前生：「採石月下聞謫仙，夜披錦袍坐

---

[18] 宋‧陳葆光：《三洞群仙錄》卷 15，收入《續修四庫全書》子部第 1294 冊，頁 152。

[19] 宋‧李昉等編：《太平廣記》卷 45〈丁約〉：「道中有尸解、兵解、水解、火解」，頁 280。李豐楙〈神仙三品說的原始及其演變〉認為「水解」亦為對學道者溺水而死的說法，與道教探求不死的信仰心理有關，也是一種成仙法門。請見《誤入與謫降‧六朝隋唐道教文學論集》，頁 33-92。

[20] 後晉‧劉昫：《舊唐書‧李白傳》卷 190 下，頁 5053、5054。

[21] 宋‧趙令時撰，孔凡禮點校：《侯鯖錄》卷 6，頁 162。

[22] 宋‧洪邁：《容齋隨筆》卷 3（上海：上海古籍出版社，1998 年 3 月），頁 33。

釣船。醉中愛月江底懸，以手弄月身翻然。不應暴落飢蛟涎，便當
騎鯨上九天。青山有冢人護傳，卻來人間知幾年。……」[23]詩中將
以上李白謫仙、醉酒撈月落水而死、騎鯨仙去等傳說融鑄為一體。
至於〈華陽仙姻〉亦說：「道法之中有尸解，有水解，有火解，其
門實多。若嵇康、郭璞之受刃，乃劍解耳。李太白投江捉月，水解
也。介之推抱木甘焚，火解也。望之飲酖自殺，尸解也。」可見，
李白或謫仙或水解成仙，或溺死或醉死，北宋人全部融為一體，謫
仙用以稱讚其超凡絕俗的詩文才華，又因詩才，李白醉酒投江捉月
才能水解成仙。由此，可以清楚掌握〈白龜年〉稱李白因水解而成
仙的前文本脈絡，也可以看出北宋對此說已廣泛接受，才能以此為
前提進一步創作傳奇。

　　其次，李白成仙後，於嵩山掌牋奏；授與白龜年的書是教導
「九天禽語、大地獸言」的「語言學習書」；與此相關的李白傳
說，即為李白熟諳蕃國文字語言。李白答蕃書的記載，見於中唐劉
全白〈唐故翰林學士李君碣記〉：「天寶初，玄宗辟翰林待詔，因
為和蕃書，並上〈宣唐鴻猷〉一篇。」[24]又有范傳正（820 年以前過
世）〈唐左拾遺翰林學士李公新墓碑并序〉：「天寶初，召見於金
鑾殿，玄宗明皇帝降輦步迎，如見園、綺，論當世務，草答蕃書，
辯如懸河，筆不停綴　玄宗嘉之，以寶林方丈賜食於前，御手和
羹，德音褒美。褐衣恩遇，前無比儔。」[25]兩者皆提及「蕃書」，
可確知唐代已有李白答蕃書事。若比對李陽冰《草堂集・序》的記

23　北京大學古文獻研究所編：《全宋詩》卷 255，頁 3120。

24　安旗主編：《李白全集編年注釋　附錄》，頁 1834。

25　安旗主編：《李白全集編年注釋・附錄》　頁 1835-1836。

載：「天寶中，皇祖下詔，徵就金馬，降輦步迎，如見綺、皓。以七寶床賜食，御手調羹以飯之，謂曰：卿是布衣，名為朕知，非素蓄道義何以及此？置於金鑾殿，出入翰林中，問以國政，潛草詔誥，人無知者。」[26]雖文中未直接明說召李白潛草的詔誥是否為「蕃書」，但與范傳正所敘內容文字極為類似，李陽冰所指或者也是「蕃書」，但因「人無知者」，故無法確切說出。既然李白能通蕃國語言，又因才華之高，能為人間帝王起草詔誥，「辯如懸河，筆不停綴」，所以成仙之後，於中嶽嵩山為中帝掌牋奏也符合「天生我材必有用」的道理。

　　五代貫休〈觀李翰林真兩首之一〉：「日角浮紫氣，凜然塵外清。雖稱李太白，知是那星精。御宴千鍾飲，蕃書一筆成。宜哉杜工部，不錯道騎鯨。」[27]此則可說是李白太星精下凡、和蕃書、騎鯨仙去等傳說之集合，亦可知結合李白好飲酒、和蕃書兩事而成「醉寫蕃書」說法至晚在五代已開始流傳。[28]從宋傳奇〈白龜年〉看來，李白授予白龜年的修煉書籍是關於學習「九天禽語、大地獸言」的「語言學習書」，之所以遣李白來傳授白龜年異術，一則因李白成仙的說法在宋代廣泛為人接受，其二，應與李白熟諳蕃國文

26　安旗主編：《李白全集編年注釋・附錄》，頁1831。

27　清・彭定求等編：《全唐詩》卷829，頁9339。

28　後世有所謂「醉草嚇蠻書」，如元代王伯成《李太白貶夜郎》第一折〈幺〉：「那裏是樽前誤草嚇蠻書，便是我醉中納了風魔狀。」及明代馮夢龍《警世通言・李謫仙醉草嚇蠻書》，皆是此類結合李白好飲酒、和蕃書兩事而成「醉寫蕃書」的說法。元・王伯成：《李太白貶夜郎》，收入隋樹森編：《元曲選外編》第2冊（北京：中華書局，1959年），頁369。明・馮夢龍編，嚴敦易校注：《警世通言》（臺北：里仁書局，1991年5月），頁105-117。

字語言，具語言天分有關。

而白龜年習後，果有異術，且「更修功行，可得仙也」：

> 後龜年遊潞州，太守知有異術，召而詢之。庭下有二雀啾唧
> 而過，太守曰：「彼何言也？」曰：「城西民家閑廩，有餘
> 粟在地，共食之。」使人驗之，果然。又見廄馬仰首而嘶，
> 問曰：「此又何言？」曰：「槽中料熱，不可食。」時近清
> 明，將吏驅羊二十餘，曰：「後一羊不行。」鞭之有聲。太
> 守曰：「羊不行有說乎？」曰：「羊言腹內羔將產，待其生
> 子，然後就死。」守乃留羊，月餘果產。

細觀白龜年通鳥語一段，又與梁・皇侃《論語義疏》所述公冶長解
鳥語事相仿：

> 公冶長從衛還魯，行至二堺上，聞鳥相呼往清溪食死人肉。
> 須臾見一老嫗當道而哭，冶長問之，嫗曰：「兒前日出行，
> 於今不反，當是已死亡，不知所在。」冶長曰：「向聞鳥相
> 呼往清溪食肉，恐是嫗兒也。」嫗往看，即得其兒也，已
> 死。嫗告村司，村司問嫗從何得知之，嫗曰：「見冶長道如
> 此。」村官曰：「冶長不殺人，何緣知之？」囚錄冶長付
> 獄。主問冶長何以殺人，冶長曰：「解鳥語，不殺人。」主
> 曰：「當試之。若必解鳥語，便相放也。若不解，當令償
> 死。」駐冶長在獄六十日。辛日有雀子緣獄柵上相呼：「嘖
> 嘖，白蓮水邊，有車翻，覆黍粟，牡牛折角，收斂不盡，相
> 呼往啄。」獄主未信，遣人往看，果如其言。後又解豬及燕

語屢驗，於是得放。[29]

甚至唐代沈佺期〈同獄者歎獄中無燕〉：「不如黃雀語，能雪冶長
猜。」[30]白居易亦有〈池鶴八絕句・序〉，提到：「池上有鶴，介
然不群，烏鳶雞鵝，次第嘲噪，諸禽似有所誚。鶴亦時復一鳴，余
非冶長，不能通其意。」[31]可見唐人頗知公冶長解鳥語的故實；再
則，白居易聽群鳥鳴叫而謂「余非冶長，不能通其意」，且白居
易、元稹作禽言詩[32]，或為宋傳奇〈白龜年〉遣李白傳白居易孫輩
「九天禽語、大地獸言」之來由。

最後，〈白龜年〉敘述白居易亦成仙　並與李白「以其道同，
今相往復」，且「從昔日之志」而在「臺上功德所」，但捜諸文獻
僅有《太平廣記》引《逸史》有白居易「成仙傳說」：

> 唐會昌元年，李師稷中丞為浙東觀察使，有商客遭風飄蕩，
> 不知所止，月餘，至一大山，瑞雲奇花，白鶴異樹，盡非人
> 間所覩。山側有人迎問曰：「安得至此？」具言之，令維舟
> 上岸，云：「須謁天師。」遂引至一處，若大寺觀，通一道

---

[29] 程樹德撰，程俊英、蔣見元點校　《論語集釋》（北京：中華書局，1997
年10月），頁285-287。

[30] 清・彭定求等編：《全唐詩》卷96，頁1039-1040。

[31] 清・彭定求等編：《全唐詩》卷459，頁5232。

[32] 張高評：〈宋代禽言詩與化俗為雅──從遺妍開發、創意造語切入〉稱自
白居易、元稹作禽言詩，至宋而禽言詩多、作者亦夥。收入《第六屆通俗
文學與雅正文學──文學與經學第六屆全國學術研討會論文集》（臺中：
國立中興大學中國文學系，2006年9月），頁211-242。

入，道士鬚眉悉白，侍衛數十，坐大殿上，與語曰：「汝中
國人，茲地有緣方得一到，此蓬萊山也。既至，莫要看
否。」遣左右引於宮內遊觀。玉臺翠樹，光彩奪目，院宇數
十，皆有名號。至一院，扃鐍甚嚴，因窺之，眾花滿庭，堂
有裀褥，焚香階下。客問之，答曰：「此是白樂天院。樂天
在中國未來耳。」乃潛記之。遂別之歸。旬日至越，具白廉
使，李公盡錄以報白公。先是，白公平生唯修上坐業，及覽
李公所報，乃自為詩二首，以記其事；及〈答李浙東〉云：
「近有人從海上回，海山深處見樓臺。中有仙籠開一室，皆
言此待樂天來。」又曰：「吾學空門非學仙，恐君此說是虛
傳。海山不是吾歸處，歸即應歸兜率天。」然白公脫屣煙
埃，投棄軒冕，與夫昧昧者固不同也，安知非謫仙哉。[33]

可見，白居易雖然沒有求仙修仙之心，但仙境已留下一院專待白居
易，且白居易的舉止與渾渾噩噩之世人不同，因此《逸史》作者以
為白居易或為謫仙下凡。唐宣宗〈弔白居易〉也曾以「詩仙」稱
之：「綴玉聯珠六十年，誰教冥路作詩仙。浮雲不繫名居易，造化
無為字樂天。」[34]雖然可視作贊揚白居易詩才之高的說法，但不免
予人與李白相同的聯想，而有所謂白居易為謫仙、成仙傳說。因
此，李白稱白居易與他「以其道同，今相往復」，或許指的正是兩
人成仙之道相同：既是詩仙，又是謫仙。

　　宋代錢易《南部新書》亦將李白與白居易並舉：「李白為天才

---

33 宋・李昉等編：《太平廣記》卷48，頁299。

34 清・彭定求等編：《全唐詩》卷4，頁49。

絕，白居易為人才絕，李賀為鬼才絕。」[35]而宋初所謂的「天、人、鬼」三才，李白、李賀自五代以降即為人並稱[36]，傳說皆夥，且有臨終傳說稱其成仙事，唯白居易僅有謫仙的揣度之辭；但北宋人詩論始將李白、李賀、白居易三人並稱[37]，且以白居易為介於李

---

[35] 宋・錢易撰，黃壽成點校：《南部新書》卷丙（北京：中華書局，2002年6月），頁32。

[36] 五代・僧齊己：〈還人卷〉：「李白李賀遣機杼，散在人間不知處。……仙人手持玉刀尺，寸寸酬君珠與璧。」五代・僧齊己：〈謝荊幕孫郎中見示樂府歌集二十八字〉：「長吉才狂太白顛，二公文陣識橫前。誰言後代無高手，奪得秦皇鞭鬼鞭。」，收入清・彭定求等編：《全唐詩》卷847，頁9588、9593。宋・王得臣：《麈史》：「慶曆中，宋景文諸公在館。嘗評唐人之詩，云太白仙才，長吉鬼才，其餘不盡記也。」收入《全宋筆記》第1編第10冊（鄭州：大象出版社，2003年10月），頁46。宋・張戒：《歲寒堂詩話》卷上：「賀詩乃李白樂府中出，瑰奇譎怪則似之，秀逸天拔則不及也。賀有太白之語，而無太白之韻。」收入《宋詩話全編》第3冊（南京：江蘇古籍出版社，1998年12月），頁3246。宋・計有功：《唐詩紀事》卷45：「碧，字太碧，貞元中人。自序其詩云：碧嘗讀李長吉集，謂春拆紅翠，霹開蟄戶，其奇峭者不可及也。及覽李太白辭，天與俱高，青且無際，鵬觸巨海，瀾濤怒翻，則觀長吉之篇，若陟嵩之巔視諸阜者耶。」收入《宋詩話全編》第5冊，頁5062，宋・陸游《渭南文集》卷14〈趙祕閣文集序〉：「魏陳思王、唐太白、長吉，則又以帝子及諸王孫，落筆妙古今，冠冕百世。」收入《宋詩話全編》第6冊，頁5752。宋・嚴羽：《滄浪詩話》：「人言太白仙才，長吉鬼才。不然，太白天仙之詞，長吉鬼仙之詞耳。」收入《宋詩話全編》第9冊，頁8728。宋・姚勉著，曹詣珍、陳偉文點校：《姚勉集》卷19〈贈行在李主人二子〉：「李家自古兩詩儤，太白長吉相後先。蟠螭屈取作妙語，到今氣焰干雲天。」（上海：上海古籍出版社，2012年3月），頁239。

[37] 宋・朱翌：《猗覺寮雜記》卷上：「太白云：『恨不掛長繩於青天，繫西飛之白日。』李長吉云：『長繩繫自樂當年。』樂天云：『既無長繩繫白

白、李賀之間的「人才」，正如日本學者松浦友久（1935-2002）所說：

> 與其說李賀詩中冥界描寫和「白玉樓」傳說是構成「鬼才」之評的直接母胎，莫如說是因以李白為「仙才」形象為聯想的出發點，從而要構成一幅「天、人、鬼」三者相對畫面，才導致鬼才評語出現，更為切當。饒有深意的是，中間的「人才」不是杜甫而是白居易，它表明了當時批評史輿論的趨勢所向。[38]

可見宋人推崇白居易之詩才，且徐復觀亦稱「我懷疑北宋詩人，都有白詩的底子」[39]，實為白居易能與詩仙李白、謫仙李賀相提並論

日。』二公用太白意也。」收入《宋詩話全編》第 3 冊，頁 3404。宋・吳融為唐代貫休《禪月集》作〈序〉：「國朝能為歌為詩者不少，獨李太白為稱首，蓋氣骨高舉，不失頌美風刺之道焉。厥後白樂天諷諫五十篇，亦一時之奇逸極言。昔張為作詩圖五層，以白氏為廣德大教化主，不錯矣。至後李長吉以降，皆以刻削峭拔、飛動文采為第一流，有下筆不在洞房蛾眉、神仙詭怪之間，則擲之不顧。邇來相戲學者，靡曼浸淫，困不知變，嗚呼，亦風俗使然也。」收入《禪門逸書初編》（臺北：明文書局，1981 年 3 月），頁 1。

38　〔日〕松浦友久：〈關於李白「捉月」傳說——兼及臨終傳說的傳記意義〉，《北京大學學報（哲學社會科學版）》1995 年第 5 期，頁 109。

39　徐復觀認為除了李昉、徐鉉兄弟、王禹偁等的「白體」外，北宋詩人都有白詩的底子，有如繪畫的粉本，各家不過是在此粉本上加入各自的筆墨功夫，這是由於白居易詩的風格與宋詩樸素淡雅、清新平易的基線相合。詳見徐復觀：〈宋詩特徵試論〉，收入黃永武、張高評編著：《宋詩論文選輯》（高雄：復文圖書出版社，1988 年 5 月），頁 59-62。

的原因，因此白居易在北宋被列入詩仙之流，亦被認為與李白是「同道」之「詩人」。

況且白居易與李白同樣喜好飲酒，白居易曾作〈醉吟先生傳〉以自況：

> 醉吟先生，忘其姓字、鄉里、官爵，忽忽不知吾為誰也。……性嗜酒、耽琴、淫詩，凡酒徒、琴侶、詩客多與之游。……吟罷自哂，揭甕撥醅，又引數盃，兀然而醉。既而醉復醒，醒復吟，吟復飲，飲復醉。醉吟相仍，若循環然。繇是得以夢身世，雲富貴，幕席天地，瞬息百年，陶陶然，昏昏然，不知老之將至，古所謂得全於酒者，故自號為醉吟先生。於時開成三年，先生之齒六十有七，鬚盡白，髮半禿，齒雙缺，而觴詠之興猶未衰。[40]

白居易喜好飲酒的記載，亦可見於同樣號為「醉吟先生」的皮日休〈七愛詩〉，其間談論自己所傾心的唐代七位人物：房玄齡、杜如晦、李晟、盧鴻、元德秀、李白及白居易；此七人因「皮子之志，常以真純自許」，而皮日休以李白為「負逸氣者，必有真放」，讚美曰：「吾愛李太白，身是酒星魄。口吐天上文，跡作人間客……醉曾吐御床，傲幾觸天澤……」，又稱白居易「為名臣者，必有真

---

[40] 唐・白居易著，朱金城箋校：《白居易集箋校》卷 70（上海：上海古籍出版社，1988 年 12 月），頁 3782-3783。宋・錢易撰，黃壽成點校：《南部新書》卷庚：白居易死後葬於龍門山，河南尹盧貞刻其〈醉吟先生傳〉於石碑上，並立於墓旁；「洛陽士庶及四方遊人過其墓者，莫以巵酒，冢前常成泥濘。」頁 103。

才」，並讚美：「吾愛白樂天，逸才生自然。……忘形任詩酒，寄傲遍林泉……」。[41]透過皮日休的並列及對比，兩人除了飲酒外，其任情放逸的氣質，亦頗為相似。

而蘇軾更作〈醉吟先生畫贊〉：「黃金斝，碧玉壺，足踏東流水，目送西飛鳧。擁髻顧影者，真子干之侍妾；奮髯直視者，非列仙之臞儒。」[42]其中「列仙之臞儒」出自《漢書・司馬相如傳》：

> 上既美子虛之事，相如見上好僊，因曰：「上林之事未足美也，尚有靡者。臣嘗為大人賦，未就，請具而奏之。」相如以為列僊之儒居山澤間，形容甚臞，此非帝王之僊意也，乃遂奏大人賦。[43]

可見，司馬相如作〈大人賦〉以分別「列仙之臞儒」與「飄飄然陵雲氣、游天地」之仙，而蘇軾認為白居易「非列仙之臞儒」，則是認為白居易具有真仙的姿態風神。

因此，雖然白居易只有謫仙、成仙的猜想，但通過他被唐宣宗稱為詩仙，醉後飄飄然的風神樣貌，為李白引為「同道」之人似乎也順理成章，故而〈白龜年〉謂李白與白居易「以其道同，今相往復」，為白居易成為神仙中人作了準備及鋪墊；南宋初白玉蟾謂

41　清・彭定求等編：《全唐詩》卷 608，頁 7017-7018。

42　宋・蘇軾著，傅成、穆儔標點：《蘇軾全集・文集》卷 21（上海：上海古籍出版社，2000 年 5 月），頁 1050。

43　漢・班固：《漢書・司馬相如傳》卷 57 下，頁 2952。

「李白今為東華上清監清逸真人，白樂天今為蓬萊長仙主。」[44]元代趙道一《歷代真仙體道通鑑》也有同樣的說法[45]，足見白居易成仙之說遂在南宋以後徹底落實完成，而北宋傳奇〈白龜年〉對此說的完成實具預備之功。

三、蕭史、董雙成等人成仙傳說與〈華陽仙姻〉

　　〈華陽仙姻〉出自李獻民[46]《雲齋廣錄》一書，敘述主角蕭防有仙緣，待人間諸事了結後，便上列仙班[47]，文中提及十位蕭姓知名人物，依小說敘述為序：蕭史、蕭何、蕭望之、蕭延、蕭叔達、蕭誉、蕭曠、蕭洞玄、蕭頃、蕭統，其中，有成仙傳說者共有三人：蕭史、蕭曠、蕭洞玄，另有最後與蕭防結為夫婦的董雙成，亦有成仙之說，是以，此處先論此四人。

　　首先，〈華陽仙姻〉一再強調蕭防與蕭史的關係：「公蕭史之遠孫也」、「蕭真人，乃君之七十二代祖也」、「七十二代祖母弄玉夫人也」，也就是說，蕭防是蕭史的七十二代孫，弄玉即為蕭防的七十二代祖母；至於「蕭史弄玉」故事出於《列仙傳》：

44　宋·白玉蟾：《白真人集·語錄》卷 9，收入《道藏精華·白玉蟾全集上》，頁 1320。

45　元·趙道一：《歷代真仙體道通鑑》卷 37，收入《續修四庫全書》子部第 1294 冊，頁 550。

46　生卒年不詳，李劍國據李獻民〈自序〉僅能得知其大約為徽宗時人。見李劍國：《宋代志怪傳奇敘錄》，頁 209。

47　〈華陽仙姻〉依李劍國《宋代傳奇集》據上海中央書店排印本《雲齋廣錄》卷 8〈神仙新說〉校正後版本，頁 401-408。以下所引本文皆出於此。

蕭史者，秦穆公時人也，善吹簫，能致孔雀白鶴於庭。穆公
有女字弄玉好之，公遂以女妻焉。日教弄玉吹簫作鳳鳴，居
數年，吹似鳳聲，鳳凰來止其屋，公為作鳳臺　夫婦止其
上，不下數年。一日，皆乘鳳凰飛去，故秦人為作鳳女祠於
雍宮中，時有簫聲而已。[48]

《太平廣記》卷 4 引《神仙傳拾遺》稱蕭史：「不知得道年代，貌
如二十許人，善吹簫作鸞鳳之響，而瓊姿煒爍，風神超邁，真天人
也。混跡於世，時莫能知之。秦穆公有女弄玉，公以弄玉妻之，遂
教弄玉作鳳鳴……公為作鳳臺，夫婦止其上，不飲不食，不下數
年。一旦，弄玉乘鳳，蕭史乘龍，昇天而去。……」[49]「蕭史弄
玉」的昇仙故事在唐、宋兩代一再引為典故[50]，足見宋人熟悉的程
度，〈華陽仙姻〉為蕭防設想一神仙先祖時，廣為人知的先秦時人
蕭史、弄玉正符合需求。

其次，〈華陽仙姻〉在蕭史至蕭防七十二代之間，提及不少蕭
姓名人，同屬一族之親，其中，蕭曠是唐代裴鉶《傳奇・蕭曠》的
主角，蕭洞玄則為《河東記・蕭洞玄》中的道士。《傳奇・蕭曠》

48　王叔岷：《列仙傳校箋》卷上（北京：中華書局，2007 年 6 月），頁
　　80。

49　宋・李昉等編：《太平廣記》卷 4，頁 25-26。

50　關於「蕭史弄玉」故事的解讀，在詩詞中屢見不鮮，雖然有的著眼於雙雙
　　成仙的欣羨，有的以長生與死亡、美好與殘缺等矛盾觀點來詮釋，有的染
　　上人間風月色彩，但基本上可以確知「蕭史弄玉」故事為唐宋文人所熟
　　知，才能一再成為詩詞的書寫對象。詳見李文鈺：《宋詞中的神話特質與
　　運用》（臺北：國立臺灣大學出版委員會，2006 年 12 月），頁 501-
　　509。

敘述蕭曠夜宿於洛水旁，因琴音而引來洛浦神女甄后，一同談琴論
文：

> 曠乃彈〈別鶴操〉及〈悲風〉，神女長嘆曰：「真蔡中郎之
> 儔也。」問曠曰：「陳思王洛神賦如何？」曠曰：「真體物
> 瀏亮，為昭明之精選爾。」女微笑曰：「狀妾之舉止云：
> 『翩若驚鴻，婉若游龍』，得無踈矣。」[51]

洛浦神女又召來洛浦龍女織綃娘子，邊飲酒邊敘及唐傳奇〈柳毅
傳〉事：「曠因語織綃曰：『近日人世或傳柳毅靈姻之事，有之
乎？』女曰：『十得其四五爾，餘皆飾詞，不可惑也。』」而夜盡
將別之際，龍女贈蕭曠輕綃，神女又贈明珠翠羽，且說：

> 「君有親骨異相，當出世。但淡味薄俗，清襟養真，妾當為
> 陰助。」言訖，超然躡虛而去，無所睹矣。后曠保其珠綃，
> 多游嵩岳。友人嘗遇之，備寫其事。今遁世不復見焉。

可見蕭曠因遇神女、龍女而得到指點，最後塵世中人不復見之，亦
指其出世成仙。

而〈華陽仙姻〉說他「至唐，洛陽蕭曠，出於南齊鬱林王。始
因遊蕩棄親，後隱於王峰洞，至大和中以辟穀升仙。」前半部為
《傳奇》補充了蕭曠的出身來歷，既說明他的籍貫，又透過「出於

---

[51] 唐・裴鉶撰，穆公校點：《傳奇》，收入《唐五代筆記小說大觀》，頁
1122-1124。

南齊鬱林王」說明他的郡望為蘭陵蕭氏；後半部則稍加敷衍《傳奇》中含糊的「今遁世不復見焉」，以明確的時間「太和中」、地點「王峰洞」、修煉方式「辟穀」坐實升仙之說；且時間呼應《傳奇》開頭的「太和處士蕭曠」，修煉方式「辟穀」亦呼應《傳奇》末段神女所說的「淡味薄俗，清襟養真」，足見〈華陽仙姻〉以《傳奇》為基礎，補充了郡望及「成仙」之細節。

至於蕭洞玄，為《河東記‧蕭洞玄》中的道士，「志心學鍊神丹，積數年，卒無所就」，後來「遇神人授以大還秘訣」，並告訴他須與一同心者相為表裏才可成就；蕭洞玄為尋得此人，費十數年，走遍各地，直到遇上「終無為」才共同揣摩神人所授的大還秘訣。又過了兩三年，修行備至而丹藥屆成，蕭洞玄「作法護持」、終無為「謹守丹竈」，只要「至五更無言，則攜手上昇」。終無為見道士、群仙、美女、虎狼猛獸、祖考父母先亡眷屬、夜叉、地獄平等王等皆能不言，甚至投胎之後也始終不啼不語，最後卻因誤以託生後「自矜快樂」的一生為真，遂見妻子殺兒而失聲驚駭，因此丹灶俱失、功虧一簣。雖然如此，文末仍以「二人相與慟哭，即更煉心修行，後亦不知所終」[52]為結局，亦暗示蕭洞玄因修行勤謹終通過考驗，得以成仙。

〈蕭洞玄〉故事類似〈杜子春〉，詳盡敘述蕭洞玄及終無為的考驗過程，強調必須了悟世間之虛妄才能超脫昇仙[53]；而〈華陽仙

52　出自宋‧李昉等編：《太平廣記》卷44，頁276-278。

53　唐‧李復言：《續玄怪錄‧杜子春》中，老人對杜子春說：「雖尊神、惡鬼、夜叉、猛獸、地獄，及君之親屬為所困縛萬苦，皆非真實。」最後道士感嘆：「喜怒哀懼惡慾，皆忘矣。所未臻者，愛而已。」收入汪辟疆輯校：《唐人傳奇小說》，頁230-233。

姻〉對過程絲毫未提，只說：「鍾陵蕭洞玄，出於後梁明帝。始以一獵破家，後師事馬湘，至開成中以煉丹得道。」增益了蕭洞玄的家世籍貫、煉丹前的經歷、授以大還秘訣的師父姓名、成仙時間等，同樣可見〈華陽仙姻〉對於郡望及「成仙」細節的強調。

　　然而，〈華陽仙姻〉指出「洛陽蕭曠，出於南齊鬱林王」、「鍾陵蕭洞玄，出於後梁明帝」，卻又令人懷疑，畢竟蕭曠、蕭洞玄與蕭史同出自小說，而「南齊鬱林王」及「後梁明帝」卻皆確有其人。首先「鬱林王」可見於《南齊書·鬱林王本紀》及《南史·廢帝鬱林王昭業本紀下》，前書是鬱林王族叔竟陵王蕭子顯所撰，鬱林王幼時與竟陵王來往密切：「生而為竟陵文宣王所攝養，常在袁妃間。竟陵王移住西州，帝亦隨住焉。」[54]因此，由文末「史臣曰」可以看出與鬱林王關係密切的族叔蕭子顯觀點：

> 鬱林王風華外美，眾所同惑，伏情隱詐，難以兒求。立嫡以長，未知瑕釁，世祖之心，不變周道。既而譽鄙內作，兆自宮闈，雖為害未遠，足傾社稷。春秋書梁伯之過，言其自取亡也。[55]

鬱林王是齊武帝蕭賾長孫，由於武帝長子蕭長懋較武帝早去世，鬱林王因而被立為太孫；且鬱林王善於演戲，讓眾人迷惑於他刻意展

54　唐·李延壽：《南史·廢帝鬱林王昭業本紀下》卷 5（北京：中華書局，1997 年 9 月），頁 135。

55　南朝梁·蕭子顯：《南齊書·鬱林王本紀》卷 4（北京：中華書局，1997 年 9 月），頁 69-76。

現在外的作為，進而信任他，其實他內心詭秘狡詐。就個人而言，可以說他是自取敗亡，但對於國家而言，卻影響甚鉅，使得武帝永明之世的穩定很快地走向衰亡。

唐代李延壽《南史》與《南齊書》記載之鬱林王頗同：首先，鬱林王容貌舉止談吐皆優雅：「帝少美容止，好隸書，武帝特所鍾愛」、「進退音吐，甚有令譽」、「性甚辯慧，哀樂過人。接對賓客，皆款曲周至」，但那些都是表面功夫，完全為投祖父武帝所好；可是，《南史》認為鬱林王之所以「矯情飾詐，陰懷鄙慝」，是因為鬱林王常來往的二十多人皆為無賴小人，與他們「共衣食，同臥起」、「淫宴」，甚至承諾將來繼承皇位就予他們爵位、官名。[56]

其次，鬱林王善於扮演賢德孝順的兒孫。《南史》詳細記載其父文惠太子、祖父武帝在生病或病死的期間，鬱林王的舉止：

> 文惠太子自疾及薨，帝侍疾及居喪，哀容號毀，旁人見者，莫不嗚咽。裁還私室，即歡笑酣飲，備食甘滋。葬畢，立為皇太孫。問訊太妃，截壁為閤，於太妃房內往何氏間，每入輒彌時不出。武帝往東宮，帝迎拜號慟，絕而復蘇，武帝自下輿抱持之，寵愛日隆。
>
> 時何妃在西州，武帝未崩數日，疾稍危，與何氏書，紙中央作一大「喜」字，而作三十六小「喜」字繞之。侍武帝疾，憂容慘感，言發淚下。武帝每言及存亡，帝輒哽咽不自勝。……大斂始畢，乃悉呼武帝諸伎，備奏眾樂，諸伎雖畏

---

56 唐・李延壽：《南史・廢帝鬱林王昭業本紀下》卷5，頁135。

　　感從事，莫不哽咽流涕。

兩段記載將鬱林王的表裡不一刻畫得活靈活現，他的不賢不孝也鉅細彌遺地展現出來；不僅如此，鬱林王想盡快即位為帝，甚至不惜尋求巫術力量以詛咒自己的父、祖：「在西州令女巫楊氏禱祀，速求天位。及文惠薨，謂由楊氏之力，倍加敬信，呼楊婆。……武帝有疾，又令楊氏日夜禱祈，令宮車早晏駕。」可知鬱林王一方面在祖父武帝面前表現出仁慈恭孝的模樣，私底下卻全無慈孝之心，因此祖父武帝晏駕後，鬱林王行為更無所忌憚：「及武帝梓宮下渚，帝於端門內奉辭，輼輬車未出端門，便稱疾還內。裁入閣，即於內奏胡伎，鞞鐸之聲，震響內外。」[57]

　　此外，鬱林王及其妻生活淫亂，當鬱林王未即位時，鬱林王妃何氏即由鬱林王左右無賴小人二十多人中，「擇其中美貌者，皆與交歡」[58]；待即位後，「閹人徐龍駒為後閣舍人，日夜在六宮房內。帝與文帝幸姬霍氏淫通，改姓徐氏，龍駒勸長留宮內，聲云度霍氏為尼，以餘人代之。皇后亦淫亂，齋閣通夜洞開，內外淆雜，無復分別。」[59]又喜好犬馬、鬥雞等逸樂：

　　　　素好狗馬，即位未逾旬，便毀武帝所起招婉殿，以材賜閹人
　　　　徐龍駒，於其處為馬埒。馳騎墜馬，面額並傷，稱疾不出者
　　　　數日。多聚名鷹快犬，以梁肉奉之。……好鬥雞，密買雞至

57　唐・李延壽：《南史・廢帝鬱林王昭業本紀下》卷5，頁136。
58　唐・李延壽：《南史・廢帝鬱林王昭業本紀下》卷5，頁135。
59　唐・李延壽：《南史・廢帝鬱林王昭業本紀下》卷5，頁137。

數千價。[60]

另外，鬱林王的奢靡浪費也讓人嘆為觀止：未即位時，就時常「密就富市人求錢」；即位為國君後，整個府庫供他花用，便「極意賞賜左右，動至百數十萬」，甚至「取諸寶器以相擊剖破碎之，以為笑樂」、「武帝御物甘草杖，宮人寸斷用之」，因此，即位不到一年即將武帝積聚的「上庫五億萬，齋庫亦出三億萬，金銀布帛不可稱計」花費超過一半，等鬱林王遭廢黜後，「府庫悉空」。更令人匪夷所思的是，鬱林王即位後撒漫花錢時，想起過去不能如此揮霍，竟對著錢說：「我昔思汝一箇不得，今日得用汝未？」[61]

由此可知鬱林王行為的荒誕，但就小說家而言，他對著錢說話、善於扮演孝子賢孫的演員言行，充滿傳奇性；且鬱林王即位未滿一年，便被堂叔祖蕭鸞所殺，最後蕭鸞篡奪帝位，為齊明帝，而高帝蕭道成、武帝蕭賾一系子孫「相次誅夷，殆無遺育」[62]，因此〈華陽仙姻〉說唐傳奇人物「洛陽蕭曠，出於南齊鬱林王」，或許正著眼於鬱林王超乎尋常的言談行為與史無對證的家族世系。

至於「鍾陵蕭洞玄，出於後梁明帝」，「後梁明帝」指的是昭明太子之孫蕭巋，他的父親蕭詧本為岳陽王，鎮襄陽，但侯景之亂時，蕭詧兄河東王蕭譽為其叔父湘東王蕭繹所害，後來蕭繹嗣位為梁元帝，蕭詧便投靠西魏，為梁主，「乞師請討繹」；蕭詧與西魏

60　唐・李延壽：《南史・廢帝鬱林王昭業本紀下》卷5，頁136-137。

61　唐・李延壽：《南史・廢帝鬱林王昭業本紀下》卷5，頁137。

62　北齊・魏收：《魏書・天象志》卷105之1（北京・中華書局，1997年9月），頁2426。

共同攻下江陵後，蕭詧於江陵即皇帝位，即為後梁。只是雖然名義
上是皇帝，但西魏在江陵「仍置江陵總管，以兵戍之」[63]，可見後
梁只是夾在南朝及北朝間的小政權。

　　蕭詧死後，第三子蕭巋即位，《周書・蕭巋傳》稱之「機辯有
文學。善於撫御，能得其下歡心」，且在北周末年，他並未跟隨北
周其他總管起兵反楊堅，因此「隋文帝既踐極，恩禮彌厚」；隋文
帝又備禮納巋女為晉王妃，即後來的隋煬帝皇后；又欲將女兒蘭陵
公主嫁給蕭巋子蕭瑒。更重要的是，隋文帝因為與蕭巋是兒女親
家，對他信任有加，遂取消江陵總管，讓蕭巋專制其國。《周書》
稱讚他：「孝悌慈仁，有君人之量」、「性尤儉約，御下有方，境
內稱治」。[64]

　　南朝梁自武帝蕭衍以降，因侯景之亂及子孫爭權內鬨，失去政
權，反而「蕭詧－蕭巋－蕭琮」一系在北朝的扶植下存留下來，而
整個隋唐五代的蘭陵蕭氏也以此系子孫最為顯赫，共出了十位宰
相[65]，〈華陽仙姻〉說蕭洞玄「出於後梁明帝」，或者正是考慮到
唐代蘭陵蕭氏的名人幾乎無一不是「出於後梁明帝」。[66]

---

[63]　唐・魏徵等撰：《隋書・蕭巋傳》卷 79（北京：中華書局，1997 年 9
　　　月），頁 1791-1792。

[64]　唐・令狐德棻：《周書・蕭巋傳》卷 48（北京：中華書局，1997 年 9
　　　月），頁 863-865。

[65]　他們是唐代宰相蕭瑀、蕭嵩、蕭華、蕭俛、蕭仿、蕭復、蕭寘、蕭遘，及
　　　後梁、後唐宰相蕭頃、蕭願父子。詳見杜志強：《蘭陵蕭氏家族及其文學
　　　研究》（成都：巴蜀書社，2008 年 6 月），頁 70-75。

[66]　過去筆者曾稱「後梁明帝是子虛烏有」，出於李獻民之杜撰，但經詳細考
　　　察後，可知確有後梁明帝，只不過後梁是歷史上極小的政權罷了。見〈以
　　　「實」視「虛」的幻設手法——論宋傳奇〈希夷先生傳〉、〈華陽仙

　　此外，〈華陽仙姻〉以得道成仙為善終，蕭姓歷史人物或長於儒學、或崇奉釋教，並不符合〈華陽仙姻〉標準，因此雜採小說人物，從而符合「或善於始，或善於終」的說詞，稱蕭曠「至大和中以辟穀升仙」，蕭洞玄「至開成中以煉丹得道」，皆符合「善於終」的論點。

　　最後，〈華陽仙姻〉中，董雙成化身諸葛氏來度化蕭防，是因為「某先人仲君，與公遠祖蕭真人有金石之契」，董雙成的先人仲君應為《神仙傳》內的「董仲君」：

> 董仲君者，臨淮人也。服氣煉形，二百餘歲不老。曾被誣繫獄，乃佯死，須臾蟲出，獄吏乃舁出之，忽失所在。[67]

《王子年拾遺記》又稱李夫人過世後，董仲君設法令漢武帝見李夫人形貌[68]，可知董仲君應為漢武帝時人。雖然董仲君名列神仙，蕭史也早登仙班，但說兩人交情深厚又是〈華陽仙姻〉所杜撰，為的是說明蕭防因遠祖為蕭史所以夙有仙緣，而蕭史與董仲君有金石之契，董雙成又是董仲君的後人，故安排蕭防與董雙成也有緣分。此外，〈華陽仙姻〉由蕭防與蕭史之關係出發，設想安排董雙成為度化蕭防並與之結為夫婦的仙人，或許與宋人好談〈長恨歌〉及李楊

姻〉、〈嘉林居士〉中的虛設時間〉，《輔仁國文學報》第 30 期，2010年 4 月，頁 194。

67　邱鶴亭注譯：《神仙傳》（北京：中國社會科學出版社，1996 年 12月），頁 312-313。

68　出自宋・李昉等編：《太平廣記》卷 71，頁 440-441。

故事有關[69]；〈長恨歌〉有「轉教小玉報雙成」一句，小玉即為
《列仙傳》內「蕭史弄玉」故事之弄玉，亦为〈華陽仙姻〉所稱蕭
防「七十二代祖母」，而與弄玉同在仙界的董雙成，因此成為蕭史
度化七十二代孫蕭防的不二人選。

　　〈華陽仙姻〉中，董雙成說明自身家世：「某家先世，自西晉
居近侍之職，至今猶有食方伯之祿」、「吾父避永嘉之亂，隱於茅
山。至天興中，有方外士教吾以默朝之道、漱嚥之方，力行有效，
所以年齡雖邁而華色不衰者以此，又安知丹藥之說乎？」以西晉董
近侍為董雙成的父親，亦為仙人：「冠遠遊冠，衣鶴氅衣」。倘若
漢武帝時人董仲君為董雙成先人、西晉董近侍為董雙成之父，而
《漢武帝內傳》中任西王母侍女的董雙成：「王母……又命侍女董
雙成吹雲龢之笙」[70]，與〈華陽仙姻〉之董雙成應非一人，否則時
代上似有錯亂之嫌。雖然如此，反而更可以得見〈華陽仙姻〉在選
定董雙成為度化蕭防的人選後，刻意牽合董仲君、董近侍與董雙成
之血緣關係，而〈華陽仙姻〉對血緣家世的反覆強調及重視，可見
一斑。

　　〈華陽仙姻〉為牽合蕭史、蕭曠、蕭洞玄與蕭防的血緣關係，
遂運用唐、宋兩代熟知的「蕭史弄玉」昇仙故事，及在唐代蕭曠、
蕭洞玄的傳奇基礎上，補充了郡望及成仙細節，一方面符合〈華陽
仙姻〉的成仙故事，另一方面又安排了血緣家世的設計。而《漢武

69　除了本書第二至四章外，另可參考陳金現：《〈長恨歌〉的接受與評論：
　　以宋人為主》（臺北：萬卷樓圖書公司，2002 年 9 月）。

70　舊題晉·葛洪撰：《漢武帝內傳》，收於《漢魏六朝筆記小說大觀》（上
　　海：上海古籍出版社，1999 年 12 月），頁 142。

帝內傳》中的董雙成與〈華陽仙姻〉述其父、祖的時代雖然有些齟齬不合，但特別在〈華陽仙姻〉中反覆申明家世，亦可看出作者的有意強調；至於蕭防之所以能娶得董雙成，並終能成仙，又與兩人祖先皆為神仙有關，因此下一部分將就此深入論述。

四、祖先／祖仙

根據上文，可以發現〈白龜年〉及〈華陽仙姻〉中的主角之所以能成仙，皆與其祖是神仙，因而主角具有仙緣有關。上文藉著討論李白、白居易的成仙傳說，及蕭史、蕭曠、蕭洞玄的升仙故事，說明了兩篇傳奇的前提：主角的祖先皆有成仙傳說。接著，此部分將進一步剖析因祖先是神仙而後代夙有仙緣的說法。

〈華陽仙姻〉提及的蕭防祖輩們多達十位蕭姓知名人物：蕭史、蕭何、蕭望之、蕭延、蕭叔達、蕭詧、蕭曠、蕭洞玄、蕭頃、蕭統（依小說敘述為序），其中，上文已述蕭史、蕭曠、蕭洞玄三人的成仙傳說，因此此部分就其他七人進行剖析。

蕭防曾問女仙董雙成化身的諸葛氏：「子安知我為蕭史之遠孫？」諸葛氏答曰：「凡升仙之人，各有職任，以後世子孫賢不肖第其階品。蓋諸天皆有世系譜牒，常得其詳觀而備究之」；此處提及的「世系譜牒」，鄭樵曾說過：「自隋、唐而上，官有簿狀，家有譜系。……所以人尚譜系之學，家藏譜系之書。自五季以來，取士不問家世，婚姻不問閥閱，故其書散佚而其學不傳。」[71]蕭姓在

---

71 宋·鄭樵撰，王樹民點校：《通志·氏族略第一·氏族序》（北京：中華書局，1995 年 11 月），頁 1。

隋唐仍延續南朝齊、梁為大族，甚至「自瑀逮遘，凡八葉宰相，名德相望，與唐盛衰」，所以《新唐書》稱其「世家之盛，古未有也。」[72]然而，五代十國士族崩毀，宋代以後已不見有稱蘭陵郡望的蕭姓人物[73]，而作者李獻民透過〈華陽仙姻〉內所謂仙界所藏世系譜牒為南蘭陵蕭氏列世系：

> 自歷代以來，或君或臣，或佛或老，好尚不同，可略道五七人矣。漢丞相蕭何，上為蕭史十三代孫，下為蕭望之八代祖。何小子延，避呂氏之禍，避居蘭陵，由是蕭之苗裔，或居中原，或居江表。居江表者，則前梁蕭叔達，始以清淨得民，後屈一國之尊，為寺家奴。居中原者，則後梁蕭詧，始以德望禪位，後荒於酒色，為閹官所廢。至唐，洛陽蕭曠，出於南齊鬱林王。始因遊蕩棄親，後隱於王峰洞，至大和中以辟穀升仙。鍾陵蕭洞玄，出於後梁明帝。始以一獵破家，後師事馬湘，至開成中以煉丹得道。此四人或善於始，或善於終。若論其終始完具，則不若蕭望之。望之自少小性樂雲水，志慕清虛，起自布衣，參佐帝室，以忠正立朝，以孝義居家。外則矜孤恤貧，扶危拯弱；內則鳴天鼓，飲玉漿，蕩華池，固金鎖。行之累年，道業成就。至元帝時，閹尹用事，奪去政權，人勸其自裁，望之飲酖自殺。當時非不能依阿取容，恃祿固寵，蓋心厭濁世而乘鸞委脫者也。……至唐末，又有蕭頎登進士第。至朱梁得天下，高祖重其器識，擢

72　宋・歐陽修、宋祁等撰：《新唐書》卷 101，頁 3963。

73　杜志強：《蘭陵蕭氏家族及其文學研究》，頁 75。

居近侍，未幾入相。經綸之才，有足稱道。後遇異人傳服氣法，棄家入少室山。頃於昭明太子為二十八代孫，於公為九代祖。……

依小說敘述，此段歷數了十位蕭姓人物，經進一步整理，李獻民所描繪的蕭姓譜系：蕭史最早，經十三代至蕭何，再經過八代至蕭望之；蕭統後二十八代為蕭頃，再經九代至蕭防。可知蕭防為蕭統的三十七代子孫，輔以蕭防為蕭史的七十二代孫，可推算出，從蕭望之至蕭統共經過十四代。又據《周書·蕭詧傳》：「蘭陵人也，梁武帝之孫，昭明太子統之第三子。幼而好學，善屬文，尤長佛義。特為梁武帝所嘉賞。」[74]「蕭叔達（衍）－蕭統－蕭詧」祖孫三代的關係由此清楚可見，經此整理，可知蕭史以下七位歷史人物至蕭防的譜系·蕭史後十三代而有蕭何，蕭何子蕭延，經過七代而有蕭望之，再十三代而有蕭叔達，叔達子蕭統，蕭統子蕭詧，再經過二十七代至蕭頃，九代後而有蕭防。此即〈華陽仙姻〉為主角蕭防造作家世身分的方法：以蕭史 蕭防兩位小說人物為此一譜系之始、終，中間嵌入蕭氏歷史人物，詳列世系關係。

　　另一方面，上文已論的小說人物蕭曠、蕭洞玄兩人雖不見於此世系之內，但〈華陽仙姻〉仍為兩人安排出身：「洛陽蕭曠，出於南齊鬱林王」、「鍾陵蕭洞玄，出於後梁明帝」，說明兩位小說人物與蕭史、蕭防亦同出於蘭陵蕭氏，因而蕭曠、蕭洞玄雖為小說人物，亦於〈華陽仙姻〉內與蕭姓歷史人物牽合上了血緣關係。至於鬱林王、後梁明帝等人因已於上文與蕭曠、蕭洞玄一併論述，故而

74　唐·令狐德棻：《周書·蕭詧傳》卷48，頁855-859。

蘭陵蕭氏歷史人物雖為本文底下論述的重點，但不再贅言。

　　首先，〈華陽仙姻〉稱「漢丞相蕭何，上為蕭史十三代孫，下為蕭望之八代祖。何小子延，避呂氏之禍，遯居蘭陵，由是蕭之苗裔，或居中原，或居江表」，此段說明了兩事：一是說漢代宰相蕭何是蕭望之的八代祖，其次是蕭延為蕭何子。就後者而言，根據《漢書》所記，蕭何么子確為蕭延，且蕭延在惠帝二年被封筑陽侯，文帝元年改封酇侯；[75]依唐代顏師古（581-645）注：「酇及筑陽皆南陽縣也。今其地屬襄州。」[76]而〈華陽仙姻〉說蕭延為「避呂氏之禍，遯居蘭陵」，但蘭陵在東海郡，屬徐州；[77]且惠帝二年，蕭延被封的筑陽侯是呂后所封，因此，既未有避呂氏之禍事，也無遯居蘭陵事。〈華陽仙姻〉之所以說蕭延居蘭陵，當為證明蕭何是蕭望之的八代祖；《漢書》記載蕭何為沛人，蕭望之為「東海蘭陵人」，兩人雖然同姓蕭，但郡望不同，難以合理證明蕭望之是蕭何後代。而這種說法其實是根據《南齊書》[78]、《梁書》[79]而

75　漢‧班固：《漢書‧蕭何傳》卷39，頁2012。

76　漢‧班固：《漢書‧高帝紀》卷1，頁71-72。

77　漢‧班固：《漢書‧地理志》卷28上，頁1589。

78　南朝梁‧蕭子顯：《南齊書‧高帝本紀上》卷1：「太祖高皇帝諱道成，字紹伯，姓蕭氏，小諱鬭將，漢相國蕭何二十四世孫也。何子酇定侯延生侍中彪，彪生公府掾章，章生皓，皓生仰，仰生御史大夫望之，……，生皇考。蕭何居沛，侍中彪免官居東海蘭陵縣中都鄉中都里。」頁1。

79　唐‧姚思廉：《梁書‧武帝本紀上》卷1：「高祖武皇帝諱衍，字叔達，小字練兒，南蘭陵中都里人，漢相國何之後也。何生酇定侯延，延生侍中彪，彪生公府掾章，章生皓，皓生仰，仰生太子太傅望之，……道賜生皇考諱順之，齊高帝族弟也。」（北京：中華書局，1997年11月），頁6。

來，顏師古注解《漢書》已經指出這是南朝齊、梁宗室為了攀附名臣巨儒才造作出來的譜系：

> 近代譜諜妄相託附，乃云望之蕭何之後，追次昭穆，流俗學
> 者共祖述焉。但酇侯漢室宗臣，功高位重，子孫胤緒具詳
> 表、傳。長倩鉅儒達學，名節並隆，博覽古今，能言其祖。
> 市朝未變，年載非遙，長老所傳，耳目相接，若其實承何
> 後，史傳寧得弗詳？《漢書》既不敘論，後人焉所取信？不
> 然之事，斷可識矣。[80]

唐代李延壽著《南史》時，也不從《南齊書》、《梁書》之說，僅上溯至遷居江左南蘭陵的蕭整。[81]至於〈華陽仙姻〉不依據唐代顏師古、李延壽之說，反而採取《南齊書》、《梁書》說法，當為了方便連貫中原、江表地區的蕭姓名人，否則蕭防祖輩只能追溯至齊、梁宗室，而無法追蹤至更早的蕭何、蕭望之[82]，更重要的是無

---

[80] 漢・班固：《漢書・蕭望之傳》卷 48，頁 3271。

[81] 唐・李延壽：《南史・齊本紀上》卷 4：「齊太祖高皇帝諱道成，字紹伯，小字鬭將，姓蕭氏。其先本居東海蘭陵縣中都鄉中都里，晉元康元年，惠帝分東海為蘭陵，故復為蘭陵郡人。中朝喪亂，皇高祖淮陰令整，字公齊，過江居晉陵武進縣之東城裡，寓居江左者，皆僑置本土，加以『南』名，更為南蘭陵人也。」頁 97。唐・李延壽：《南史・梁本紀上》卷 6：「梁高祖武皇帝諱衍，字叔達，小字練兒，南蘭陵中都里人，姓蕭氏，與齊同承淮陰令整。」頁 167。

[82] 筆者曾在〈以「實」襯「虛」的幻設手法──論宋傳奇〈希夷先生傳〉、〈華陽仙姻〉、〈嘉林居士〉中的虛設時間〉一文中，引用顏師古之說，認為「蕭叔達先祖可否上溯至蕭何，頗為可疑」，但認為蕭衍與蕭望之同

法關連至具成仙傳說的蕭史。

其次，〈華陽仙姻〉稱「頃於昭明太子為二十八代孫，於公為九代祖」，且上文已得知「蕭叔達（衍）－蕭統－蕭詧」祖孫三代的世系，故蕭叔達、蕭詧在此一併討論。

〈華陽仙姻〉謂梁武帝蕭叔達（衍），「始以清淨得民，後屈一國之尊，為寺家奴」，就「寺家奴」而言，應是《梁書》所謂武帝曾三次要捨身出家為僧、多次在同泰寺升法座講經：大通元年三月「輿駕幸同泰寺捨身」，九月又「輿駕幸同泰寺，設四部無遮大會，因捨身，公卿以下，以錢一億萬奉贖」；大通三年十月「行幸同泰寺，高祖升法座，為四部眾說大般若涅盤經義」，十一月又「行幸同泰寺，高祖升法座，為四部眾說摩訶般若波羅蜜經義」；大通五年「行幸同泰寺，設四部大會，高祖升法座，發金字摩訶波若經題」，太清元年三月「高祖幸同泰寺，設無遮大會，捨身，公卿等以錢一億萬奉贖」。因此，《梁書‧武帝本紀》末曰：「兼篤信正法，尤長釋典，製涅盤、大品、淨名、三慧諸經義記，復數百卷。聽覽餘閑，即於重雲殿及同泰寺講說，名僧碩學、四部聽眾，常萬餘人。」[83]至於〈華陽仙姻〉「始以清淨得民」的說法，《梁

　　為蘭陵人，南朝梁宗室與蕭望之確有親屬關係。當時應為「蘭陵」二字所誤，未能注意《南史》稱東晉以後「寓居江左者，皆僑置本土，加以『南』名，更為南蘭陵人也。」該文收於《輔仁國文學報》第 30 期，2010 年 4 月，頁 192-193。曹道衡，《蘭陵蕭氏與南朝文學》考辨蘭陵蕭氏世系時，說：「南蘭陵蕭氏和蕭何並非一家是肯定的，至於他們和蕭望之有無直接的血緣關係，也無確證」（北京：中華書局，2004 年 7 月），頁 7。

83　唐‧姚思廉：《梁書‧武帝本紀》卷 3，頁 71、73、75、77、92、96。

書》稱蕭衍「文思欽明，能事畢究，少而篤學，洞達儒玄」，既「洞達儒玄」，在玄學上應頗具造詣，因此符合「此四人或善於始，或善於終」的說詞，屬於「善於始」一類。

至於〈華陽仙姻〉說蕭詧：「始以德望禪位，後荒於酒色，為闍官所廢」，可分作兩事來討論：一是「以德望禪位」，二是「後荒於酒色，為闍官所廢」。就前者而言，《周書‧蕭詧傳》：

> 蘭陵人也，梁武帝之孫，昭明太子統之第三子。幼而好學，善屬文，尤長佛義。特為梁武帝所嘉賞。……魏恭帝元年，太祖令柱國于謹伐江陵，詧以兵會之。及江陵平，太祖立詧為梁主，居江陵東城，資以江陵一州之地。其襄陽所統，盡歸於我。詧乃稱皇帝於其國，年號大定。[84]

可見，雖然南朝後梁蕭詧確曾稱帝，但不過是西魏扶持的小政權，蕭詧雖名為「梁主」，實則僅治理管轄「江陵一州之地」，而西魏要立蕭詧為梁主，亦不過圖「其襄陽所統，盡歸於我」；因此〈華陽仙姻〉所說的「以德望禪位」，實無此事。其次，後者「後荒於酒色，為闍官所廢」事，也不見於《周書‧蕭詧傳》：

> 詧在位八載，年四十四，保定二年二月，薨　其群臣等葬之於平陵，諡曰宣皇帝，廟號中宗。詧少有大志，不拘小節。雖多猜忌，而知人善任使，撫將士有恩，能得其死力。性不飲酒，安於儉素，事其母以孝聞。又不好聲色，尤惡見婦

　　　　人，雖相去數步，遙聞其臭。[85]

　　《周書》稱蕭詧「性不飲酒」、「不好聲色，尤惡見婦人」，討厭
的程度是「雖相去數步，遙聞其臭」，《北史》更說蕭詧「一幸姬
媵，病臥累旬」[86]，這與〈華陽仙姻〉所謂「荒於酒色」差別可謂
十萬八千里，更沒有因荒於酒色「為閹官所廢」的結果。可見，
〈華陽仙姻〉描寫蕭詧兩事皆不合於史載，也應該是為了自圓「此
四人或善於始，或善於終」的說詞，稱蕭詧「始以德望禪位，後荒
於酒色，為閹官所廢」，纔好符合「善於始」的論點。

　　另外，上文已述，蕭延未有遯居蘭陵事，而〈華陽仙姻〉稱其
遯居蘭陵，為的是合理地將中原或江表的蕭姓人物盡歸入蕭何世系
中：「由是蕭之苗裔，或居中原，或居江表。」接著〈華陽仙姻〉舉
出實例：「居江表者，前梁蕭叔達」，蕭衍為南朝梁武帝，確實居於
江表；然而，「居中原者，則後梁蕭詧」，則有硬湊之嫌。前文所引
《周書　蕭詧傳》說蕭詧：「蘭陵人也，梁武帝之孫，昭明太子統
之第三子　幼而好學，善屬文，尤長佛義。特為梁武帝所嘉賞。」
西魏扶植蕭詧，「立詧為梁主，居江陵東城」，不論出生、成長、
立為梁主都在江表，〈華陽仙姻〉為何以蕭詧為「居中原者」？

　　這應當與蕭詧所開的後梁一系子孫是隋唐五代極盛的宰相世家
有關：後梁宣帝蕭詧之子為後梁明帝蕭巋，蕭巋子蕭瑀是唐高祖宰
相，玄宗宰相蕭嵩是後梁明帝蕭巋玄孫、唐高祖宰相蕭瑀曾侄孫，

---

[85]　唐・令狐德棻等：《周書・蕭詧傳》卷48，頁862。

[86]　唐・李延壽：《北史・僭偽附庸列傳》卷93（北京：中華書局，1997年
　　　11月），頁3089。

蕭嵩子蕭華是肅宗宰相，蕭嵩另一子蕭衡為玄宗新昌公主駙馬，蕭衡子蕭復為德宗宰相，蕭華之孫蕭俛為穆宗宰相，蕭復之孫蕭寘、蕭華長孫蕭倣堂叔侄先後為懿宗宰相，蕭寘子蕭遘為僖宗宰相，蕭倣之孫蕭頃於五代後梁時為宰相，蕭頃子蕭愿亦為五代後唐宰相。以下列一世系表，將更為清楚：

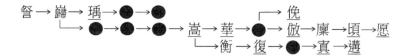

歐陽修、宋祁之所以在《新唐書》內稱讚說：「世家之盛，古未有也。」正是因為隋唐五代時期蘭陵蕭氏任宰相者就有十二人[87]，其中後梁明帝一系前後十人任宰相（如上表，名字底下畫線者），另兩位是蕭至忠及蕭鄴：蕭至忠出於皇舅房，是南朝宋蕭源之九世孫，曾於景龍元年、景雲元年、開元元年三次為相；蕭鄴亦出齊梁房，但非梁武帝蕭衍一系，是蕭衍兄蕭懿一系後人：長沙宣武王蕭懿九世孫，宣宗、懿宗兩代為相。[88]以此觀之，隋唐五代時期蘭陵蕭氏的

87 宋・歐陽修、宋祁等撰：《新唐書・宰相世系表》卷 71 下：「宰相十人。皇舅房有至忠；齊梁房有鄴、嵩、華、俛、倣、復、寘、遘、瑀。」頁 2288。本文稱十二人，差別在於蕭頃、蕭愿父子是後梁、後唐宰相，故《新唐書》未列入。

88 宋・歐陽修、宋祁等撰：《新唐書・宰相世系表》卷 71 下記載唐代蘭陵蕭氏家族共有兩支，一曰皇舅房，蕭卓女為宋高祖繼母，蕭卓後代是南朝宋的外戚，故稱「皇舅房」；二曰齊梁房，由蕭整「過江居南蘭陵武進之東城里」，子蕭儁、蕭鎋，蕭儁曾孫蕭道成為齊高帝，蕭鎋玄孫蕭衍為梁武帝，因為南朝齊、梁兩朝皇室皆出自蕭整，故蕭整一系稱「齊梁房」，

主要活動地域確實是中原一帶，但並非始於〈華陽仙姻〉所稱的蕭督，事實上自隋文帝開皇二年蕭瑀姐嫁為晉王妃，後為煬帝皇后，蕭瑀跟著移居長安，整個世系才開始居於中原，〈華陽仙姻〉或者不想讓小說敘述複雜不明，因此盡數歸於先祖蕭督。

　　至於蕭頃，〈華陽仙姻〉敘述「擢居近侍，未幾入相」、「遇異人傳服氣法，棄家入少室山」、「頃於昭明太子為二十八代孫，於公為九代祖」等三事。就第三事而言，從上述資料可知，蕭頃確為蕭統一系子孫，但應為十代孫，李獻民誇大為「二十八代」。[89] 針對首事，《舊五代史》載蕭頃確在唐末昭宗時登進士第，入梁後也「歷給諫、御史中丞、禮部侍郎、知貢舉，咸有能名。自吏部侍郎拜中書門下平章事，與李琪同輔梁室」[90]，傳奇言入相一事，與史實相合。然而，第二事〈華陽仙姻〉所謂「遇異人傳服氣法，棄家入少室山」，史傳並無此記載。《舊五代史》稱其入後唐，歷仕後唐莊宗、明宗，於「天成初，為禮部尚書、太常卿、太子少保致仕。卒時年六十九。輟朝一日，贈太子少師。」[91]全無棄家入山修

頁 2277-2288。南朝梁・蕭子顯：《南齊書・高帝本紀上》卷 1，頁 1-2；唐・姚思廉：《梁書・武帝本紀上》卷 1，頁 1。後晉・劉昫：《舊唐書・蕭鄴傳》卷 182，頁 5365。

[89] 筆者曾於〈以「實」襯「虛」的幻設手法——論宋傳奇〈希夷先生傳〉、〈華陽仙姻〉、〈嘉林居士〉中的虛設時間〉一文稱「昭明太子蕭統是否為蕭頃二十八代祖，則史無明言」，雖未明言，但由《新唐書・宰相世系表》、《周書》、《北史》等史書盡可推衍出完整世系。收於《輔仁國文學報》第 30 期，2010 年 4 月，頁 192-193。

[90] 宋・薛居正：《舊五代史・唐書》卷 58（北京：中華書局，1997 年 11 月），頁 787。

[91] 宋・薛居正：《舊五代史・唐書》卷 58，頁 787。

行之舉。可見，〈華陽仙姻〉稱蕭頃「遇異人傳服氣法，棄家入少室山」，乃為成全其「或善於終」之論點。

由於五代之後，世族崩毀，蕭頃一系後人已無法考究，因此〈華陽仙姻〉稱蕭頃是蕭防的「九代祖」，既是無法考證，又因蕭防為〈華陽仙姻〉內的小說人物，又何必斤斤計較蕭頃是否為蕭防的「九代祖」。

簡單來說，〈華陽仙姻〉為了方便將所有蕭姓名人盡歸於蕭史子孫，又為了符合文中「或善於始、或善於終」的論點，故有的不採史書所載，逕出於己意，如蕭瞽；有的則刻意挑選與小說內容相合的歷史記載，如《南齊書》、《梁書》所說的齊梁宗室與蕭何、蕭望之的關係；有的則簡化史實，如蕭叔達或隋唐五代蘭陵蕭氏移居中原一事。而〈華陽仙姻〉的主要情節，其實在於小說主角蕭防「夙注仙籍」，雖然三十年來始終汲汲於科考功名，「不知保身養命之術，應當骨化形消，沉為下鬼」，但董雙成卻說：「公蕭史之遠孫也，夙注仙籍，生鍾道骨，壽當□□，何俟於某！」不僅不必修煉養生，亦不必倚靠與女仙結合，最終僅依靠著與蕭史、弄玉的血緣關係，即能升仙；因此〈華陽仙姻〉最特別的部分即在於祖先是神仙而後代夙有仙緣的敘事邏輯。這個邏輯是作者李獻民為小說人物蕭防攀附世家以落實其身分，加入〈華陽仙姻〉文本的，而蘭陵蕭氏應由於其自南朝至隋唐五代綿延久遠的世族傳統而被選中，甚至在〈華陽仙姻〉中，蕭氏譜系應由秦穆公時蕭史起算，直至宋代蕭防。[92]

---

92 〔日〕櫻田芳樹：〈蕭瑀の家系を遡る〉稱蕭氏從宋桓公封蕭叔大心至蕭邑為蕭氏之始，文中整理至五代後唐蕭頃過世為止，但小說〈華陽仙姻〉

　　無獨有偶，〈白龜年〉亦因選中了白居易為小說主角的祖先，才在安排小說主角姓名時，以「白」為姓；同時，通過白居易「余非冶長，不能通其（禽）意」的感嘆，設計安排白龜年以禽語獸言之異術而得道，而精通蕃國語言的李白，即成為教授度化小說主角的神仙。可見，兩篇小說皆以血緣關係作為主角成仙的必要條件，而「姓」的選擇亦成為小說構思的第一要點。

　　不過，值得注意的是，在此之前，小說並無因為血緣而成仙的說法，如〈蕭思遇〉：

> 蕭思遇，梁武帝從姪孫，父慇，為侯景所殺。思遇以父遭害，不樂仕進，常慕道，有冀神人，故名思遇而字望明，言望遇神明也。居虎丘東山，性簡靜，愛琴書，每松風之夜，罷琴長嘯，一山樓宇皆驚。……[93]

蕭思遇也是蘭陵蕭氏一系子孫，性本好道，又有異遇，卻未能成仙；同樣地，〈蕭總〉：「蕭總，字彥先，南齊太祖族兄瓖之子。」[94]後於明月峽遇神女，一夕之後神女贈以玉環，張景山稱曾經在巫山神女祠神女指上見此玉環，才知當夜神女即巫山神女，然而蕭總並無因此成仙。他們都是蘭陵蕭氏一系子孫，甚至也有異遇，若以

所敘述的世系始於蕭史，終於小說主角蕭防，與歷史稍有不同。見《北陸大學紀要》第 30 號（2006 年 11 月），頁 78。

[93] 宋・李昉等編：《太平廣記》卷 327，注「出《博物志》，陳校本作出《續博物志》」，頁 2595-2596。

[94] 宋・李昉等編：《太平廣記》卷 296，注出《八朝窮怪錄》，頁 2355-2356。

〈華陽仙姻〉的邏輯，他們都能上溯至蕭史，卻並不因家世背景而得以成仙。再者，〈華陽仙姻〉所述的蕭防九世祖蕭頎、蕭譬，皆為昭明太子蕭統一系子孫；隋唐五代任宰相的蘭陵蕭氏子孫，亦多出昭明太子一系，甚至唐代《廣異記》所寫的昭明太子已極具神仙氣息：「昭明太子薨時，有白霧四塞，葬時，玄鵠四雙，翔遠陵上，徘徊悲鳴，葬畢乃去。」[95]卻仍未有昭明太子成仙的說法。

　　至於宋代王禹偁〈題安秘丞歌詩集〉曾認為有才之人實為天上星辰神仙謫凡，其中雖有蕭何之名：「我聞天有二十八箇星，降生下界為英靈。東方曼倩蕭相國，至今留得終天名。又聞地有三十六所洞，洞中多聚神僊眾。神僊負過遭譴謫，謫來人世為辭客。」[96]但著眼於才華而昇仙，並非其與蕭史的親屬關係。唐高祖宰相蕭瑀有往西方極樂世界的升天之說：

> 蕭瑀，梁武帝玄孫，梁王歸之子。梁滅入隋，仕至中書令，封宋國公。女煬帝皇后，篤信佛法，常持《金剛經》。議伐高麗，不合旨，上大怒。……瑀就其所，八日念《金剛經》七百遍，明日，桎梏忽自脫。守者失色，復為著。至殿前，獨宥瑀，……貞觀十一年，見普賢菩薩，冉冉向西而去。[97]

之所以有此功果，是因為他持《金剛經》的報應功德，一則與祖先血緣全然無關，二則據此記載，蕭瑀應為成佛，而非升仙。

95　宋・李昉等編：《太平廣記》卷336，頁2666。

96　宋・王禹偁：《小畜集》卷13，收入《四部叢刊正編》，頁89-90。

97　宋・李昉等編：《太平廣記》卷102，注出《報應記》，頁688。

　　倒是杜光庭《神仙感遇傳》記載了一位蘭陵蕭氏子孫成仙之事，但通篇未提及成仙與家世血緣的關係，反而強調他生性好道：「蘭陵蕭靜之，舉進士不第。性頗好道，委書策，絕粒鍊氣」，不過辟穀並未幫助他成仙，相反地卻「顏貌枯悴，齒髮凋落」；後來偶得肉芝而食，才「壽同龜鶴」，又得道士指點，便「捨家雲水，竟不知所之。」[98]可見蕭靜之之所以能成仙，與其餌食肉芝、超脫塵世有關，與家世無絲毫之關係。

　　此外，《傳奇》卻有兩篇提及有仙緣之人，一是〈封陟〉稱上元夫人特地降仙求偶，乃因封陟為「青牛道士之苗裔」[99]，亦即《後漢書》所記載之封君達的後代；[100]其次是〈裴航〉求娶雲英，老嫗亦云裴航為：「清靈真人子孫」，清靈真人即裴玄仁。[101]雖然兩主角都有神仙祖先，但前者封陟先因仙緣而得上元夫人青睞，卻終因執迷而不得成仙；唯後者主角裴航通過考驗，才能順利超為上仙，而裴航之所以能成仙，主要仍在通過考驗，封陟之所以不能成仙，亦緣於自己之執迷。可見，並非祖先是神仙，有仙緣即能成仙。

　　小川環樹歸納中國三至十世紀的仙鄉故事，即「平凡的俗人也

98　唐・杜光庭撰，羅爭鳴輯校：《神仙感遇傳・蕭靜之》，收入《杜光庭記傳十種輯校》，頁 522-523。宋・李昉等編：《太平廣記》卷 24，注出《神仙感遇傳》，頁 162 163。

99　唐・裴鉶：《傳奇》，收入王夢鷗：《唐人小說研究：《纂異記》與《傳奇》校釋》（臺北：藝文印書館，1997 年 6 月），頁 134。

100　南朝宋・范曄：《後漢書・封君達傳》卷 82 下：「君達號『青牛師』」，頁 2750。

101　唐・裴鉶：《傳奇》及王夢鷗〈校註〉第 21 條，收入《唐人小說研究：《纂異記》與《傳奇》校釋》，頁 139、141。

有在偶然的機會裡闖入仙人世界的故事」[102]，認為這才是最常見的仙話模式；然而，〈白龜年〉及〈華陽仙姻〉基本上並未依循著「平凡的俗人」、「偶然的機緣」、「闖入仙人世界」等描寫，甚至提出一個過去從不重要的必要條件：因主角的祖先是仙人，所以「夙注仙籍」，得以等待主角了結世事後，再位列仙班，既不是「平凡的俗人」，也不因為是「偶然的機緣」：「與君相遇，豈偶然哉」。也就是說，宋代以前的仙話講究「機緣」，但任何人都可能擁有機緣；而宋傳奇〈白龜年〉及〈華陽仙姻〉則不似〈裴航〉強調接受考驗，仙緣亦非如〈封陟〉稍縱即逝，反而不斷強調血緣，只要祖先是仙，終能受度化成仙。

在宋傳奇〈白龜年〉及〈華陽仙姻〉以前，幾乎找不到因血緣而成仙的說法，唯有五代故事〈韋蒙妻〉刻意提及主角祖先是神仙：〈韋蒙妻〉記載韋蒙妻許氏「世有神仙，皆上為高真，受天帝重任」，但她之所以能成仙，主要仍是因為十餘年來「常持妙真經，往往感致異香及殊常光色」、「心於至道，合陟仙階」；而女兒升天雖與「汝九世祖有功於國，有惠及人，近已擢為地下主者，即遷地仙之品」有關，但其成仙的真正原因仍在於「年十二歲，甚聰慧，已能記《易》及《詩》」[103]，即因有才卻早夭而成仙。可見，雖然五代已有〈韋蒙妻〉一篇成仙故事刻意提及主角祖先是神仙，但主角母女之所以能成仙，母親有賴於自身清修，女兒則是因

---

102 〔日〕小川環樹撰、張桐生譯：〈中國魏晉以後（三世紀以降）的仙鄉故事〉，收於《中國古典小說論集》第一輯（臺北：幼獅文化公司，1977年8月），頁85-95。

103 唐‧杜光庭撰，羅爭鳴輯校：《仙傳拾遺》卷3，收入《杜光庭記傳十種輯校》，頁838-839。

才高早夭而能成仙。

　　唐傳奇強調「姓」主要著眼於世家大族聯姻的情節，亦即「娶五姓女」的概念[104]；經過五代戰亂，世族門第已蕩然無存，北宋傳奇〈白龜年〉及〈華陽仙姻〉卻對血緣家世特別強調，尤其是〈華陽仙姻〉歷數其家族譜系，以「姓」作為主要整個成仙故事的前提，並在其中不斷提出「輒辱門閥，為宗族羞」、「蓋諸天皆有世系譜牒，常得其詳觀而備究之」。這種單純因血緣世系而作為成仙條件，實前所未聞，且白龜年及蕭防並未有任何棄絕塵世、清靜修仙的舉動，因此，血緣譜系即成為小說主角成仙的唯一必要條件，表現出仙界重視門第譜牒的概念。這種想法並非只出現在〈白龜年〉及〈華陽仙姻〉內，宋代張擴〈讀李長吉集詩〉：「……飄然後出有長吉，冰姿鶴骨真天人。……李宗系出玄元孫，玄元稱帝李稱臣。玉樓無人可作記，應須此子當此文。……」[105]，即以李賀為唐宗室王孫，而唐代又以老子李耳為遠祖，追封李耳為玄元上帝[106]，

104　唐‧劉餗：《隋唐嘉話》卷中：「高宗朝，以太原王、范陽盧、榮陽鄭、清河博陵二崔、趙郡隴西二李等七姓，其族望恥與諸姓為婚，乃禁其自相姻娶。」又云：「薛中書元超謂所親曰：『吾不才，富貴過分。然平生有三恨：始不以進士擢第，不得娶五姓女，不得修國史。』」收入《唐五代筆記小說大觀》，頁 103-104、105。薛元超是初唐太宗時「秦府十八學士」之一薛收子，後亦為宰相，自言「富貴過分」，但仍以「不得娶五姓女」為平生之恨，且與「始不以進士擢第、不得修國史」並列。

105　宋‧張擴：《東窗集》卷2，收入《景印文淵閣四庫全書》，頁 20。

106　後晉‧劉昫：《舊唐書‧高宗本紀》卷 5：「幸老君廟，追號曰太上玄元皇帝」，頁 90。後晉‧劉昫：《舊唐書‧玄宗本紀》卷 9：「追尊玄元皇帝為大聖祖玄元皇帝」，頁 216。後又「冊聖祖玄元皇帝尊號為聖祖大道玄元皇帝」、「上玄元皇帝尊號曰大聖祖高上大道金闕玄元天皇大帝」，

李賀為神仙之孫，本為「天人」，所以認為要為天帝作〈玉樓記〉當然須召謫仙李賀返回天上。

審度「仙界重視門第譜牒」概念的發展，或與晚唐以降，江西龍虎山天師道逐漸形成，並構造出張天師傳承世系有關[107]；道士杜光庭仕前蜀後為詔媚王建、王衍而作《王氏神仙傳》，為前蜀尊仙人王子晉為先祖[108]；甚至北宋真宗亦編造出一個趙姓天尊作為宋朝始祖。[109] 在此之下，宋人發展出一種新的仙話模式：平凡的俗人只要擁有已成神仙的祖先，即有仙緣，有機會成仙。也就是說，在成仙故事傳統中，因為血緣而成仙的說法，確以北宋傳奇〈白龜年〉及〈華陽仙姻〉為重要發展階段。

頁 223、227。

[107] 卿希泰主編：《中國道教史》第 2 卷（成都：四川人民出版社，1996 年），頁 145-149。王見川：〈龍虎山張天師的興起與其在宋代的發展〉曾說：「此次（唐代咸通年間）官方審定張天師子孫的舉動，或許影響或許促成了龍虎山張天師世系的排定」，《光武通識學報》創刊號（2004 年 3 月），頁 260。

[108] 唐·杜光庭撰，羅爭鳴輯校：《王氏神仙傳·輯校說明》，收入《杜光庭記傳十種輯校》，頁 883-884。卿希泰主編：《中國道教史》第 2 卷：王衍「認仙人為祖宗，以圖江山永固。」頁 386。至於五代十國統治者普遍承襲唐代崇信道教的政策，設法利用道教鞏固自己的統治地位，可參考王永平：《道教與唐代社會》：「唐代道教與政治的關係，是在道教教權承認王權至上的基礎上，王權保護和扶植道教的發展、道教教權從屬并服務於唐代政治的互動關係。」（北京：首都師範大學出版社，2002 年 12 月），頁 5-173。卿希泰主編：《中國道教史》第 2 卷，頁 376-397。而五代以後，一般人信奉道教，則較多抱持著保全性命以度亂世，或修習方術以求救世的實用目的，詳見任繼愈主編：《中國道教史》（上海：上海人民出版社，1997 年 7 月），頁 442-453。

[109] 卿希泰主編：《中國道教史》第 2 卷，頁 560-561。

五、結語

　　本文通過兩篇北宋傳奇〈白龜年〉、〈華陽仙姻〉敘述主角白龜年及蕭防的成仙經歷，討論李白、白居易及蕭氏族人之成仙傳說，並探討兩篇傳奇對於血緣世系的強調。

　　首先，李白成仙的傳說在宋代被廣為流傳，白居易成仙與詩仙亦不脫關係，而〈白龜年〉謂李白與白居易「以其道同，今相往復」，為白居易成為神仙「蓬萊長仙主」作了鋪墊；至於李白授白龜年「九天禽語、大地獸言」又與其「和蕃書」的語言長才有關。

　　〈華陽仙姻〉則為牽合蕭史、蕭曠、蕭洞玄與蕭防的血緣關係，運用唐、宋兩代熟知的「蕭史弄玉」昇仙故事，及蕭曠、蕭洞玄的成仙傳奇；另外，蕭防之所以能成仙，與其祖先是仙的身分有關；而所娶董雙成，與其父、祖雖然時代有些齟齬不合，但藉此更可看出〈華陽仙姻〉特別反覆申明家世，對血緣家世的有意強調。

　　最後，〈白龜年〉及〈華陽仙姻〉最特別的部分即在於祖先是神仙而後代夙有仙緣的敘事邏輯，在前代仙話中未嘗有過，或與中晚唐張天師傳承世系的架構、五代十國統治者牽合神仙為先祖的道教發展有關，因此，一種新的仙話模式漸次形成：平凡的俗人只要擁有已成神仙的祖先，即有仙緣，有機會成仙；由此觀之，在成仙故事傳統中，〈白龜年〉及〈華陽仙姻〉對血緣家世的強調值得關注。

（〈華陽仙姻〉一篇曾於《宋代傳奇小說傳奇手法研究》第二章第一節（頁28-31）進行討論。本章經補正資料後，大規模重寫。）

第七章　「王朝興衰」的反省與呈現

一、前言

　　南宋趙彥衛《雲麓漫鈔》分析唐傳奇，提出了所謂「史才、詩筆、議論」、「文備眾體」[1]之說，程毅中認為此說一方面可以代表「一部分宋代人對傳奇體小說的看法」，且對於宋傳奇而言，史才、詩筆、議論也「曾是宋代傳奇的一個寫作方針」，只是「真正文備眾體的作品不多」[2]：有的偏重史才，有的偏重詩筆，有的直接議論，有的論點隱祕於敘事之中，得通過分析才能明白[3]。不過，大多傳奇小說以史才或詩筆為主，觀點通過敘事或詩文來展

---

[1]　宋‧趙彥衛：《雲麓漫鈔》卷 8：「蓋此等文備眾體，可以見史才、詩筆、議論。」（瀋陽：遼寧教育出版社，1998 年 12 月），頁 83。

[2]　程毅中：《宋元小說研究》，頁 5。

[3]　如本書第三章所論，〈驪山記〉、〈溫泉記〉、〈玄宗遺錄〉三篇無一字議論，但通過楊貴妃「尤物」以至於「玩物」的貶低，卻予之合理的論斷，而唐玄宗在男性權力得以彰顯的論述過程內，反而落實了安史之亂罪魁禍首的評價。

現，如唐傳奇〈周秦行紀〉[4]、宋傳奇〈趙飛燕別傳〉[5]；抑或篇末獨立一段專門議論，只是唐傳奇議論篇幅較短，如〈長恨歌傳〉之「意者不但感其事，亦欲懲尤物、窒亂階，垂於將來也」[6]，而宋傳奇較長篇大論，如〈楊太真外傳〉[7]。然而，北宋傳奇〈楚王門客〉、〈玉溪夢〉、〈豐山廟〉三篇甚為特殊，其情節簡略，敘事專

---

[4]　唐·佚名：〈周秦行紀〉通篇敘事，並有人物賦詩，毫無議論，但李德裕〈周秦行紀論〉指點「翫其辭而見其意」：「以身與帝王后妃冥遇，欲證其身非人臣相也」，「戲德宗為沈婆兒，以代宗皇后為沈婆……可謂無禮於其君甚矣！懷異志於圖讖明矣！」收入汪辟疆輯校：《唐人傳奇小說》，頁 151-154。姑且不論其乃朋黨攻訐之作，單就小說中欲毀謗嫁禍，卻不直接出以議論，反而藉敘事為之。

[5]　宋·秦醇：〈趙飛燕別傳〉採輯《漢書》、《西京雜記》、《拾遺記》、《趙飛燕外傳》等內容，連貫敘述成篇，對於趙飛燕的議論並不直接，於篇末補入《乘異記》「巨黿冠玉釵」之說，以昭儀殺成帝子而受千歲水寒的報應作為對趙飛燕之諷刺批評。舊題宋·張君房：《乘異記·巨黿冠玉釵》，出舊題宋·朱勝非：《紺珠集》卷 11 所引：「趙后夢漢帝曰：『昭儀以累殺吾子，罰為巨黿，居北海之陰。』後大月氏王獵海上，見巨黿，首冠玉釵。」《景印文淵閣四庫全書》，頁 499。李劍國：《宋代志怪傳奇敘錄》，頁 160-163。李劍國：《宋代傳奇集》，頁 222-226。

[6]　唐·陳鴻：〈長恨歌傳〉，收入汪辟疆輯校：《唐人傳奇小說》，頁 119。

[7]　宋·樂史：〈楊太真外傳〉：「悲夫，玄宗在位久，倦於萬機，常以大臣接對拘檢，難徇私欲。自得李林甫，一以委成，故絕逆耳之言，恣行燕樂。衽席無別，不以為恥，由林甫之贊成矣。乘輿遷播，朝廷陷沒，百僚繫頸，妃王被戮，兵滿天下，毒流四海，皆國忠之召禍也。史臣曰：夫禮者，定尊卑，理家國。君不君，何以享國？父不父，何以正家？有一於此，未或不亡。唐明皇之一誤，貽天下之羞。所以祿山叛亂，指罪三人。今為《外傳》，非徒拾楊妃之故事，且懲禍階而已。」李劍國：《宋代傳奇集》，頁 32-33。

為議論而安排，對話更直接引入正史議論，因此此三篇實為以「議論」為主之傳奇，頗具代表性，亦為本章所欲觀察的重點之一。

其次，北宋傳奇討論前朝史事，焦點頗為集中，除了〈楚王門客〉、〈玉溪夢〉、〈豐山廟〉三篇傳奇針對「漢朝得天下」外，〈楊太真外傳〉、〈驪山記〉、〈溫泉記〉、〈玄宗遺錄〉、〈梅妃傳〉五篇傳奇以「楊貴妃」故事為主題，則聚焦於盛唐國勢轉衰、安史之亂的發生上；另外，談及晚唐、五代時世之亂的北宋傳奇篇數亦不少，如〈秦宗權〉、〈玉局井洞〉、〈異夢記〉、〈范敏〉、〈越娘記〉、〈桑維翰〉、〈任社娘傳〉等，又可進一步觀察北宋傳奇對「宋朝得天下」議題之關注。

因此，本章擬由舒亶〈天宮院記〉對〈桃花源記〉的互文性書寫出發，並配合歷代正史的開國君主「本紀」，尋繹出北宋傳奇對秦漢之際、唐宋之交等兩大歷史時間的關注，及對漢高祖、宋太祖之出身、才能的思考。接著，由此切入〈楚王門客〉、〈玉溪夢〉、〈豐山廟〉三篇宋傳奇，觀察北宋人解釋秦帝國滅亡或群雄四起、楚漢相爭卻由漢統一天下的原因；再通過其間展現出的三個層次：「強大帝國之衰」、「群雄四起之亂」、「平定天下之代」，觀察北宋傳奇對於盛唐轉衰、五代之亂、宋代平定天下的思考。最終藉著上述文本及討論，說明北宋傳奇在「王朝興廢」一事所進行的全面反省，與運用故事而展現的史才及議論。

二、漢／宋對應之符碼

舒亶〈天宮院記〉描述士人陳生在海上遇暴風，迷津至一處，登岸後見一精舍「天宮之院」，「長廊幽閴，寂無誼譁」，堂上有

一「龐眉鶴髮，神觀清臞」之老人，環侍左右者有三百餘人；眾人見陳生皆驚異，紛紛問其行止，又設饌饗之，「器皿皆金玉，飲食精潔，蔬茹皆藥苗，極甘美，而不識名」。後來老人自陳：「我輩皆中原人，自唐末巢寇之亂，避地至此，不知今幾甲子也。」弟子亦對陳生說：「我輩號處士，非神仙，皆人也。老人唐丞相裴休。」陳生在此地數日後，亟欲歸家，臨行前，老人叮嚀：「世人慎勿臥而語言，為害甚大。」不過，陳生回家後，發現妻子已死，遂悔其歸，又欲求往，而不可得；「後病而狂，未幾以死」。[8]

　　首先，宋朝元祐間陳生所遇老人為唐代裴休，裴休稱自己與眾弟子皆為避唐末黃巢之亂而至海外，其中有兩事必得先行辨明：一是據《舊唐書》記載，裴休死於唐懿宗咸通初，黃巢則在唐僖宗乾符二年（875）才加入王仙芝聚眾起事之行列，而僖宗在咸通十四年（873）即位後，先用父親咸通年號，至次年（874）十五年底才改元乾符，可見黃巢之亂時間晚於裴休過世，裴休既不可能經歷黃巢之亂，更不可能因避黃巢之亂而移居海外。然而，〈天宮院記〉特別標舉沒於咸通年間的裴休，並牽扯上黃巢之亂，應是有意為之。揆諸《舊唐書》為唐懿宗所撰之〈贊〉曰：「恭惠驕奢，賢良貶竄。凶豎當國，愗人滿朝。奸雄乘釁，貽謀道消。」[9]可見，唐懿宗遊

8　〈天宮院記〉情節、文字俱依李劍國《宋代傳奇集》據《四部叢刊三編》影印明鈔本《墨莊漫錄》卷三校正後版本，頁366-368。後皆出於此。

9　後晉・劉昫：《舊唐書・懿宗本紀》卷 19 上〈史臣曰〉：「臣常接咸通耆老，言恭惠皇帝故事。當大中時，四海承平，百職修舉，中外無秕政，府庫有餘貲，年穀屢登，封疆無擾。恭惠始承丕構，……是以干戈布野，蟲旱彌年，佛骨纔入於應門，龍輴已泣於蒼野，報應無必，斯其驗歟！土德凌夷，禍階於此。雖有文、景之英繼，難以興焉。」頁684-685。

宴驕奢，以致政治腐敗，劉允章〈直諫書〉以「九破」來描述當時社會的情況：「終年聚兵，一破也。蠻夷熾興，二破也。權豪奢僭，三破也。大將不朝，四破也。廣造佛寺，五破也。賂賄公行，六破也。長吏殘暴，七破也。賦役不等，八破也。食祿人多，輸稅人少，九破也。」[10]因此歐陽修認為懿宗將其父宣宗所奠定的中興之世[11]破壞殆盡，其後唐代國勢就此衰亡。[12]可以推知，〈天宮院記〉與兩《唐書》、〈直諫書〉等類似，皆認為唐末諸亂之始作俑者為唐懿宗，改裴休唐懿宗咸通初自然死亡為因避亂而離世，更能顯示唐懿宗時局之動亂；而僖宗時發生的黃巢之亂是唐末較大之動亂，甚至唐室之亡與此直接相關：「後巢死，秦宗權始張，株亂徧天下，朱溫卒攘神器有之，大氐皆巢黨也，寧天託諸人告亡於下乎！」[13]「王仙芝、黃巢等起，天下遂亂，公私困竭。……其窮至於如此，遂以亡。」[14]〈天宮院記〉改動時間，使兩者產生關聯，以此暗示唐懿宗局勢動亂，以致大唐帝國由此衰亡。

其二，兩《唐書》俱稱裴休「性寬惠」，對於佛理浸淫尤深：

　　家世奉佛，休尤深於釋典。太原、鳳翔近名山，多僧寺。視

10　唐・劉允章：〈直諫書〉，收入宋・李昉等編：《文苑英華》卷 676（北京：中華書局，1995 年 2 月），頁 3481-3482。

11　後晉・劉昫：《舊唐書・宣宗本紀》卷 18 下：「刑政不濫，賢能效用，百揆四嶽，穆若清風，十餘年間，頌聲載路……帝道皇猷，始終無缺，雖漢文、景不足過也」，頁 645-646。

12　宋・歐陽修：《新唐書・宣宗本紀》卷 8：「宣宗精於聽斷，而以察為明，無復仁恩之意。嗚呼，自是而後，唐衰矣。」頁 253。

13　宋・歐陽修：《新唐書・黃巢傳》卷 225 下，頁 6464。

14　宋・歐陽修：《新唐書・食貨志二》卷 52，頁 1362。

> 事之隙，遊踐山林，與義學僧講求佛理。中年後，不食葷
> 血，常齋戒，屏嗜慾。香爐貝典，不離齋中，詠歌贊唄，以
> 為法樂。與尚書紇干臮皆以法號相字。時人重其高潔而鄙其
> 太過，多以詞語嘲之，休不以為忤。[15]

> 宣宗嘗曰：「休真儒者。」然嗜浮屠法，居常不御酒肉，講
> 求其說，演繹附著數萬言，習歌唄以為樂。與紇干臮素善，
> 至為桑門號以相字，當世嘲薄之，而所好不衰。[16]

由兩《唐書》記載裴休「高潔」而當時人「鄙其太過」、「嘲薄之」，
可見裴休對於佛法之喜愛熱衷超乎常人，且宋代《五燈會元》留下
裴休與黃蘗禪師之往來記錄[17]、清代《居士傳》亦稱其與宗密法師
往來甚親，並「常自言，能不為俗染，可以說法度人」[18]，足見裴
休對時人之嘲鄙不以為意，且持續追求佛法，故北宋傳奇〈天宮院
記〉以裴休為處士，避世隱居在天宮院內繼續講道度人。

其次，〈天宮院記〉的基本情節與〈桃花源記〉非常接近：武
陵人因捕魚迷途而至桃花源，桃花源內之人見漁人「大驚，問所從
來」，也自云：「先世避秦時亂，率妻子邑人，來此絕境，不復出
焉，遂與外人間隔。問今是何世，乃不知有漢，無論魏晉。」武陵

---

15 後晉·劉昫：《舊唐書·裴休傳》卷 177，頁 4594。

16 宋·歐陽修：《新唐書·裴休傳》卷 182，頁 5372。

17 宋·普濟輯，朱俊紅點校：《五燈會元·相國裴休居士》卷 4（海口：海
   南出版社，2011 年 10 月），頁 310-311。

18 清·彭紹昇撰，張培鋒校注：《居士傳校注》（北京：中華書局，2014
   年 6 月），頁 123-128。

人停留數日後離開，同樣被桃花源內之人叮嚀：「不足為外人道也。」後來，太守欲往，亦「迷不復得路」。[19]兩篇皆始於一趟意外開展的旅程（迷津），透過水（一則溪、一則海）、船等媒介，穿越世俗時空的邊界，進入神話時空中；[20]且兩篇俱強調陳生或漁人所來到的地方是人間淨土，而非神仙住所[21]：〈天宮院記〉標榜天宮之院「器皿皆金玉，飲食精潔，蔬茹皆藥苗，極甘美，而不識名」，其中裴休等人「非神仙，皆人也」，如同桃花源「土地平曠，屋舍儼然。有良田、美池、桑、竹之屬，阡陌交通，雞犬相聞。」「男女衣著，悉如外人；黃髮垂髫，並怡然自樂。」最後，兩篇篇末皆有人（一太守、一陳生）有意去尋，卻咸不可得。

　　另外，由〈天宮院記〉陳生登山觀覽，見一亭上榜曰「笑秦」，更引人聯想至避秦亂的〈桃花源記〉。桃花源人因秦亂避居桃花源，「不知有漢，無論魏晉」，漁人進入桃花源後「一一為具言所聞」，而秦亡漢興、漢亡魏晉相繼而起又接續大亂，超過六百年的時代圖卷由此展開，時間刻度亦藉此浮現眼前。不過，〈天宮院記〉明顯不同於〈桃花源記〉：唐代裴休及宋朝元祐間陳生，兩人相差二百餘年，而桃花源人先世及晉太原中漁人則相距六百多年；此一大同中的小異，為的是使眾人通過熟諳的〈桃花源記〉內

19　龔斌校箋：《陶淵明集校箋》（臺北：里仁書局，2007 年 8 月），頁465-466。

20　〔羅馬尼亞〕伊利亞德（Mircea Eliade）著，楊素娥譯：《聖與俗》（臺北：桂冠圖書公司，2001 年 1 月）。

21　歐麗娟：〈唐詩中桃花源主題的流變——繼承、轉化與發揚〉提到：「桃花源所現的樂園建構，是凡人不易到達的『絕境』，但卻又在人間之中。」《國立編譯館館刊》第 26 卷第 2 期（1997 年 12 月），頁 92。

的時間刻度，標示出〈天宮院記〉所暗示的對應時間點：唐代裴休
至宋朝元祐年間的二百餘年，正好對應於桃花源人避秦亂後的西漢
時期。因而〈天宮院記〉安排陳生回答裴休等人問題：「自李唐之
後更五代，凡五十餘年，天下大定。今皇帝趙氏，國號宋，都於
汴，海內承平，兵革不用，如唐虞之世也。」一方面從朝代更迭的
歷史角度，再現政治興亡；另一方面，由二百餘年的時間對應來
看，唐亂而宋興，猶如秦亡而漢興。

　　此外，再由正史記載來看漢、宋興起，或比較其他結束分裂、
統一天下的朝代，更可推知漢、宋之間的相似之處：秦始皇原就
是秦國世子，其先祖更可追溯至唐虞[22]，西晉武帝出身可上溯至西
周[23]，隋文帝先祖可追至漢代[24]，唐高祖雖然在《舊唐書》內只記
至「其先隴西狄道人，涼武昭王暠七代孫也。」[25]而「涼武昭王
暠」則可追溯至漢代李廣[26]，甚至還可再追至秦朝將軍[27]；可見這

22　漢·司馬遷：《史記·秦始皇本紀》卷 6：「秦莊襄王子也」，頁 223；
　　「秦之先伯翳，嘗有勳於唐虞之際，受土賜姓。及殷夏之閒微散。至周之
　　衰，秦興，邑于西垂。」頁 276。

23　唐·房玄齡等：《晉書·宣帝紀》卷 1：「周宣王時，以世官克平徐方，
　　錫以官族，因而為氏。楚漢間，司馬卬為趙將，與諸侯伐秦。秦亡，立為
　　殷王，都河內。漢以其地為郡，子孫遂家焉。」（北京：中華書局，1997
　　年 9 月），頁 1。

24　唐·魏徵等：《隋書·高祖紀》卷 1：「高祖文皇帝姓楊氏，諱堅，弘農
　　郡華陰人也。漢太尉震八代孫鉉，仕燕為北平太守。鉉生元壽，後魏代為
　　武川鎮司馬，子孫因家焉。元壽生太原太守惠嘏，嘏生平原太守烈，烈生
　　寧遠將軍禎，禎生忠，忠即皇考也。」頁 1。

25　後晉·劉昫：《舊唐書·高祖本紀》卷 1，頁 1。

26　唐·房玄齡等：《晉書·涼武昭王傳》卷 87：「武昭王諱暠，字玄盛，小
　　字長生，隴西成紀人，姓李氏，漢前將軍廣之十六世孫也。」頁 2257。

些能夠結束分裂、統一天下、建立盛世的開國國君縱然其自身有著過人的才幹能力，但正史仍不忘記載其家世，表明其出身血統，且無一不可上溯至周秦漢時期。不過，漢高祖的情況非常特殊，在此點上，《史記》、《漢書》之記載相似：「高祖，沛豐邑中陽里人，姓劉氏，父曰太公，母曰劉媼。其先劉媼嘗息大澤之陂，夢與神遇。是時雷電晦冥，太公往視，則見蛟龍於其上。已而有身，遂產高祖。」[28]由於出身不高，所以只能轉而書寫出生傳說，以證明其受天命之正統性。而宋太祖與之類似，追溯先祖時，最早只至晚唐[29]，亦以出生傳說補充出身缺憾，說明其稟受天命：「太祖，宣祖仲子也，母杜氏。後唐天成二年，生於洛陽夾馬營，赤光繞室，異香經宿不散，體有金色，三日不變。」[30]可見，漢、宋開國皇帝不同於其他開國皇帝，又彼此相似，而北宋傳奇思考「王朝興衰」：何以前朝衰亡、又何以本朝興起？在不能直接議論本朝太祖的情況下，遂就歷史當中最類似的漢高祖而論。

是以〈天宮院記〉雖然依〈桃花源記〉情節而安排，但不論是從時間長短或政治治亂看來，皆在細節上有所不同，再由此進一步推敲，纔知〈天宮院記〉通過〈桃花源記〉以秦亂對比唐末動亂，

27　漢‧司馬遷：《史記‧李將軍列傳》卷 109：「李將軍廣者，隴西成紀人也。其先曰李信，秦時為將，逐得燕太子丹者也。」頁 2867。

28　漢‧司馬遷：《史記‧高祖本紀》卷 8，頁 341。

29　元‧脫脫：《宋史‧太祖本紀》卷 1：「太祖……，諱匡胤，姓趙氏，涿郡人也。高祖朓，是為僖祖，仕唐歷永清、文安、幽都令。朓生珽，是為順祖，歷藩鎮從事，累官兼御史中丞。珽生敬，是為翼祖，歷營、薊、涿三州刺史。敬生弘殷，是為宣祖。……宣祖少驍勇，善騎射，事趙王王鎔，為鎔將五百騎援唐莊宗于河上有功。」頁 1。

30　元‧脫脫：《宋史‧太祖本紀》卷 1，頁 2。

而〈天宮院記〉之北宋當朝，亦相當於西漢盛世，一方面呼應文中所描述之繁榮盛景：「海內承平，兵革不用，如唐虞之世」，另一方面又可發現　〈天宮院記〉並不重視誇誇其談大宋之興，主要採取唐代與宋代之對比、漢代與宋代之對應設想全篇；對於宋太祖「撥亂世反之正，平定天下」[31]的歷程，亦無一字述及。

　　另外，由〈天宮院記〉出發，似可對北宋傳奇就秦漢之際、唐宋之交等兩大歷史時間的集中書寫，尋繹到一切入點，因此以下兩節，則根據秦亡而漢興、唐亂而宋興進行討論，觀察北宋傳奇如何思考「王朝興衰」、建立表述模式，及將歷史觀點轉譯為故事的書寫策略。

三、漢朝得天下的推論

　　由北宋傳奇回顧歷代帝王出身，漢高祖確實異於其他帝王，出身並不顯赫，尤其，漢取而代之的王朝是秦，且最後與漢高祖爭奪天下的項羽，亦是楚國的貴族：「項籍者，下相人也，字羽。初起時，年二十四。其季父項梁，梁父即楚將項燕，為秦將王翦所戮者也。項氏世世為楚將，封於項，故姓項氏。」[32]然而，最終卻由出身於微細的漢高祖打敗秦、楚，建立一強盛王朝。北宋傳奇〈楚王門客〉、〈玉溪夢〉、〈豐山廟〉即以秦亡漢興之際的史事為小說議題，並採取前言所述之「敘事以議論為主」、「對話多為論史內容」的方式來書寫，以下將觀察三篇如何思考「漢朝得天下」，又

31　漢‧司馬遷：《史記‧高祖本紀》卷8，頁392。

32　漢‧司馬遷：《史記‧項羽本紀》卷7，頁295。

共同建立了怎樣的表述模式？

　　劉斧〈楚王門客〉的主角為劉大方，因醉酒為楚王召而為文，後雖送歸，但數年後陽壽盡，又為楚王召為門客，故以「楚王門客」稱之。[33]開篇先簡略介紹劉大方，接著敘述劉大方夢遇楚王的經過，最後描寫夢醒後的現實生活；在此一基本結構中，第二部分夢遇楚王為全篇重點所在，佔全文一半篇幅，而當中又有超過一半為議論史事而發，可見其以議論史事為小說主體的作法。

　　小說介紹劉大方性格，集中於三事上：首先，「少有豪氣」，但後來因事「待罪竄身海上」；其次，「尤嗜酒，凶酗不顧廉恥，人所不為者亦為之，由是士君子不與為交」，得罪後更變本加厲，「嗜飲亦盛」；第三，頗有文采，「落筆句意遒健，人所歎服」，故篇末錄三首劉大方詩作，劉斧亦云：「吾雖鄙其人而愛其才」，可見劉大方文采較品格更值得贊許。且由此進一步來看，〈楚王門客〉倒是「史才、詩筆、議論」三者皆備、「文備眾體」之作。

　　楚王召劉大方，欲其致函蔣山道君，懇祈免去楚王因娶妃醉酒而釀下之微過；楚王原令門下儒者吳軒作書，但其「文字儒弱，頗有脂粉氣」，遂召劉大方為之，而劉大方所作，正合楚王之意，且劉大方醉酒見楚王，兩人「巨觥獻酬，終日不醉」，遂為楚王引為同好。其次，楚王雖因醉酒而罪，但並無收斂戒酒，見劉大方仍「巨觥獻酬」，亦頗同於劉大方「尤嗜酒，凶酗不顧廉恥」及「待罪竄身海上，嗜飲亦盛」之行徑。

　　劉大方與楚王飲宴時，「陰以手引其（楚霸王豔冶姬妾）衣」，

33　〈楚王門客〉情節、文字俱依李劍國《宋代傳奇集》據上海古籍出版社點校本《青瑣高議》別集卷 7 校正後版本，頁 274-277。後皆出於此。

讓項羽大怒，劉大方不但不道歉，反而敘述一則「襄王絕纓」的故事，以對比楚霸王與楚襄王之差異，突出小說議論的主軸——西楚霸王的器量不夠大：

> 大方乘酒，氣亦壯，可知以理奪，大言曰：「昔楚襄王好夜飲，風滅燭，客有引姬衣者，美人斷其纓而請於王曰：『有人引妾衣，妾已斷其纓。明燭見斷纓，乃得引妾衣者。』王曰：『飲人以狂藥，責人以正禮，是不可。奈何尊酒之間，而責人乎？』王命坐客俱斷纓，然後明燭。史氏書此為千古之美話。何襄王之大度，量容也如此！王召我來作奏上道，來免罪咎，□□以酒，我為酒所醉，既醉慔焉，非故也。而凌辱壯士，王乃妄人也。」

其實，劉大方所述為「莊王絕纓」事[34]，但改為襄王，應為〈楚王門客〉寫劉大方夢遇西楚霸王，而宋玉〈神女賦〉則有楚襄王夢遇

---

[34] 漢・劉向撰，向宗魯校證：《說苑校證》卷 6〈復恩〉：「楚莊王賜群臣酒，日暮，酒酣，燈燭滅。乃有人引美人之衣者，美人援絕其冠纓，告王曰：『今者燭滅，有引妾衣者，妾援得其冠纓，持之，趣火來上，視絕纓者。』王曰：『賜人酒，使醉失禮，奈何欲顯婦人之節而辱士乎？』乃命左右曰：『今日與寡人飲，不絕冠纓者不歡。』群臣百有餘人皆絕去其冠纓而上火，卒盡懽懽而罷。居二年，晉與楚戰，有一臣常在前，五合五獲首，卻敵，卒得勝之。莊王怪而問曰：『寡人德薄，又未嘗異子，子何故出死不疑如是？』對曰：『臣當死。往者醉失禮，王隱忍不暴而誅也。臣終不敢以蔭蔽之德，而不顯報王也。常願肝腦塗地，用頸血濺敵，久矣。臣乃夜絕纓者也。』遂斥晉軍，楚得以強。此有陰德者必有陽報也。」（北京：中華書局，1991 年 9 月），頁 125-127。

神女之事，故而小說引述故實，索性改莊王為襄王，展現其中真假虛實操作手法；又或者，意欲暗諷劉大方及項羽，前者不諳經史百家之書，引據經典尚有錯誤，後者對此亦無所覺察。至於〈楚王門客〉設計此一情節，一方面呼應開頭所寫劉大方性格「嗜酒」、「不顧廉恥，人所不為者亦為之」，另一方面則藉著「楚」莊王、「楚」襄王、「楚」霸王，以「地名、稱謂」牽扯彼此的關係，才好進一步對比突顯楚霸王不夠大度。不過，楚莊王對絕纓一事的處理，或可突顯其雅量智慧；但臣下確實無禮在先，因而感念楚莊王大度，「常願肝腦塗地，用頸血漸敵」以報答之。反觀劉大方，則明顯是在強辭奪理，既不檢討自己的無禮，還想「乘酒，氣亦壯，可知以理奪」，理不直卻氣仍壯；不僅楚霸王不如楚莊王大度，劉大方亦不如莊王臣子知恥。更沒想到，〈楚王門客〉安排項羽接受了劉大方的說法，還「愧報」，甚至「自下砌引大方上堂」，承認自己「生長於兵，無聞正義」，願意聽劉大方陳述其過失；此一安排，從而顯出楚霸王器量雖然不如莊王，但至少知過願改而顯得謙抑，呼應楚霸王召劉大方前來即為個人過失致函蔣山道君之前因。至於劉大方有錯在先還強辭奪理，則更不如楚霸王。

當楚霸王問劉大方：「子言漢所以得，吾所以失，吾將知過焉。」劉大方毫不客氣地直陳十項過失，此即〈楚王門客〉的議論部分；細觀此十項過失，其實並無任何獨到之處，多散見於《史記》及唐、宋文人史論內，以下一一論述：

> 王之不主關中，其失一也；王之鴻門不殺沛公，其失二也；
> 王之信讒逐去范增，其失三也；王之不攻滎陽，其失四也；
> 王之不仗仁義，其失五也；王之專任暴虐，其失六也；王之

> 得地不封其功，其失七也；王之殺義帝，其失八也；王之聽
> 漢計而割鴻溝，其失九也；王之不養銳以待時，回兵力爭，
> 其失十也。

〈楚王門客〉稱項羽「王之不主關中，其失一也」，前有韓信批評
其「雖霸天下而臣諸侯，不居關中而都彭城」[35]，司馬遷亦以「背
關懷楚」[36]稱之。

又以「鴻門不殺沛公」，為項羽的第二項失誤，此說亦見於眾
多史論，如唐代胡曾作詩：「項籍鷹揚六合晨，鴻門開宴賀亡秦。
樽前若取謀臣計，豈作陰陵失路人。」[37]唐人孟簡〈賦得亞父碎玉
斗〉詩：「而嗟大事返，當起千里悔。」[38]蘇軾〈論項羽范增〉一
文認為范增離開項羽的時機不在陳平用計離間楚之君臣後，也不在
「增勸羽殺沛公，羽不聽，終以此失天下」之時，應在項羽殺卿子
冠軍之際；其中，蘇軾也以為鴻門不殺沛公實錯失良機。[39]

〈楚王門客〉區分為第三、四項的缺失：「信讒逐去范增」及
「王之不攻滎陽」，實有密切之關係；指的都是《史記》所載高祖
二年，「項王之救彭城，追漢王至滎陽」，本欲聽范增建議圍滎

35　漢·司馬遷：《史記·淮陰侯列傳》卷92，頁2612。

36　漢·司馬遷：《史記·項羽本紀》卷7，頁339。

37　唐·胡曾：〈鴻門〉，收入清·彭定求等編：《全唐詩》卷 647，頁
　　7435。

38　唐·孟簡：〈賦得亞父碎玉斗〉，收入清·彭定求等編：《全唐詩》卷
　　473，頁5371。

39　宋·蘇軾：〈論項羽范增〉，見孔凡禮點校：《蘇軾文集》（北京：中華
　　書局，1996年2月），頁162-163。

陽，卻中陳平反間之計逐范增，錯失攻下滎陽之機。[40]又可與第九失「王之聽漢計而割鴻溝」合觀，《史記》有載：「項王乃與漢約，中分天下，割鴻溝以西者為漢，鴻溝而東者為楚。」[41]割鴻溝以後，即「漢王收諸侯，還守成皋、滎陽，下蜀、漢之粟，深溝壁壘，分卒守徼乘塞，楚人還兵，閒以梁地，深入敵國八九百里，欲戰則不得，攻城則力不能，老弱轉糧千里之外，楚兵至滎陽、成皋，漢堅守而不動，進則不得攻，退則不得解。故曰楚兵不足恃也。」[42]可見，高祖二年，因范增建議圍攻滎陽，陳平遂施反間計，使項羽逐范增、錯失攻下滎陽時機，漢軍因而得天時及地利，又因畫分鴻溝為楚河漢界，項羽由優勢轉為劣勢。

至於「王之不仗仁義，其失五也」，《史記‧高祖本紀》曾記：楚漢相持久未決時，項羽欲獨身挑戰劉邦，此時，劉邦數落項羽十大罪狀，首罪即為「始與項羽俱受命懷王，曰先入定關中者王之，項羽負約，王我於蜀漢」，以下之「項羽已救趙，當還報，而擅劫諸侯兵入關」、「項羽皆王諸將善地，而徙逐故主，令臣下爭叛逆」、「出逐義帝彭城，自都之，奪韓王地，并王梁楚 多自予」等，俱強調項羽負約，為不仁不義的證明。[43]《史記‧黥布列傳》說得更為清楚：「楚兵雖彊，天下負之以不義之名，以其背盟

---

40 漢‧司馬遷：《史記‧項羽本紀》卷7，頁325。

41 漢‧司馬遷：《史記‧項羽本紀》卷7，頁331。

42 漢‧司馬遷：《史記‧黥布列傳》卷91，頁2600。

43 漢‧司馬遷：《史記‧高祖本紀》卷8，頁376。林聰舜：〈懷王之約：楚漢戰爭中劉邦對楚人勢力的爭奪〉，《清華中文學報》第2期（2008年12月），頁8。林文將劉邦數落項羽之十罪，視為具政治目的之宣傳，為的是爭取楚人的認同，強調自己與項羽對抗的正當性。

約而殺義帝也。」[44]而司馬遷雖然列項羽入本紀，但在〈太史公自序〉說明原因時，仍以為「誅嬰背懷，天下非之」[45]是項羽之過；因此〈楚王門客〉之「王之殺義帝，其失八也」，亦可以與此合觀。

　　至於所謂項羽「專任暴虐，其失六也」，在高祖數項羽十罪中，「矯殺卿子冠軍而自尊」、「燒秦宮室，掘始皇帝冢，私收其財物」、「彊殺秦降王子嬰」、「詐阬秦子弟新安二十萬」、「項羽使人陰弒義帝江南」等，皆為「專任暴虐」之具體事例，也是項羽失去天下民心之重要因素。[46]

　　而「王之得地不封其功，其失七也」，《史記》記載此論甚眾：高祖問臣下項羽何以失天下，高起、王陵答曰：「妒賢嫉能，有功者害之，賢者疑之，戰勝而不予人功，得地而不予人利」[47]；韓信亦曾對高祖說項羽「婦人之仁」：「至使人有功當封爵者，印刓敝，忍不能予」[48]；陳餘派使夏說說田榮亦稱：「項羽為天下宰不平，盡王諸將善地，徙故王王惡地」[49]；而酈生說服齊王田廣時，也評論項羽「於人之功無所記，於人之罪無所忘；戰勝而不得其賞，拔城而不得其封」[50]。可見項羽肚量不大，既捨不得封賞有功者，且妒嫉賢能有功之人，可以想見必將失去追隨者之心，終

44　漢・司馬遷：《史記・鯨布列傳》卷91，頁2600。

45　漢・司馬遷：《史記・太史公自序》卷130，頁3302。

46　漢・司馬遷：《史記・高祖本紀》卷8，頁376。

47　漢・司馬遷：《史記・高祖本紀》卷8，頁380-381。

48　漢・司馬遷：《史記・淮陰侯列傳》卷92，頁2612。

49　漢・司馬遷：《史記・張耳陳餘列傳》卷89，頁2581。

50　漢・司馬遷：《史記・酈生陸賈列傳》卷97，頁2695-2696。

致失敗。

　　至於劉大方所謂第十失：「王之不養銳以待時，回兵力爭」，亦即司馬遷所評論：「自矜功伐，奮其私智而不師古，謂霸王之業，欲以力征經營天下，五年卒亡其國」[51]，說明項羽只知四處征戰，而不懂得把握時機、經營治理之道。

　　十項缺失盡出於典籍，雖無新意，亦可見〈楚王門客〉之觀點：項羽不論在性格度量、定都分封、後勤補給、策劃謀略等方面，皆器小短視，故不如劉邦，亦頗合於前述「莊王絕纓」事的議論主軸。而〈楚王門客〉以十項缺失概論漢所以得、楚所以失時，除了援用〈高祖本紀〉及〈項羽本紀〉外，尚引入鯨布、韓信、陳餘、酈生等正史傳記內的意見，並同時捨棄〈高祖本紀〉內訴諸神秘的出生傳說，可見這並非簡單拼貼，而是經過作者選擇再以故事形式呈現其觀點；更重要的是，〈楚王門客〉雖為小說，卻不似正史在無法強調出身血統時，轉而書寫出生傳說，反而去探究得天下、失天下的理由，可見其理性分析。進一步再從劉大方為楚霸王所寫致蔣山道君的道歉信來看，以「大勢難留，已失門中之望，天心不佑，卒□垓下之師」形容項羽之敗，相對於此，可知劉邦贏得天下正在時勢、天心；雖然表面上仍用「時」、「天」來解釋，但其內涵實已總結反省歷史教訓，所謂「天心」實已包括了「民心」，而「時勢」也正由「民心向背」來展現，這其實是宋人理性思考後所賦予的意義，並非訴諸神秘的上天啟示。

　　此外，〈楚王門客〉設計主角劉大方時，處處讓人不自覺聯想至劉邦，先是姓名為「劉大方」，以地域之「方」對應封土之

51　漢‧司馬遷：《史記‧項羽本紀》卷7，頁339。

「邦」。其次，形容劉大方「少有豪氣」、「嗜酒」、「待罪竄身海上」；不諳經史百家之書，錯將「莊王絕纓」作「襄王絕纓」；與項羽飲宴時，暗中拉扯其豔冶姬侍的衣服卻強詞奪理、不知羞恥；及對著楚霸王直陳過失也不見謙恭；對照劉邦「常有大度，不事家人生產作業」、「好酒及色」、「多大言，少成事」、「解縱所送徒」而逃亡隱匿於芒、碭山澤巖石之間[52]、「迺公居馬上而得之，安事詩書」[53]之形象性格近似，遙相呼應。且敘述「莊王絕纓」、議論楚霸王十項過失等史事，屢以項羽之「小器」對應劉邦之「大方」，皆可見〈楚王門客〉以劉邦作為塑造劉大方之模型。配合前文所述，〈楚王門客〉敷衍「莊王絕纓」事而另造一情節，顯示出劉大方甚至不如楚霸王，對比後來劉大方議論項羽之失，不僅能為楚霸王欣然接受：「子之所言，皆某之不敏。」甚至楚霸王仍願意納劉大方為門客：「異日煩子居門下，可乎？」又可見楚霸王知過願改的謙抑。且項羽雖然敗給了劉邦，但其膽氣、骨氣卻值得欽佩：「寧戰死於烏江，恥獨回於吳土」，因此「斯民愛惜，廟食存焉」。由此可見〈楚王門客〉一方面循史籍記載，理性總結歷史教訓，另一方面，歷史固然有興衰成敗，無法動搖更改，但通過小說人物、情節安排，從而暗示作者個人的思考及喜好、並稍微平衡對楚霸王的觀點。

李獻民〈豐山廟〉敘才主角煥游經高且廟時，發表了「野禽殫，走犬烹；敵國破，某臣亡。蒯通之口，誠不謬矣」的感木，當

52　漢‧司馬遷：《史記‧高祖本紀》卷8，頁341-348。

53　漢‧司馬遷：《史記‧酈生陸賈列傳》卷97，頁2699。

晚便夢見漢高祖召他來見。[54]情節結構同於〈楚王門客〉，開篇大略介紹呂煥，其次敘述其夢遇高祖，最後描寫夢醒的現實景況，而夢遇高祖又為全篇重點所在，佔全文篇幅六分之五，且議論史事方為當中主要內容，可見其同樣以議論史事為小說主體的作法。

當高祖問呂煥他與項羽各自的得失時，呂煥列出楚霸王六項過失：

> 夫鴻門之會，范增數目項羽，示以玉玦，羽有不忍之心，增乃使項莊舞劍，意在陛下。張良知其事急，出召樊噲，因以誚羽，得與陛下間行，故得脫禍。此楚之一失也。陛下初入關，財物無所取，婦女無所幸，約法三章，以收民心。及羽入關，殺降王子嬰，燒其宮室，取其貨物美女，□君□□失望。此楚之二失也。韓信事楚，數以計干項羽，羽不用信，信乃歸漢，遂并三秦，燕、趙、齊、魏為信所取。此楚之三失也。項羽放逐義帝，天下怒之。後遭英布之難，陛下為之縞素，以從民望。此楚之四失也。又陛下榮陽之困，命垂虎口，危在旦夕。用陳平之計，以黃金四萬間楚君臣，而羽果疑之。故紀信詐以出降，以欺項羽，而陛下得出。此楚之五失也。項羽戰勝而不與人功，得地而不與人利，故人多怨而莫從。此楚之六失也。

考察呂煥所數落的項羽過失，可以發現除了第三點外，其餘各項缺

失〈楚王門客〉已有所論：如第一點即〈楚王門客〉之「王之鴻門
不殺沛公，其失二也」，第二點亦同於〈楚王門客〉之項羽「專任
暴虐，其失六也」的具體事證：「燒秦宮室，掘始皇帝冢，私收其
財物」，第四點也是〈楚王門客〉「王之不仗仁義，其失五也」所
根據之史事：「出逐義帝彭城，自都之，奪韓王地，并王梁楚，多
自予」，第五點則為〈楚王門客〉之「王之信讒逐去范增，其失三
也；王之不攻滎陽，其失四也」，第六點與〈楚王門客〉「王之得
地不封其功，其失七也」之論完全相同。

　　至於第三點「韓信事楚，數以計干項羽，羽不用信，信乃歸
漢，遂并三秦，燕、趙、齊、魏為信所取。此楚之三失也。」亦見
於《史記·高祖本紀》，高祖對高起、王陵說明自己所以得天下的
理由：「夫運籌策帷帳之中，決勝於千里之外，吾不如子房。鎮國
家，撫百姓，給餽饟，不絕糧道，吾不如蕭何。連百萬之軍，戰必
勝，攻必取，吾不如韓信。此三者，皆人傑也，吾能用之，此吾所
以取天下也。」[55]可見項羽沒有識人之明、不懂得善用人才，終致
失去天下；而〈豐山廟〉羅列項羽六項過失，亦不脫史籍所載。

　　對比漢高祖進一步問呂煥：「吾之所得，卿能陳之乎？」呂煥
只能輕描淡寫回答：「陛下隱約之時，則有雲氣之異，斷蛇之祥。
及入關之後，五星聚於東井。此受命之符，昭然可見，則天命已歸
矣。彼區區項羽，雖陸梁中原，而塗炭生靈，適足以為陛下毆民
耳，何能為也？則大王所得，爰俟多云。」再加上前文呂煥談項羽
六失時，約略提及的「陛下初入關，財物無所取，婦女無所幸，約
法三章，以收民心」、「後遭英布之難，陛下為之縞素，以從民

55　漢·司馬遷：《史記·高祖本紀》卷8，頁380-381。

望」，也就是說，劉邦得天下的理由，〈豐山廟〉只能列舉「雲氣之異」、「斷蛇之祥」、「五星聚於東井」的祥瑞徵兆及「民心」、「天命」；此說法乍看之下頗同於司馬遷在〈高祖本紀〉內書寫的出生傳說及「豈非天哉？豈非天哉？」[56]之慨嘆，皆訴諸神秘不可違逆的天意。不過，由唐代鮑溶〈讀史〉一詩：「區區亞父心，未究天人際」[57]，可推知司馬遷作《史記》「究天人之際」的思維模式：天命與人事往往會形成一種相互影響的關係，正因為范增無法由項羽的人事作為掌握天命人心之向背，才無法像蕭何、張良一樣「盛業垂千世」，可知所謂「天命」，一方面與人之作為不脫關係，另一方面又多半有後人思考而賦予之意義；再以此來觀察〈豐山廟〉，作者對歷史進行理性歸納、評論項羽缺失時，實已然同時借項羽的失敗證明劉邦的優點，再增益劉邦受命於天的祥瑞徵兆，以加強其得「民心」、獲「天命」之論述。

進一步思考，〈豐山廟〉敘述呂煥之所以夢遇漢高祖劉邦，乃因呂煥以「野禽殫，走犬烹；敵國破，謀臣亡。蒯通之言，誠不謬矣」議論批評漢高祖，再與〈楚王門客〉對比，前者夢遇漢高祖、後者夢遇楚霸王，卻同以項羽之失作為小說論史主題，可見兩篇皆對項羽無法得天下有所思索，也有所惋惜，這種歷史的反省不單見於北宋兩篇傳奇，在唐詩中已稍有表現：議論楚漢爭霸史事時，多採議論項羽之「鴻門既薄蝕，滎陽亦蒙塵」[58]、「雄謀竟不決，寶

56　漢・司馬遷：《史記》卷 16〈秦楚之際月表〉，頁 760。

57　唐・鮑溶：〈讀史〉，收入清・彭定求等編：《全唐詩》卷 486，頁 5521。

58　唐・王珪：〈詠漢高祖〉，收入清・彭定求等編：《全唐詩》卷 30，頁 429。

玉將何愛」[59]、「亞父淒涼別楚營，天留三傑翼龍爭。高才無主不能用，直道有時方始平」[60]、「項羽不能用，脫身歸漢王」[61]、「樽前若取謀臣計，豈作陰陵失路人」[62]等，來歸結楚所以失天下、漢所以得天下的理由。因此可見，〈豐山廟〉侃侃而談項羽之六大過失，對比其列舉劉邦優點之薄弱，實為作者對歷史之反思後，無法有效歸結漢高祖於群雄並起之秦末大亂中脫穎而出的原因，唯有項羽缺失可以理性分析，故以此為議論主體，說明漢高祖無項羽之缺失乃即其優點，再輔以天命所歸的籠統論述，於是得出天下歸於漢之結論。

　　不同於〈楚王門客〉及〈豐山廟〉兩篇傳奇以楚漢爭霸為關注焦點，〈玉溪夢〉則以「秦之所以亡天下」為小說論史的主題，議論的對象是秦始皇。〈玉溪夢〉安排主角金俞遊關中，見到大回山西峰石壁日射如血，又聽當地父老說這是當年秦始皇坑儒之地，金俞有感而發，題詩議論，當夜即夢秦始皇；[63]結構與〈楚王門客〉、〈豐山廟〉亦同　同樣是開頭介紹金俞，其次敘述夢遇秦始皇，最後以夢醒結束全篇，當中，夢遇秦皇為全篇重點，佔全文篇

59　唐・裴次元：〈賦得亞父碎玉斗〉，收入清・彭定求等編：《全唐詩》卷466，頁5297。

60　唐・徐夤：〈讀史〉，收入清・彭定求等編：《全唐詩》卷710，頁8170。

61　唐・王珪：〈詠淮陰侯〉，收入清・彭定求等編：《全唐詩》卷30，頁429。

62　唐・胡曾：〈鴻門〉，收入清・彭定求等編：《全唐詩》卷647，頁7435。

63　〈玉溪夢〉情節、文字俱依李劍國《宋代傳奇集》據《類說》卷34《摭遺》校正後版本，頁358-359。後皆出於此。

幅四分之三，議論史事亦為其中主要內容，也可見其以議論史事為
小說主體的作法。

不過，今之所見〈玉溪夢〉由《類說》錄出，而《類說》載錄
故事多經刪節，故〈玉溪夢〉一文，雖然結構依稀可見，但情節及
議論內容俱過於簡略，僅有兩段對話：一是秦皇因金俞「今是古
非」、「謗古訕上」而命左右斬之時，金俞評論道 「向使陛下納
直士之正言，拒佞人之邪說，天下從何而叛也？」第二，金俞依秦
始皇命令而「著秦所以失漢所以得」，秦始皇覽奏涕下，且說：
「卿言正中吾過，恨不與卿同時」，而金俞以「使臣生於陛下時，
亦不能用，當時豈無正人哉？」表達其對秦皇無道的批評：認為秦
始皇欲百姓不分賢愚，只作順民，遂焚書坑儒，不知任用賢臣，以
仁心收服百姓的為政之道。

〈楚王門客〉、〈玉溪夢〉、〈豐山廟〉三篇宋傳奇雖然有夢
遇西楚霸王項羽者、有夢遇秦始皇者、有夢遇漢高祖者，仔細思
考，正好以評論秦始皇思考「強大帝國之衰」、以評論西楚霸王及
夢遇漢高祖探究「群雄四起之亂」、「平定天下之代」，究其根
本，其實盡可以歸諸秦亡漢興此一歷史事實。對比《太平廣記》所
錄晚唐《纂異記・三史王生》，敘述王生醉入漢高祖廟而妄加議
論，遂寐而卒、卒而見高祖，其間兩人相互詰論，最後亦以王生甦
醒結束全篇，因此王夢鷗認為此則故事內容是「託古史傳聞，戲為
議論」[64]；上述〈楚王門客〉、〈玉溪夢〉、〈豐山廟〉三篇的整
體結構、內容皆與之類似，但〈三史王生〉歷數史事後盡歸於「侮

---

[64] 王夢鷗：〈《纂異記》校補考釋〉，收入《唐人小說研究：《纂異記》與
《傳奇》校釋》，頁 13。

慢君親」[65]，焦點全不放在朝代興衰上，與北宋三篇傳奇所關注之重點全然不同。

　　不過，對於漢高祖之所以能夠終結亂世、建立長達四百年之王朝，三篇俱無有或少有正面論述，揆諸典籍，並非沒有這類議論，如《漢書》稱漢高祖「行寬仁之厚，總擥英雄，以誅秦、項」[66]；同樣地，梅福上書成帝時，說漢高祖之所以能「舉秦如鴻毛，取楚若拾遺」，全因「昔高祖納善若不及，從諫若轉圜，聽言不求其能，舉功不考其素。陳平起於亡命而為謀主，韓信拔於行陳而建上將。故天下之士雲合歸漢，爭進奇異，知者竭其策，愚者盡其慮，勇士極其節，怯夫勉其死。」[67]皆以劉邦善於採納他人意見為其優點。又如《後漢書》標榜漢高祖個性寬大仁愛：「高祖、孝文之寬仁，結於人心深矣」[68]、「高祖大聖，深見遠慮，班爵割地，與下分功，著錄勳臣，頌其德美」[69]。因此，就三篇北宋傳奇廣採前代史籍、史論的寫作模式看來，對漢高祖成功的理由少有所論，並非無資料可據，之所以採取秦亡有因、楚失有因、漢得天下乃天命所歸的論述方式，應是刻意為之；從而可見，北宋傳奇〈楚王門客〉、〈玉溪夢〉、〈豐山廟〉對於「王朝興衰」的思考，表現出秦亡天下是理所當然、楚失天下亦事出有因，則漢得天下即勢之必然、不必多論的整體邏輯。

---

[65]　唐・李玫：《纂異記》（臺北：藝文印書館，1997 年 6 月），頁 19-20。

[66]　漢・班固：《漢書・刑法志》卷 23，頁 1090。

[67]　漢・班固：《漢書・梅福傳》卷 67，頁 2917。

[68]　南朝宋・范曄：《後漢書・盧芳列傳》卷 12，頁 509。

[69]　南朝宋・范曄：《後漢書・祭遵列傳》卷 20，頁 741。

四、宋朝得天下的前提

　　與漢朝相同的是，宋代以前有統一強大之盛世唐代，也有群雄四起之亂世五代，而五代之混亂局勢，自唐末王仙芝、黃巢起兵後，就此展開，也與秦末陳勝、吳廣起義，掀起秦漢之際戰亂類似。北宋傳奇極費心探究唐代衰亡、五代十國無法終止亂世之原因，就故事所記載之時間，依次為〈秦宗權〉、〈玉局井洞〉、〈異夢記〉、〈范敏〉、〈越娘記〉、〈桑維翰〉、〈任社娘傳〉，以下依此次序論述；唯〈蔣道傳〉雖以中唐德宗時代為背景，但本節將其視作〈越娘記〉之對照，故附於〈越娘記〉後，一併討論。

　　〈秦宗權〉記述秦宗權為府吏時所作一夢，先見黃巢枷械，「形體骨文皆黑，不類人色」，口口聲聲說自己是書生，「勢力寡獨」，不敢「與唐室為患」，但府君大怒，命左右取「紅若烈火」之鐵丸置黃巢口中，黃巢「通頂焰發，不覺聲冤」，如是數四，仍不願為患唐室。最後，黃巢受不了痛苦，終於答應造反，府君遂以一巨蛇皮蒙黃巢，但不令其安角，使其禍略小；黃巢化為巨蛇後，先吞東南文卷，次第而至，及將食西廡文卷時，蛇不敢吞。至篇末，引用唐末童謠：「黃蛇獨吼，天下人走。」又說：「不能吞西廡之文卷，天下皆被屠毒焉，獨不至西蜀。」果然，黃巢後來起兵造反，由東南次第向西至長安，沿途生靈塗炭、死傷無數[70]，唯獨

70　後晉・劉昫：《舊唐書・黃巢傳》卷150下：「於是自唐、鄧、許、汝、孟、洛、鄭、汴、曹、濮、徐、兗數十州，畢罹其毒。賊圍陳郡三百日，關東仍歲無耕稼，人餓倚牆壁間，賊俘人而食，日殺數千。賊有舂磨砦，為巨碓數百，生納人於臼碎之，合骨而食，其流毒若是。」頁5397。

西蜀沒有遭受其害。而府君亦問秦宗權：「汝當與唐室為患，可乎？」秦宗權不明白自己僅一衙吏，何以能與唐室為患，遂與黃巢同樣遭受鐵丸置於口中之痛楚，實在忍受不住才答應府君；府君為秦宗權蒙上豹皮，秦宗權遂化身為豹，但只令「居陳、許之間」，「不能敵豬」。後來，黃巢死後，秦宗權亦稱帝，佔陳、許一帶，亦果然為生肖屬豬的朱溫所敗。[71]

秦宗權夢中見聞，符合《新唐書》認為唐朝經黃巢之亂元氣大傷，秦宗權、朱溫叛唐、竊唐皆由此而起：「後巢死，秦宗權始張，株亂徧天下，朱溫卒攘神器有之，大氐皆巢黨也，寧天託諸人告亡於下乎！」[72]也可以說，整個五代亂世亦始於此。而宋傳奇〈秦宗權〉通過秦宗權未叛唐前之一夢，說明唐代滅亡實冥冥中自有定數，黃巢、秦宗權、朱溫的造反稱帝都早在上天安排掌握下；與《新唐書》「寧天託諸人告亡於下」一語對照，又可見北宋人解釋唐代之所以滅亡──一面訴諸天命，另一方面，這種「天命」實是理性總結歷史教訓，而歸咎於黃巢、秦宗權、朱溫。

〈秦宗權〉寫黃巢化為巨蛇，秦宗權為豹，為禍唐室，又可與耿煥〈玉局井洞〉合觀。〈玉局井洞〉敘述唐末高駢節制西蜀時，命罪人下探成都玉局觀內井洞深淺，見封鐍之二閣子：左書「王建」，閣內為一大白蛇；右書「高駢」，閣內有一大赤蛇。[73]王建為《舊五代史》列入〈僭偽列傳〉內，《新五代史》嘲弄其造作符

---

71 〈秦宗權〉情節、文字俱依李劍國《宋代傳奇集》據中華書局影印本《永樂大典》卷13140引《青瑣高議》，頁355-357。後皆出於此。

72 宋．歐陽修《新唐書．黃巢傳》卷150，頁6464。

73 〈玉局井洞〉情節、文字俱依李劍國《宋代傳奇集》據中華書局影印本《永樂大典》卷13075引《牧豎閒談》，頁1-2。後皆出於此。

應：「麟、鳳、龜、龍，王者之瑞，而出於五代之際，又皆萃于蜀，此雖好為祥瑞之說者亦可疑也。」[74]高駢則為《新唐書》列入〈叛臣傳〉，且《舊唐書》言高駢「日以神仙為事」、「於府第別建道院，院有迎仙樓、延和閣，高八十尺，飾以珠璣金鈿。侍女數百，皆羽衣霓服，和聲度曲，擬之鈞天。」[75]兩人頗有些類似之處：高駢在晚唐為叛臣，王建在五代為前蜀，對唐代朝廷而言皆非忠臣；此外，高駢好神仙之說，王建則好造作瑞應，皆為尋求天命，因此〈玉局井洞〉描述被仙人鎖禁的高駢、王建兩蛇，正可以看出北宋人以一種「後見之明」的姿態，揭示高駢、王建叛唐及失敗皆早有定數，又同時說明正因為他們的相繼叛亂，最終唐代走到盡頭。

　　〈異夢記〉與〈秦宗權〉同為夢兆故事，是朱溫逼唐昭宗遷都前所作之夢，夢中見「錦衣吏」、「天下城隍土地主周厚德前來參拜」、「有僧抱朱溫上一驢，且南去上臺」、「百餘猿猴四面而來、引其衣」、「一臂墮地」等事，醒後問於敬翔，敬翔為之解夢：

> 錦衣吏，衣錦還鄉，榮之極也；廳下吏尚錦衣，即公之貴不言可知也。天下城隍土地來參，令公合為天下城隍土地也。僧乃喜門中人，抱令公升驢者，登位也；南去上臺者，高處面南稱尊像　猿猴之來，天下諸侯必與公爭戰；方鬭而墮臂

7　宋　歐陽修：《新五代史・前蜀王建世家》卷 63（北京：中華書局199□年□月），頁796。

75　後晉・劉昫：《舊唐書・高駢列傳》卷 182，頁 4711。

者，獨權天下也。

經此一夢，朱溫明白自己將既榮且貴、南面登位、權傾天下，因而「益有覬覦大器之意」，並由此「翌日，逼昭宗遷都，竟有望夷之禍」。[76]可見，朱溫竄唐、殺昭宗早有跡可循，夢兆不過是證明自己所作所為是順天應人，但唐昭宗卻無法事先有效防範，則唐朝覆亡表面上是定數天命，實亦理所當然，是宋人理性思考後所作之歷史論斷。

以上三篇北宋傳奇〈秦宗權〉、〈玉局井洞〉、〈異夢記〉，通過書寫黃巢、秦宗權、高駢、王建、朱溫等亂唐、叛唐之人，共同展現唐末眾人起而作亂是上天早已安排的觀點，進一步分析，正因為唐朝末年國勢危弱，才有黃巢、秦宗權、高駢、王建、朱溫等人興兵作亂，且通過眾人相繼為禍唐朝，唐朝才真正走向衰敗，因而表面上三篇不約而同地表現出唐朝覆亡乃天所命定的思想，但實則經過北宋人反省歷史：黃巢、秦宗權是書生，高駢、王建迷信神仙之術，皆不敵朱溫，但竟也令唐代中央頭痛至極，可見唐末國勢之衰弱；至於朱溫，早已掌握皇帝廢立權力，再加上懂得利用「夢兆」、「天命」，更能理所當然地暫時取代唐朝。因此，北宋傳奇所謂「天命」，早非真正天所預示的現象，而是北宋人用理性分析解釋唐末五代歷史人事後，人所賦予的意義。

唐代為後梁朱溫所亡，由此開啟了五代亂世，而五代時局亂象又可由北宋傳奇〈范敏〉、〈越娘記〉得見。〈范敏〉通過主角范

76　〈異夢記〉情節、文字俱依李劍國《宋代傳奇集》據上海古籍出版社點校本《青瑣高議》別集卷 7 校正後版本，頁 348-349。後皆出於此。

敏夜行迷失道路，為樵夫引至家中，見到自稱是後唐莊宗之內樂笛部首的美婦人，范敏知其為鬼，便以自己讀史後的困惑，求教於當時人之見聞：「莊宗英武善用兵，隔河對壘，二十年馬不解鞍，人不脫甲，介冑生蟣虱，大小數十百戰，方有天下，得之艱難，可知之也。一旦縱心歌舞，簫鼓間作，不憶前，忘後患，何也？」[77]范敏之疑問，頗同於史書對後唐莊宗的記載及感慨，如《舊五代史·唐書·莊宗紀》之問與答：「得之孔勞，失之何速？」「以驕於驟勝，逸於居安，忘櫛沐之艱難，狥色禽之荒樂」[78]；又如《新五代史·伶官傳序》，亦說後唐莊宗是因自己奮發努力才成功，卻同樣因自己貪圖享樂而敗亡，因此其導天下及失天下皆源於自身：「抑本其成敗之迹而皆自於人歟？」[79]

其次，范敏見婦人吹奏後唐莊宗自製曲〈清秋月〉，與史載「莊宗既好俳優，又知音，能度曲，至今汾、晉之俗，往往能歌其聲，謂之『御製』者皆是也」[80]吻合；而「莊宗好伶，而弒於門高，焚以樂器」[81]、「及其衰也，數十伶人困之，而身死國滅，為天下笑」[82]的特異下場，又與後唐莊宗寵信伶人有關，因而〈范敏〉特地安排莊宗內樂笛部首之美婦對范敏現身說法，以證實史籍

---

77 〈范敏〉情節、文字俱依李劍國《宋代傳奇集》據上海古籍出版社點校本《青瑣高議》後集卷6校正後版本，頁322-326。後皆出於此。

78 宋·薛居正：《舊五代史》卷34（北京：中華書局，1997年9月），頁479。

79 宋·歐陽修：《新五代史·伶官傳序》卷37，頁397。

80 宋·歐陽修：《新五代史·伶官傳序》卷37，頁397。

81 宋·歐陽修：《新五代史·郭從謙傳》卷37，頁401-402。

82 宋·歐陽修：《新五代史·伶官傳序》卷37，頁397。

記載。婦人針對范敏的問題，回答：

> 妾在宮中六年，備見始末。帝長八尺，面色類紫玉，聲如巨
> 鐘，行步若龍虎。自言一日不聞樂，則飲食不美，忽忽若墮
> 諸淵者。或輒暴怒，鞭箠左右，惟聞樂聲怡然自適，萬事都
> 忘焉。畫夜賞賜樂人，不知紀極。妾民間有寡嫂，時進宮來
> 見妾，具言官庫皆空，人民飢凍，妻子分散。妾乘暇常具言
> 如此，帝默然都不答。後河北背反，帝大懼，令開府庫賞
> 軍，庫吏奏帛不及三千疋，他物及寶亦不及萬。乃斂取富民
> 後宮所有，以至宮中裝囊物，皆用賞賜兵馬。其得疋帛，或
> 棄之道路曰：「今天下惶惶，妻子離散，安用此也？」帝知
> 士卒離心，勉強置酒，令妾吹笛。笛音嗚咽不快，帝擲杯掩
> 面泣下。翌日，帝出，兵亂。帝引弓抗賊，郭從謙蔽後，射
> 中帝腰腹。帝拔矢入後宮，殿門隨關。帝急求水飲，嬪謂上
> 腹有箭血，不可飲水。乃取酒進，帝飲酒，復嘔出。帝怨
> 曰：「吾悔不與李嗣源同行。」大慟，有頃帝崩。

後唐莊宗寵愛伶人，也死於伶人郭從謙（即門高）之手等說法基本
上符合史書所記[83]，唯〈范敏〉特別強調「自言一日不聞樂，則飲

---

[83] 宋‧薛居正：《舊五代史‧唐書》卷 34：「帝召宰臣於便殿，皇后出宮
中粧匳銀盆各二，并皇子滿哥三人，謂宰臣曰：『外人謂內府金寶無數，
向者諸侯貢獻旋供賜與，今宮中有者，粧匳、嬰孺而已，可鬻之給
軍。』……是日，出錢帛給賜諸軍，兩樞密使及宋唐玉、景進等各貢助軍
錢幣。是時，軍士之家乏食，婦女掇蔬於野，及優給軍人，皆負物而詬
曰：『吾妻子已殍矣，用此奚為！』」頁 475。

食不美，忽忽若墮諸淵者」，表現其喜好音樂之程度；又通過婦人轉述莊宗死前自陳「悔不與李嗣源同行」，表達〈范敏〉的「後見之明」：莊宗若與李嗣源同至鄴討伐魏博，則軍心不至於譁變，李嗣源不會叛亂，郭從謙更無法趁亂在洛邑兵變，這應是〈范敏〉因惋惜後唐莊宗之死而作的假設。五代人孫光憲所著《北夢瑣言》亦記載：「唐莊宗自傅粉墨，為優人之戲。〈一葉落〉、〈陽台夢〉，皆其所製詞也。同光末兵變，登道旁冢上，野人獻雉。詢其地，曰：『此愁台也』，乃罷飲。」[84]孫光憲歷唐末、五代、宋初，曾與莊宗同時　記錄莊宗事蹟時，除了〈一葉落〉、〈陽台夢〉兩首自製詞內容外，乃著眼於「自傅粉墨，為優人之戲」及同光末兵變之事。由此可見，〈范敏〉及孫光憲關注的焦點相同，也類似於薛居正、歐陽修等史臣之觀點：後唐莊宗的敗亡乃肇因於其荒淫無道、肆志沉宴、縱情享樂，忘了守成持盈、慎終如始的道理。

　　錢易〈越娘記〉與〈范敏〉同樣屬於宋代主角遭遇五代後唐時鬼魂的傳奇，敘述楊舜俞迷失道路，任馬將他帶至一屋，見到越州婦人，遂以越娘稱之。越娘自謂：「妾非今世人，乃後唐少主時人。」[85]後唐有莊宗、明宗、閔帝、末帝，就諡號而言，無少主之稱；然而，《舊五代史》內，在位不到一年、廿一歲即被殺的閔帝，被後唐明宗曹皇后稱為「少主」，就連北宋薛居正等史臣編

84　房銳：《孫光憲與《北夢瑣言》研究》（北京：中華書局，2006 年 9 月），頁 182。房銳採清人沈雄之說，將此條記載暫且列為《北夢瑣言》之佚文，本文亦姑且取信，引為參考。

85　〈越娘記〉情節、文字俱依李劍國《宋代傳奇集》據上海古籍出版社點校本《青瑣高議》別集卷 3 校正後版本，頁 110-114。後皆出於此。

《舊五代史》，亦稱後唐閔帝為「少主」。[86]可知越娘所言後唐少主指的應是閔帝，時代晚於〈范敏〉之莊宗。

不僅時代不同，越娘身分亦不同於後唐莊宗內樂笛部首之婦人，後者身在莊宗宮內，敘述後唐百姓生活得轉述民間寡嫂之見聞，而越娘身在民間，眼見耳聞乃親身遭遇：

> 當時自郎官以下，廩米皆自負，雖公卿亦有菜色。聞宮中悉衣補完之服，所賜士卒之袍袴，皆宮人為之。民間之有妻者，十之二三耳。兵火饑饉，不能自救，故不暇畜妻子也。穀米未熟則刈，且慮為兵掠焉。金革之聲，日暮盈耳。當是時，父不保子，夫不保妻，兄不保弟，朝不保暮。市里索莫，郊坰寂然，目斷平野，千里無烟。加之疾疫相仍，水旱繼至，易子而屠有之矣，兄弟夫婦又可知也！當時人詩云：「火內燒成羅綺灰，九衢踏盡公卿骨。」古語云：「寧作治世犬，莫作亂離人。」

越娘由時屬吳越國的越州來到中原一帶，吳越國自朱溫即位為梁太祖起，即以錢鏐為吳越王，直至後唐明宗駕崩前一年，錢鏐才以八

---

86 宋・薛居正：《舊五代史・唐閔帝紀》卷 45：「蓋輔臣無安國之謀，非少主有不君之咎。以至越在草莽，失守宗祧，斯蓋天命之難諶，土德之將謝故也。」頁 623。宋・薛居正：《舊五代史・唐末帝紀》卷 46 皇太后令曰：「自少主之承祧，為奸臣之擅命，離間骨肉，猜忌磬維，既輒易於藩垣，復驟興於兵甲。遂致輕離社稷，大撓軍民，萬世鴻基，將墜於地。皇長子潞王從珂，位居冢嗣，德茂沖年，乃武乃文，惟忠惟孝。前朝廓清多難，有戰伐之大功；纘紹丕圖，有夾輔之盛業。」頁 629。

十一歲高齡過世，可見與北方中原相比，吳越少戰禍而稍安定；不過史載「錢氏兼有兩浙幾百年，其人比諸國號為怯弱，而俗喜淫侈，偷生工巧，自鏐世常重斂其民以事奢僭，下至雞魚卵鷇，必家至而日取。」[87]百姓雖不用經歷中原兵禍，但得忍受錢氏之窮奢極侈，不過越娘仍自言「家初豐足」。而中原屢經戰亂，後唐明宗在位七年已是五代最長世之君[88]，雖「及應運以君臨，能力行於王化，政皆中道，時亦小康」[89]、「兵革粗息，年屢豐登，生民實賴以休息」[90]，但通過越娘轉述，得知中原一帶雖經過相對長治久安的後唐明宗，但畢竟只有七年，乾坤仍不得安靖，海宇仍不得清寧，百姓亦拮据困窮、悽惶不安：「軍兵交戰地，骨肉踐成塵。兵革常盈耳，高低孰保身」，而錢氏縱然奢侈，比起中原仍相對安定富足。

通過〈范敏〉、〈越娘記〉兩篇，又可窺知後唐時期哪怕有善於用兵的莊宗李存勖[91]、在位時間最長且勤政的明宗李嗣源，對百姓而言仍是亂世凶年，常死於兵禍。倘若在後唐明宗「政皆中道，時亦小康」、「兵革粗息」、「生民實賴以休息」後，百姓仍不得安居，五代其他統治者在位期間，百姓景況更可想而知。

除此之外，〈越娘記〉的敘事主線實為楊舜俞協助越娘遷葬屍

---

87 宋·歐陽修：《新五代史·吳越世家》卷67，頁843。

88 宋·歐陽修：《新五代史·唐明宗本紀》卷6，頁66。

89 宋·薛居正：《舊五代史·唐明宗紀》卷44，頁611。

90 宋·歐陽修：《新五代史·唐明宗本紀》卷6，頁66。

91 宋·司馬光：《資治通鑑·後梁紀一》卷266：「帝聞夾寨不守，大驚，既而歎曰：『生子當如李亞子，克用為不亡矣！至如吾兒，豚犬耳！』」頁8695。

骨，與〈蔣道傳〉主題相同；而〈蔣道傳〉描述唐人吳忠鬼魂向蔣道敘述唐德宗時吳少誠、吳元濟事[92]，也與〈越娘記〉類似。不過，〈蔣道傳〉不同於史書批評吳少誠據國擁兵、不遵朝廷號令，而是通過麾下將軍吳忠之口，陳述當時並非吳少誠一人不從王命，且讚揚吳少誠待士卒甚善，如飲食與士卒最下者同、卒有疾則派人醫治、卒戰死則厚葬之並厚待親屬等。此外，又將吳元濟為吳少陽之子改為吳少誠之子，及簡化吳少誠子元慶被殺、吳少陽自稱留後、吳元濟實是繼吳少陽而為節度使的史實[93]，改為吳少誠臨死傳位予吳元濟。雖然〈蔣道傳〉不敘述五代時事，但自安史之亂後藩鎮不受中央節制、頻起戰端，實為五代亂世之始；更由〈蔣道傳〉軍中兵卒屍骨無人收歸，演變為〈越娘記〉一般百姓亦因流離他方而需要乞求後人幫忙收歸骸骨，藉此說明五代時局愈益混亂，猶勝於中晚唐。

　　藉著以上六篇傳奇，一方面既表現出北宋人歸結唐代滅亡實是理所當然的思想邏輯，另一方面也說明五代局勢之混亂；進一步來看，北宋傳奇書寫五代時局又僅針對後唐而寫，同於宋人視後唐為承繼唐朝之正統王朝，後晉、後漢、後周則依次承繼後唐的觀點，而後唐之前的朱溫則被看作與黃巢、秦宗權、高駢、王建同類的竄

---

[92]　〈蔣道傳〉情節、文字俱依李劍國《宋代傳奇集》據上海古籍出版社點校本《青瑣高議》別集卷5校正後版本，頁344-345。後皆出於此。

[93]　後晉・劉昫：《舊唐書・吳少誠傳》卷145：「家僮單于熊兒者，偽以少誠意取少陽至，時少誠已不知人，乃偽署少陽攝副使、知軍州事。少誠子元慶，年二十餘，先為軍職，兼御史中丞，少陽密害之。及少誠死，少陽自為留後。」頁3945-3952。宋・歐陽修：《新唐書・吳少誠傳》卷214，頁6002-6012。

逆之臣，逐以後梁為僭偽政權。[94]

　　至於北宋傳奇書寫五代後唐以後故實，一則有錢易〈桑維翰〉敘述後晉名臣桑維翰異事：桑維翰位極人臣後，先助布衣故人韓魚得官，並主動要求韓魚寫信給和自己同年鄉薦者朱炳，並薦之為官；再同樣要求韓魚寫信給與自己同場屋者羌岵，不過這次卻設計殺害之。韓魚對此深感歉疚，逐告疾還鄉，此後桑維翰因羌岵訴冤於天帝，不久即死，且死時手足皆有不知從何而來的傷痕。[95]其中，有兩事值得思考：首先，桑維翰主動安排朱炳授官，因「與之

---

[94] 如宋・薛居正：《舊五代史・唐武皇紀下》卷 26：「武皇肇跡陰山，赴難唐室，逐豺狼於魏闕，殄氛祲於秦川，賜姓受封，奄有汾、晉，可謂有功矣。……及朱旗屯渭曲之師，俾翠輦有石門之幸，比夫桓、文之輔周室，無乃有所愧乎！」頁 363。又如宋・范祖禹：《東萊音注唐鑑》卷 24：「唐之亂以藩鎮，及其末也，藩鎮割裂，疆土皆盡，而唐室遂亡。僖、昭之時，惟克用最為有功，雖嘗跋扈，而終不失臣節，王室可倚為藩扞。使太原之勢常重，則諸鎮未敢窺唐。」收入宋・呂祖謙編著，黃靈庚、吳戰壘主編：《呂祖謙全集》第 9 冊（杭州：浙江古籍出版社，2008 年 1 月），頁 251。可見，薛居正等史臣將後唐李克用比作輔佐周王室有功之齊桓、晉文公，范祖禹亦以李克用為唐朝之最終屏障，對比歐陽修視後梁為僭偽政權：「天下之惡梁久矣！自後唐以來，皆以為偽也。」並為自己編《新五代史》列有〈梁本紀〉而辯駁：「至予論次五代，獨不偽梁，而議者或譏予大失春秋之旨。以謂 『梁負大惡，當加誅絕，而反進之，是獎簒也，非春秋之志也。』」可見宋人以後梁為偽梁的觀點。見宋・歐陽修：《新五代史・梁太祖本紀》卷 2，頁 21。此事亦可參見〈西池春遊記〉，曰：「高祖本巢賊之餘黨，不識□□度宮□□濁亂□自貽大禍，今日思之，亦陰報也。」收入李劍國：《宋代傳奇集》據上海古籍出版社點校本《青瑣高議》別集卷 1 校正，頁 340。

[95] 〈桑維翰〉情節、文字俱依李劍國《宋代傳奇集》據上海古籍出版社點校本《青瑣高議》後集卷 6 校正後版本，頁 107-110。後皆出於此。

同鄉薦，最蒙他相愛，吾文字數卷，伊常對人稱賞」；至於設計陷害羌帖斬死，則因「與之同場屋，最相鄙薄，見侮頗甚」，兩事皆可見桑維翰為人錙銖必較，得人愛而不忘報答，受人侮亦必定報復。不過，對羌帖而言，不過是「閑相諧謔，乃戲笑耳」，桑維翰卻令其遭受「頸受利刃，屍棄郊野之中，狗彘共食之，妻子凍餒，子售他人」的苦果，又可知桑維翰心胸狹窄。再進一步猜想，故人韓魚謁桑唯翰時，桑維翰先是「默然不語，有不可犯之色」，次日不僅為之請官，還置酒言笑，談及里閭之事，並提及朱炳；不免使人懷疑，桑維翰之所以先前傲慢無禮，爾後言笑晏晏，是否自開始即盤算謀畫報復羌帖。

其次，桑維翰是佐後晉高祖滅唐的名臣，《新五代史》言桑維翰為晉高祖求援於契丹：「高祖懼事不果，乃遣維翰往見德光，為陳利害甚辯，德光意乃決，卒以滅唐而興晉，維翰之力也。」[96]爾後，石敬瑭與耶律德光約為父子，即皇帝位後，又割讓幽、涿、檀、薊、順、瀛、莫、蔚、朔、雲、應、新、媯、儒、武、寰州予契丹，皆桑維翰之力，因而晉高祖遷掌書記桑維翰為翰林學士、尚書禮部侍郎，知樞密使。[97]然而，除了這些政治事蹟外，《舊五代

96　宋・歐陽修：《新五代史・桑維翰傳》卷 29，頁 319。

97　宋・歐陽修：《新五代史・景延廣傳》卷 29：「然方其以逆抗順，大事未集，孤城被圍，外無救援，而徒將一介之命，持片舌之彊，能使契丹空國興師，應若符契，出危解難，遂成晉氏，當是之時，維翰之力為多。」頁 324。宋・歐陽修：《新五代史・晉高祖本紀》卷 8：「以幽、涿、薊、檀、順、瀛、莫、蔚、朔、雲、應、新、媯、儒、武、寰州入于契丹。」頁 79。宋・歐陽修：《新五代史・州譜考》卷 60 亦記這些地方在後梁、後唐仍為轄地，但後晉以後盡歸契丹所有。唯〈高祖本紀〉之瀛、莫兩州，〈州譜考〉記曰「營、平」，頁 722-723。

史》反倒聚焦於桑維翰家宅怪事，共兩項記載，其一：「一日，維
翰出府門由西街入內，至國子門，馬忽驚逸，御者不能制，維翰落
水，久而方蘇。或言私邸亦多怪異，親黨咸憂之。」[98]二是「維翰
少時所居，恆有魑魅，家人咸畏之，維翰往往被竊其衣，撮其巾
櫛，而未嘗改容。」[99]與宋傳奇〈桑維翰〉合觀，或為北宋人對桑
維翰頗有微詞，故往往有怪異傳聞附麗其上，因而為之設想報應怪
事。

　　另一則書寫後唐以後故實的傳奇是沈遼〈任社娘傳〉，以五
代、宋初另一名臣陶穀為對象；[100]而此事早見於鄭文寶《南唐近
事》，兩者基本情節雷同，唯〈任社娘傳〉改南唐為吳越，改秦弱
蘭為任社娘，因此〈任社娘傳〉雖未直言陶侍郎即陶穀，但由此可
推知，故事以陶穀為設想對象。此外，《南唐近事》記載陶穀出使
南唐一次，〈任社娘傳〉更易為連續兩年出使；而《南唐近事》篇
末以「明日後主設宴，陶辭色如前，乃命弱蘭歌此詞勸酒，陶大
沮，即日北歸」之語，表達陶穀受辱後的心情，〈任社娘傳〉描寫
陶穀表面上裝作大度，實則介意為名妓所「蠱」之事，因此二度出
使而來，一見社娘便出語嘲弄。[101]由此可知，〈任社娘傳〉或基
於《南唐近事》記載再發展為傳奇，不過，加入了陶穀先裝作不以
為意，而後又出言嘲弄的情節，可見〈任社娘傳〉對陶穀「表裡不

98　宋・薛居正：《舊五代史・桑維翰傳》卷89，頁1167。

99　宋・薛居正：《舊五代史・桑維翰傳》卷89，頁1168。

100　〈任社娘傳〉情節、文字可參見林陽華、常先甫、李懿著：《北宋詩人沈
　　遼研究》下編〈沈遼詩文注〉，頁239-240。

101　趙修霈：《宋代傳奇小說傳奇手法研究》，國立政治大學中國文學研究所
　　博士論文，2009年11月，頁184-187。

一、多忌好名」[102]之諷刺較《南唐近事》重點僅在好色更為深刻，亦顯露沈遼甚至北宋文人對陶穀的評價皆不甚高，有狡獪譎詐的評斷。[103]

　　通過〈桑維翰〉、〈任社娘傳〉兩篇宋傳奇，展現後晉、後漢、後周時期兩位名臣桑維翰、陶穀之面貌，前者藉著鬼神報應情節，呼應史傳之說，也從而顯見桑維翰器量狹小、心思深沉；後者則改寫陶穀出使南唐的傳說，突顯其思慮深藏、學行不稱，再與《宋史》稱陶穀於陳橋兵變時，「太祖將受禪，未有禪文，穀在旁，出諸懷中而進之曰：『已成矣。』」對照，更可見陶穀德行有虧，也難怪「太祖甚薄之」[104]。

　　綜而論之，北宋傳奇侈談晚唐敗亡、五代淆亂，對於北宋時世的繁盛穩定卻少有論及，除了前文已論的舒亶〈天宮院記〉：「自李唐之後更五代，凡五十餘年，天下太定。今皇帝趙氏，國號宋，都於汴，海內承平，兵革不用，如唐虞之世也」一句，及錢易〈越娘記〉的描述：

　　　　今乃大宋也。盛聖相承，治平日久，封疆萬里，天下一家。

102　元・脫脫：《宋史・陶穀傳》卷 269，頁 9236-9238。
103　宋・夷門君王撰，楊倩描、徐立群點校：《國老談苑・陶穀三事》，收於《丁晉公談錄（外三種）》（北京：中華書局，2012 年 6 月），頁 58。共記載陶穀三事，包括設計即將退休、年老有足疾的翰林待詔，將日常出入所仰賴的良馬一匹，立刻進獻；奉使兩浙時獻詩於錢俶，且詩中有「掃門」之句，有辱使命；以生病為藉口，向浙帥索討金鐘十副，又怕人傳誦他「乞與金鐘病眼明」詩句，知道他無恥的行徑，遂另外賦詩，命人傳誦。
104　元・脫脫：《宋史・陶穀傳》卷 269，頁 9238。

> 四民各有業，百官各有職，聲教所同，莫知紀極。南踰交
> 趾，北過黑水，西越洮川，東止海外，烟火萬里，太平百餘
> 年。外戶不閉，道不拾遺，遊商作賈，草行露宿，悉無所
> 慮。百姓但饑而食，渴而飲，倦而寢，飲酒食肉，歌詠聖時
> 耳。

由時政之安寧、疆域之廣大、百姓之衣食豐足等方面，說明北宋一
派盛世局面。而之所以輪到北宋開創此穩定繁盛之局面，又源於唐
代因兵禍連年而敗亡、五代因君昏臣逆而淆亂，北宋才能俟機興
起，因此不必特別說明北宋成功的理由，只要對唐代之敗亡、五代
之混亂多所論述，即可自然推得宋朝得天下為天經地義的結果。

五、結論

依〈桃花源記〉、前代與宋朝之對比而設想情節的〈天宮院
記〉，具體而微地展現與多篇北宋傳奇同樣的關注：對秦漢之際、
唐宋易代兩大歷史時間點的聚焦。

至於北宋傳奇〈楚王門客〉、〈玉溪夢〉、〈豐山廟〉三篇，
論及「強大帝國之衰」、「群雄四起之亂」、「平定天下之代」，
即展現少論漢高祖成功的理由，刻意探討「秦亡有因、楚失有
因」，以推論出「漢得天下」乃理所當然之論述方式；而北宋傳奇
〈秦宗權〉、〈玉局井洞〉、〈異夢記〉、〈范敏〉、〈越娘
記〉、〈桑維翰〉、〈任社娘傳〉七篇，則又通過唐代因兵連禍結
而覆亡、五代因君昏臣逆而淆亂，自然得到北宋平天下、興盛世的
結論，對於太祖撥亂反正的過程，亦可以完全不論。

　　此種論述模式實基於漢、宋開國皇帝出身皆不顯赫的相似之處，北宋傳奇欲思考何以唐朝衰亡、又何以本朝興起時，在不能直接議論本朝太祖的情況下，遂就漢高祖進行思考，得出了秦亡有因、楚失有因、漢得天下即勢之必然的論述邏輯；循著此一論述模式，宋之所以能得天下，必定由於唐、五代符合失天下之前提。

　　至於傳奇所謂「天命」之說，非但不似正史書寫出生傳說，訴諸神秘，反而通過歸納正史紀傳的記載，重新提煉出與歷史興衰、政治成敗有關之理性思考與評論，只是進一步轉譯為故事呈現出來；而北宋傳奇不直接探討漢高祖、宋太祖立功業、興成就之原因，但對於秦、唐之統一強大朝代之衰亡，及項羽、五代尤其是後唐莊宗、明宗的失敗，卻反覆討論，更可以展現北宋傳奇對於「王朝興衰」的反省及書寫策略。

第八章　結論與結論之外

一、回顧：北宋傳奇「言古事」的樣態

　　北宋二十八篇「敷衍故實」傳奇中，博士論文已詳細論述且無需補充重寫的有〈綠珠傳〉、〈烏衣傳〉、〈流紅記〉、〈希夷先生傳〉、〈任社娘傳〉、〈趙飛燕別傳〉、〈韓湘子〉、〈嘉林居士〉、〈無鬼論〉等九篇，而〈楊太真外傳〉、〈驪山記〉、〈溫泉記〉、〈玄宗遺錄〉、〈華陽仙姻〉、〈梅妃傳〉六篇，博士論文雖然曾經述及，但仍屬於基礎的文本爬梳，論述仍不夠深入，本書進行大規模重寫，或採取不同角度，或使用其他資料補充修正過去不成熟、有缺誤之說法，總之，已展現出和博士論文全不相同之面貌；另外，本書又討論了十三篇過去未曾述及的傳奇：〈玉局井洞〉、〈桑維翰〉、〈越娘記〉、〈書仙傳〉、〈楚王門客〉、〈白龜年〉、〈范敏〉、〈蔣道傳〉、〈異夢記〉、〈秦宗權〉、〈玉溪夢〉、〈天宮院記〉、〈豐山廟〉。經過此一研究歷程，北宋傳奇「言古事」的樣態庶幾得以完整呈現。

　　以下先就本書所論的二十篇傳奇[1]，進行回顧：

---

[1]　〈任社娘傳〉被納入第七章的論述之內，與〈桑維翰〉並觀。

　　第二章討論樂史〈楊太真外傳〉，揭示樂史並非如過去研究者
所認為的簡單「綴合舊文」、「拼湊成篇」，而是為了重新論斷歷
史，利用四種不同的手法進行文學性的改動，使外部結構雖然採取
信實可徵的編排方式，但內容卻有不少改易自撰的文學性創作；並
藉著這些改動，完成了「禍階」的歷史論斷：楊貴妃的得寵是導致
唐代國勢層層低落的「階梯」，同時暗指出了造成安史之亂的真正
「禍首」是為了寵愛貴妃，主動做出很多不公正的決策的唐玄宗。
如此一來，較諸〈長恨歌傳〉「亂階」之說，展現出對「楊貴妃」
的深刻審思與重新定位。

　　第三章則就秦醇〈驪山記〉、〈溫泉記〉，說明秦醇藉著突出
「尤物」的美麗外表、隱匿唐玄宗的存在感，淡化「禍人」概念，
同時藉由人／花比附、色／食聯想等兩種書寫策略，使楊貴妃成為
情色的想像對象，也進一步被玩物化。而無名氏〈玄宗遺錄〉則書
寫一齣唐玄宗的獨角戲，在唐玄宗男性權力得以彰顯的論述過程
中，落實了安史之亂罪魁禍首的評價，其間，楊貴妃或淪為烘托玄
宗的背景、或降為無足輕重的「玩物」、或成為用以消患、平怨的
擋劍牌，同時卻也弔詭地回歸其後宮妃子身分，而得到合理的歷史
論斷。

　　第四章揭露了〈梅妃傳〉內三個層次的鏡像托喻手法：一是將
白居易詩作〈長恨歌〉、〈上陽白髮人〉視為創作梅妃的重要參
考，在〈梅妃傳〉中投射出相應的人物與情節；二以〈梅妃傳〉為
文本之鏡，寫梅妃為梅花的化身，強調其品格的高潔，而楊貴妃楊
花水性、輕薄俗豔的特質即被對照映現；三是「史鑑」的功能，藉
著唐玄宗為俗豔楊花的貴妃疏遠高潔梅花的梅妃，突顯玄宗的品格
亦不高尚，從而呼應史書中玄宗對父親不孝、對兒子不慈、對親人

殘忍無情的記載，展現遭遇安史之亂、「窮獨苟活」皆為唐玄宗自作自受。

以上三章深入探討北宋五篇「楊貴妃」主題傳奇，可以發現〈楊太真外傳〉「禍階」與〈長恨歌傳〉「亂階」看似相近，但消弭了「尤物」內容後，其概念與陳鴻已全不相同；相反地，〈驪山記〉、〈溫泉記〉標榜楊貴妃為「尤物」，又看似與陳鴻「尤物」之說相近，但其實在取消楊貴妃主體性、淡出隱去唐玄宗之作用後，欠缺了「惑人」、「致禍」能力的「尤物」，其內涵又不同於陳鴻「尤物」之說。而〈玄宗遺錄〉更進一步完成「玩物」的概念，重新塑造楊貴妃為受人擺布玩弄的形象，如此一來，楊貴妃是安史之亂「亂階」的評議便得以平反。至於〈梅妃傳〉，表面上書寫後宮爭寵，實則通過對比梅妃而突顯楊貴妃符合前代「尤物」及「妖」的論述，再進一步影射唐玄宗主動親近「尤物」、「妖」，實品德低下、須擔負起安史之亂的政治歷史罪責。因此，五篇北宋「楊貴妃」主題傳奇，皆在大量敷衍「楊貴妃」相關故實後，以不同的修辭策略重新為楊貴妃進行歷史評價及定位。

第五章首先剖析〈書仙傳〉的故事結構，說明除了參考唐傳奇〈文簫〉以塑造曹文姬外，亦以李賀臨終傳說作為〈書仙傳〉創作的濫觴及內在邏輯；而曹文姬善書、夙慧、天才的人物特徵，一方面落實其才女及謫降女仙之身分，但也因此無法避免「長安娼女」之想像。此外，由〈書仙傳〉出發，配合兩宋文人詩文評論，一則證明〈書仙傳〉落實了李賀成仙之說，另外也說明「李賀成仙」、「白玉樓」傳說在北宋時已然成形。至於過去學者認為〈書仙傳〉作者「不詳」一事，在本章亦通過南宋初薛季宣的記載，提出〈書仙傳〉應為北宋任信臣所作的說法。

　　第六章敘述〈白龜年〉主角白龜年及〈華陽仙姻〉主角蕭防的
成仙經歷，討論李白、白居易及蕭氏族人之成仙傳說，並探討〈白
龜年〉及〈華陽仙姻〉對於血緣世系的強調，而這種祖先是神仙而
後代凤有仙緣的敘事邏輯，實未曾見於前代仙話，可見，一種新的
仙話模式在北宋傳奇內漸次形成：平凡的俗人只要擁有已成神仙的
祖先，即有仙緣，有機會成仙。因而，在成仙故事傳統中，〈白龜
年〉及〈華陽仙姻〉對血緣家世的強調亦值得關注。

　　以上兩章皆以「成仙」之途為題，首先發現李賀、李白、白居
易三人成仙的說法，經過北宋傳奇及其他文人的詩文評論，被落實
且準備完成，因此元代《歷代真仙體道通鑑》收入李賀，確定其神
仙身分，南宋白玉蟾稱李白為東華上清監清逸真人、白居易為蓬來
長仙主，《歷代真仙體道通鑑》亦將兩人納入神仙行列。其次，以
李賀、李白、白居易及早已成仙的蕭史等人的升仙故事、神仙身分
作為創作傳奇的前提，從而發現在過去「謫降」、「機緣」模式的
仙話基礎上，北宋傳奇特別重視才華、強調血緣譜系。

　　第七章〈「王朝興衰」的反省與呈現〉，首先藉由舒亶〈天宮
院記〉對〈桃花源記〉的互文性書寫，展現出對秦漢之際、唐宋易
代兩大歷史時間點的聚焦，尋繹出論述北宋傳奇的切入點。其次，
藉著北宋傳奇〈楚王門客〉、〈玉溪夢〉、〈豐山廟〉三篇，論及
「強大帝國之衰」、「群雄四起之亂」、「平定天下之代」，展現
刻意探討「秦亡有因、楚失有因」，即可自然推論出「漢得天下」
乃理所當然之論述方式，對於漢高祖成功的理由反而不必多加著
墨。而北宋傳奇〈秦宗權〉、〈玉局井洞〉、〈異夢記〉、〈范
敏〉、〈越娘記〉、〈桑維翰〉、〈任社娘傳〉七篇，則又通過唐
代因兵連禍結而敗亡、五代因君昏臣逆而淆亂，自然得到北宋平天

下、興盛世的結論，對於太祖撥亂反正的過程，亦完全不論。兩者並列，即可發現北宋傳奇對於宋匡定亂世、統一天下的論述模式，與漢得天下之推論情況，如出一轍，可知北宋傳奇對於「王朝興衰」的歷史反省及書寫策略。

　　第五、六章表現出北宋文人對「才華」、「血緣」的重視，但第七章跳脫「出身」、「家世」，展現出北宋文人面對不同場域之對象的思考：前者針對一般人或文人，後者則就人間帝王進行反省，格局之微著有別，因此有不同的價值觀，正如同第二章比較樂史〈綠珠傳〉以綠珠為「禍源」及〈楊太真外傳〉以楊貴妃為「禍階」，所凸顯的深刻意義：事涉家國大事，楊貴妃與綠珠不可混為一談。另外，北宋傳奇雖未直接討論漢高祖、宋太祖立功業、興成就之原因，但通過對衰亂的討論，自然總結出漢高祖、宋太祖之「才能」：沒有致使衰敗之秦始皇、項羽或後唐莊宗等的缺點。

　　再綜合第二、三、四、七章來看，又可以觀察北宋傳奇將歷史評論轉譯為故事的整體書寫策略：在唐玄宗、楊貴妃兩人中，表面上傳奇議論楊貴妃，實則批判唐玄宗；在秦漢、唐宋之際，表面上議論秦始皇、楚霸王或秦宗權、黃巢、後唐莊宗、明宗等，但實為烘托漢高祖、宋太祖之才能。甚至，北宋傳奇既通過「敷衍故實」展現其歷史反省與評論，又藉此可以看到一動態且全面的唐宋易代樣貌：從安史之亂的發生開始（五篇「楊貴妃」主題傳奇），至中晚唐藩鎮之亂（〈蔣道傳〉），再至唐末諸動亂（〈秦宗權〉、〈玉局井洞〉、〈異夢記〉），然後是五代社會淆亂（〈范敏〉、〈越娘記〉、〈桑維翰〉、〈任社娘傳〉），最終北宋開國、天下大定（〈天宮院記〉）。

二、結論之外：
從北宋敷衍故實傳奇的內涵談唐宋傳奇的界說

　　以「北宋傳奇」為題，最終必須面對「何謂北宋人之傳奇」，而其中所涉及的「傳奇」界說，除了從北宋人對唐人傳奇的看法來觀察，亦可由北宋人所創作的傳奇來說明。

　　首先，對於唐傳奇或傳奇的定義，自宋以後有眾多研究者論及，但無論後人如何更精細地闡明，北宋人實為首先面對此一體裁者，因此本文僅將焦點集中在北宋材料，以突顯北宋人的傳奇概念。就名稱而言，北宋初《太平廣記》編有「雜傳記」一類，收〈李娃傳〉、〈東城老父傳〉、〈柳氏傳〉、〈長恨傳〉、〈無雙傳〉、〈霍小玉傳〉、〈鶯鶯傳〉、〈周秦行紀〉、〈冥音錄〉、〈東陽夜怪錄〉、〈謝小娥傳〉、〈楊娼傳〉、〈非煙傳〉、〈靈應傳〉，共九卷十四篇今之所謂「傳奇」。諸篇多以「傳」、「錄」、「紀」等命名，且人多以「傳」名、事多以「錄」、「紀」為名，用「雜傳記」一詞統稱，即有雜錄「傳」、「記」的概念，值得注意的是，並未以「傳奇」一詞稱之。

　　其次，陳師道《後山詩話》：「文正為〈岳陽樓記〉，用對語說時景，尹師魯讀之，曰：『傳奇體』耳。傳奇，唐裴鉶所著小說也。」尹師魯以「傳奇體」評論范仲淹〈岳陽樓記〉，乃著眼於文中駢散互用的構辭形式，認為與唐人小說的文體相仿[2]，不同於北宋古文家所提倡的簡雅文字；至於陳師道認為尹師魯「傳奇體」一詞出自裴鉶所著小說《傳奇》，應著眼於《傳奇》受晚唐以降駢散

---

[2]　王夢鷗：《唐人小說研究：《纂異記》與《傳奇》校釋》，頁95。

混合的流行文體影響，頗多「用對語說時景」的描寫，故以裴鉶《傳奇》解讀尹師魯所說的「傳奇體」。可見，不論是特指裴鉶《傳奇》或泛稱唐人小說，都重在其特有的構辭形式上；甚至可以推知，北宋仍未普遍以「傳奇」稱呼唐人小說，否則陳師道不會專以裴鉶《傳奇》註解尹師魯「傳奇體」。[3]雖然北宋未見以「傳奇」之名稱呼唐人小說，但唐人傳奇的內涵已歸結出來：雜錄人事「傳」、「記」，及駢散互用的構辭形式。

再由北宋人所創作的傳奇來看，魯迅《中國小說史略》論宋傳奇時，曾說：「大抵托之古事，不敢及近，則仍由士習拘謹之所致也」，所列樂史〈綠珠傳〉、〈楊太真外傳〉，秦醇〈趙飛燕別傳〉、〈驪山記〉、〈溫泉記〉、〈譚意歌傳〉，及〈大業拾遺記〉、〈開河記〉、〈迷樓記〉、〈海山記〉、〈梅妃傳〉諸篇，僅〈譚意歌傳〉記時事，其餘皆就歷史故事敷衍為傳奇。[4]且魯迅《唐宋傳

3　南宋理宗時才有謝采伯將「傳奇」當作一種小說體裁來使用，之前宋人稱傳奇為「傳記」，而凌郁之認為宋代文人之所以不稱「傳奇」而稱「傳記」，大概是因為受宋代民間說話影響，覺得「傳奇」之名不雅馴。但宋人有時為了區分同屬「傳記」的「傳奇」和「史傳」之不同性質，而稱「傳奇」為「雜傳記」或「傳記小說」，以「雜」、「小說」標明與史傳之傳記的品格相異之處，指出所謂「雜傳記」已屬於小說，不同於過去隸屬史部的「傳記」。見於宋・謝采伯：《密齋筆記・自序》：「不猶愈於稗官小說、傳奇志怪之流乎？」此處以「傳奇」與「志怪」對舉，明顯地以「傳奇」為一種小說體裁，是異於「志怪」、「稗官小說」（即雜史筆記小說）的另一種文言小說體裁。收入《筆記小說大觀》30 編（臺北：新興書局，1988 年 5 月）。凌郁之：《走向世俗——宋代文言小說的變遷》（北京：中華書局，2007 年 11 月），頁 42-47。

4　魯迅：《中國小說史略》，頁 74-78。

奇集》卷一至五收錄之唐傳奇中，僅初唐〈古鏡記〉、〈補江總白猿傳〉所寫非唐代故事，對比卷六至八的宋傳奇，又僅〈譚意歌傳〉、〈王幼玉記〉、〈李師師外傳〉寫宋代故事[5]；又及，初唐〈古鏡記〉、〈補江總白猿傳〉表面上非唐代故事，但實為重寫唐代家族史，或具有打擊當時勢力的積極意義。[6]因此，唐傳奇重在寫當代時事，就算是託事於幽渺或歷史，也實為「寓言」[7]，為時事而作；宋傳奇則多寫過去故事，寫宋時故事者比例明顯較少，魯迅申明：「唐人大抵描寫時事；而宋人則多講古事。……大概唐時講話自由些，雖寫時事，不至於得禍；而宋時則諱忌漸多，所以文人便設法回避，去講古事。」[8]

　　此一差別，不僅表現於小說時空背景是當代或過去，更重要的是，宋傳奇寫古人古事時敷衍詩文典故，並藉著故實重述、拼貼、轉譯、發揮而成為議論，成為一種「史才、詩筆、議論」三位一體的書寫方式；而程毅中認為南宋趙彥衛所提的「史才、詩筆、議論」、「文備眾體」[9]之說，既可以代表「一部分宋代人對傳奇體小說的看法」，更「是宋代傳奇的一個寫作方針」，[10]而本書特以「北宋敷衍故實傳奇」為研究對象，正為聚焦於這種三位一體的書

5　魯迅校錄：《唐宋傳奇集》，頁 137-216。

6　陳珏：《初唐傳亐文鈎沉》（上海：上海古籍出版社，2005 年 4 月）。

7　唐・李肇：《國史補》卷下・「尤既濟撰〈枕中記〉，莊生寓言之類也。」頁 55。

8　魯迅：《中國小說的歷史的變遷》，收入《魯迅全集》9，頁 329。

9　宋・趙彥衛：《雲麓漫鈔》卷 8：「蓋此等文備眾體，可以見史才、詩筆、議論。」頁 83。

10　程毅中：《宋元小說研究》，頁 5。

寫方式，且藉由北宋人所書寫的傳奇，既可以分析「何謂北宋人之傳奇」，亦能歸納北宋人以為「傳奇」不可不有的文體特色。

因此，「結論之外」意味著要超越本書的內容，綜合以上各章及以往已發表的相關研究，論述唐宋傳奇之差異：一來對比唐人傳奇的內容來自於真正的新聞、傳聞、雜聞，至北宋傳奇則轉而發揮案頭上的文獻載錄，再進一步觀察，當寫作的材料由新聞事件變為典故符號，其內在所產生的變異與確定。其次，魯迅評論宋傳奇：「多托往事而避近聞，擬古而遠不逮，更無獨創之可言矣。」北宋敷衍故實之傳奇，雖然符合此說，但北宋傳奇敷衍典故，善於運用，在技巧及層次之展現上，雖不同於寫當代事、善於新創的唐人傳奇，亦有巧妙之處。故而，以下舉例分述之。

(一)從傳聞到載錄：以安史之亂為例

玄宗貴妃故事，唐、五代人所樂道[11]，除了性質近於紀實的《次柳氏舊聞》、《明皇雜錄》、《開天傳信記》、《開元天寶遺事》、《安祿山事迹》等雜史筆記外，唐詩中亦常以「白頭宮女在，閒坐說玄宗」[12]、「宮前遺老來相問，今是開元幾葉孫」[13]表達一般人對於宮闈秘事之興趣，而如〈津陽門詩〉為鄭嵎在津陽門

---

[11] 汪辟疆說：「楊妃事，為唐人豔稱。大曆以後，其見於歌詠叢談者尤備。」見汪辟疆輯校：《唐人傳奇小說》，頁123。陳寅恪：《元白詩箋證稿》，頁45。

[12] 唐・元稹：〈行宮〉，收入清・彭定求等編：《全唐詩》卷410，頁4552。

[13] 唐・韓愈：〈和李司勳過連昌宮〉，收入清・彭定求等編：《全唐詩》卷344，頁3857。

旅邸聽年艾主翁道明皇承平故實，次日即「於馬上輒裁刻俚叟之語」[14]；〈寄河陽從事楊潛〉亦有李涉遇「洛濱老翁年八十，西望殘陽臨水泣。自言生長開元中，武皇恩化親霑及」[15]；〈連昌宮詞〉有「宮邊老翁為余泣」[16]等，其中，「說」、「問」、「道」、「言」、「泣（訴）」等字眼，無不證明詩人轉述玄宗時人之親眼見聞，並據以作詩。

　　詩歌尚且如此，通過傳奇小說的形式寫開元天寶事蹟者，如〈高力士外傳〉是郭湜聽聞高力士談開元天寶年間之事，基本上以高力士及唐玄宗的對話為主軸，揭露唐玄宗怠於政事，權臣李林甫、楊國忠專權擅政的實況；[17]〈東城老父傳〉藉元和中陳鴻祖謁九十八歲的賈昌，聽賈昌說開元時因鬥雞而供奉於禁中，親所見聞之事，以此說明玄宗荒怠誤國；《傳奇‧張雲容》描述張雲容為楊貴妃侍兒之鬼，對唐元和末薛昭敘述生前經歷的宮中事。[18]雖然內

14　唐‧鄭嵎〈津陽門詩‧詩序〉：「……今年冬，自號而來，暮及山下，因解鞍謀餐，求客旅邸，而主翁年且艾，自言世事明皇，夜闌酒餘，復為嵎道承平故實。翌日，於馬上輒裁刻俚叟之語，為長句七言詩，凡一千四百字，成一百韻止，以門題為之目云耳。」收入清‧彭定求等編：《全唐詩》卷 567，頁 6566。

15　唐‧李涉：〈寄河陽從事楊潛〉，收入清‧彭定求等編：《全唐詩》卷 477，頁 5428。

16　唐‧元稹：〈連昌宮詞〉，收入清‧彭定求等編：《全唐詩》卷 419，頁 4613。

17　李劍國說〈高力士外傳〉「宜以傳奇小說視之」，並將〈長恨歌傳〉、〈開元升平源〉、〈東城老父傳〉歸為傳奇文，見李劍國：《唐五代志怪傳奇敘錄》，頁 171、326、335、345。

18　王夢鷗：《唐人小說研究：《纂異記》與《傳奇》校釋》，頁 191-193。

容殊異，但根據玄宗時人見聞而傳述之形式，則無二致。

不過，《傳奇‧張雲容》敘述憲宗元和末時人薛昭娶一百年前的玄宗時人張雲容，張雲容不能為一老嫗，因此安排她因餌藥而復生。相距百年即得託於窅冥，何況北宋距離開天時代更為悠遠，絕非中唐時期通過踏舊跡、訪遺老，即能持續以詩詞、筆記、傳奇等各種形式傳播安史之亂當下眼見耳聞之事；然而，北宋仍多以玄宗貴妃故事為主題、背景之傳奇創作，在世遷代移、年代久遠、人物事跡亦多湮沒無聞的情況下，不能訪諸遺老、依據舊聞而述，只能或求於典籍載錄，或託於幽冥想像。

屬於前者「求於典籍載錄」的，如〈楊太真外傳〉，即斟酌了《舊唐書‧玄宗本紀》、《舊唐書‧玄宗楊貴妃傳》、《舊唐書‧楊國忠傳》、《舊唐書‧李林甫傳》等相關史傳記載，參考〈長恨歌〉、〈長恨歌傳〉的內容，自唐、五代筆記《逸史》、《樂府雜錄》、《開天傳信記》、《明皇雜錄》、《宣室志》、《譚賓錄》、《羯鼓錄》、《松窗雜錄》、《酉陽雜俎》、《紀聞》、《定命錄》、《天寶故事》、《國史補》、《雲仙散錄》等，節錄玄宗貴妃的相關記載，且參雜唐詩吟詠玄宗貴妃事者，如杜甫〈虢國夫人〉、張祜〈邠王小管〉、〈馬嵬坡〉、元稹〈連昌宮詞〉、劉禹錫〈馬嵬行〉、溫庭筠〈題望苑驛〉、玄宗〈傀儡吟〉等。[19] 至於〈梅妃傳〉，亦參考白居易詩作〈長恨歌〉、〈上陽白髮人〉、杜甫〈麗人行〉、樂史〈楊太真外傳〉等，創作梅妃姓名、性格。

而〈驪山記〉既無法令北宋文人親自經歷開元天寶時代，也無

19　趙修霈：《宋代傳奇小說傳奇手法研究‧附錄：樂史〈楊太真外傳〉箋證》，國立政治大學中國文學研究所博士論文，2009 年 11 月，頁 217-238。

由遇見開天時人，因此巧設九十三歲田翁的五代祖為玄宗守宮使，讓田翁轉述經歷五個世代的開元天寶時事；〈溫泉記〉則安排成仙的楊貴妃直接現身。不論是輾轉流傳於五個世代口中的故事，或依託於無可求證的幽冥想像，較諸唐代出自遺老口中的舊聞，可信度明顯薄弱許多。

對照來看，唐人標榜據實傳聞，北宋傳奇求實於典籍載錄，前者以看似信而可徵的形式，包裝無可分辨真假的創作，如〈高力士外傳〉、〈東城老父傳〉；後者外在形式看似擺脫徵實，或輾轉傳述、或鬼神現身，但其實典故亦多載錄於典籍，如〈驪山記〉、〈溫泉記〉、〈梅妃傳〉。唐人傳奇似實實虛，北宋傳奇似虛猶實，正為詭祕之處。

除了外在形式的差異外，唐、五代的玄宗故事內容紛紜繁雜，如〈開元升平源〉敘述姚崇進玄宗十事：「聖政先仁義」、「不求邊功」、「中官不預公事」、「國親不任臺省官」、「行法於近密佞幸、冒犯憲綱之徒」、「杜塞貢獻求媚」、「止絕建造寺觀宮殿」、「接臣以禮」、「臣子得觸龍鱗、犯忌諱」、「書武、韋氏之禍於史冊」[20]，並認為姚崇為相實奠定開元盛世之源。此事近於宋代范祖禹所論：「明皇既相姚崇，而委任之如此，其能致開元之治，不亦宜乎。」[21]只是〈開元升平源〉為陳鴻本乎傳聞、參酌文獻所作小說[22]，而范祖禹完全以史學家立場議論。

---

[20] 魯迅：《唐宋傳奇集》，頁81-83。

[21] 宋・范祖禹：《東萊音注唐鑑》卷8，收入宋・呂祖謙編著，黃靈庚、吳戰壘主編：《呂祖謙全集》第9冊，頁82。

[22] 魯迅《唐宋傳奇集》收入〈開元升平源〉，李劍國認為魯迅能列〈開元升平源〉入《唐宋傳奇集》內，乃「真具慧眼」，見魯迅校錄：《唐宋傳奇

又如〈東城老父傳〉藉元和中陳鴻祖謁九十八歲的賈昌，賈昌說自己開元時因鬥雞而供奉於禁中，親所見聞之事，以此說明玄宗荒怠誤國。對照范祖禹：「開元之初，明皇勵精政治，優禮故老，姚、宋是師。天寶以後，宴安驕侈，倦求賢俊，委政羣下。彼小人者，惟利是就，不顧國體，巧言令色，以求親昵。人主甘之，薄於禮而厚於情。是以林甫得容其姦。故人君不體貌大臣，則賢者日退，而小人日進矣。」[23]兩者同樣認為安史之亂的致禍根源，乃在唐玄宗的「宴安驕侈，倦求賢俊，委政群下」。

可見唐詩、唐傳奇書寫玄宗故事，除了〈長恨歌〉、〈長恨歌傳〉以李楊愛情故事為主外，其他如《次柳氏舊聞》、《明皇雜錄》、《開天傳信記》、《開元天寶遺事》記錄各種宮廷生活瑣事，或〈高力士外傳〉、〈開元升平源〉以議論政事為主，或〈津陽門詩〉記述開天盛世榮景，或〈東城老父傳〉、〈連昌宮詞〉對比感慨安史之亂前後景況，或《安祿山事迹》以安史之亂為中心；概言之，內容多元，非單一趨向，且少愛情內容，而以理亂興衰之反省為多。

此外，在偏重愛情層面的〈長恨歌〉、〈長恨歌傳〉中，〈長恨歌傳〉寫愛情卻標榜「懲尤物，窒亂階，垂於將來」，具以史為鑑的勸諷意味。而〈長恨歌〉似乎表面上採取一種愛情悲劇的寫法，對於楊貴妃並未進行批判，但通過陳寅恪指點，參讀〈李夫人〉：「生亦惑，死亦惑，尤物惑人忘不得。人非木石皆有情，不

集》，及李劍國：《唐五代志怪傳奇敘錄》，頁 338-339。

23　宋・范祖禹：《東萊音注唐鑑》卷 8，收入宋・呂祖謙編著，黃靈庚、吳戰壘主編：《呂祖謙全集》第 9 冊，頁 86。

如不遇傾城色」後，從而顯出〈長恨歌〉的諷喻主題仍在「尤物惑人」上，與〈長恨歌傳〉相去不遠。可見，連以愛情為主的〈長恨歌〉、〈長恨歌傳〉，都實具興衰勸懲意味。

　　對照來看，北宋共有五篇傳奇〈楊太真外傳〉、〈驪山記〉、〈溫泉記〉、〈玄宗遺錄〉、〈梅妃傳〉書寫玄宗、貴妃故事，但在前代題材多元、內容眾多的故事基礎上，五篇傳奇卻無一不聚焦於愛情、豔情進行情節發明，也無一不承繼著〈長恨歌〉、〈長恨歌傳〉以愛情為皮、以勸懲為骨的做法。如〈長恨歌傳〉寫愛情卻暗示楊貴妃是「尤物」、「亂階」，認為安史之亂的發生與楊貴妃脫不了關係；〈楊太真外傳〉的「禍階」論斷看似與「亂階」相近，但卻在小說中消弭了「尤物」的內容，因此這個「禍階」實為指出「禍首」唐玄宗的存在。至於〈驪山記〉、〈溫泉記〉又承襲〈長恨歌傳〉「尤物」之說，但小說取消楊貴妃主體性後，欠缺了「惑人」、「致禍」能力的「尤物」，也無法釀成禍亂，批評的對象亦從而轉至唐玄宗身上，如〈驪山記〉稱「祿山日與貴妃嬉遊，帝從觀以為笑，此得不謂之上慢乎？」而〈梅妃傳〉認為玄宗對親人無情、對父親不孝、對兒子不慈，而有「耄而忮忍，至一日殺三子，如輕斷螻蟻之命」等評議，既指責玄宗奪壽王妃，又指責玄宗放任武惠妃受寵弄權，終至武惠妃與李林甫合力構陷太子瑛、鄂王瑤、光王琚三人，釀成玄宗一日殺三子的政治事件；由於玄宗對妃子的態度軟弱及對親人的手段殘忍，更凸顯玄宗的人品才能薄劣，因此真正必須為唐代國勢衰敗負責之人實為唐玄宗。這些內容頗類似於《唐鑑》評論唐玄宗：「明皇不信其子，而寵胡人以為戲，至使出入宮禁而不疑，褻慢神器亦極矣。豈天奪其明，將啟戎狄以亂

華歟？何其惑之甚也。」[24]由於唐玄宗違禮背義、破壞倫理在先，後來終究釀成禍亂也成為理所當然。

一方面，北宋五篇以「楊貴妃」為主題的傳奇，雖然同樣書寫李楊愛情或描寫楊貴妃之美貌艷色，卻與〈長恨歌〉、〈長恨歌傳〉以楊貴妃為尤物而進行政治批判不同，北宋傳奇認為唐玄宗須得肩負起安史之亂的發生、唐代國勢之衰落的歷史責任，唐玄宗才是千夫所指的對象，表達出北宋人對於盛唐國勢轉衰、安史之亂發生的歷史觀點。

另一方面，雖然北宋五篇「楊貴妃」主題傳奇相較於唐人傳奇的多元內容，顯得集中、單一，不過，北宋五篇傳奇或通過將楊貴妃弱化為徒有美貌、無足輕重的角色，突出唐玄宗所需擔負之責任，如〈驪山記〉、〈溫泉記〉、〈玄宗遺錄〉；或刻畫兩人的愛情，強調唐玄宗為了主動討好楊貴妃而無法盡到帝王的職責，如〈楊太真外傳〉、〈梅妃傳〉等，皆在敘述史事、情事時兼及歷史議論。既敘寫愛情或豔情，也同時藉以批評唐玄宗、表達對安史之亂的歷史評論，也就是說，北宋傳奇聚焦於李楊故事，其實表達著家國與愛情對於唐玄宗、楊貴妃而言，實有著一而二、二而一的關係，無法切割，也不須切割。所以唐傳奇或寫愛情，或議論政事，或敘述盛世榮景、安史亂世，個別篇章重點不同、劃分清楚，一篇對應一個主題，但北宋傳奇則採取一篇統攝多種觀點的做法。因此，雖然綜合諸篇唐人傳奇看來，內容充滿多樣性；五篇北宋傳奇整體而言，呈現出單一面貌，但細部檢視後，又由於時遷代移，可

24　宋・范祖禹：《東萊音注唐鑑》卷 24，收入宋・呂祖謙編著，黃靈庚、吳戰壘主編《呂祖謙全集》第 9 冊，頁 103。

以更客觀審視此一歷史事件，且因取材來源眾多，更能設想不同於
以往之新情節，因而一篇傳奇能產生更多層次的意義。

　　是以，「安史之亂」此一史事在唐人是真正的新聞、傳聞，至
北宋傳奇則為敷衍前代典籍之作，由此外在的變異亦關係內在的質
變，使得並非原創的北宋傳奇能在諸多面向上展現出創新多樣的內
在意義。

(二)從善創到善運：以成仙故事為例

　　錢鍾書在《管錐編》談到「賦詩斷章」時，曾以《世說新語》
列入〈言語〉、〈文學〉門的例子，說明「『斷章』亦得列於筆舌
妙品，善運不亞善創」；至於「說理參禪，每刺擷詩詞中言情寫景
之句，聊資津逮」，亦「莫非孔門說《詩》之遺意」。[25]可見錢鍾
書的「斷章」、「善運」之說，是運用前人典故以為個人發表意見
之用，藉著熟稔的典故使人容易理解自己的論點，與北宋傳奇敷衍
故實的寫法，頗為近似。

　　例如錢易作北宋傳奇〈烏衣傳〉，基本上依循遊歷仙鄉後歸返
的結構——「出發－歷程－迷途－回歸」[26]，藉由燕子隨季節南北
遷徙的習性，設想主角王謝在南方海外遇見了稱呼他為「主人郎」
或「本鄉主人」的老翁一家人，等到春和日暖、王謝歸家，見到家
中梁上有雙燕呢喃，他才明白自己去了南方的燕子國，並與梁上雙

25　錢鍾書：《管錐編》第一冊，頁225。

26　關於從「遊歷仙鄉」角度來探討〈烏衣傳〉，可參考黃東陽：〈誤入與遊
　　歷——宋傳奇〈王榭〉仙鄉變型例探究〉，《興大人文學報》第 39 期
　　（2007 年 9 月），頁 167-188。

燕──老翁及其妻一同回家。不過，錢易於〈烏衣傳〉篇末說：
「其事流傳眾人口，因目謝所居處為烏衣巷。」換句話說，原本金
陵並無烏衣巷，後來之所以有「烏衣巷」之名，皆因當時人聽說王
謝曾遊烏衣國，遂將王謝所居住的地方稱為烏衣巷。接著，錢易又
進一步說：「劉禹錫〈金陵五詠〉有〈烏衣巷〉詩云：『朱雀橋邊
野草花，烏衣巷口夕陽斜。舊時王謝堂前燕，飛入尋常百姓家。』
即知王謝之事非虛矣。」以唐代詩人劉禹錫〈烏衣巷〉詩[27]證明王
謝遊歷烏衣國確有其事、信而可徵，可見先有王謝遊歷烏衣國事，
再有劉禹錫作詩〈烏衣巷〉、錢易寫傳奇〈烏衣傳〉。

　　然而，劉禹錫〈烏衣巷〉詩是〈金陵五題〉的第二首，原是懷
古之作，表達出東晉王、謝兩家因門第沒落而使烏衣巷繁華鼎盛、
冠蓋雲集之風華不再；至於「舊時王謝堂前燕，飛入尋常百姓家」
重點不在仍棲舊巢的燕子，而為說明舊日高門王、謝兩大家族早已
凋零沒落為尋常百姓，今日住在王、謝大宅中的人也非出身顯赫，
藉此感慨世事如滄海桑田。可知，劉禹錫〈烏衣巷〉之「王謝」並
非人物姓名，所詠嘆的亦非王謝故事，與宋傳奇〈烏衣傳〉所言大
相逕庭。更進一步來說，〈烏衣傳〉應以劉禹錫〈烏衣巷〉「王謝
堂前燕」為典故出發點，將「王謝」及「堂前燕」化為小說人物，
並由此敷衍一則與燕子有關的傳奇。[28]

　　〈烏衣傳〉敷衍劉禹錫〈烏衣巷〉單一故實而成，相較之下，

---

[27]　唐・劉禹錫：〈烏衣巷〉，收入清・彭定求等編：《全唐詩》卷 365，頁
　　4117。

[28]　趙修霈：《宋代傳奇小說傳奇手法研究》第三章，國立政治大學中國文學
　　研究所博士論文，2009 年 11 月，頁 90-91。

北宋傳奇〈韓湘子〉則略有不同。無名氏〈韓湘子〉說韓湘是韓愈之姪，但根據《新唐書‧宰相世系表》，韓湘是韓愈侄老成（即十二郎）之子，為韓愈侄孫[29]，〈韓湘子〉將韓湘由韓愈侄孫躍升為侄子，相差一輩，明顯地與史實不合。其次，韓湘「幼養於文公門下。文公諸子皆力學，惟湘落魄不羈，見書則擲，對酒則醉，醉則高歌」，但史載韓湘於長慶三年春登進士第[30]，是年冬至宣州為刺史崔群從事[31]，官至大理丞[32]，兩者形象完全不同。第三，〈韓湘子〉稱其宿慧於道術，不過，揆諸當時記錄，卻未有韓湘學道成仙事。

　　然而，韓愈倒是有個從江淮來的、年紀很輕的「疏從子侄」（遠房族侄），性格狂率、不愛唸書，卻有著能讓牡丹變色的奇「藝」，且每朵牡丹花瓣上都有韓愈在藍關所寫的兩句詩「雲橫秦嶺家何在？雪擁藍關馬不前」；[33]而韓愈曾作〈贈徐州族侄〉詩：「自去有奇術，探妙知天工」，可能亦與之相關。五代杜光庭《仙傳拾遺》記載〈韓愈外甥〉故事，雖然開篇即說他「幼而落拓，不讀書，好飲酒」、「忘其名姓」，但韓愈遭貶潮州途中，見此甥探望即作〈左遷至藍關示姪孫湘〉別之[34]，由詩名其實已暗示韓愈的

29　宋‧歐陽修、宋祁等撰：《新唐書‧宰相世系表》卷 73 上，頁 2858。

30　清‧徐松：《登科記考》卷 19，收入《叢書集成續編》（上海：上海書店出版社，1994 年 6 月），頁 599。

31　詳見張清華：〈韓愈家世考：韓湘考〉，《周口師範高等專科學校學報》第 16 卷第 4 期（1999 年 7 月），頁 19-20。

32　宋‧歐陽修、宋祁等撰：《新唐書‧宰相世系表》，卷 73 上，頁 2858。

33　唐‧段成式撰、方南生點校：《酉陽雜俎》前集卷 19，頁 185-186。

34　唐‧杜光庭：《仙傳拾遺》，收入《杜光庭記傳十種輯校》，頁 831-833。

神仙外甥即為韓湘。只是杜光庭稱其為韓愈外甥，不同於韓湘為韓愈姪孫的真實身分，又與韓湘登進士、作官之史書記載不合。如此看來，〈韓湘子〉採用《酉陽雜俎》、韓愈詩及杜光庭《仙傳拾遺》的記載，將韓愈姪、韓愈外甥宿慧於道術一事附會於較出名的姪孫韓湘身上。

其次，韓愈因諫迎佛骨事而被貶潮州，韓湘至途中藍關探望他時，韓愈寫詩〈左遷至藍關示姪孫湘〉表達他內心的沉重與悲憤，〈韓湘子〉則說其中「雲橫秦嶺家何在，雪擁藍關馬不前」兩句是事前韓湘預言其叔（實為叔祖）韓愈將遭遇之事，其餘幾句則是韓愈因見自己應驗了韓湘的預言，「今知汝異人，乃為汝足成此詩」。由此一改，韓愈〈左遷至藍關示姪孫湘〉中「雲橫秦嶺家何在，雪擁藍關馬不前」兩句，實際作者為韓湘，其餘幾句則是韓愈為韓湘完成全詩而作。

因此，北宋傳奇〈韓湘子〉實際上是利用韓愈〈左遷至藍關示姪孫湘〉詩為典故，再採用《酉陽雜俎》、韓愈〈贈徐州族姪〉詩及杜光庭《仙傳拾遺》關於韓愈族姪、外甥的傳聞記載，合韓湘、有「奇術」的族姪或外甥為一，並將所謂「奇術」的表現描寫得更奇：不僅如《酉陽雜俎》說牡丹花變色，《仙傳拾遺》能染花，〈韓湘子〉則是「奪造化開花」；亦不僅如《酉陽雜俎》、《仙傳拾遺》是「再現」韓愈所作之詩，〈韓湘子〉則以此「預言」韓愈將來之遭遇。[35]

---

[35]　趙修霈：《宋代傳奇小說傳奇手法研究》第三章，國立政治大學中國文學研究所博士論文，2009 年 11 月，頁 91-93。今加入杜光庭《仙傳拾遺》資料，略有修改。

由此可見，〈韓湘子〉的典故來源眾多，有韓愈〈左遷至藍關示姪孫湘〉、〈贈徐州族侄〉、《酉陽雜俎》及《仙傳拾遺》，超越〈烏衣傳〉敷衍單一典故的寫作方式，成為運用多重典故進行創作之傳奇。更進一步思考，兩者雖然可見北宋傳奇的「善運」之處，但究其作法，皆是由典故——或單一典故、或多重典故——直接發展為故事。

而〈書仙傳〉同於〈韓湘子〉運用多重典故進行傳奇創作：用唐傳奇〈文簫〉以塑造書仙的基本特徵，用李賀臨終傳說以設想臨終情景、書仙才華、夭殤年齡。不過，值得注意的是，〈書仙傳〉並非直接運用典故改編為故事，而曹文姬之所以能有效地在〈書仙傳〉內和李賀產生關係，乃因〈書仙傳〉篇末稱曹文姬返回天上是為李賀〈玉樓記〉作碑，讓人聚焦於「李賀成仙」之說、及李賀臨終傳說的「白玉樓」事，並唯有在文本內先落實「李賀成仙」及「白玉樓」傳說，才能以此作為〈書仙傳〉的敘事前提。再進一步分析「白玉樓」與李賀、才高、早夭等元素的密切關係，釐整出宋代文人「白玉樓－李賀成仙－才高、早夭－單指才高－代稱過世」之思考脈絡。此一脈絡是由宋代文人共同譜寫而成，而〈書仙傳〉正落於由「白玉樓」、李賀的成仙傳說衍生至「才高、早夭」者成仙的關鍵發展階段。

由此可見，〈書仙傳〉不僅運用多重典故構想傳奇，還在敘事上同時發展「有才者早夭為仙」的概念，較諸〈烏衣傳〉、〈韓湘子〉以典故為基礎設想故事的單層次發展，演變為進一步運用典故為故事前提，再通過新故事的敘述推展新概念，是一種多層次發展典故的傳奇寫法，更充份展現北宋傳奇「善運」之特徵。以下兩圖可供對照：

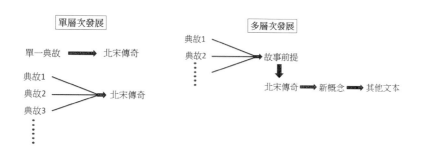

　　至於北宋傳奇〈白龜年〉謂李白與白居易「以其道同，今相往復」，並通過李白授與白居易子孫白龜年「九天禽語、大地獸言」之書，白龜年最後亦得道成仙；〈華陽仙姻〉則敘述蕭防因與蕭史、弄玉的血緣關係而有仙緣，待人間諸事了結後，便能上列仙班。前者運用了唐、五代李白、白居易為謫仙、成仙之傳說為典故，後者通過概述十位蕭姓知名人物：蕭史、蕭何、蕭望之、蕭延、蕭叔達、蕭詧、蕭曠、蕭洞玄、蕭頃、蕭統事蹟，指涉出《列仙傳》、《傳奇・蕭曠》、《河東記・蕭洞玄》、《神仙傳》、《漢武帝內傳》及史傳故實。可見，兩者皆運用多重典故，發展而為傳奇。

　　不過白龜年、蕭防的成仙故事並非直接運用典故發展而來，兩篇傳奇共同的前提是主角的祖先皆有成仙傳說，因此後代夙有仙緣，這是通過反覆申明祖先家世、血緣譜系，發展出以血緣關係作為成仙要素的敘事邏輯。也就是說，〈白龜年〉及〈華陽仙姻〉並非直接敷衍典故發展李白、白居易、蕭何、蕭統故事，反而先發展「祖先是仙，後代則有仙緣」的概念，並以此為前提創作傳奇，同時藉此發展「仙界重視門第譜牒」之新概念。因此，〈白龜年〉及

〈華陽仙姻〉不僅運用多重典故，還進一步推衍新概念，亦為以典故為基礎多層次構想傳奇的具體展現，充份表露北宋傳奇「善運」之特徵。

由此可見，過去曾經討論過的〈烏衣傳〉、〈韓湘子〉雖然也是敷衍故實的北宋傳奇，但皆是由典故直接發展為故事，差別僅在所運用之典故是單一或多重而已；而本書所探討的〈書仙傳〉、〈白龜年〉、〈華陽仙姻〉皆已脫離單純由典故發展為故事的樣態，其中隱含的敘事邏輯更為複雜，更可見北宋傳奇善運的特徵。

三、總結：北宋敷衍故實傳奇之文學史意義

北宋「敷衍故實」傳奇相較於唐人傳奇，具有「載錄」、「善運」的特色，雖然並不屬於無中生有的創造，但以典故對象為單位，綜合諸多文本，而能生發出創新概念，亦見革新之力。比如說，〈楊太真外傳〉特別加重玄宗貴妃兩人鶼鰈情深的描寫，從此唐玄宗、楊貴妃的愛情似乎較其他帝王后妃更真摯纏綿，且後世書寫李、楊宮廷生活的素材幾乎不脫〈楊太真外傳〉。又如後世韓湘成仙及度化韓愈的傳說，實以北宋傳奇〈韓湘子〉為確立的標誌；[36]而清代小說《混唐後傳》為寫楊貴妃豔事，取資對象即包括了〈驪山記〉唐玄宗、安祿山以貴妃胸乳對句之情節文字。[37]〈梅妃傳〉

36　陳麗宇：《韓湘子研究》，國立臺灣師範大學國文研究所碩士論文，1988年5月，頁19-33。

37　明・鍾惺編次：《混唐後傳》第15回，《明代小說輯刊》第三輯，頁1088。

一出，「楊貴妃」故事始有梅妃出場與楊貴妃爭勝，李楊故事初步具備後宮爭寵的情節結構，且後世小說《隋唐演義》、《混唐後傳》及戲曲《驚鴻記》、《長生殿》鋪寫開元天寶故事者，幾乎皆有梅妃的存在，可以說〈梅妃傳〉為楊貴妃故事開創了一種新的典範。

　　由〈楊太真外傳〉、〈玄宗遺錄〉、〈梅妃傳〉等北宋傳奇，才真正釐清了所謂「禍階」、「亂階」的意義，及其中隱而未明的「禍首」唐玄宗所須肩負的責任，至北宋也才明確起來。後世所謂的「李賀成仙」之說，是在北宋傳奇〈書仙傳〉及其他宋代詩文中落實；李賀的「白玉樓」傳說，在宋代亦成為「有才者早殤」的代名詞，因此哀誄、祭文一類文體時常出現此一典故，而〈書仙傳〉對於此一概念之生成亦有功勞。北宋傳奇〈白龜年〉及〈華陽仙姻〉以血緣譜系為小說主角成仙的唯一必要條件，與小川環樹歸納中國宋代以前常見的仙話模式大不相同，可見〈白龜年〉、〈華陽仙姻〉發展出一種新的仙話模式。更細部來看，〈白龜年〉為白居易成為神仙中人作了準備及鋪墊，《道藏》中所謂「李白今為東華上清監清逸真人，白樂天今為蓬萊長仙主」自南宋初白玉蟾、元代趙道　始，可見，白居易成仙之說在北宋傳奇〈白龜年〉內完成前置作業。

　　可見後世文學提及古人古事，往往承襲自北宋傳奇所開展出的內容或概念，而非直接援引自唐代以前的文本[38]，北宋「敷衍故

---

[38] 如汪辟疆《唐人傳奇小說‧長恨歌傳》後附錄〈楊太真外傳〉，說：「今以〈外傳〉雖出於宋人，而文特淒艷；且讀此文，其他唐末五季之侈談太真逸事者，皆可廢也。」見汪辟疆輯校：《唐人傳奇小說》，頁124。

實」傳奇在文學史、小說史上之重要地位，由此可知。

　　此外，北宋人雖未明確提出傳奇「史才、詩筆、議論」的書寫方式，但創作傳奇時用詩、文典故，便在引用時帶入詩意及觀點，並用敘事呈現兩者，如〈梅妃傳〉、〈書仙傳〉；又或者議論採敘事或詩作方式表現，前者如〈桑維翰〉、〈任社娘傳〉，兩者皆具者如〈楚王門客〉、〈玉溪夢〉、〈豐山廟〉。因此，北宋敷衍故實傳奇展現出合「詩文故實、詩文敘述、詩文評論」為一的創作手法，以至南宋趙彥衛，纔歸結出「史才、詩筆、議論」的「文備眾體」之說；而程毅中認為此說不僅代表「一部分宋代人對傳奇體小說的看法」，更是「宋代傳奇的一個寫作方針」，亦可由此得到證實。因此，研究北宋敷衍故實傳奇，正可以聚焦於這種三位一體的書寫方式，觀察由唐傳奇創作至南宋趙彥衛歸納傳奇書寫方式，北宋傳奇創作如何居中銜接，並因而展現濃厚的書卷氣。

引用書目

一、古代典籍

漢・司馬遷，《史記》，北京：中華書局，1997 年 11 月。

漢・劉向撰，向宗魯校證，《說苑校證》，北京：中華書局，1991 年 9 月。

漢・班固，《漢書》，北京：中華書局，1997 年 9 月。

漢・鄭玄箋，唐・孔穎達正義：《詩經正義》，《十三經注疏》，臺北：藝文印書館，1979 年。

漢・鄭玄注，唐・孔穎達正義，《禮記正義》，《十三經注疏》，臺北：藝文印書館，1979 年。

佚名，《漢武故事》，《漢魏六朝筆記小說大觀》，上海：上海古籍出版社，1999 年 12 月。

魏　王弼、晉・韓康伯注，唐・孔穎達疏，《周易正義》，《十三經注疏》　臺北：藝文印書館，1979 年。

魏・張揖撰　清　王念孫疏證：《廣雅疏證》，香港：中文大學出版社，1978 年。

晉・郭璞注，宋・邢昺疏，《爾雅注疏》，《十三經注疏》，臺北：藝文印書館，1979 年。

舊題晉・葛洪撰，《漢武帝內傳》，《漢魏六朝筆記小說大觀》，上海：上海古籍出版社，1999 年 12 月。

晉・干寶撰，李劍國輯校，《新輯搜神記》，北京：中華書局，2007 年 3 月。

南朝宋・范曄，《後漢書》，北京：中華書局，1997 年 9 月。

南朝宋・劉義慶撰，《幽明錄》，李劍國輯釋，《唐前志怪小說輯釋》，臺

　　　　北：文史哲出版社，1995 年 10 月。

南朝梁‧蕭子顯，《南齊書》，北京：中華書局，1997 年 9 月。

北齊‧魏收，《魏書》，北京：中華書局，1997 年 9 月。

唐‧李延壽，《北史》，北京：中華書局，1997 年 11 月。

唐‧李延壽，《南史》，北京：中華書局，1997 年 9 月。

唐‧姚思廉，《梁書》，北京：中華書局，1997 年 11 月。

唐‧魏徵等撰，《隋書》，北京：中華書局，1997 年 9 月。

唐‧令狐德棻，《周書》，北京：中華書局，1997 年 9 月。

唐‧駱賓王，《駱賓王文集》，《宋蜀刻本唐人集叢刊》，上海：上海古籍
　　　　出版社，1994 年 9 月。

唐‧蕭嵩等撰：《大唐開元禮》，《景印文淵閣四庫全書》，臺北：臺灣商
　　　　務印書館，1986 年 3 月。

唐‧劉餗，《隋唐嘉話》，《唐五代筆記小說大觀》，上海：上海古籍出版
　　　　社，2000 年 3 月。

唐‧白居易、宋‧孔傳撰，《白孔六帖》，臺北：新興書局，1976 年 10 月。

唐‧白居易著，朱金城箋校，《白居易集箋校》，上海：上海古籍出版社，
　　　　1988 年 12 月。

舊題唐‧柳宗元，《龍城錄》，《唐代叢書》，臺北：新興書局，1968 年 6
　　　　月。

唐‧李賀著，清‧王琦等評注，《三家評注李長吉歌詩》，上海：上海古籍
　　　　出版社，1998 年 12 月。

唐‧張祜著，尹占華校注，《張祜詩集校注》，蘭州：甘肅文化出版社，
　　　　1997 年 1 月。

唐‧杜牧，《樊川文集》，臺北：漢京文化事業公司，1983 年 11 月。

唐‧段成式撰，方南生點校，《酉陽雜俎》，臺北‧漢京文化事業公司，
　　　　1983 年 10 月。

唐‧李濬，《松窗雜錄》，《唐五代筆記小說大觀》，上海‧上海古籍出版
　　　　社，2000 年 3 月。

唐　鄭處誨，《明皇雜錄》，北京：中華書局，1994 年 9 月。

唐　李肇，《國史補》，臺北：世界書局，1991 年 6 月。

唐・李玫，《纂異記》，王夢鷗，《唐人小說研究・《纂異記》與《傳奇》校釋》，臺北：藝文印書館，1997 年 6 月。

唐・杜光庭撰，羅爭鳴輯校，《墉城集仙錄》，《杜光庭記傳十種輯校》，北京：中華書局，2013 年 11 月。

唐・杜光庭撰，羅爭鳴輯校，《仙傳拾遺》，《杜光庭記傳十種輯校》，北京：中華書局，2013 年 11 月。

唐・杜光庭撰，羅爭鳴輯校，《王氏神仙傳》，《杜光庭記傳十種輯校》，北京：中華書局，2013 年 11 月。

唐・杜光庭撰，羅爭鳴輯校，《神仙感遇傳》，《杜光庭記傳十種輯校》，北京：中華書局，2013 年 11 月。

唐・裴鉶，《傳奇》，王夢鷗，《唐人小說研究：〈纂異記〉與《傳奇》校釋》，臺北：藝文印書館，1997 年 6 月。

唐・孟棨撰，李學穎標點，《本事詩》，上海：上海古籍出版社，1991 年 4 月。

唐・鄭棨，《開天傳信記》，《唐五代筆記小說大觀》，上海：上海古籍出版社，2000 年 3 月。

唐・劉恂，《嶺表錄異》，《魯迅輯錄古籍叢編》　北京：人民文學出版社，1999 年。

唐・康駢，《劇談錄》，《唐五代筆記小說大觀》，上海：上海古籍出版社，2000 年 3 月。

唐・張固，《幽閒鼓吹》，《唐五代筆記小說大觀》，上海：上海古籍出版社，2000 年 3 月。

南唐・譚峭，《化書》，《諸子集成續編》，成都：四川人民出版社，1998 年 1 月。

五代・王定保撰，姜漢椿校注，《唐摭言》，上海・上海社會科學院出版社，2003 年 1 月。

五代・王仁裕撰，曾貽芬點校，《開元天寶遺事》，北京：中華書局，2008 年 6 月。

後晉・劉昫，《舊唐書》，北京：中華書局，1997 年 9 月。

五代・孫光憲，《北夢瑣言》，《唐五代筆記小說大觀》，上海：上海古籍

出版社，2000 年 3 月。

五代‧何光遠撰，鄧星亮等校注，《鑒誡錄校注》，成都：巴蜀書社，2011 年 5 月。

五代‧釋貫休，《禪月集》，《禪門逸書初編》，臺北：明文書局，1981 年 3 月。

舊題後唐‧馮贄編，張力偉點校 《雲仙散錄》，北京：中華書局，1998 年 2 月。

宋‧李昉等編，《文苑英華》，北京：中華書局，1995 年 2 月。

宋‧薛居正，《舊五代史》，北京‧中華書局，1997 年 9 月。

宋‧李昉等，《太平御覽》，石家莊：河北教育出版社，2000 年 3 月。

宋‧李昉等編，《太平廣記》，北京：中華書局，2003 年 6 月。

宋‧王禹偁，《小畜集》，收入《四部叢刊正編》，臺北：臺灣商務印書館，1979 年 11 月。

宋‧王欽若等編纂，周勛初等校訂，《冊府元龜》，南京：鳳凰出版社，2006 年 12 月。

宋‧錢易撰，黃壽成點校，《南部新書》，北京：中華書局，2002 年 6 月。

宋‧歐陽修，《洛陽牡丹記》，《叢書集成初編》，北京：中華書局，1985 年。

宋 歐陽修，《新五代史》，北京：中華書局，1997 年 9 月。

宋‧歐陽修 宋祁等撰，《新唐書》，北京：中華書局，1997 年 9 月。

宋‧歐陽修著 李逸安點校，《歐陽修全集》，北京：中華書局，2001 年 3 月

宋 歐陽修，《歸田錄》，《宋元筆記小說大觀》，上海：上海古籍出版社，2001 年 12 月。

宋 宋敏求，《唐大詔令集》，《景印文淵閣四庫全書》，臺北：臺灣商務印書館，1986 年 3 月。

舊題宋‧張君房，《乘異記》，《景印文淵閣四庫全書》，臺北：臺灣商務印書館，1986 年 3 月。

宋‧曾鞏撰 陳杏珍、晁繼周點校，《曾鞏集》，北京：中華書局，1984 年 11 月。

宋・司馬光編著，元・胡三省音注，《資治通鑑》，北京：中華書局，1997
　　年 11 月。

宋・蘇頌撰，蘇攜編，《蘇魏公文集》，《景印文淵閣四庫全書》，臺北：
　　臺灣商務印書館，1986 年 3 月。

宋・王安石撰，李之亮箋注，《王荊公文集箋注》，成都：巴蜀書社，2005
　　年。

宋・王觀，《揚州芍藥譜》，《叢書集成初編》，北京・中華書局，1985
　　年。

宋・王得臣，《麈史》，《全宋筆記》，鄭州：大象出版社，2003 年 10 月。

宋・蘇軾，《東坡後集》，《宋集珍本叢刊》，北京：線裝書局，2004 年。

宋・蘇軾著，傅成、穆儔標點，《蘇軾全集》，上海・上海古籍出版社・
　　2000 年 5 月。

宋・朱長文，《續書斷》，《宋代書論》，長沙：湖南美術出版社，1999 年
　　12 月。

宋・范祖禹，《東萊音注唐鑑》，宋・呂祖謙編著，黃靈庚、吳戰壘主編，
　　《呂祖謙全集》，杭州：浙江古籍出版社，2008 年 1 月。

宋・郭茂倩，《樂府詩集》，北京：中華書局，2003 年 9 月。

宋・孔平仲，《珩璜新論》，鄭州：大象出版社，2006 年 1 月。

宋・米芾，《畫史》，《中國書畫全書》，上海：上海書畫出版社，1993 年
　　10 月。

宋・趙令畤撰，孔凡禮點校，《侯鯖錄》，北京：中華書局，2004 年 9 月。

宋・陳師道，《後山集》，《景印文淵閣四庫全書》，臺北：臺灣商務印書
　　館，1986 年 3 月。

宋・張耒，《柯山集》，《景印文淵閣四庫全書》，臺北：臺灣商務印書
　　館，1986 年 3 月。

宋・馬永卿撰，田松青點校，《嬾真子錄》，上海：上海古籍出版社，2012
　　年 12 月。

宋・高承撰，明・李果訂，《事物紀原》，《叢書集成初編》，北京：中華
　　書局，1985 年。

宋・李光，《莊簡集》，《景印文淵閣四庫全書》，臺北：臺灣商務印書

館，1986 年 3 月。

舊題宋・朱勝非《紺珠集》，《景印文淵閣四庫全書》，臺北：臺灣商務印
　　書館，1986 年 3 月。

宋・李綱，《李綱全集》，長沙：嶽麓書社，2004 年 5 月。

宋・李綱，《梁谿集》，《景印文淵閣四庫全書》，臺北：臺灣商務印書
　　館，1986 年 3 月。

宋・鄭樵撰，王樹民點校，《通志》，北京：中華書局，1995 年 11 月。

宋・史浩，《鄮峰真隱漫錄》，《景印文淵閣四庫全書》，臺北：臺灣商務
　　印書館，1986 年 3 月。

宋・王洋，《東牟集》，《景印文淵閣四庫全書》，臺北：臺灣商務印書
　　館，1986 年 3 月。

宋・朱翌，《猗覺寮雜記》，《宋詩話全編》，南京：江蘇古籍出版社，
　　1998 年 12 月。

宋・陳葆光，《三洞群仙錄》，《續修四庫全書》，上海：上海古籍出版
　　社，1995 年 3 月。

宋・李燾撰，《續資治通鑑長編》，北京：中華書局，2004 年 9 月。

宋・張守，《毘陵集》，《景印文淵閣四庫全書》，臺北：臺灣商務印書
　　館，1986 年 3 月。

宋・洪邁，《容齋隨筆》，上海，上海古籍出版社，1998 年 3 月。

宋・陸遊，《老學庵筆記》，《宋元筆記小說大觀》，上海：上海古籍出版
　　社，2001 年 12 月。

宋・陸遊，《渭南文集》，《宋詩話全編》，南京：江蘇古籍出版社，1998
　　年 12 月。

宋・張戒，《歲寒堂詩話》，《宋詩話全編》，南京：江蘇古籍出版社，
　　1998 年 12 月。

宋・嚴有翼，《藝苑雌黃》，《宋詩話全編》，南京：江蘇古籍出版社，
　　1998 年 12 月。

宋・張邦基撰，孔凡禮點校，《墨莊漫錄》，北京：中華書局，2002 年 8
　　月。

宋・張擴，《東窗集》，《景印文淵閣四庫全書》，臺北：臺灣商務印書

館，1986 年 3 月。

宋・計有功，《唐詩紀事》，《宋詩話全編》，南京：江蘇古籍出版社，
　　1998 年 12 月。

宋・尤袤，《遂初堂書目》，臺北：藝文印書館，1997 年。

宋・薛季宣撰，張良權點校，《薛季宣集》，上海：上海社會科學院出版
　　社，2003 年 4 月。

宋・羅願撰，石雲孫點校：《爾雅翼》，合肥：黃山書社，1991 年 10 月。

宋・王阮，《義豐集》，《景印文淵閣四庫全書》，臺北：臺灣商務印書
　　館，1986 年 3 月。

宋・蔡戡，《定齋集》，《景印文淵閣四庫全書》，臺北：臺灣商務印書
　　館，1986 年 3 月。

宋・張淏，《雲穀雜記》，《叢書集成新編》，臺北：新文豐出版公司，
　　1986 年。

宋・吳曾，《能改齋漫錄》，臺北：新文豐出版公司，1985 年。

宋・趙與時，《賓退錄》，《宋元筆記小說大觀》，上海：上海古籍出版
　　社，2001 年 12 月。

宋・謝采伯，《密齋筆記》，《筆記小說大觀》，臺北：新興書局，1988 年
　　5 月。

宋・劉昌詩撰，張榮錚、秦呈瑞點校，《蘆蒲筆記》，北京：中華書局，
　　1986 年 4 月。

宋・劉克莊撰，王秀梅點校，《後村詩話》，北京：中華書局，1983 年 12
　　月。

宋・白玉蟾，《白真人集》，《道藏精華》，臺北：自由出版社，1989 年 7
　　月。

宋・趙彥衛，《雲麓漫鈔》，瀋陽：遼寧教育出版社，1998 年 12 月。

宋・祝穆撰，祝洙增訂，施和金點校，《方輿勝覽》，北京：中華書局，
　　2003 年 6 月。

宋・姚勉著，曹詣珍、陳偉文點校，《姚勉集》，上海：上海古籍出版社，
　　2012 年 3 月。

宋・陳起，《江湖小集》，《景印文淵閣四庫全書》，臺北：臺灣商務印書

館，1986 年 3 月。

宋‧趙與虤，《娛書堂詩話》，《景印文淵閣四庫全書》，臺北：臺灣商務
　　印書館，1986 年 3 月。

宋‧嚴羽，《滄浪詩話》，《宋詩話全編》，南京：江蘇古籍出版社，1998
　　年 12 月。

宋‧陳思，《書小史》，《宋代書論》，長沙：湖南美術出版社，1999 年 12
　　月。

宋‧何夢桂，《潛齋集》，《景印文淵閣四庫全書》，臺北：臺灣商務印書
　　館，1986 年 3 月。

宋‧普濟輯，朱俊紅點校，《五燈會元》，海口：海南出版社，2011 年 10
　　月。

宋‧夷門君玉撰，楊倩描、徐立群點校，《國老談苑》，《丁晉公談錄（外
　　三種）》，北京：中華書局，2012 年 6 月。

宋‧佚名撰，桂第子譯注，《宣和書譜》，長沙：湖南美術出版社，1999 年
　　12 月。

元‧趙道一，《歷代真仙體道通鑑》，《續修四庫全書》，上海：上海古籍
　　出版社，1995 年 3 月。

元‧脫脫，《宋史》，北京：中華書局，1997 年 9 月。

元‧王伯成，《李太白貶夜郎》，隋樹森編，《元曲選外編》，北京：中華
　　書局，1959 年。

明‧屠隆，《鴻苞》，《四庫全書存目叢書》，臺南：莊嚴文化事業公司，
　　1995 年 9 月。

明‧鍾惺編次，《混唐後傳》，成都：巴蜀書社，1995 年 11 月。

明‧馮夢龍輯，《宋人百家小說》，《五朝小說》，清康熙間刊本。

明‧張醜，《真蹟日錄》，《景印文淵閣四庫全書》，臺北：臺灣商務印書
　　館，1986 年 3 月。

清‧朱彝尊撰，《曝書亭集》，《四部叢刊初編》，上海：上海書店，1989
　　年 3 月。

清‧彭定求等編，《全唐詩》，北京：中華書局，2003 年 7 月。

清‧曹雪芹、高鶚撰，馮其庸等校注，《紅樓夢》，臺北：里仁書局，1981

年 4 月。

清・孫希旦撰，沈嘯寰、王星賢點校，《禮記集解》，北京：中華書局，
　　1998 年 12 月。

清・朱彬撰，饒欽農點校，《禮記訓纂》，北京：中華書局，1998 年 12 月。

清・嚴可均校輯，陳延嘉、王同策、左振坤校點主編，《全上古三代秦漢三
　　國六朝文》，石家莊：河北教育出版社，1997 年 10 月。

清・焦循撰，沈文倬點校，《孟子正義》，北京：中華書局，1998 年 12 月。

清・徐松，《登科記考》，《叢書集成續編》，上海：上海書店出版社，
　　1994 年 6 月。

清・孫詒讓，《墨子閒詁》，北京：中華書局，2001 年 4 月。

二、近人專著

丁喜霞，《《洛陽搢紳舊聞記》校注》，北京：中國社會科學出版社，2013
　　年 6 月。

王永平，《道教與唐代社會》，北京：首都師範大學出版社，2002 年 12 月。

王叔岷，《列仙傳校箋》，北京：中華書局，2007 年 6 月。

王明，《抱朴子內篇校釋》，北京：中華書局，2002 年 3 月。

王珏，《唐宋傳奇說微》，成都：四川教育出版社，2003 年 12 月。

王國良，《搜神後記研究》，臺北：文史哲出版社，1978 年 6 月。

王夢鷗，《唐人小說研究：《纂異記》與《傳奇》校釋》，臺北：藝文印書
　　館，1997 年 6 月。

毛文芳，《物・性別・觀看——明末清初文化書寫新探》，臺北：臺灣學生
　　書局，2001 年 12 月。

孔凡禮點校，《蘇軾文集》，北京：中華書局，1996 年 2 月。

北京大學古文獻研究所編，《全宋詩》，北京：北京大學出版社，1998 年 12
　　月。

任繼愈主編，《中國道教史》，上海：上海人民出版社，1997 年 7 月。

安旗主編，《李白全集編年注釋》，成都：巴蜀書社，2000 年 4 月。

李文鈺，《宋詞中的神話特質與運用》，臺北：國立臺灣大學出版委員會，
　　2006 年 12 月。

李劍國，《唐五代志怪傳奇敘錄》，天津：南開大學出版社，1998 年 9 月。

李劍國，《宋代志怪傳奇敘錄》，天津：南開大學出版社，2000 年 6 月。

李劍國，《宋代傳奇集》，北京：中華書局，2001 年 11 月。

李劍國，《古稗斗筲錄——李劍國自選集》，天津：南開大學出版社，2004 年 10 月。

李豐楙，《誤入與謫降：六朝隋唐道教文學論集》，臺北：臺灣學生書局，1996 年 5 月。

李豐楙，《仙境與遊歷：神仙世界的想像》，北京：中華書局，2010 年 10 月。

杜志強，《蘭陵蕭世家族及其文學研究》，成都：巴蜀書社，2008 年 6 月。

汪辟疆輯校，《唐人傳奇小說》，臺北：世界書局，2000 年 12 月。

余輝，《畫裡江山猶勝——百年藝術家族之趙宋家族》，臺北：石頭出版公司，2008 年 1 月。

吳企明編，《李賀資料彙編》，北京：中華書局，1994 年 10 月。

吳則虞編著，《晏子春秋集釋》，北京：中華書局，1982 年 5 月。

房銳，《孫光憲與《北夢瑣言》研究》，北京：中華書局，2006 年 9 月。

林陽華、常先甫、李懿，《北宋詩人沈遼研究》，成都：四川大學出版社，2011 年 6 月。

邱鶴亭注譯，《神仙傳》，北京：中國社會科學出版社，1996 年 12 月。

胡道靜、陳蓮笙、陳耀庭選輯，《道教要籍選刊》，上海：上海古籍出版社，1989 年 6 月。

苟波著，《仙境、仙人、仙夢》，成都：巴蜀書社，2008 年 3 月。

唐圭璋編，《全宋詞》，北京：中華書局，1986 年 5 月。

凌郁之，《走向世俗——宋代文言小說的變遷》，北京：中華書局，2007 年 11 月。

卿希泰主編，《中國道教史》，成都：四川人民出版社，1996 年。

張力偉點校，《雲仙散錄》，北京：中華書局，1998 年 2 月。

張小虹，《情慾微物論》，臺北：大田出版公司，1999 年 2 月。

張小虹編，《性／別研究讀本》，臺北：麥田出版社，2002 年 10 月。

張中宇，《白居易〈長恨歌〉研究》，北京：中華書局，2005 年 9 月。

曹道衡，《蘭陵蕭氏與南朝文學》，北京：中華書局，2004 年 7 月。

陳珏，《初唐傳奇文鈎沈》，上海：上海古籍出版社，2005 年 4 月。

陳金現，《〈長恨歌〉的接受與評論：以宋人為主》，臺北：萬卷樓圖書公司，2002 年 9 月。

陳寅恪，《元白詩箋證稿》，北京：三聯書店，2001 年 4 月。

陳麗宇，《韓湘子研究》，國立臺灣師範大學國文研究所碩士論文，1988 年 5 月。

游秀雲，《宋代傳奇小說研究》，東海大學中國文學研究所碩士論文，1994 年 6 月。

程毅中，《古體小說鈔：宋元卷》，北京：中華書局，1995 年 11 月。

程毅中，《宋元小說研究》，南京：江蘇古籍出版社，1999 年 2 月。

程毅中，《程毅中文存》，北京：中華書局，2006 年 9 月。

程樹德撰，程俊英、蔣見元點校，《論語集釋》，北京：中華書局，1997 年 10 月。

黃永武、張高評編著，《宋詩論文選輯》，高雄：復文圖書出版社，1988 年 5 月。

曾昭岷、曹濟平、王兆鵬、劉尊明編著，《全唐五代詞》，北京：中華書局，1999 年 12 月。

葉舒憲，《高唐神女與維納斯》，西安：陝西人民出版社，2005 年 5 月。

蒲向明，《追尋「詩窖」遺珍——王仁裕文學創作研究》，北京：光明日報出版社，2012 年 12 月。

趙修霈，《宋代傳奇小說傳奇手法研究》，國立政治大學中國文學研究所博士論文，2009 年 11 月。

趙逵夫等主編，《歷代賦評注》，成都：巴蜀書社，2010 年 2 月。

潘運告主編，水采田譯注，《宋代書論》，長沙：湖南美術出版社，1999 年 12 月。

劉芳如，《從繪本與文本的參照，探索宋代幾項女性議題》，臺北：文史哲出版社，2005 年 9 月。

劉詠聰，《女性與歷史——中國傳統觀念新探》，臺北：臺灣商務印書館，1995 年 1 月。

劉學鍇、余恕誠，《李商隱文編年校注》，北京：中華書局，2002 年 3 月。

蔡文晉，《宋代藏書家尤袤研究》，《古典文獻研究輯刊》初編第七冊，臺
　　　北：花木蘭文化工作坊，2005 年 12 月。

鄭文惠，《文學與圖像的文化美學——想像共同體的樂園論述》，臺北：里
　　　仁書局，2005 年 9 月。

魯迅校錄，《唐宋傳奇集》，濟南：齊魯書社，1997 年 11 月。

魯迅，《中國小說史略》，收入《魯迅全集》9，北京：人民文學出版社，
　　　2005 年 11 月。

魯迅，《中國小說的歷史的變遷》，收入《魯迅全集》9，北京：人民文學出
　　　版社，2005 年 11 月。

錢鍾書，《管錐編》，北京：中華書局，1986 年 6 月。

龍顯昭、黃海德主編，《巴蜀道教碑文集成》，成都：四川大學出版社，
　　　1997 年 12 月。

蕭相愷，《宋元小說史》，杭州：浙江古籍出版社，1997 年 6 月。

蕭滌非選注，《杜甫詩選注》，北京：人民文學出版社，1992 年 7 月。

薛洪勣，《傳奇小說史》，杭州：浙江古籍出版社，1998 年 12 月。

韓成武等點校，《杜工部詩集輯注》，保定：河北大學出版社，2009 年 3
　　　月。

羅莞翎，《物體系的豔／異敘事——《燈草和尚傳》新論》，臺北：大安出
　　　版社，2010 年 12 月。

譚屬春、嚴昌注釋，《俗文化四書五經》，深圳：海天出版社，1996 年 9
　　　月。

龔斌校箋，《陶淵明集校箋》，臺北：里仁書局，2007 年 8 月。

〔英〕約翰‧伯格（John Berger）著，陳志梧譯，《看的方法》，臺北：明
　　　文書局，1991 年 1 月。

〔羅馬尼亞〕伊利亞德（Mircea Eliade）著，楊素娥譯：《聖與俗》，臺北：
　　　桂冠圖書公司，2001 年 1 月。

三、單篇論文

王見川，〈龍虎山張天師的興起與其在宋代的發展〉，《光武通識學報》創

刊號，2004 年 3 月，頁 243-283。

李子龍，〈李白溺死說的來龍去脈〉，收入《中國李白研究（2001-2002 年集）》，合肥：黃山書社，2002 年 12 月，頁 610。

李劍國，〈秦醇〈趙飛燕別傳〉考論——兼議〈驪山記〉、〈溫泉記〉〉，《固原師專學報（社會科學版）》第 22 卷第 1 期，2001 年 1 月，頁 1-9。

李劍國，〈〈大業拾遺記〉等五篇傳奇寫作時代的再討論〉，《文學遺產》2009 年第 1 期，頁 21-28。

孟莉，〈宮闈春情鎖不住、紅葉蕩漾到人間——漫話「紅葉題詩」的傳說和意義〉，《嘉興學院學報》第 16 卷第 5 期，2004 年 9 月，頁 54-55、128。

林宏達，〈宋詞取材〈長恨歌、傳〉與李、楊相關本事探析〉，《靜宜人文社會學報》第 1 卷第 2 期，2007 年 2 月，頁 127-158。

柯若樸，〈The Relationship of Myth and Cult in Chinese Popular Religion: Some Remarks on Han Xiangzi〉（中國民間宗教中神話與崇拜的關係：略論韓湘子），《興大中文學報）》第 23 期（增刊），2008 年 11 月，頁 479-481、483-513。

張典友，〈周越著作考及其書法在宋代的接受〉，《藝術中國》，2012 年 1 月，頁 134-136。

張乘健，〈〈長恨歌〉與〈梅妃傳〉：歷史與藝術的微妙衝突〉，《文學遺產》1992 年第 1 期，頁 51-58。

張振謙，〈宋代文人「謫仙」稱謂及其內涵論析〉，《寧夏社會科學》2011 年第 1 期，2011 年 1 月，頁 147-151。

張振謙、王曉霞，〈李賀、李商隱愛情詩對《太平經》、《真誥》道經語言的接受〉，《伊犁師範學院學報（社會科學版）》2008 年第 3 期，2008 年 9 月，頁 93-97。

張高評，〈宋代禽言詩與化俗為雅——從遣妍開發、創意造語切入〉，《第六屆通俗文學與雅正文學——文學與經學第六屆全國學術研討會論文集》，臺中：國立中興大學中國文學系，2006 年 9 月，頁 211-242。

陳春陽，〈鄭樵《通志二十略》中的《梅妃傳》素材〉，《福建師範大學福

清分校學報》2010 年第 4 期，頁 24-26。

章培恒，〈〈大業拾遺記〉、〈梅妃傳〉等五篇傳奇的寫作時代〉，《深圳
　　大學學報（人文社會科學版）》第 25 卷第 1 期，2008 年 1 月，頁 106-
　　110。

曾令愉，〈「女子無才便是德」之原初語境、後代詮釋及其歷史意義試
　　探〉，《中國文學研究》第 35 期，2013 年 1 月，頁 97-135。

程毅中，〈宋代文言小說論綱〉，收入孫欽善、曾棗莊等主編：《國際宋代
　　文化研討會論文集》，成都：四川大學出版社，1991 年 10 月，頁 382-
　　383。

程毅中，〈〈玄宗遺錄〉裡的楊貴妃形象〉，《文學遺產》1992 年第 5 期，
　　頁 76-79。

程毅中，〈宋人傳奇拾零〉，《文學遺產》1995 年第 1 期，頁 84-90。

黃東陽，〈唐王度《古鏡記》之鑄鏡傳說辨析──兼論古鏡制妖的思考進
　　路〉，《中國文學研究》第 17 期，2003 年 6 月，頁 125-144。

黃東陽，〈誤入與遊歷──宋傳奇〈王榭〉仙鄉變型例探究〉，《興大人文
　　學報》第 39 期，2007 年 9 月，頁 167-188。

張清華，〈韓愈家世考：韓湘考〉，《周口師範高等專科學校學報》第 16 卷
　　第 4 期，1999 年 7 月，頁 17-21。

董上德，〈梅妃形象的深層意義：楊貴妃文學史上的一個重要個案〉，《中
　　國文學論集》33 號，2004 年，頁 91-104。

董上德，〈論梅妃故事的層累性生成〉，《文化遺產》2008 年第 4 期，2008
　　年，頁 59-67。

趙修霈，〈宋代紫姑的女仙化及才女化〉，《漢學研究集刊》第 7 期，2008
　　年 12 月，頁 69-94。

趙修霈，〈試析「審醜」的傳奇手法：以十一篇宋傳奇為例〉，《東吳中文
　　學報》第 18 期，2009 年 11 月，頁 117-138。

趙修霈，〈宋傳奇「典故離合」的傳奇手法──以六篇宋傳奇為例〉，《文
　　與哲》第 15 期，2009 年 12 月，頁 165-193。

趙修霈，〈以「實」襯「虛」的幻設手法──論宋傳奇〈希夷先生傳〉、
　　〈華陽仙姻〉、〈嘉林居士〉中的虛設時間〉，《輔仁國文學報》第

30 期，2010 年 4 月，頁 185-200。

趙修霈，〈從「禍階」到「禍首」：樂史〈楊太真外傳〉的書寫手法〉，《成大中文學報》第 34 期，2011 年 9 月，頁 131-158。

趙修霈，〈〈梅妃傳〉中的鏡像托喻手法〉，《政大中文學報》第 19 期，2013 年 6 月），頁 193-218。

歐麗娟，〈唐詩中桃花源主題的流變──繼承、轉化與發揚〉，《國立編譯館館刊》第 26 卷第 2 期，1997 年 12 月，頁 89-131。

盧景商，〈樂史〈楊太真外傳〉的歷史意識〉，《醒吾學報》第 19 期，1995 年 10 月，頁 67-77。

〔日〕小川環樹撰，張桐生譯，〈中國魏晉以後（三世紀以降）的仙鄉故事〉，收於《中國古典小說論集》，臺北：幼獅文化公司，1977 年 8 月，頁 85-95。

〔日〕松浦友久，〈關於李白「捉月」傳說──兼及臨終傳說的傳記意義〉，《北京大學學報（哲學社會科學版）》1995 年第 5 期，頁 104-111。

〔日〕松浦友久著，尚永亮譯，〈「謫仙人」之稱謂及其意義〉，《荊州師範學院學報（社會科學版）》2000 年第 1 期，頁 26-31。

〔日〕竹村則行，〈「楊太真外傳」の成書に關する一考察──原本「楊妃外傳」から通行本「楊太真外傳」へ〉，《村山吉廣教授古稀記念中國古典學論集》，東京：汲古書院，2000 年 3 月，頁 591-607。

〔日〕櫻田芳樹，〈蕭瑀の家系を遡る〉，《北陸大學紀要》第 30 號，2006 年 11 月，頁 77-97。

後　記

　　我一直很喜歡聽故事、看小說，更喜歡那些有源有本、有典故有歷史背景的故事（聽起來跟真的一樣）。如果真要為我的喜歡找個源頭，可能因為我外公吧！

　　小學以前，我和外公、外婆同吃同睡，外公最喜歡說的故事之一，就是《封神演義》，直到現在，外公說起姜子牙，說起割肉還母、剔骨還父的哪吒，和狐狸精妲己，那神情樣子，我彷彿還能記起。還有包公，也一直若有似無地跟外公的記憶相連，什麼「日審陽、夜審陰」，什麼和侄子包勉一同吃嫂嫂的奶水長大，都是外公提到包公就會掛在嘴邊的「介紹詞」。

　　後來進了中文系，才發現這些故事爬上了書本、幻化成了文字後，都和以前聽到的不大一樣；後來再讀了些書，才發現故事本身才是真正千變萬化的狐狸精。然後，我開始想知道，那些我從小就聽的故事，它們從什麼時候開始出現，又是怎麼被人從箱子底挖出來，抖落輕得像塵埃的枝微末節，再重新說給不同年代背景的人聽；再然後，我又想知道，那些被暫時丟開的枝微末節，怎麼會被人收集起來，成為另一段故事。

　　所以，當我發現宋代人也喜歡與老故事為伍時，便與宋傳奇結下不解之緣。只是無奈十年前對宋傳奇的認識太少，寫博士論文時，花了很大的力氣進行整體的論述，最後竟然迷失在一則又一則

的故事當中，忘了研究宋傳奇的初衷；直到畢業後找教職的那一年，冷靜下來的我才忽然如大夢初醒。還好棋局雖終，但還有機會另起一局，這本《深覆典雅：北宋敷衍故實傳奇析論》，算是對自己的一個交代。而這個小小的成果，也可以說是對自己幼年時光的一個憑記，尤其，當外公、外婆照撫看顧我的時光，隨著他們陸續的過世而消融於悠悠歲月當中，至少，藉此還可以留下一些些值得記憶的片段。

　　故事正如同妖精，能幻化成各種不同的樣貌，會迷惑看故事的人的心智，但也讓人愛不釋手、執迷不悔。我，一直被故事所迷惑著。

趙修霈

2016 年 3 月於屏東

國家圖書館出版品預行編目資料

深覆典雅：北宋敷衍故實傳奇析論

趙修霈著. – 初版. – 臺北市：臺灣學生，2016.06
面；公分

ISBN 978-957-15-1702-5 (平裝)

1. 傳奇小說 2. 文學評論 3. 北宋

820.9705   105005798

深覆典雅：北宋敷衍故實傳奇析論

著　作　者：趙　　　　　　修　　　　　　霈
出　版　者：臺 灣 學 生 書 局 有 限 公 司
發　行　人：楊　　　　　雲　　　　　龍
發　行　所：臺 灣 學 生 書 局 有 限 公 司
　　　　　　臺北市和平東路一段七十五巷十一號
　　　　　　郵 政 劃 撥 帳 號：00024668
　　　　　　電　話：(02)23928185
　　　　　　傳　眞：(02)23928105
　　　　　　E-mail：student.book@msa.hinet.net
　　　　　　http://www.studentbook.com.tw
本 書 局 登
記 證 字 號：行政院新聞局局版北市業字第玖捌壹號
印　刷　所：長 欣 印 刷 企 業 社
　　　　　　新北市中和區中正路九八八巷十七號
　　　　　　電　話：(02)22268853

定價：新臺幣四〇〇元

二　〇　一　六　年　六　月　初　版